1774

Werthers Welt

Johannes Saltzwedel

Werthers Welt

Das Jahr 1774
in Bildern, Büchern
und Geschichten

zu Klampen 2023

Inhalt

Die Wirkung dieses Büchleins war groß, ja ungeheuer, und vorzüglich deshalb, weil es genau in die rechte Zeit traf. Denn wie es nur eines geringen Zündkrauts bedarf, um eine gewaltige Mine zu entschläudern, so war auch die Explosion welche sich hierauf im Publicum ereignete, deshalb so mächtig, weil die junge Welt sich schon selbst untergraben hatte, und die Erschütterung deswegen so groß, weil ein Jeder mit seinen übertriebenen Forderungen, unbefriedigten Leidenschaften und eingebildeten Leiden zum Ausbruch kam. Man kann von dem Publicum nicht verlangen, daß es ein geistiges Werk geistig aufnehmen solle. Eigentlich ward nur der Inhalt, der Stoff beachtet, wie ich schon an meinen Freunden erfahren hatte, und daneben trat das alte Vorurtheil wieder ein, entspringend aus der Würde eines gedruckten Buchs, daß es nämlich einen didactischen Zweck haben müsse. Die wahre Darstellung aber hat keinen. Sie billigt nicht, sie tadelt nicht, sondern sie entwickelt die Gesinnungen und Handlungen in ihrer Folge und dadurch erleuchtet und belehrt sie.

Dichtung und Wahrheit
13. Buch

Vorbemerkung

Kaum je hat ein Erzählwerk so rasch, tief und dauerhaft gewirkt wie *Die Leiden des jungen Werthers*. Dem Autor wurde der Trubel darum bald unheimlich, sogar lästig. Aber er sah genau, daß seine geniale dichterische Seelenerkundung in eine Zeit gefallen war, für die große Umbrüche näher zu rücken schienen, in ein an Gegensätzen und Neuorientierungen überreiches Jahr. Dessen Erfahrungsganzes, die Lebens- und Geisteswelt des jungen Goethe wie seiner Zeitgenossen, soll hier sichtbar werden, bis in scheinbar provinzielle, manchmal auch entlegene Regionen. Selbstverständlich kann es nur bei Impressionen bleiben; aber wer ihnen eine Weile folgt, der mag aus den Ereignissen, Begegnungen und Äußerungen doch Leitmotive heraushören, ja die Konturen dieser Zeit zu spüren beginnen.

Der Streifzug durch das Geschehen folgt dem Kalender. Monatsweise werden dazwischen beachtliche, kuriose und symptomatische Bücher, auch ein paar Autographen vorgestellt; etliche Details sind neu ermittelt. Bilder der Epoche sollen Orte und Akteure anschaulich machen. Ausdruck und Schreibart halten sich fern von den Torheiten des momentanen Zeitgeistes. Quellennachweise waren nicht unterzubringen, aber alles ist nach Kräften überprüft. Biographische Daten und Kurzangaben suche man im Register.

Viele kenntnisreiche Freunde haben das Werden dieses kleinen Panoramas begleitet, über Jahre ermuntert und mit Nachfragen geholfen. Begonnen aus der bibliophilen Lust am Original, abgeschlossen aus kulturgeschichtlicher Neugier, möchte es 250 Jahre nach dem Erscheinen des *Werther* all jenen, die das deutsch-europäische Geistesleben in seinem unerschöpflichen Reichtum noch ehren und lieben, entdeckerische Freuden bereiten.

Hamburg, am 28. August 2023 J. S.

Einleitung

Wer die Gedankenwelt von 1774 verstehen möchte, tut gut daran, auf die Übergänge und Widersprüche des Zeitalters zu achten. Noch sind den Europäern bei all ihrem Unternehmungsgeist damals viele Winkel der Erde unbekannt: Erst nach 1770 wird zum Beispiel klar, daß Australien ein Kontinent ist. Noch behauptet sich der tief verwurzelte christliche Glaube als selbstverständliche Lebensmacht, allen Freigeistern und konfessionellen Spaltungen zum Trotz. Noch auch traut man der alten verwickelten Staats- und Reichsordnung, die im Westfälischen Frieden restituiert worden war. Aber das Gefüge zeigt Risse. Skeptische Vernunft sammelt sich von 1751 an in der *Encyclopédie*. Immer gründlicher werden Gesetze und Bausteine der Natur experimentell erkundet, auch industriell-ökonomisch in Dienst zu nehmen versucht; doch wer das – mit oder ohne Leibniz – optimistisch ausbaut, findet sein Vertrauen spätestens durch das Erdbeben von Lissabon 1755 heftig erschüttert. Auch die Staatsraison des sich aufgeklärt gebenden Absolutismus führt bei aller Öffnung für Theorien und allem Kolonisierungseifer keine harmonischere Welt herauf.

Die Umwälzung des europäischen Bündnissystems und der Ausbruch des Siebenjährigen Krieges 1756 zeigen, daß Machtinteressen, nicht Menschheitsträume die Politik bestimmen. Tausende müssen fallen und zweimal wird Berlin besetzt, bis Preußen mit knapper Not, Energie und Glück den status quo ante wahren kann; der eigentliche Sieger von «Deutschlands Peloponnesischem Krieg» (Hellmuth Rößler) mit seinen weltweiten Nebenkampfplätzen ist Großbritannien, das gegen Frankreich die Oberhand in Nordamerika und Indien, dazu endgültig die Hegemonie zur See erlangt. Mögen in Deutschland Publizisten den Tod fürs Vaterland, Teutschen Geist und Nationalstolz beschwören, mag die für alle Außenstehenden kuriose Kleinstaaterei nach überwundenen Kriegsgreueln manchmal auch rührend wirken – zum Beispiel wenn 1767 in Lessings *Minna von Barnhelm* die gewandte Sächsin den sturen preußischen Major gewinnt: Europas Bürger, die auf zivile Geselligkeit, wachsenden Anstand und geschmackliche Verfeinerung auch über Grenzen hinweg hofften, haben an der Sicherheit des Überkommenen zu zweifeln begonnen.

Frankreich ist, wie man weiß, nahezu bankrott, und wo sähe es in Europa besser aus? Drei Mißernten, von naßkalter Witterung verursacht, bringen 1770 bis 1773 Hunger und Empörung; selbst in Palermo wird der Vizekönig Giovanni Fogliani fortgejagt. Das Frühjahr 1774 ist trocken, der Herbst wieder naß und kalt. Weitblickend hat König Friedrich in Preußen seit dem Siebenjährigen Krieg den Anbau seltsamer Pflanzen mit Wurzelknollen gefördert, die anfangs, wie es heißt, «nicht einmal die Hunde» fressen mögen. Der Pharmazeut Antoine Parmentier empfiehlt 1773 in einem *Examen chymique des pommes de terres* nachdrücklich ihren Nährwert. Vorerst aber mögen sich weder Preußen noch Franzosen an das seltsame Lebensmittel gewöhnen.

Maria Theresia im Kreis ihrer Kinder (Heinrich Friedrich Füger 1776)

In der Politik hoffen Traditionalisten auf Kontinuität. Einige Monarchen regieren seit Jahrzehnten: Louis XV., Friedrich II., Maria Theresia und Carl III. von Spanien. Auch George III., der Hannoveraner, und die Zarin Katharina II. aus dem Hause Anhalt-Zerbst scheinen Berechenbarkeit zu sichern. Aber lange wird das Ensemble nicht mehr durchhalten. In Neapel-Sizilien, dessen König Ferdinand III. erst 1767 volljährig geworden ist, kann man sich vorerst auf den greisen Premier Bernardo Tanucci verlassen. Florenz geriert sich unter Peter Leopold, dem jüngeren Bruder Josephs II., als Filiale habsburgischen Reformwillens. In Savoyen und Sardinien hat Carl Emanuel III. sein Haus so gut bestellt, daß der Erbe Anfang 1773 kaum Sorgen auslöst. Der Machtwechsel im von Rußland besiegten Konstantinopel Ende 1773 entlastet die Europäer vorerst. Aber was ist von Schwedens jungem König Gustav III. zu halten, der ein Jahr nach der Inthronisierung 1772 putschartig die Macht des Reichstags beschränkt hat? Und war es nur ein Mißgeschick, daß in Dänemark unter dem geisteskranken Christian VII. 1771 der Leibarzt Struensee die Königin schwängern konnte und freie Hand für radikale Reformen bekam, bis er ein Jahr später entmachtet und grausam hingerichtet wurde? In London erscheint 1774 eine Tirade gegen die *Chains of Slavery* unter despotischen Autokraten: Jean Paul Marats erstes politisches Buch, ein Vorbote der Revolution.

Auch in Deutschland herrschen noch ein paar Veteranen. Herzog Carl von Braunschweig, dienstälter sogar als sein doppelter Schwager Friedrich von Preußen, spart freilich nicht genug und muß 1773 die Geschäfte dem Sohn übertragen. Ähnlich lange sitzen der großzügige Carl Theodor in der Pfalz, der sprunghaft-eitle Despot Karl Eugen in Württemberg und der zähe «vielgeliebte» Max III. Joseph in Bayern auf dem Thron. Aber von der Selbstsicherheit der barocken Zeiten ist nur das Machtkalkül geblieben. Als sich Rußland, Preußen und Österreich 1772 je ein Stück Polens einverleiben, soll Maria Theresia die vertragsbrüchige Unmoral beweint, ja selbst die Zarin gezögert haben. Wie rührend – doch schon vor der Bestätigung durch den Reichstag im September 1773 schickt man neue Siedler nach Ostgalizien, Weißrußland und Polnisch-Livland, erst recht nach Westpreußen: Mehrung, ‹Peuplierung› und stetig verbesserte Nutzung des Landes ist für Physiokraten das A und O effizienter Staatswirtschaft.

Hinrichtung J. Fr. Struensees 1772 (zeitgenössischer anonymer Stich)

Nicht einmal Englands Pragmatiker können Moral und Politik versöhnen: Anstatt den erfolgreichen nordamerikanischen Kolonisten die Steuern und Zölle zu mildern, beginnt London ihnen zu drohen; Mitte Dezember 1773 entlädt sich der angestaute Unmut in der ‹Boston Tea Party›. Im Jahr darauf, nach weiteren Zwangsaktionen des Mutterlandes, wird der Kontinentalkongress von Philadelphia die Wende zur Selbstverwaltung einleiten.

Schlußblatt einer Bildfolge zur Aufhebung des Jesuitenordens von Johann Martin Will (1774)

Am meisten aber diskutiert man 1773 ein anderes Ereignis, das Carl Schmitt das erstaunlichste des Zeitalters nannte: Die Unterdrückung der Jesuiten durch den Papst selbst. Gut ein Jahrhundert nach Blaise Pascals *Provinciales*, in denen die Schliche jesuitischer Morallehren angeprangert worden waren, zählt der stolze Intellektuellen-Orden zwar über 22000 Mitglieder, die in 750 Kollegien mehr als 210000 Schüler unterrichten. Dagegen hat eine europaweite Koalition des Mißtrauens erreicht, daß die Societas Jesu vielerorts verboten und enteignet worden ist: seit 1757 in Portugal und Brasilien, von 1761 bis 1766 schrittweise in Frankreich, 1767/68 in Spanien, Neapel-Sizilien und Parma. Trotzdem ist es ein Fanal, als der stark bedrängte Papst Clemens XIV. am 21. Juli 1773 die völlige Aufhebung proklamiert. Weit über den Orden hinaus ändern sich Lebensplanungen. Auch wenn Preußen die Weisung erst mit dem Dezember 1775 akzeptiert und Rußland nie: Europa hat einen Stabilitätsfaktor verloren, vor allem weil etliche Staaten, darunter Österreich, ihr bislang jesuitisch gestütztes Schulwesen nun neu organisieren müssen.

Unterdessen wächst rapide das Interesse an Reformpädagogik, die ein anderes, vernunftgeleitetes Miteinander jenseits von Standesgrenzen ausmalt. Zwar wird die in Rousseaus *Emile* (1762) vorgeführte Ideologie ‹natürlicher› Erziehung vorerst nur unter empfindsamen Begüterten diskutiert, wo die Damen, vor allem in Hofnähe, gerade besonders künstlich hochgetürmte Frisuren tragen. Aber wer sich aufgeschlossen zeigen will, zollt Basedows Plädoyers für ein Lernen ohne Drill, Pestalozzis Experimenten in Ganzheitlichkeit oder Rochows *Versuch eines Schulbuches, für Kinder der Landleute* (1772) seinen Respekt. Adelungs *Leipziger Wochenblatt für Kinder* erscheint

Der Urheber der neuen theresianischen Schulordnung (J. D. Schleuen d. Ä. nach J. G. Reinitius, 1773)

nur zwei Jahre, findet aber familientauglichere Nachfolger. Inmitten einer munteren, oft spielerisch lockeren Geselligkeit dringt so der Wunsch, Sitte und Gemeingeist von Grund auf neu zu denken, bis tief in die bürgerliche Welt, selbst wenn die Ideale von Natürlichkeit zuweilen sektiererhaft, subversiv und utopistisch ausarten.

Vom Weg zu ganzer Menschlichkeit erzählt auch Wielands *Geschichte des Agathon,* die 1766 und erneut 1773 in vier Bänden herauskommt. Darin blendet der schwäbische Pfarrerssohn, den man 1772 als Prinzenerzieher nach Weimar geholt hat, christliche Bezüge völlig aus; Handlung und philosophische Dialoge des Bildungsromans spielen vor antiker Kulisse. Das Werk hat Erfolg bei Kritikern; mehr Aufsehen erregt jedoch der altdeutsch-tragische «Selbsthelfer» im Drama *Götz von Berlichingen,* gerade weil Kenner über die shakespearisch wilden Szenenwechsel des jungen Goethe streiten. Noch deutlich mehr Leser – darunter mit Sicherheit viele Leserinnen – amüsiert indessen ein gutwilliger Prediger, den man, wohin er auch flieht, alsbald zum Ketzer erklärt: In seinem *Sebaldus Nothanker* entlarvt Friedrich Nicolai satirisch treffsicher die Haarspaltereien innerprotestantischer Richtungskämpfe. Solche literarischen Erfolge übertönen, daß Klopstock fast zur gleichen Zeit 1773 den Schlußband seines 1749 begonnenen hexametrischen Ungetüms *Der Messias* herausbringt; auch Boies Göttinger *Musenalmanach* für 1774 mit einer überaus repräsentativen Zusammenstellung von Gedichten und Autoren (→40) findet kein Massenpublikum.

Wissenschaftler brauchen das ohnehin nicht; für sie entscheidet die Sache. So begründet Abraham Gottlob Werner im Herbst 1773 mit dem Buch *Von den äußerlichen Kennzeichen der Foßilien* seinen legendären Ruf unter den

Bergwissenschaftlern, und Johann Georg Vogel ediert das Grundwerk zur *Wald-Bienenzucht,* das der Lausitzer Pastor Adam Gottlob Schirach hinterlassen hat. Friedrich Eberhard Boysen, Oberhofprediger in Quedlinburg, bringt «auf Verlangen» seine längst fertige Übersetzung des Korans heraus – absichtlich gegen die nur ein Jahr zuvor erschienene erste deutsche Gesamtversion, worin die «türkische Bibel» als «Lügenbuch» dargestellt war. Einsicht fördern möchten nicht nur Frankreichs Enzyklopädisten; auch in Edinburgh hat eine «Society of Gentlemen» 1771 die erste *Encyclopaedia Britannica* in drei Bänden fertiggestellt. Besonders langen Atem beim Sammeln von Wissen beweist von 1773 an der Berliner Arzt Johann Georg Krünitz: Aus der Übersetzung einer neuen *Encyclopédie économique* formt er seit dem fünften Band (1775) ein eigenständiges Werk; 1796 wird er über Band 75 sterben, während der Arbeit am Artikel ‹Leiche›. Abgeschlossen ist der ‹Krünitz› erst 1858 in 242 Oktavbänden. Bis dahin bleibt der aufklärerische ‹Zedler› (1732–1754) mit seinen 68 Folianten das reichhaltigste allgemeine Nachschlagewerk in deutscher Sprache.

Anfang 1774 bieten Europas Städte folgendes Bild: Nach den Weltzentren London, Konstantinopel (je etwa 750 000 Einwohner), Paris (400 000), Neapel (300 000) und Amsterdam (200 000) folgen Metropolen wie Wien, St. Petersburg (180 000), Venedig und Rom (je etwa 140 000), Lissabon, Madrid, Mailand, Berlin, Moskau (über 130 000) sowie Palermo (120 000). Aber auch in Lyon, Kopenhagen und Dublin wohnen schon fast 100 000 Menschen; Marseille, Rouen, Florenz, Genua, Sevilla, Barcelona und das schnell wachsende Hamburg kommen auf etwa 75 000. Großstädte mit 50–60 000 Einwohnern sind Dresden, Danzig, Breslau, Prag, Königsberg, Gent, Brüssel, Antwerpen, Rotterdam, Lüttich, Nantes, Toulouse und Edinburgh, aber auch Granada und Cadiz. In Warschau, Straßburg, München, Frankfurt, Nürnberg, Stuttgart und Leipzig hingegen leben nur 30–40 000 Menschen. Allein am Hof von Versailles wimmeln bis zu 25 000 Personen, weit mehr als in den Schlössern Wiens. Die allermeisten Orte aber sind klein. Colmar hat damals erstaunliche 12 000 Einwohner, Weimar hingegen gerade etwa 6000, die überwiegend ärmlich hausen, kaum gepflasterte Straßen vorfinden und von der Obrigkeit angewiesen werden, daß man erst nach elf Uhr abends aus den Fenstern Nachtgeschirre ausleeren dürfe.

DEUTSCHLAND.

Tab. XLV.

Karte der Reichskreise aus Basedows Elementarwerk, zeitgenössisch koloriert

Während in Frankreich der Zentralismus recht tief reicht, pochen in Deutschland gerade kleinere Grundherren auf ihre Sonderexistenz. Die weit über 300 mehr oder minder eigenständigen, häufig noch selbst in Untergebiete aufgeteilten Territorien, vom Herzogtum Kärnten bis zur nur 35 km² großen Herrschaft Eglofs, vom Hochstift Lübeck bis zur Grafschaft von Isenburg-Büdingen-Wächtersbach, kann letztlich niemand mehr politisch überblicken – ein Dorado für findige Juristen. Im Wetzlarer Reichskammergericht sind etliche Prozesse schon über ein Jahrhundert anhängig. Immerhin gibt es seit alters Verwaltungsabsprachen innerhalb der zehn Reichskreise, erstaunlich verläßliche, regelmäßige Postverbindungen bis in weite Fernen, praktikable Reiseregeln und Leitwährungen. Freilich kommen nur wenige Menschen weiter herum; am ehesten noch als Soldaten. In Preußen werden pro Ehe durchschnittlich 4,5 Kinder geboren, aber da sehr viele früh sterben, erfüllt dieser Wert nicht einmal die Reproduktionsrate. Deshalb wirbt man seit Jahrzehnten um Einwanderer und Kolonisten. Friedrich der Große zum Beispiel finanziert 1774 mit 39 000 Talern die Trockenlegung des oberen Plönebruchs, um dort 150 Familien anzusiedeln. Ähnlich hat Österreich im Banat und in Kroatien agiert. In Spanien gibt es deutsche Siedler, und auch in Florenz geht man daran, die Maremmen zu entwässern, die als Malariaherd berüchtigt sind.

Neben besserer Landnutzung könnte moderne Industrie ein Staatswesen entscheidend stärken – das erkennen die meisten Regenten und planen gezielt ganze Ortsbezirke. Nur drei von vielen hundert möglichen Beispielen: In Neuwied hat man fleißige Herrnhuter angesiedelt; im nahen Bendorf ist ein Hüttenwerk in Betrieb. Und östlich von Höchst, vor den Toren Frankfurts, läßt der Fürstbischof von Mainz eine Neustadt für Gewerbe jedweder christlichen Konfession entwerfen.

Frontispiz zum Voyage a L'Isle de France *(1773) von Bernardin de Saint-Pierre*

Es kann engstirnig wirken, daß Theologen auch 1774 noch die Jesuitenfrage diskutieren oder zwischen Neologie und Pietismus um Orthodoxie feilschen: Ringsum wird das Verhältnis von Glauben und Wissen neu bestimmt. Entdecker wie Cook, Kerguelen, Forrest oder Bernardin de Saint-Pierre, der 1773 seine Reise nach Mauritius schildert, mehren die Weltkenntnis. Aber 1774 bringt auch Pierre Simon Laplace, Professor an der Pariser Militärschule, seine erste Abhandlung zur Wahrscheinlichkeitsrechnung heraus, die den Weg zur Normalverteilung weist. In Boston beginnt John Jeffries täglich das Wetter aufzuzeichnen. Auf dem Bergmassiv Schiehallion in den schottischen Highlands gelingt es dem britischen Hofastronomen Nevil Maskelyne und dem Mathematiker

Ein winziger Ausschnitt aus dem Atlas Tyroliensis, *erschienen 1774 in Wien. Johann Ernst Mansfeld brachte diese Gesamtkarte Tirols im Maßstab 1:104 000 auf 20 Blättern heraus, für die Peter Anich und Blasius Hueber seit 1760 akribisch ihre Heimat vermessen hatten.*

Charles Hutton, über höchst akribisch gemessene Lot-Ablenkungen Newtons Gravitationskonstante und so Masse und Dichte der Erde abzuschätzen, wobei Hutton nebenbei die Höhenlinien erfindet. Adam Smith schreibt in London – meist im ‹British Coffee House›, Cockspur Street – an seiner Wirtschaftstheorie, Kant in Königsberg an seiner *Kritik der reinen Vernunft*. Während in Paris der junge Abbé Duvoisin noch für das Wunder der *Vision de Constantin* plädiert, emendiert in Halle der Theologe Johann Jakob Griesbach an weit über 300 Stellen philologisch den Text des Neuen Testaments, und Edward Gibbon verfaßt sein Geschichtspanorama vom Niedergang Roms, den er mit auf das Christentum zurückführen wird.

Historische Forschung und Gedankenexperiment verbinden sich auf vielen Gebieten in der Suche nach Ursprüngen: Wie Jean Jacques Rousseau den natürlichen Menschen postuliert, so hofft man sammelnd und nachempfindend zum Beispiel dem Rätsel der Sprachentstehung auf die Spur zu kommen, zumal der Poesie als «Muttersprache des Menschengeschlechts» (Hamann). Neben Homer und Pindar weckt nach 1760 der angebliche gälische Barde Ossian europaweit Enthusiasmus unter jungen Literaten. Was

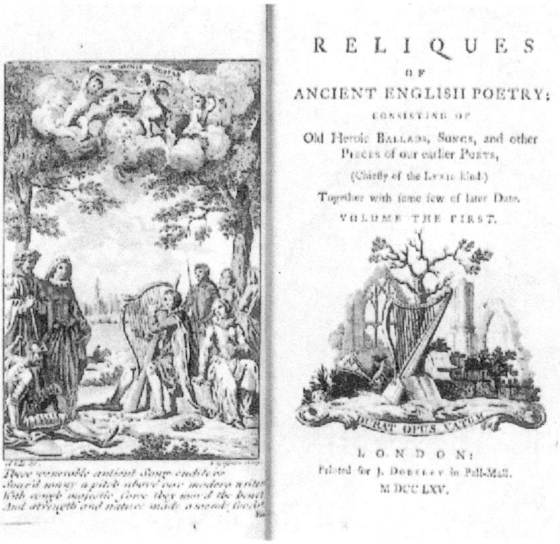

Poetische Ursprungssuche 1765: Percys Motto lautet «Durat opus vatum»

Percy 1765 und Warton seit 1774 für England leisten, denkt der hellhörige Herder sogleich für die ganze europäische Lyrik, ja für die Weltliteratur weiter; die ersten Volkslieder, poetischer Widerhall und Nachbild des Menschheitsursprungs voll hieroglyphischer Weisheit, fänden sich in der biblischen Genesis-Erzählung, erklärt er 1774.

Tragen jede Kultur und jedes Volk – so ein Kerngedanke Herders – ihre Wahrheit in sich, ist es letztlich müßig, überhistorische ästhetische Grundsätze zu formulieren. Doch das Lehrgebäude der seit alters rhetorisch-affektiv organisierten Künste läßt sich nicht einfach durch vage Konzepte von Natürlichkeit, Genie und Leidenschaft neu begründen. Es ist symptomatisch, daß Johann Georg Sulzers *Allgemeine Theorie der Schönen Künste* (1771–1774) die Ganzheitlichkeit großer Werke und auch das Genie würdigt, aber Regeln, Anleitung und Könnerschaft nicht preisgeben mag. In Nürnberg huldigt der ‹Pegnesische Blumenorden› unter dem neuen Präses Johann Augustin Dietelmair weiter überkommenen Rezepten der Sprachartistik, während literarische Neuerer bei Shakespeare, Pindar und ‹Ossian› den Ausdruck der Leidenschaft finden.

Obgleich der Jesuit Antonio Eximeno in Rom und der Franziskaner-Konventuale Giambattista Martini in Bologna 1774 grundlegende Musiklehrbücher veröffentlichen, herrscht im Reich der Töne kein verbindlicher Zeitgeschmack. Am preußischen Hof konserviert man die artige Melodiosität des Frührokoko, während der 1768 dort entwichene C.P.E. Bach in Hamburg kühne Klangversuche wagen kann. Das tut in seinen Solosonaten auch Joseph Haydn. In Esterháza bietet er weniger harmonische Experimente, dafür aber Humor in sinfonischen Kabinettstücken wie dem ‹Schulmeister› oder ‹Il Distratto›. Im gewohnten Rhythmus bleibt der Opernbetrieb; allein Piccinnis venezianischer Schüler Pasquale Anfossi komponiert 1774 fünf Opern, davon eine für Wien und zwei für Rom, auch eine *Finta Giardiniera.* Neapel, London und kleinere Residenzen bieten, wenn es geht, pompöse Spektakel. In Paris dagegen triumphiert 1774 das Seelendrama Glucks. Allenthalben sinnt man auf sparsamere Formen, auch weil häufiger privat musiziert wird. Ernst Wilhelm Wolf, seit 1768 Weimars Hofkapellmeister, bringt 1774 auf eigene Kosten *Sei sonate per il clavicembalo solo* mit Widmung an die 35jährige, kompositorisch versierte Landesherrin Anna Amalia heraus. Mozart, der Ende 1773 sein erstes Klavierkonzert D-Dur K 175 fertiggestellt hat, zieht von Fall zu Fall die Register: Neben kontrapunktischen Messen für Salzburg schreibt er seine erste wichtige Symphonie (A-Dur, K 201) und die Chöre zu Geblers *Thamos, König von Egypten,* die er selbst als reife Leistung sieht, aber auch für München die mäßig originelle Oper *La finta Giardiniera.*

Die erste Manuskriptseite von Mozarts Musik zu Thamos

Noch beherrscht galantes Rokoko die bildende Kunst; so gibt unter den Illustratoren nach Gravelots Tod Charles Eisen den Ton an. In der Baukunst aber kontrastieren schon deutlich mehrere Stilarten. König Friedrichs Neues Palais in Potsdam (beendet 1769) gibt sich spätbarock, erst recht die Wallfahrtskirche von Vierzehnheiligen (geweiht 1772) – übrigens auch die von 1774 an errichtete neue königliche Bibliothek in Berlin, die Karl Lessing im November 1777 als «Kommode» verspotten wird. Das 1769 fertig-

Schloß Wörlitz (Stich von Israel Salomon Probst, 1784)

gestellte Schloß Wörlitz folgt dagegen englisch-klassizistischen Vorbildern. Entschlossen hybrid zeigt sich das gotisierende Anwesen Strawberry Hill bei Twickenham, von dem sein stolzer Erfinder Horace Walpole 1774 auf eigener Presse eine *Description* in 106 Exemplaren drucken läßt. Und Patrick Brydones *Reise durch Sicilien und Malta* (London 1773, gleich verdeutscht von Georg Joachim Zollikofer) stellt sogar die bizarr manieristischen Dekorationen der Villa Palagonia in der Nähe von Palermo vor.

Nicht nur stilistisch ist man für Wagnisse zu haben, auch im Laboratorium, ja am menschlichen Leibe. Während des Spätsommers 1774 impft der Landwirt Benjamin Jesty im englischen Dorset einige Familienmitglieder erstmals mit Kuhpocken. Das macht ihn zum Pionier, denn sonst praktiziert man bislang nur die gefährliche ‹Variolation› mit menschlichem Blatternsekret. Nach schwerer Erkrankung Maria Theresias 1767 und drei Todesfällen in der Familie sind vier Kaiserkinder so behandelt worden; zu gleicher Zeit hat sich Zarin Katharina dem Londoner Spezialisten Thomas Dimsdale anvertraut. Louis XVI. wird sich 1774 nach dem Pockentod seines Großvaters samt den Angehörigen ebenfalls impfen lassen.

Königliche Bibliothek in Berlin (Stich von Johann Friedrich Schleuen, um 1780)

Manchmal fast zu wenig besorgt um geistige Infektionen stellen Philosophen ihre Gedankenexperimente an. Der meiste Gesprächsstoff kommt wie bisher aus Frankreich, wo man mit den materialistischen und sensualistischen Konzepten von Holbach, Helvétius, Bonnet und anderen der Exaktheit zu huldigen meint. Nach den moralisch-ästhetischen Debatten früherer Jahrzehnte stellt die ‹Zweite Aufklärung› auf der Suche nach Begründungsstandards das Hergebrachte noch heftiger in Frage. Viele, denen braves Gottvertrauen nicht mehr genügt, versuchen es wieder mit dem alten Bild der Maschine – sicher auch, weil unentwegt neue Apparaturen entstehen.
Da kann man präzise Feinmechanik bewundern wie die Automaten der Uhrmacher Jaquet-Droz, die Konstruktionen des schwäbischen Pfarrers Hahn oder Johann Friedrich Ungers erst jetzt veröffentlichten, dann auch gebauten Mechanismus, um Tastenklänge aufzuzeichnen. Praktiker achten indes mehr auf industriell nutzbare Technik: In England laufen die ersten Spinnapparaturen, und James Watt treibt, von der rasch wachsenden Kohleförderung mit angeregt, die Entwicklung der Dampfmaschine voran. Auch in Frankreich setzt der Erfinder d'Auxiron auf Dampfkraft; allerdings sinkt

Skizze aus Claude Lorrains Liber Veritatis, *Mezzotinto-Radierung von Richard Earlom*

sein Schiffs-Prototyp noch vor der Probefahrt, hinabgezogen wohl von der Ziegelschicht zur Isolierung des Kessels. In Genf konstruiert Le Sage 1774 den ersten elektrischen Telegraphen, bei dem über 24 Drähte ein Alphabet von Kügelchen aus Fruchtmark in Bewegung gesetzt wird. Künstlerisch sind neue Techniken ebenfalls gefragt: So gibt Richard Earlom die Skizzen des *Liber veritatis* von Claude Lorrain in einem virtuosen Zusammenspiel von Radierung und Mezzotinto wieder. Ende des Jahres führt dann Justus Claproth, ein Jurist in Göttingen, auch noch vor, wie man Altpapier von Druckerschwärze reinigen kann, um es erneut zu verwenden.

Das ist ein weitblickender Gedanke. Zwar können allenfalls 15 Prozent der Menschen lesen, aber selbst unter Stubenmädchen haben Romane und ‹Moralische Wochenschriften› in den vergangenen Jahrzehnten eine ‹Leserevolution› ausgelöst. Tausende von Autoren schreiben; europaweit wird immer mehr gedruckt. Allein auf deutsch erscheinen 1774 über 1500 neue Werke; in Rußland, wo noch keine rabiaten Aufklärer Stimmung machen, wächst dank amtlicher Pressefreiheit die Menge des Publizierten besonders

rasch. Nach dem Vorbild Voltaires, der virtuos die Zensoren narrt, bringen viele ihre Werke anonym oder unter gewitztem Pseudonym heraus.
Vom Schreiben leben kann indes kaum jemand, schon weil so gut wie kein Urheberrecht existiert. Immerhin macht Kursachsen Ende 1773 einen Anfang: Dort wird es erlaubt, Nachdrucke zu konfiszieren, falls ein klagender Buchhändler beweisen kann, «daß er das Verlags-Recht an dem Buche ... von dem Schriftsteller redlicher Weise an sich gebracht habe». Der Göttinger Jurist Johann Stephan Pütter belegt 1774, daß der Nachdruck «ein sicheres Mittel» sei, «Gelehrsamkeit und Buchhandel zu ersticken». Das Piratentum blüht dennoch, begünstigt von der Kleinstaaterei, gerade in diesen Jahren auf, zumal für bellettristische Literatur. Die ersten Gesamtausgaben Goethes erscheinen von 1775 an bei Raubdruckern, die sich noch lange durch Tricks und Drohungen nicht einschüchtern lassen.
Kaum unter Nachdruckerei leiden Gelehrte. Seit dem Ende des Siebenjährigen Krieges kann die intellektuelle Welt in deutschen und europäischen Landen anderthalb nahezu störungsfreie Jahrzehnte genießen, in denen ein überschaubares, aber wachsendes Publikum vom hochspezialisierten Fachbeitrag bis zum populären Essay, von spekulativen und tendentiösen Schriften bis zum allgemeinverständlichen Handbuch reiche Möglichkeiten hat, seine Kenntnisse zu erweitern. Diese Aufklärung im guten Sinne zehrt von Lexikonautoren, Übersetzern, Zeitschriften, dem bald wuchernden Rezensionswesen und auch ein paar idealistischen Verlegern. Existierten Forschung und Gelehrsamkeit zu Beginn des Jahrhunderts vielfach in klösterlich-klerikaler Klause oder von Hofes Gnaden – noch Lessing bis zu seinem Ende 1781 im isolierten Wolfenbüttel –, gibt die neue gebildete Öffentlichkeit, wie etwa Justus Möser sie fördert, auch den originell Mitdenkenden am Rande eines Faches ihre Chance; vereinzelt entstehen echte Akademien enzyklopädischer Wissenschaft. Vorbild in Deutschland wird die erst 1737 gegründete Universität Göttingen, begünstigt von ihrer engen Verbindung nach Großbritannien, gesegnet mit vielen brillanten Fachleuten und dem neben Nicolais *Allgemeiner Deutscher Bibliothek* besten deutschen Rezensionsblatt, den *Göttingischen gelehrten Anzeigen.*
Damit sei dieser knappe, lückenhafte Überblick abgebrochen. Was das Jahr 1774 an Seltsamem, Bewegendem, Einschneidendem, mitunter gar Epochalem brachte, das sollen die folgenden Seiten zeigen.

Johann Caspar Zehender: Schlittschuhläufer auf dem Main im Osten Frankfurts (Zeichnung von 1773)

Januar 1774

1 Sa In Weimar führt Abel Seylers Theatertruppe Lessings *Emilia Galotti* auf. Die Hauptrollen spielen Esther Charlotte Brandes und Konrad Ekhof.
In London resümiert Dr. Samuel Johnson mißmutig das vergangene Jahr: «I doubt whether I have not rather impaired than increased my learning».
In Winterthur tritt der noch nicht 16jährige Johann Heinrich Lips aus Kloten, den Lavater bereits für die Physiognomik engagiert hat, seine einmonatige Ausbildung im Radieren bei Johann Rudolf Schellenberg an.

J. R. Schellenberg (Stich von Lips um 1776)

Giacomo Casanova kommt aus Görz wieder nach Triest; er quartiert sich in der ‹Locanda Grande› ein.
2 So Goethe fährt bei Frankfurt Schlittschuh, bis er ins Eis einbricht.
Aus Halberstadt schreibt der Literat Johann Wilhelm Ludwig Gleim nach Weimar an Christoph Martin Wieland, um dessen Groll über Wilhelm Heinses deutschen Petronius und einige freizügige Stanzen (in Heinses kommendem Buch *Laidion*) zu dämpfen. Auch Heinse selbst schreibt an Wieland entschuldigend, er sei «von brausender Jugend berauscht» gewesen.
3 Mo Goethe schreibt dem Quietisten Johann Friedrich von Fleischbein, der u. a. um Bücher der Madame Guyon gebeten hatte, nach Pyrmont. Er grüßt auch von seiner geistlichen Mentorin Susanna von Klettenberg.
Christian Felix Weiße in Leipzig informiert den befreundeten Literaten Carl Wilhelm Ramler in Berlin, daß Johann Jakob Engels Besprechung von Ramlers Oden in der von Weiße herausgegebenen *Neuen Bibliothek der Schönen Künste* nun «völlig abgedruckt» sei. Engel nimmt darin Ramler gegen den verstorbenen Philologen Christian Adolf Klotz in Schutz.

Der Maler Jean Honoré Fragonard und sein Gönner Pierre Jacques Bergeret, die sich seit dem 5. Dezember 1773 in Rom aufhalten, speisen wieder einmal bei Kardinal de Bernis, dem wichtigsten Franzosen im Vatikan. Abends geht es zur Oper ins Teatro Argentina.

4 Di Aus Berlin sendet der Zeichner und Kupferstecher Daniel Chodowiecki ein «schweres Pack mit physiognomischem Allerlei» an den Prediger und frommen Zeichendeuter Johann Caspar Lavater nach Zürich: 116 Porträts auf 114 Bogen. «Ob sie alle physiognomisch richtig sind, das kann ich nicht versprechen, aber die mehresten sind recht ähnlich.»

In Zarskoje Selo ist General Grigorij Potemkin zu Gast bei Zarin Katharina. Ende des Monats wird er ihr Liebhaber sein.

5 Mi Heinrich Wilhelm von Gerstenberg, Dichter und Literat, schreibt aus Kopenhagen an Goethe: Er hoffe, dessen Erfolg (mit dem *Götz von Berlichingen*) möge «in Deutschland ein Publikum von Deutschen wirken».

In Erfurt wird das katholische ‹Emmericianische› Gymnasium eröffnet, gestiftet vom Landesherrn, dem Mainzer Fürstbischof Emmerich Joseph von Breidbach. Erster Direktor ist Christian Joseph Jagemann.

6 Do Der Bretone Yves Joseph de Kerguelen erreicht zum zweiten Mal nach 1772 eine Inselgruppe im Südindischen Ozean, die er nun für Frankreich in Besitz nimmt. Er hinterläßt eine Botschaft in einer Flasche. (James Cook wird sie 1776 finden und die Inseln nach Kerguelen benennen.)

Aus Darmstadt übersendet Johann Heinrich Merck, eben zum Kriegsrat ernannt, Markgräfin Caroline Louise von Baden «ein Kistgen mit Mineralien», das ihm Ludwig Heinrich von Nicolay, der Privatsekretär des Zarewitsch Pawel, in St. Petersburg für die Fürstin mitgegeben hatte.

In der Hauskapelle des Barnabiten-Kollegs St. Martin in Mistelbach, 40 Kilometer nördlich von Wien, kleidet Pater Eustachius Weiss nach der Vesper den 16jährigen Karl Leonhard Reinhold als Novizen ‹Don Pius› ein. Reinhold, der bisher Jesuitenschüler war, hatte seit November 1773 im Wiener Barnabiten-Kolleg St. Michael gelebt.

7 Fr Johann Caspar Lavater schreibt aus Zürich rhapsodisch an Goethe, den er persönlich noch nicht kennt: «O belebe mich, und tödte Meine Schwachheit; starker Goethe!»

Louis Claude de Saint-Martin (nach zeitgenössischer Zeichnung)

In Lyon beginnen Jean Baptiste Willermoz und Louis Claude de Saint-Martin, der eben sein Buch *Des erreurs et de la vérité* beendet hat, Vorträge über Hochgrad-Freimaurerei und Theosophie zu halten (*Leçons de Lyon,* bis zum 23. Oktober 1776).

Im *Wandsbecker Bothen* bemerkt der Redakteur Matthias Claudius en passant: «Man spricht nun von einer Vermählung des Herzogs von Weimar mit der jüngsten Prinzeßin von Hessen-Darmstadt.»

8 Sa Goethe fordert von dem Hainbündler Heinrich Christian Boie in Göttingen, der den *Götz* mit verbreitet hatte, für die «150 Ex. auf zweymal» Geld oder wenigstens Papier.

Gleim regt seinen Halberstädter Dichterkreis (Georg Jacobi, Klamer Schmidt, Heinse sowie Lehenssekretär Gleim, ein Neffe) an, «eine kleine Winterlustbarkeit» zu veranstalten: Jeder solle allmorgendlich ein Spottgedicht «über Critiker und Journalisten» in eine zirkulierende Büchse stecken; die Beiträge verlese man sonnabends «nach dem Concert» anonym und rate die Autoren. Das Spiel wird bis Ende 1778 fortgehen. Anfangs richten sich viele Pasquille gegen den Berliner Verleger Friedrich Nicolai («Nickel»), aber auch gegen Christoph Martin Wieland und dessen seit einem Jahr existierenden *Deutschen,* neuerdings *Teutschen Merkur.*

Von Tubac (Arizona) bricht Juan Bautista de Anza auf, um eine Passage nach Kalifornien zu suchen. Ihn begleiten 20 Soldaten, drei Padres und 11 Diener mit 140 Pferden, 35 Maultieren und 65 Rindern.

9 So Die 17jährige Maximiliane, Tochter des kurtrierischen Rats Georg Michael La Roche und seiner Frau Sophie, einer bekannten Schriftstellerin, heiratet in der Schloßkirche von Ehrenbreitstein den 38jährigen Frankfurter Kaufmann Peter Anton Brentano, mit dem sie in wenig glücklicher Ehe zwölf Kinder haben wird. Ein Trauzeuge ist Quirin Joseph d'Ester aus dem nahen Vallendar.

Wieland schreibt an Gleim, er mißbillige Wilhelm Heinses «Schwärmerei», auch «den muthwilligen Ton der Reue».

Jakob Philipp Hackert: Ausbruch des Vesuvs am 12. Januar 1774

In Paris stirbt Jacques François Blondel, ein bedeutender Architekturlehrer und Fachautor der 1772 zunächst abgeschlossenen *Encyclopédie*.

10 Mo Mecklenburg-Schwerins Geheime Räte empfehlen ihrem pietistischen Herzog Friedrich, daß sich sein Neffe und designierter Thronfolger Friedrich Franz mit Louise von Hessen-Darmstadt vermählen solle, die er 1773 auf ihrer Durchreise über Travemünde nach Rußland in Ludwigslust kennengelernt hatte. (Sie wird sich aber am 18. Dezember 1774 für Carl August von Sachsen-Weimar entscheiden.)

Goethe bittet als Anwalt des Dorfes Nieder-Erlenbach gegen Dörchelweiler um Fristverlängerung. Es geht um die Verpflichtung zu Heufuhren.

11 Di Benjamin Franklin, Vertreter von Massachusetts in London, wird vor dem Privy Council beschuldigt, durch ihn seien Briefe publik geworden, die Thomas Hutchinson, den Gouverneur von Massachusetts, diskreditieren. Konsterniert bittet Franklin um Vertagung auf den 29. Januar.

12 Mi Der Vesuv bricht aus. Jakob Philipp Hackert hält die Szene auf einem Gemälde fest.

In Rom besichtigen Fragonard und Bergeret die Peterskirche, die vatikanische Bibliothek und die Engelsburg.

In Göttingen beobachtet der Physikprofessor Georg Christoph Lichtenberg trotz strenger Kälte nachts den am 12. Oktober 1773 von Charles Messier entdeckten Kometen.

13 Do Goethe sendet dem jungen Bruder seiner Freundin Lotte, Hans Buff in Wetzlar, als «praemium virtutis et diligentiae» zwei Schaumünzen, darunter einen Frankfurter Heller.

In Ilsenburg stirbt mit 26 Jahren der vielversprechende Kritiker und Literat Ludwig August Unzer, dessen letztes Buch gerade erschienen ist (→36).

Der Göttinger Hainbündler Johann Martin Miller schickt, wie erbeten, an seinen Bekannten, den Dichter Gottfried August Bürger, Amtmann in Gelliehausen, Geburtstagsverse für die Familie Leonhart in Niedeck. Bürger nennt am 19. Januar nur das erste Gedicht gut, «mutatis mutandis».

14 Fr Der junge Johannes Müller kündigt seine Professur des Griechischen am ‹Collegium Humanitatis› seiner Geburtsstadt Schaffhausen; er wird Hauslehrer bei Jacob Tronchin-Calandrini in Genf.

In diesen Tagen beginnt Goethe das Drama *Claudine von Villa Bella.* (Fertiggestellt wird es erst von April bis Juni 1775.)

15 Sa Goethe weist als Anwalt von Nieder-Erlenbach gegen Dörchelweiler nach, daß seine Mandanten nie zur Heufuhr nach Frankfurt verpflichtet gewesen seien. Als Verteidiger des Isaak Herz Bonn (Prozeßübernahme von seinem juristischen Mentor Hieronymus Peter Schlosser) macht er gegen Alexander Jacob Rindskopf eine Eingabe um verkaufte Wechsel.

Maximiliane Brentano zieht zu ihrem Ehemann in den ‹Nürnberger Hof› nach Frankfurt; ihre Mutter Sophie La Roche begleitet sie. Goethe verkehrt in ihrem Kreis, zu dem auch der Dechant Dumeiz zählt. Merck reist nach Frankfurt, um das neue Paar zu besuchen.

Johann Gottfried Herder, Hofprediger und Konsistorialrat in Bückeburg, schreibt an Lavater in Zürich. Er empfiehlt Goethe – der sei ein «großer Zeichner» wie Johann Heinrich Füßli.

A. G. Kästner (PhFr 4:375)

In Göttingen unterbreitet der Mathematiker Abraham Gotthelf Kästner der Sozietät der Wissenschaften die Angaben seines Kollegen Georg Christoph Lichtenberg zur scheinbaren Bahn des beobachteten Kometen.

In Paris wird Voltaires Tragödie *Sophonisbe* an der Comédie Française uraufgeführt. Das schon 1769 gedruckte Stück wird verlacht und ausgepfiffen, erlebt aber immerhin 14 Vorstellungen.

16 So In der Reimser Abtei Saint-Remi zerstört ein Großfeuer am frühen Morgen weite Teile der alten Konventsgebäude.

Friedrich der Große schreibt an Voltaire. Mit ausgesuchter Höflichkeit zeigt er sich befremdet, daß er in dessen – ihm zugeeignetem – Poem *Tactique* Sticheleien lesen muß wie: «Je haïs tous les héros, depuis le grand Cyrus … Je m'enfuis loin d'eux tous, et je les donne au diable.» Friedrich erwidert: «Il y a eu des guerres depuis que le monde est monde, et il y en aura longtemps après que vous et moi aurons payé notre tribut à la nature.»

17 Mo Merck erwirbt in Darmstadt für 4200 Gulden das Haus der Majorswitwe von Hill am Mathildenplatz.

18 Di Im Schloß von Versailles stirbt Louis de Conflans, Marquis d'Armentières, Marschall von Frankreich, an einem Gehirnschlag.

Der 16jährige Prinz Carl August von Sachsen-Weimar wird zum «Rector Magnificentissimus» der Universität Jena ernannt.

19 Mi Im schottischen Dunfermline stirbt Thomas Gillespie, der als Geistlicher im Mai 1752 kirchlich relegiert worden war, aber weiter gepredigt und 1761 die «Relief Church» mitbegründet hatte. (Sie wird zur wichtigen Vorläuferin der presbyterianischen Freikirche von 1847.)

Marquise du Deffand in Paris schwärmt einer Bekannten, der Duchesse de Choiseul, von ihrem neuen Schoßhündchen Ton-ton vor. (Bald zur Plage geworden, wird das Tier sein Leben bei Horace Walpole in Strawberry Hill beschließen.)

20 Do Florian Leopold Gaßmann, Wiens Hofkapellmeister, stirbt. Nachfolger wird sein Schützling Antonio Salieri.

21 Fr In Konstantinopel stirbt um 12:30 Uhr Sultan Mustafa III., ein Bewunderer Friedrichs des Großen. Ihm folgt sein Bruder Abdulhamid.
Goethe trifft abends «im Conzert» Sophie La Roche.

22 Sa Goethe holt Maximiliane Brentano zum Schlittschuhlaufen ab; er leiht sich von seiner zuschauenden Mutter ihren roten, zobelverbrämten Samtrock und läuft damit, auf dem Kopf eine braune Pelzmütze, unter den Brückenbogen des vereisten Mains.
Amalie, zweite Tochter der Landgräfin Caroline von Hessen-Darmstadt, verlobt sich mit dem Erbprinzen Carl Ludwig von Baden.
Kriminalrat Theodor Gottlieb Hippel schreibt aus Königsberg an seinen Bekannten Johann George Scheffner: «Haben Sie den Götz von Berlichingen gelesen? Ein herrliches Stück. Empfindung, Kraft im Ausdruck! alles, nur keine Regel!»

23 So Merck reist aus Frankfurt zurück nach Darmstadt.
Gotthold Ephraim Lessing, Bibliothekar in Wolfenbüttel, bittet Herzog Carl um Vorauszahlung von drei Quartalen seines Gehalts.

24 Mo In Kanters *Königsbergischen Zeitungen* nennt Johann Georg Hamann den zweiten Teil von August Ludwig Schlözers *Vorstellung einer Universalhistorie,* der gegen Herder wütet, rundweg eine «Zahnbrecherey»; Schlözer sei der «Held seiner eigenen Dunciade» geworden.
In Braunschweig bringt Hofrat Johann Friedrich Unger, bis 1763 Bürgermeister Göttingens, den *Entwurf einer Maschine* heraus, *wodurch alles, was auf dem Clavier gespielet wird, sich von selber in Noten setzt.* Unger hatte 1745 den Einfall gehabt und ihn 1752 der Berliner Akademie erläutert; der Mechaniker Gottfried Hohlfeld baute dann das Gerät. Die «Noten» sind Tintenstriche auf einer breiten Papierrolle.

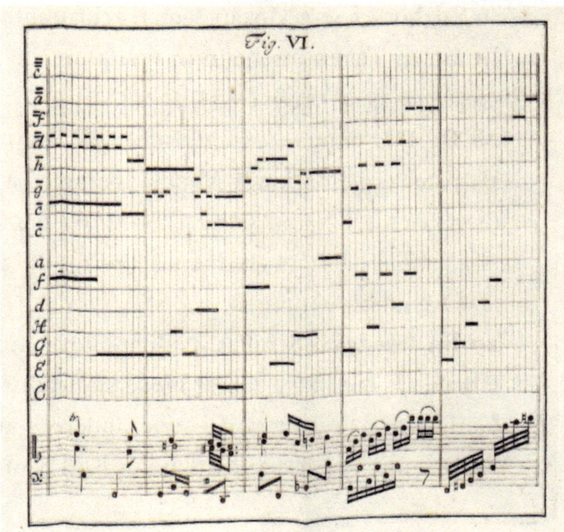

Noten-Aufzeichnung durch Ungers Maschine (Tafel aus dem Buch)

In Berlin wird zu König Friedrichs Geburtstag von der Kochischen Gesellschaft Lessings *Philotas* uraufgeführt, außerdem *Das Opfer der Nymphen*, eine Oper von Johann Abraham Peter Schulz auf ein Libretto Ramlers.

25 Di In Marblehead bei Boston stürmen nach heftigen innerstädtischen Auseinandersetzungen etwa 20 verkleidete Bürger in den frühen Morgenstunden das Essex Hospital, die neuerbaute Pocken-Impfstation auf der Katzeninsel, und brennen sie nieder.

Goethe schickt eine Abschrift von *Ein Veilchen auf der Wiese stand* an seine Bekannte Lotte Jacobi, Stiefschwester von Georg und Fritz Jacobi.

Lavater schildert Goethe brieflich seine eheliche Harmonie.

26 Mi Der schwedische Botaniker Carl Peter Thunberg kehrt von seiner zweiten Expedition, die ihn durch Südafrika bis an den Sonntagsfluß brachte, wieder nach Kapstadt zurück.

27 Do John Wilkinson, Metallfabrikant in Bersham südöstlich von Wrexham im nördlichen Wales, erwirbt das englische Patent Nr. 1063 auf «eine neue Methode, eiserne Geschütze oder Kanonen zu gießen und zu bohren». Sie bringt James Watt und Matthew Boulton, die von Mai 1774 an in Birmingham Dampfmaschinen konstruieren, erheblich voran.

Herder reist auf drei Tage nach Hannover, um sich bei dem Minister von Bremer als Kandidat für eine Professur der Theologie in Göttingen vorzustellen. Er lernt in diesen Tagen Johann Georg Zimmermann kennen.

In Salzburg feiert Mozart seinen achtzehnten Geburtstag.

In diesen Tagen erscheint in Frankfurt die zweite rechtmäßige Auflage des *Götz von Berlichingen* (→ 54).

28 Fr Der junge Sprachforscher William Jones wird des Geldes wegen Barrister am Londoner Middle Temple, wo er seit 1770 die Rechte studiert hat. Eben sind seine 1766–1769 geschriebenen *Poeseos Asiaticae commentariorum libri sex* erschienen (→ 76), die ihm sogleich europaweiten Ruf als Orientalist eintragen.

29 Sa Friedrich Schiller, Militär-Eleve an der Stuttgarter Karlsschule, soll schriftlich die Frage seines Herzogs beantworten: «Wer unter Euch ist der Geringste?» Er legt sich – wie andere – in lateinischen Distichen («Dux Serenissime!») auf den Mitschüler Karl Kempff fest.

Benjamin Franklin wird – in Gegenwart Edmund Burkes und anderer Freunde – vor dem Londoner Privy Council vom Kronanwalt Alexander Wedderburn über eine Stunde lang abgekanzelt und verliert das Amt des ‹Postmaster›. Fortan streitet er für die Unabhängigkeit der Kolonien.
Am Karneval von Neapel nehmen mehr als 50 Engländer teil, auch der Gründer Britisch-Indiens, Robert Lord Clive. Daheim wegen Veruntreuung verurteilt, nimmt der kränkelnde Mann zu viel Opium zu sich. Im Hoftheater gibt man eine Neufassung von Glucks *Orfeo ed Euridice* (1762), um zwei Arien ergänzt von dem Dilettanten Diego Naselli. Abbé Fernando Galiani besucht erstmals wieder einen Ball, gewandet im Domino.

Marie Antoinette (J. Fr. Janinet, 1777)

30 So Auf dem Pariser Opernball freundet sich die maskierte Dauphine Marie Antoinette mit dem auf seiner Grand Tour anwesenden schwedischen Grafen Hans Axel von Fersen an, ohne daß er ihre Identität errät. (1791 wird er die Flucht des Königspaars nach Varennes mit organisieren.)
In Versailles stirbt nachts Jean Pierre Guignon (Giovanni Pietro Ghignone), bis 1750 letztes Haupt der ‹Fiedlerzunft› (Roi des ménétriers).
In Wien stirbt Franz Seraph Tuma, der 1742–1768 Kapellmeister der Kaiserinwitwe gewesen war, ein Schüler von Johann Joseph Fux.

31 Mo Johann Heinrich Voß, Student in Göttingen, schreibt an «Ernestinchen» Boie in Flensburg. Er fragt: «Werd' ich denn jemals das Glück haben, Sie zu sehn?»
Sophie La Roche reist von Frankfurt heim nach Ehrenbreitstein.
Um «11 heures et ½ du Soir» gratuliert Wilhelmine Luise von Hessen-Darmstadt, die seit 1773 als ‹Natalia Alexejewna› mit dem Zarewitsch Pawel Petrowitsch verheiratet ist, ihrer Schwester Amalie zur Verlobung mit dem Kronprinzen von Baden: «Vous verrez dans une année d'ici qu'il n'y a rien de si heureux que de trouver dans son mari son meilleur ami et de pouvoir avoir en lui toute confiance.»

Dr. Wassermanns Wörterfluten

Johann Christoph Adelung
(Stich von Geyser nach Graff, um 1785)

[Johann Christoph Adelung:] Versuch eines vollständigen grammatisch-kritischen Wörterbuches der Hochdeutschen Mundart, mit beständiger Vergleichung der übrigen Mundarten, besonders aber der oberdeutschen. [Fünf Teile] Leipzig, verlegts Bernhard Christoph Breitkopf und Sohn, 1774. [bis 1786] 4 Bände mit (2), xvi, 64 S. und 1 Falttafel, 1840 Sp.; viii S., 1856 Sp.; (6) S., 1716 Sp.; (8) S., 1704 Sp., (4) S., 476 Spalten.

Nach dem Vorbild Italiens (1612) übte die Académie Française seit 1694 ein lexikalisches Wächteramt aus; in England wurde Dr. Samuel Johnsons *Dictionary* (1755) maßstäblich. Im zersplitterten Deutschland hatten Schottel (1663) und Stieler (1691) zwar Anfänge gemacht, aber System und Norm fehlten. Dem Pfarrerssohn Adelung, der nicht einmal akademische Würden trug, gelang die patriotische Herkulestat: Auf Anregung des weitblickenden Verlegers Breitkopf verwirklichte er von 1768 an, was der Leipziger Literaturpapst Johann Christoph Gottsched im Gefolge seiner *Deutschen Sprachkunst* (1748) geplant hatte. Bis auf die «ganz pöbelhafte» Ausdrucksweise sind alle Stilebenen berücksichtigt, auch Fremdwörter wie «Anarchie», «Barnabit» oder «Ekliptik» finden sich, und überraschend häufig gibt es Hinweise zur Etymologie. Neueste Dichtung hingegen kommt nicht vor, denn literarisch hielt Adelung an Gellert, Weiße und Hagedorn fest; als «Wegweiser» sah er sich gar in der Not, daß er für sein Ideal des meißnischen Deutsch «keinen classischen Schriftsteller im schärfsten Verstande» auswerten könne. Auch deshalb sind nur sporadisch Quellen genannt. Fast unmittelbar nach seinem vordatierten Erscheinen zur Michaelismesse 1773 galt das wuchtige Opus als Standardwerk; Goethe erwarb 1780 ein Exemplar. Zwar warnten die *Xenien* 1796 vor den Wörterfluten des «Dr. Wassermann», und der Sprachvirtuose Christoph Martin Wieland, von dem hier kein Vers zitiert ist, fand es schon ein wenig demütigend, «wie oft ich täglich diesen Hund nachschlage, aus Angst, ein undeutsches Wort zu schreiben». Aber das Ziel war erreicht: Alle fühlten sich in die Pflicht genommen; der monumentale Umfang des Werkes schlug zudem lange jede Konkurrenz aus dem Feld. Schon 1781 ließ der Spätaufklärer eine gründliche *Sprachlehre* folgen. Als Jacob Grimm 1854 sein *Deutsches Wörterbuch* einleitete, dessen Schlußband erst 1961 erscheinen sollte, blickte er in anerkennender Ausführlichkeit auf Adelungs bahnbrechende Fleißarbeit zurück: Sie sei ein «durchgearbeitetes und beharrlich ausgeführtes werk», bei dem «alles aus einem gusz und reiflich erwogen» war.

Versuch
eines vollständigen
grammatisch-kritischen
Wörterbuches
Der
Hochdeutschen Mundart,
mit beständiger Vergleichung der übrigen Mundarten,
besonders aber der oberdeutschen.
Erster Theil, von A – E.

Dem noch beygefüget ist
des Herrn M. Fulda Preisschrift
über die beyden deutschen Haupt-Dialecte.

Comparavit P. Amandus Hoecker B.O.A.

Leipzig,
verlegts Bernhard Christoph Breitkopf und Sohn,
1774.

Adelung plante als Schlußteil des fünften Bandes noch ein Supplement, ließ dann aber von 1793 an gleich eine neue Gesamtauflage erscheinen. Das vorliegende Exemplar gehörte dem Benediktiner Amandus Hoecker, Bibliothekar im Kloster Oberaltaich; er hat sich auf dem Titel liebevoll in Druckbuchstaben unter dem Bärensignet von Breitkopf verewigt und vor den Titel auch ein lebendiges Porträt Adelungs geklebt, das Christian Gottlieb Geyser um 1785 nach einem Porträt von Anton Graff radierte.

Formbewußt und glaubensfern

[Ludwig August Unzer:] Nachrichten von den ältern erotischen Dichtern der Italiener. Hanover, in der Hofbuchhandlung bey den Gebrüdern Helwing, 1774. 142 S.

Unter den jungen Adepten des physiokratischen Freigeistes Jakob Mauvillon war der frühreife Ludwig August Unzer aus Wernigerode der kühnste. In ihrem 1771/72 gedruckten Briefwechsel *Über den Werth einiger deutschen Dichter* hatten beide den eben gestorbenen Gellert zur überschätzten «Puppe» erklärt; mit teils unverblümten *Devisen auf deutsche Gelehrte, Dichter und Künstler* legte Unzer 1772 nach. In wachsender Freundschaft zu dem Atheisten Heinrich Friedrich Diez schrieb er *Zehn geistliche Gesänge* (1773), in denen der Deismus sich noch tarnte, dann *Vermächtnisse für Zweifler,* worin er alle «künstlich zusammengekitteten Religionssysteme» ablehnte; auch sie wurden im Herbst 1773 anonym gedruckt. Vor allem aber wollte Unzer als Kritiker und gelehrter Poet wirken. Seine Neugier und Experimentierfreude waren grenzenlos: Über ein Trauerlied «im chinesischen Geschmack» schüttelten auch Freunde den Kopf. Selbst ein chinesisches Sonett schrieb Unzer; im Halberstädter Kreis um Gleim hatte er mit dem Petrarca-Kenner Klamer Schmidt anhand von Johann Nicolaus Meinhards *Versuchen* (1763/64) die Welt der frühen italienischen Liebesdichtung entdeckt. Die 31 Kurzporträts seines Büchleins, jedes mit einer beigefügten Stilprobe im Original, fassen in kennerischer Eleganz über hundert eng be-

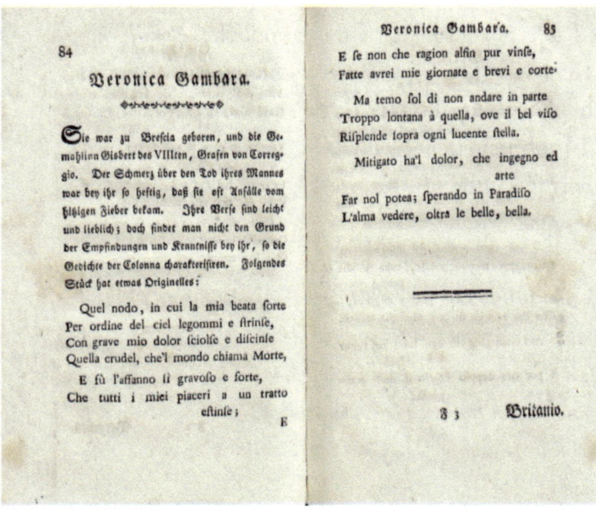

84

Veronica Gambara.

Sie war zu Brescia geboren, und die Gemahlinn Gisbert des VIIIten, Grafen von Correggio. Der Schmerz über den Tod ihres Mannes war bey ihr so heftig, daß sie oft Anfälle vom hitzigen Fieber bekam. Ihre Verse sind leicht und lieblich; doch findet man nicht den Grund der Empfindungen und Kenntnisse bey ihr, so die Gedichte der Colonna charakterisiren. Folgendes Stück hat etwas Originelles:

Quel nodo, in cui la mia beata sorte
Per ordine del ciel legommi e strinse,
Con grave mio dolor sciolse e discinse
Quella crudel, che'l mondo chiama Morte,

E fù l'affanno sì gravoso e forte,
Che tutti i miei piaceri a un tratto estinse;

E

Veronica Gambara. 85

E se non che ragion alfin pur vinse,
Fatte avrei mie giornate e brevi e corte.

Ma temo sol di non andare in parte
Troppo lontana à quella, ove il bel viso
Risplende sopra ogni lucente stella.

Mitigato ha'l dolor, che ingegno ed arte
Far nol potea; sperando in Paradiso
L'alma vedere, oltra le belle, bella.

F 3 Britanio.

druckte Seiten aus dem zweiten Band von Crescimbenis grundlegender *Istoria dell volgar poesia* (1698 / 1730) zusammen; es folgt als Zeitpanorama ein Leben des Polizian nach Serassi (1747). Petrarca und Ariost werden gepriesen; zudem wirbt Unzer für die Form des Sonetts, die «Anmuth, Natur und Schicklichkeit», also reineren Seelenton erlaube. Fast eine lessingsche Rettung: Hatte Gottsched doch Sonette für poetischen «Unrat» erklärt und auch sein Gegenspieler Bodmer vom «Bette Prokrusts» gesprochen. Zwar lehnt Unzer wie Crescimbeni die hochbarocke Sinnklimperei ab, will aber zugleich den Anakreontikern um sich eine Lektion in formbewußter Ausdrucksstärke erteilen – visionär, nur zu früh. Nach Schmidts und Unzers Ansätzen konnte erst

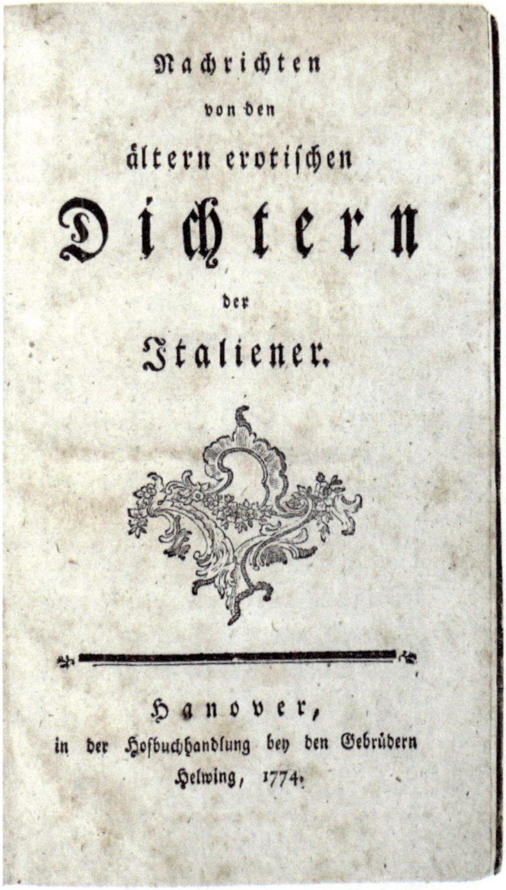

Nachrichten
von den
ältern erotischen
Dichtern
der
Italiener.

Hanover,
in der Hofbuchhandlung bey den Gebrüdern
Helwing, 1774.

Gottfried August Bürger mit der Gattung Eindruck machen, als er 1789 gleich 17 amouröse, teils Petrarca nachempfundene Sonette drucken ließ. Das erlebte Unzer nicht mehr. Seit dem Ende seines Studiums litt er an Schwindsucht; schon Anfang 1773 empfand er sich als «eine baufällige Hütte». Am 19. Dezember 1773 traf Diez in Wernigerode ein letztes Mal den eben 25jährigen Freund. Sein beachtliches Überblicks-Werklein zur italienischen Liebesdichtung hat Unzer wohl noch gedruckt gesehen. Er starb am 13. Januar 1774, eine halbe Stunde vor Mitternacht, nachdem er allen christlichen Beistand «mit überlegenem Lächeln» verweigert hatte.

Pointen zur Tugend-Mode

[Theodor Gottlieb Hippel:] Ueber die Ehe. Ακούετε λεὼς, Σουσαϱίων λέγει τάδε: / Κακὸν Γυναῖκες· ἀλλ' ὅμως ὦ δημῶται / 'Ουκ ἔςιν οἰκεῖν οἰκίαν ἄνευ κακοῦ. / Καὶ γὰϱ τὸ γῆμαι, καὶ τὸ μὴ γῆμαι κακόν. Berlin, bey Christian Friedrich Voß 1774. viii, 230 S.

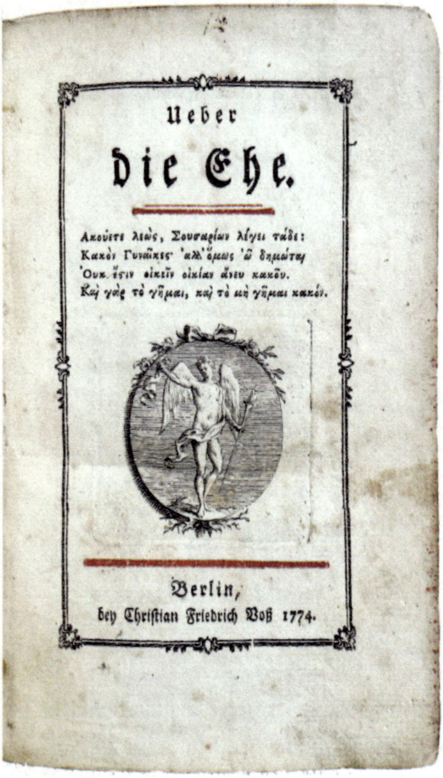

Sakrament oder «wechselseitiger Gebrauch» der Geschlechtsorgane mit legaler Sanktionierung (Kant), Wirtschaftseinheit oder Liebesbund: Um 1774 gab es sehr verschiedene Ansichten der Ehe. Juristen wie Ökonomen rieten, zur «Peuplierung» der Länder Heiratsschranken abzubauen. Dagegen heißt es hier: «Entvölkerung» beenden kann nur, wer «die Mode» durchschaut, «die man Tugend nennt». Neckisch pointiert, mit gelehrten Anspielungen und Rechtsformeln, dabei psychologisch hochsensibel und im zierlichen Rokoko-Seitenrahmen, plädiert der Autor für die Liebe als «Puls der Natur». Er erörtert meist dialogisch-keck das Für und Wider des Heiratens – ohne Zeigefinger, aber im Rahmen der Konvention: Der Mann regiert als «Seele über den Leib», sie soll «Frau sein wo er Herr ist». Der Verfasser mag das Konkubinat «kein Bubenstück» nennen, doch er schreibe «zur Ehre des Hauswesens», was bei Mädchen allerdings auch heißt: «Ihr sollt mit eurem Leibe die Natur preisen, und den Staat bereichern.» Wer mochte der Sammler dieser Einfälle und Zweifel sein?

Hippel (Stahlstich nach einer verlorenen Vorlage)

Unverheiratet sei er, hieß es im Buch nur. Lichtenberg dementierte alle Vermutungen nach Erscheinen der zweiten Auflage im Oktober 1775, Kant noch Ende 1796. Dabei hatte der junge Jean Paul schon 1781 mit feinem Ohr den Autor der *Lebensläufe in aufsteigender Linie* herausgehört. So war es: Hippel, vielseitig gebildet und 1773 in Königsberg zum Kriegsrat aufgestiegen, hatte jahrelang an dem Buch gearbeitet, viele private Erfahrungen reflektiert, wollte aber schon um der Karriere willen anonym bleiben. Die dritte und vierte Auflage seines hakenschlagenden Essays, doppelt so lang geworden und von Chodowiecki mit Titelkupfer und -vignette geziert, strich dann zeitgemäß auch die «Menschenrechte» der Damen heraus, obwohl Hippel, so spöttisch er formulierte, von Anfang an als «Vertheidiger der fraulichen Vorrechte» hatte gelten wollen.

Das Buch kam, wie eine Briefnotiz Nicolais an Lavater nahelegt, schon deutlich vor der Ostermesse heraus. Sein Titelmotto, angeblich Verse des ältesten attischen Komödiendichters Susarion, findet sich bei Johannes Stobaios nach 400: Heiraten oder nicht, beides ist schlecht. Trotz einiger Setzfehler dürften gebildete Herren die eher misogyne griechische Sentenz erkannt haben. – Anfang 1775 erschien ein Heftchen von 16 Seiten, dessen Titel verblüffend ähnlich aussah: Versuch einer Sibylle über die Ehe. *In diesem Bukett wohlgezielter Zitate konterkarierte Johann Georg Hamann, natürlich anonym, die Launigkeiten seines Bekannten Hippel, dessen Autorschaft er nicht ahnte, mit Bibelwucht und Buchhändlerscherz: Um des Staatsgötzen willen sollte man nicht heiraten, nur «um die älteste* Maculatur *des menschlichen Geschlechts fernerweit zu erfüllen» (ein Hieb auf Herders* Älteste Urkunde des Menschengeschlechts, *→ 58). Das typisch verrätselte Werklein des selbst im Konkubinat lebenden Nachbarn war ein «Feuerstrahl der Selbsterkenntnis», aber auch eine verzögerte Gabe zur Hochzeit des Verlegers Johann Friedrich Hartknoch mit der Königsberger Kaufmannstochter Albertine Toussaint am 13. September 1774.*

Piraterie unter Poeten

Almanach des Muses 1774. A Paris Chez Delalain Libraire Rue de la Comédie françoise [Dezember 1773]. (4), 233+(4), 4+(1) S.

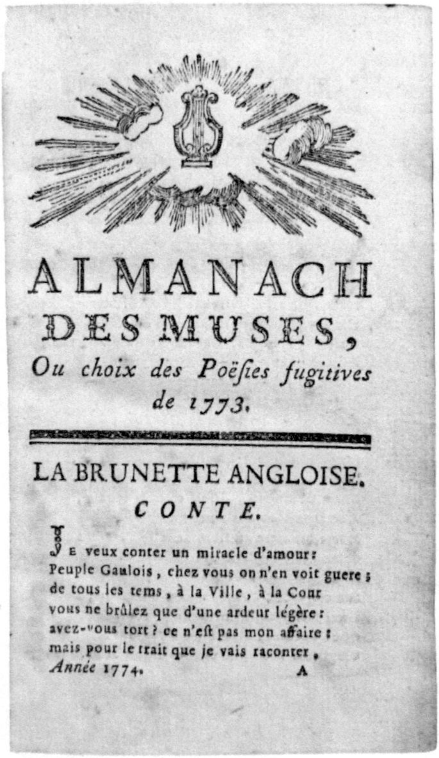
ALMANACH
DES MUSES,
Ou choix des Poësies fugitives de 1773.

LA BRUNETTE ANGLOISE.
CONTE.

Je veux conter un miracle d'amour:
Peuple Gaulois, chez vous on n'en voit guere;
de tous les tems, à la Ville, à la Cour
vous ne brûlez que d'une ardeur légère:
avez-vous tort? ce n'est pas mon affaire:
mais pour le trait que je vais raconter,
Année 1774. A

Die Reihe der französischen Musenalmanache hatte Claude Sixte Sautreau de Marsy im Jahr 1765 begonnen; von 1766 an lieferte Michel Poisson die Kupfertitel. Bald war die taschentaugliche Sammlung aus Poesie und Notizen zum literarischen Leben fest etabliert. Durch Musikbeilagen noch attraktiver für die «Gens de Goût» in Adel und Bürgertum, hatten die Musenalmanache Erfolg in halb Europa. Der Jahrgang 1774 versammelt Tagesgrößen wie Dorat (immerhin mit Erstdrucken) und La Harpe, aber auch einige große Namen, darunter Voltaire und Diderot; im Vorwort werden die Leser erstmals dazu aufgefordert, ihre neuen Dichtungen beim Verleger einzureichen.

Schon 1769 verabredete Heinrich Christian Boie mit dem erst 1766 nach Göttingen berufenenen Verleger Johann Christian Dieterich eine entsprechende deutsche Blütenlese bekannter Dichter von Michael Denis bis hin zu Boies Gothaer Freund Friedrich Wilhelm Gotter, samt zwölf Monatskupfern von Johann Wilhelm Meil. Aber vier Wochen vor deren Erscheinen brachte der damals in Leipzig tätige Literat Christian Heinrich Schmid einen *Almanach der deutschen Musen auf das Jahr 1770* heraus, ein Piratenprodukt, das zum Teil aus entwendeten Druckfahnen gespeist war. Dagegen konnte sich Boie nur wehren, indem er fortan fast ausschließlich neue Texte brachte. Sein fünfter und letzter Almanach auf das Jahr 1774, den man für 16 Groschen bekam, sollte poetisch Epoche machen: Neben den Hainbündlern und ihrem Helden Klopstock traten Claudius, Herder, Merck und Goethe auf; C. P. E. Bach und Gluck lieferten Vertonungen. Unter den Dichtungen, die zwischen Liebeständelei, Epigramm und teutschem Bardiet abwechseln, ragt Bürgers Schauerballade *Lenore* als Muster eines kommenden Genres heraus; auch zwei von Goethes frühen Hymnen erschienen hier erstmals – Boie hatte sie von dem Gießener Juristen Höpfner erhalten. Übrigens

wagte sich der Verleger Dieterich 1775 auch an einen französischen *Almanach des Muses*. Er zehrte fast zur Hälfte von früheren Pariser Jahrgängen, war mit Autorenporträts geziert und brachte vorwiegend geistreich tändelnde Gelegenheitsverse, ‹Poësies fugitives›, rief aber auch zur Mitarbeit auf. Redakteur war der Straßburger Friedrich Rudolf Salzmann, ein Vetter von Goethes Aktuar; den letzten Jahrgang der erfolglosen Reihe widmete er 1777 der Weimarer Herzoginmutter Anna Amalia.

Ort und Verleger-Angabe auf dem gestochenen Titel wurden bei der Bindung des vorliegenden Exemplars versehentlich weggeschnitten; dafür ist es in marmoriertes Ganzleder mit Goldprägung gebunden und weist anmutig marmorierte Vorsatzblätter auf. Die vierseitige Notenbeilage wurde hinten zwischen Texten und Inhaltsverzeichnis eingeheftet.

Antiquarische Historie

Christoph Gottlieb von Murr: Briefe über die Aufhebung des Jesuiterordens. L'alto non temo, l'umile non sdegno. TASSO. 1774. (6), 52, 112, 110 S.

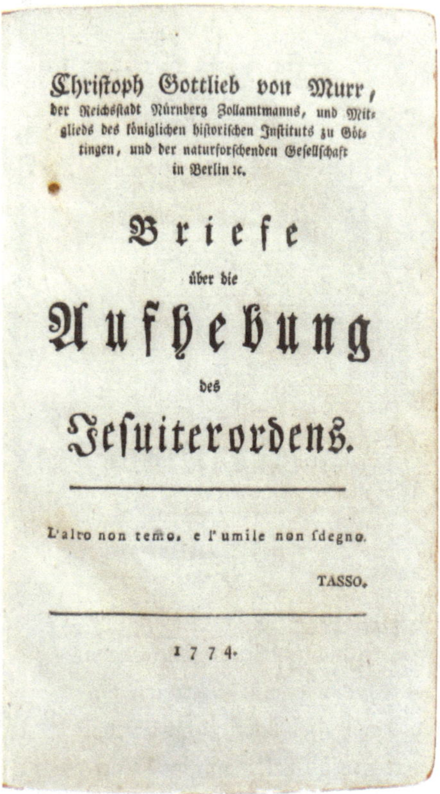
Christoph Gottlieb von Murr, der Reichsstadt Nürnberg Zollamtmanns, und Mitglieds des königlichen historischen Instituts zu Göttingen, und der naturforschenden Gesellschaft in Berlin rc.

Briefe

über die

Aufhebung

des

Jesuiterordens.

L'alto non temo, e l'umile non sdegno.

TASSO.

1774.

Alle Schriften Murrs, dieses «eingebildeten und oberflächlichen Allwissers», seien nur «von sehr mittelmässigem Werth», schrieb 1829 der strenge Bibliograph Friedrich Adolf Ebert. Nachgeborenen Wissenschaftlern kam der Nürnberger Sammler dilettantisch und großmäulig vor. Dabei hatte er bloß Kennerschaft zeigen wollen, wie man es seit dem Humanismus tat – freilich selbstgefällig bis zur Anekdote. Sein Büchlein nutzt das aktuelle Streitthema als Vehikel: Nach ein paar rechtlichen Anmerkungen durchstreift der Protestant Murr bewundernd – was viele Leser provozieren mußte – die Missions- und Bildungstaten der Jesuiten in aller Welt; auf 24 Seiten zählt er beispielsweise ihre Drucke in China auf. Einmal argwöhnt er, der «gute Vater Papst» wolle «einen enormen Despotismus in der Kirche» einführen, druckt dann aber nur ein paar chinesische Schriftzeichen samt Erläuterung, legt eine Liste gelehrter Jesuiten an und plaudert gar darüber, daß man schon gebrühten Tee hinterher teuer nach Europa verkaufe. Kein Wunder, daß das Opus in der *Allgemeinen deutschen Bibliothek* als Aufguß aus «langweiligen Exzerpten» verrissen wurde. Einer aber ließ sich von Murrs Gebaren nicht beirren: Goethe. Er nutzte dankbar dessen Übersetzung der Herkulanischen Altertümer (1777–1799); 1789 und 1790 wird er Murr in Nürnberg auch begegnet sein. Denn er nahm den Stadtführer des allzeit geschäftigen Polyhistors vor, ließ sich Antiquitäten zeigen, teils auch zum Kauf anbieten, bekam eine eben gedruckte Satire auf Pseudogelehrte geschenkt und hob sie ebenso auf wie später Verzeichnisse Murrscher Kollektionen, erst recht die Verkaufsliste von dessen Sammlung illustrer Handschriften (1797) – weil er bei allem Kuriosen, ja Dubiosen doch den ehrlichen Impuls des Nürnbergers für das Alte und Echte wahrnahm.

Murr 1775 (Radierung von J. G. Prestel, PhFr 3:333)

Murr, der emsig korrespondierte, brachte 1804 das erste deutsche Werk über Autographen heraus. Der Band mit zwölf Tafeln erschien bei Bertuch in Weimar. Er regte Goethe an, selbst eine Autographensammlung zu beginnen, die er fortan stetig erweiterte; 1811 ließ er die Namen der Vorhandenen als Liste drucken, um bei Bekannten Ergänzungen zu erbitten. Sein ‹Urfreund› seit 1774, Carl Ludwig von Knebel, machte ihm 1813 ein besonderes Geburtstagsgeschenk: Weit über 50 Briefe, die Paul Wolfgang Merkel in Nürnberg «aus der Murrschen Verlassenschaft» erworben hatte. Im Dankesbrief resümierte Goethe, was ihm bei der Lektüre aufgefallen war: Die Briefe zeigten Murr, den Empfänger, als einen Mann, «den seine meisten Correspondenten heruntermachen und ihm seine Zudringlichkeit, seinen Eigennutz, seine Prellereien deutlich genug zu verstehen geben. Wie man dieses mit höflichen Worten thut, kann man wirklich aus gedachten Briefen lernen.» – Das vorliegende Exemplar trägt das Exlibris der über 15 000 Bände großen Bibliothek, die der Altdorfer Historiker Georg Andreas Will, Spezialist für die Geschichte Nürnbergs, zusammentrug. Nach 1921 kam es in die Archivbibliothek der oberdeutschen Jesuitenprovinz in München.

Ästhetik der inneren Glut

Pindari Carmina cum lectionis varietate curavit Christian. Gottlob Heyne. [Angebunden:] Pindari Carmina ex interpretatione latina emendatiore. Curavit Christian. Gottlob Heyne. Gottingae [et Gothae] apud Iohannem Christianum Dieterich MDCCLXXIII. [MDCCLXXIV.] xviii, 382, (2), 126 S.

C. G. Heyne (J. H. W. Tischbein, vor 1800)

Heynes Göttinger Studenten wollten Pindar erklärt bekommen, aber dazu fehlte ein verläßlicher Text. Anstatt, wie erst geplant, den Oxforder von 1697 neu zu drucken, verglich der Philologe in Windeseile bisherige Ausgaben und lieferte im Frühjahr 1773 eine eigene Fassung mit Apparat; ein Jahr später ließ er eine lateinische Version seines Schülers Johann Benjamin Koppe samt 20 Seiten kommentierter Bibliographie folgen. Diese dürren Angaben begleiten einen erstaunlichen Umbruch: Seit Hamann in seiner *Aesthetica in nuce* 1762 das «freye Gebäude» des «deutschen Pindars» Klopstock mit der «heiligen Poesie bey den Hebräern» verglichen hatte, war sein Schüler Herder von der laut Horaz «gleich dem Bergstrom» rauschenden Urkraft des böotischen Sängers fasziniert. So klar ihm war, daß Geschichte sich nicht zurückdrehen läßt, so sehr hoffte Herder dennoch auf eine neue Dithyrambik voll enthusiastischer Unmittelbarkeit. Diesen Impuls gab er in Straßburg an den jungen Goethe weiter. «Ich wohne ietzt in Pindar», schrieb Goethe im Juli 1772 aus Wetzlar an Herder; kürzlich war *Wandrers Sturmlied* entstanden, das in seinen freien Rhythmen den metrisch noch unverstandenen Preisliederdichter und seine «innre Glut» sogar namentlich beschwor. Wie Hamann, der schon drei Pindar-Ausgaben besaß, kaufte auch Goethe Heynes Edition sogleich; seine zeilentreue Übersetzung der fünften Olympischen Ode ist erhalten.

Herder bejubelte Heynes Tat – abgesehen von ein paar Nörgeleien – in Claudius' *Wandsbecker Bothen.* Auch Englands König George III. fand Heynes akkuraten, klaren Pindar-Druck besonders schön, wie Lichtenberg seinem Freund, dem Verleger Dieterich, fröhlich meldete.

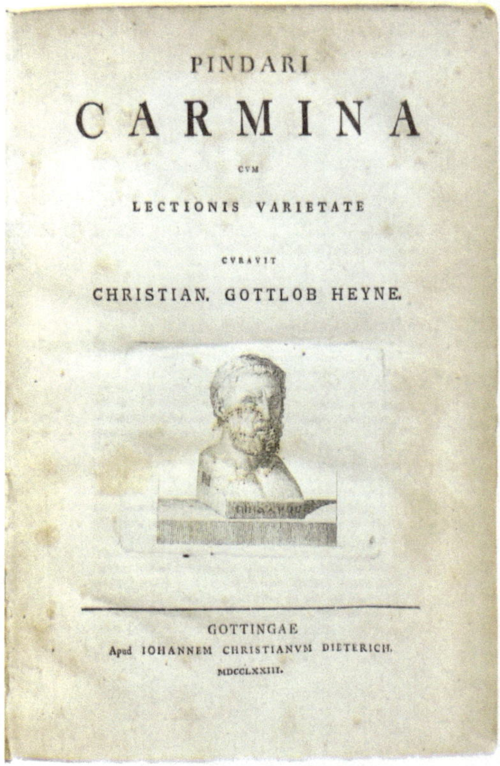
PINDARI

CARMINA

CVM

LECTIONIS VARIETATE

CVRAVIT

CHRISTIAN. GOTTLOB HEYNE.

GOTTINGAE

Apud IOHANNEM CHRISTIANVM DIETERICH.

MDCCLXXIII.

Heynes editorischer Kraftakt wirkte kräftig nach: So brachte sein Schüler Johann Gottlob Schneider, der sich in Straßburg bei dem begüterten Philologen Brunck verdingt hatte, schon Mitte 1774 einen Versuch über Pindars Leben und Schriften *heraus; ein Exemplar – heute in München – schenkte er dem vielseitig gelehrten Kulturhistoriker Jeremias Jakob Oberlin, bei dem auch Goethe Vorlesungen gehört hatte. Zudem lieferte Schneider, wie mit Heyne verabredet, 1776 eine neue Ausgabe der Fragmente Pindars. Ein Jahr später veröffentlichte der erst 23jährige, für die Griechen begeisterte Berliner Subrektor Friedrich Gedike mit Dank an den «Lichtschaffer Heyne» – und auf Distanz zu Christian Tobias Damms steifer Übersetzung von 1771 –* Pindars Olympische Siegshymnen *in deutscher Prosa mit Kommentaren; 1779 ließ er noch die Pythien folgen. Heyne wollte, als eine Neuauflage seiner Edition anstand (1797), bessere Erläuterungen zu Pindars Metrik geben; dafür engagierte er den 25jährigen, schon durch mehrere wichtige Studien zum Thema bekannten Gottfried Hermann. Seine bahnbrechende Untersuchung sollte dem bald weithin verehrten Hermann die wohl bitterste Kränkung seiner Laufbahn bringen: Mit einer Abhandlung über* Die Versmaße des Pindaros *überholte ihn August Boeckh 1809 in wichtigen Details. Seither sind die oft sententiösen antiken Siegeshymnen immer deutlicher als streng gefügte Poesie erkennbar geworden – durchaus nicht ‹freie Rhythmen›, wie Hamann, Herder und ihre jungen Leser in der Begeisterung für geniale Ursprünglichkeit angenommen hatten.*

C. F. Gellerts Ehrendenckmahl.

Februar 1774

1 Di Goethe beginnt den *Werther* zu schreiben. Er sendet die neue Auflage seines *Götz von Berlichingen* an Sophie La Roche und, mit begleitenden Reimen, an Merck. Er schreibt auch an Betty Jacobi, u.a. über Maxe Brentano («noch immer der Engel») und sein Schlittschuhfahren: «Gestern trugs noch nicht, heut wird gewagt.»

In Wien wird Giuseppe Bonno, seit 1739 Hofkomponist, nun auch zum Hofkapellmeister ernannt. (1775 wird er zudem Präses der Wiener Tonkünstler-Sozietät, deren Konzerte er bis zu seinem Tod 1788 leitet.)

In St. Petersburg bittet der voriges Jahr verwitwete Mathematiker Leonhard Euler, man möge ihn seiner Schwerhörigkeit und Erblindung wegen von Akademiesitzungen entbinden. Aber er publiziert weiter über komplexe Zahlen, Kometenbewegung, Saitenschwingungen, Primzahlen und anderes.

2 Mi Das erste Stück der neuen *Gothaischen Gelehrten Zeitungen* beginnt mit einer Rezension von Friedrich Gabriel Sulzers im Spätherbst vordatiert erschienenem *Versuch einer Naturgeschichte des Hamsters* (→56).

Anwalt Goethe erbittet für Bonn gegen Rindskopf eine Auszahlung und wird für die Schüllerschen Kinder zweiter Ehe gegen die aus erster tätig.

3 Do In diesen Tagen läuft Goethe wieder Schlittschuh, u.a. auf den Rödelheimer Wiesen an der Nidda, auch mit Johann Matthäus Tesdorpf, einer «holden Seele» (an Bürger, 12. Februar). Tesdorpf, Jurist und Weinhändlersohn aus Lübeck, ist momentan in Wetzlar tätig.

Hamann bringt in Kanters *Königsberger gelehrten und politischen Zeitungen* den Anfang von Herders *Gefundenen Blättern* heraus, worin es auch um Klopstocks unlängst vollendeten *Messias* geht.

Cook stößt mit dem Schiff ‹Resolution› nach zwei früheren Versuchen im südlichen Eismeer bis auf 71° 10′ Breite vor.

4 Fr In Wolfenbüttel trifft bei Lessing ein Manuskript der Spruchdichtung *Halladat* von Gleim ein (→62).

In Paris stirbt Charles Marie de la Condamine, Reisender und Naturforscher, auch Pionier der Pockenimpfung, der seit 1763 zunehmend gelähmt war, an den Folgen einer Leistenbruchoperation.
5 Sa Lavater dankt Goethe für einen «Stoß Silhouettes» (13 Stück). Er versucht, Herder und Frau zu erkennen, rät aber beide falsch.
In Berlin erhält Anna Louisa Karsch einen Brief von Johann Georg Jacobi mit dem Plan der Zeitschrift *Iris* und der Bitte um Abonnentenwerbung.
In Rom ist Bergeret enttäuscht: Das lang erwartete Barberi-Pferderennen (ohne Reiter!) kann infolge des Dauerregens nicht stattfinden.
6 So Lessing schreibt an Gleim – über dessen *Halladat* nur verhalten.
In Leipzig wird ein Monument für den Dichter und Morallehrer Gellert eingeweiht, das Friedrich Samuel Schlegel nach einem Entwurf von Adam Friedrich Oeser für Gellerts ersten Verleger Johann Wendler geschaffen hat (→46). Es steht in Wendlers Garten an der Johannisgasse – das erste öffentliche Denkmal für einen Dichter in Deutschland. (1777 bildet der Meißener Porzellanformer Michel Victor Acier es für die gute Stube nach. Franz Wilhelm Kreuchaufs Beschreibung *Gellerts Monument* folgend, wird Goethe am 24. Oktober 1777 der Herzoginmutter Anna Amalia zum Geburtstag sein auf Seidenband gedrucktes Gedicht *Gellerts Monument von Oeser* samt einer Zeichnung schenken.)
7 Mo In Wandsbeck kommt Claudius' zweites Kind, die Tochter Caroline, zur Welt. «...'s ist nur ein Mädchen geworden, und die hats uns noch dazu sauer genug gemacht», schreibt Claudius Ende März an Boie. (Caroline wird 1797 Friedrich Christoph Perthes heiraten.)
In Mainz, wo es Ende Mai 1767 nach Blitzschlag im Dom gebrannt hatte, kann Kurfürstbischof Emmerich Joseph den neuen Westturm einweihen. Ignaz Neumann (Sohn Balthasars) hat ihn mit gotischem Anklang in Stein gestaltet.
In Rom können Bergeret und Fragonard mittags endlich von einem Balkon der Académie Française aus das Pferderennen verfolgen; der Corso ist mit Sand bestreut. Abends geht man wieder in die Oper.
In Wien wird Hofkapellmeister Salieri auch zum Hofkomponisten und Dirigenten der Hoftheater ernannt.

Karneval auf dem Corso in Rom (Gemälde von Ippolito Caffi, um 1830)

8 Di Boie bringt aus Hamburg Klopstocks Sendschreiben «Dem Bunde» (datiert 4. Februar) nach Göttingen mit, das den Aufnahmeantrag des verehrten Dichters enthält. Großer Jubel bei den Hainbündlern.

Der Philosoph Johann Georg Sulzer schreibt aus Berlin an seinen Freund und Lehrer Johann Jacob Bodmer in Zürich: «Meine Krankheit verzehret mich nur langsam, und es scheinet, daß sie mir Zeit laßen werde mein Werk zu vollenden...» (Am 14. Mai fehlen ihm «noch etwa zehen Bogen», aber der Schlußband seiner *Theorie der schönen Künste* erscheint im Herbst.)

9 Mi Der Göttinger Politologe August Ludwig Schlözer bricht mit der dreieinhalbjährigen Tochter Dorothea auf, um seinen Geburtsort Gaggstadt im Hohenlohischen zu besuchen. «Dortgen» – das heißt ihr Vater – führt Tagebuch (12. Februar: Absicht zur Pockenimpfung).

Goethe klagt für Heinrich Ernst Horn in Göttingen gegen den früheren Studenten, jetzt Frankfurter Stadtamtmann Dr. Karl Friedrich Luther.

10 Do Die Londoner Royal Society nimmt ein *Account of the House-martin, or Martlet* von Reverend Gilbert White für ihre *Philosophical Transactions* zum Druck an. (Diese erste Veröffentlichung des Naturfreundes wird 1789 in Whites bald gerühmtem, heute klassischem Werk *The Natural History and Antiquities of Selborne* als ‹Letter XVI› erscheinen.)

In diesen Tagen läßt Merck in Darmstadt Goethes Farce auf Carl Friedrich Bahrdt drucken, den *Prolog zu den neuesten Offenbarungen Gottes.*

Hamann bringt in Kanters *Königsberger Zeitungen* den zweiten Teil von Herders *Gefundenen Blättern* heraus.

Im Vorzimmerchen ihrer Pariser Theaterloge gibt sich die alternde Salondame Julie de Lespinasse erstmals ihrem letzten Geliebten hin, dem Grafen Jacques Antoine Guibert.

11 Fr Auf Weisung von König Louis XV. verbietet die Pariser Zensur die Aufführung von Beaumarchais' *Le barbier de Séville* an der Comédie Française (→278). Der König gibt sich entrüstet über Beaumarchais' jüngstes viertes *Mémoire à consulter* zur Finanzaffäre Goezman. Darin ist auch das *Fragment de mon voyage d'Espagne* publiziert, die Beaumarchais 1764 unternommen hatte, mit der Clavijo-Erzählung (→118).

Der Hamburger Verleger Johann Joachim Christoph Bode schreibt an Gleim, auch in Klopstocks Namen, er wolle Gleims Dichtwerk *Halladat* «sehr gerne drucken, und aufs bestmöglichste besorgen. Haben Sie nur die Güte, mir wissen zu lassen, wie stark die Auflage seyn soll».

12 Sa Goethe sendet die zweite Auflage seines *Götz* an G.A. Bürger.

Jean Jacques Rousseau in Paris wirft seinem Amsterdamer Verleger Marc Michel Rey in einer «Déclaration», die in Panckouckes *Gazette de littérature, des sciences et des arts* erscheint, vor, er habe seine Texte verfälscht. Das führt zum Bruch der Verlagsbeziehung und der Freundschaft.

13 So In Paris muß die Uraufführung von Glucks Oper *Iphigénie en Aulide* abgesagt werden, weil der Tenor Joseph Legros, Darsteller des Achill, plötzlich ‹krank› geworden ist. Gluck hat die Intrige bemerkt und weigert sich, schlechteren Ersatz zuzulassen.

14 Mo Goethe macht eine Eingabe im Prozeß der Försterschen Kinder gegen Rupprecht.

Merck, nach Frankfurt gekommen, kann Goethe Autorenexemplare des *Prologs* überreichen. Goethe werde nicht in die Schweiz reisen, denn er schreibe an einem Roman «qui paroitra de lui à Paques», meldet Merck seiner Frau. Nebenbei müsse Goethe Maxe Brentano trösten «sur l'odeur de l'huile du fromage et des manieres de son mari».

Der Abenteurer Moritz Benjowski landet in der Antongil-Bucht im Nordwesten der Insel Madagas-

Moritz Benjowski (Geyser, um 1780)

kar, zu deren ‹König› er sich 1776 wählen lassen wird. Zunächst gründet der gebürtige Ungar im Auftrag Louis' XV. den 1736 aufgegebenen französischen Stützpunkt neu als ‹Louisbourg›.

J. H. Waser (PhFr 4:407)

Der Zürcher Pfarrer Johann Heinrich Waser, ein Pionier der Statistik, wird wegen finanzieller Unregelmäßigkeiten von seinem Predigeramt in der Filiale zum Kreuz (Hottingen, Hirslanden etc.) suspendiert (1780 verhaftet und hingerichtet).

15 Di Abbé Galiani schreibt an Madame d'Épinay in Paris, daß Glucks *Orfeo ed Euridice* in Neapel schon in den Schatten gestellt sei durch Niccolò Piccinnis *Alessandro nelle Indie* (Premiere am 12. Januar, Piccinnis zweite Oper dieses Namens).

16 Mi In Königsberg beginnt Johann Georg Hamann das *Glossarium Germanicum* von Johann Georg Wachter zu exzerpieren.

Englands König George III. äußert sich verärgert über den 25jährigen Charles James Fox, Finanzstaatssekretär im Kabinett von Frederick Lord North (→ 24. Februar). Fox wird seiner Korpulenz wegen «junger Bär» genannt und war bis vor kurzem hochverschuldet.

17 Do In Kanters *Königsberger Zeitungen* erscheint die letzte Folge von Herders *Gefundenen Blättern* – laut Merck (an Nicolai, 30. März) «Machtsprüche über den ganzen weiten Ocean der deutschen Literat.» – mit einem kryptischem Schlußwort von Hamann.

18 Fr In Weimar läßt Wieland der Darstellerin Franziska Koch, die er am 16. Februar in seinem von Anton Schweitzer komponierten Singspiel *Alceste* gesehen hat (elfte Aufführung; zuerst 28. Mai 1773), ein gestern verfaßtes Huldigungsgedicht zukommen. Er bittet sie, keine Abschrift davon zu verbreiten.

19 Sa Ulrich Bräker, der «arme Mann im Toggenburg», hört zum ersten Mal in diesem Jahr die Vögel zwitschern.

Aus Zürich schreibt Lavater einen langen Brief nach Berlin an Nicolai: viel über dessen Profil; «in mein größeres physiognomisches Werk kommen bey weitem nicht nur Gelehrte... kurtz – was Mensch ist und heißt.»

Er bittet um den Schattenriß Friedrichs des Großen und beschreibt einen Silhouettierstuhl, den er auch skizziert.

20 So Voß schreibt an seinem 23. Geburtstag aus Göttingen an Ernestine Boie. Er freut sich auf Besuche bei Klopstock und dann in Flensburg bei Ernestine und ihrer Familie um Hauptpastor Johann Friedrich Boie.

21 Mo Johann Christoph Fuchs, Pagenhofmeister beim Prinzen Friedrich Wilhelm in Potsdam, findet am Ufer der Havel, wo Bauarbeiten stattfinden, einen versteinerten «Elephantenbakkenzahn». Später kommen noch weitere Urweltreste hinzu.

Der Karlsruher Buchhändler Christian Gottlieb Schmieder erlangt vom Reichshofrat in Wien das Druckprivileg für ein Werk namens «Sammlung der besten deutschen prosaischen Schriftsteller und Dichter». (Schmieder wird dann «Mit allerhöchst-gnädigst Kayserlichem Privilegio» 180 Teile in 258 Bänden drucken und so zu einem der berüchtigtsten Nachdrucker Deutschlands.)

In Paris kommen in der Oper *Sabinus* erstmals Trompeten «dans différents tons» zum Einsatz – Inventionstrompeten, deren u-förmige Bogen austauschbar sind. Der Komponist François Joseph Gossec hat sie verlangt; gespielt werden sie von zwei eben angestellten Deutschen, den Brüdern Andreas und Johann Christoph Braun.

In diesen Tagen gibt Lenz Goethes Farce *Götter, Helden und Wieland* in Druck, die laut ihrem Autor «bey einer Flasche guten Burgunders ... in Einer Sitzung» Anfang Januar entstanden ist (→74).

22 Di In den *Frankfurter Gelehrten Anzeigen* wird die zweite Auflage von Goethes *Götz von Berlichingen* angezeigt.

Das britische Oberhaus beschließt im Streitfall ‹Donaldson v. Becket›, daß Autoren kein ewiges Urheberrecht beanspruchen dürfen.

23 Mi In Bückeburg erläutert Herder dem Landesherrn, Graf Friedrich Ernst Wilhelm zu Schaumburg-Lippe, seinen Vorschlag, daß Pastoren ihren Predigttext frei wählen dürfen sollten.

Goethe bietet für Bonn gegen Rindskopf Kaution an.

24 Do In London erfährt Fox vom Premierminister Lord North, daß König George III. ihn entlassen hat.

25 Fr Gleim in Halberstadt plaudert brieflich mit Bürger über die geplante Zeitschrift *Iris*: «Was sagen Sie zu unsers Jacobi Bemühung, die Damen klüger zu machen? Es scheint, als wenn auf einmahl das schöne Geschlecht der Gegenstand unsrer deutschen Musensöhne geworden sey [...]».
Richard Arkwright bittet in einer Petition das britische Parlament, seine neuerdings auch mit maschinell gesponnenen baumwollenen Kettfäden gewobenen und bedruckbaren Stoffe von den hohen Abgaben nach dem ‹Calico Act› zu befreien. Zunächst hat er keinen Erfolg (→ 11. Juni).
26 Sa Im *Wienerischen Diarium* wirbt Hofbuchdrucker Joseph Kurzböck für sechs Cembalosonaten, die Joseph Haydn im Jahr zuvor komponiert hat (op. 13, Hob. xvi: 21–26) und nun seinem Arbeitgeber, Prinz Nikolaus von Esterházy, widmet. Es ist der erste Druck, den Haydn selbst veranlaßt. Die Noten sind nicht gestochen, sondern typographisch gesetzt.
In Paris spricht der königliche Gerichtshof, das Parlement Maupeou, in der Affäre Goezman gegen Beaumarchais die ‹blâme› aus (Infamie, Unfähigkeit zu öffentlichen Ämtern). Es ging ursprünglich um Beaumarchais' Erbansprüche an seinen Finanzmentor Joseph Pâris Duverney, mit verwickelten Bestechungs-Folgen. Beaumarchais wird nun als Unterhändler des Königs im Erpressungsfall Morande tätig (→ 29. April).
27 So Herders vielfach freirhythmischer *Brutus* (entstanden 1772) wird mit Musik von Johann Christoph Friedrich Bach (nicht erhalten) am Bückeburger Hof uraufgeführt; das Libretto erscheint gedruckt.
28 Mo In London protestieren Buchhändler und Verleger gegen die Entscheidung des Parlaments zum Copyright (→ 22. Februar) und fordern finanzielle Hilfen.
In diesen Tagen zieht G. A. Bürger von Gelliehausen nach Niedeck.

Anfang von Haydns Cembalosonate op. 13,1 im Notensatz von Joseph Kurzböck

Ritter der Konjunktur

Götz von Berlichingen mit der eisernen Hand. Ein Schauspiel. Zwote Auflage. Frankfurt am Mayn bey den Eichenbergischen Erben 1774. 192 S.

Götz von Berlichingen
mit der
eisernen Hand.
Ein
Schauspiel.
Zwote Auflage.
Frankfurt am Mayn
bey den Eichenbergischen Erben
1774.

Zwar verkaufte sich der Mitte Juni 1773 erhältliche *Götz von Berlichingen* gut und wurde literarisch eifrig diskutiert, aber unternehmerisch machte das Büchlein, hergestellt in Darmstadt von Johann Georg Wittich in der Druckerei der Eylauschen Erben, seinem Autor keine Freude. Entgegen den Erwartungen des Selbstverlegers Merck kamen nicht einmal die Herstellungskosten herein; Ende Oktober verdarb ein im Titel täuschend ähnlicher, auf glatt zehn Bogen gesetzter Nachdruck vollends das Geschäft, obgleich an der Kraftstelle dort nur zwei Strichlein standen. So wurde Goethe bald einig mit einem Landsmann, den er spätestens seit 1772 gut kannte: Johann Conrad Deinet, der nach Johann Ludwig Eichenbergs Tod 1770 dessen Verlagsbuchhandlung übernommen hatte, wie üblich durch Heirat mit der Witwe. Deinet kündigte die rechtmäßige neue Auflage des *Götz* am 14. Dezember an und fragte sogar kaufmännisch agil den Kollegen Nicolai in Berlin, ob dieser «eine gute Parthie» abnehmen möge. Im Januar 1774 kam die laut Vorbemerkung «ganz correckte», tatsächlich von Goethe durchgesehene Nachauflage in den Handel, mit gestochenem Titel in zierlicher, altdeutsch anmutender Fraktur. Götzens derbes Wort war erhalten geblieben, aber man hatte zwölf Seiten von Bogen J, teils auch den ganzen Bogen K falsch paginiert. Das ließ Deinet dann alsbald in einem Doppeldruck des gesamten Buches berichtigen.

Ein zeitgenössischer Sammelband kann belegen: Der Erfolg des Götz *brachte viele auf Ideen, selbst die traditionsreiche Felßeckerische Verlagsbuchhandlung in Nürnberg, wo 1731 Goethes Hauptquelle erschienen war, die* Lebens-Beschreibung Herrn Gözens von Berlichingen. *Ediert und mit vielen gelehrten Anmerkungen versehen hatte den alten Text der Jurist und Historiker Georg Tobias Pistorius alias ‹Verono Franck von Steigerwald›. Sein schon damals beteiligter Sohn Wilhelm Friedrich Pistorius sorgte nun für die «zweyte verbesserte Auflage» von 1775. Sie gibt sich in Format und Ausstattung bescheidener, zeigt als Frontispiz (links) aber wieder den gleichen Stich von Götzens Grabmal – worauf man die eiserne Hand übrigens nur wie einen Handschuh zwischen den Knien des beidhändig Betenden sieht. – Auch Johann Friedrich Weygand, der 1774* Clavigo *und den* Werther *herausbrachte, wollte mitverdienen. Im Herbst 1774 läßt er eine «dramaturgische Abhandlung» drucken, die auf 96 Seiten Goethes «von Hand zu Hand, von Ohr zu Ohr» gehendes Werk mit beachtlichem Hintergrundwissen rühmt. Der anonyme Essay zitiert aus dem Stück selbst, aus Abhandlungen Herders und Gerstenbergs, greift aber auch Rezensionen auf. Er ist die taktische Duplik eines im Kreis von Goethe und Merck verachteten Literators: Christian Heinrich Schmid, einst in Leipzig Goethes Kommilitone, war 1770 beim* Almanach der deutschen Musen *zum Piraten geworden (→ 40). Im Almanach für 1774 hatte Schmid, inzwischen Professor in Gießen, den* Götz *eine «merkwürdige Erscheinung» genannt und zuvor in Wielands* Teutschem Merkur *recht oberlehrerhaft regelpoetisch herumgetönt; nun stimmt der Wendehals konjunkturbewußt in Wielands Lob ein.*

Wehrhafter Winterschläfer

Friedrich Gabriel Sulzer: Versuch einer Naturgeschichte des Hamsters. Göttingen und Gotha: verlegts Johann Christian Dieterich, 1774. 212 S., 5 Tafeln.

Mitte 1773 hatte sich Friedrich Wilhelm Gotter in Knittelversen bei Goethe für den *Götz* bedankt. Gern würde er das Stück im neuen Liebhabertheater seines heimatlichen Gotha spielen; als Hauptdarsteller wüßte er «einen Bub', der rüstig ist, Von Schweizerblut». Der war allerdings schon Doktor: Friedrich Gabriel Sulzer, der ältere Sohn des herzoglichen Leibarztes. Während seines Göttinger Studiums hatte er emsig Stoff für eine Studie über den Hamster zusammengetragen; bis zum Bogen N war der Text 1770 gedruckt. Aber erst nach drei Auslandsjahren, in denen er sich zum Tierarzt schulte, lieferte Sulzer die Vorlagen für die Tafeln nach, so daß sein Büchlein schließlich Ende 1773 vordatiert erscheinen konnte. Liebevoll akribisch läßt er einer Beschreibung von der «Schwärze des Bauchs» bis zum Skelett genaue Beschreibungen von Bau und «Lebensart» des Nagetiers folgen, das «herzhaft» beißend selbst Pferde attackiert, in tiefer

«Erstarrung» Winterschlaf hält, der vielen Feinde wegen sehr fruchtbar ist und damals zigtausendfach als Feldschädling gegen Belohnung gefangen wurde. Ein Stück solider Forschung, das dem jungen Medicus seinen Weg ebnete: Noch 1774 konnte Sulzer sich in Ronneburg östlich von Gera niederlassen, bildete dort neben der allgemeinen Praxis Hebammen aus und betreute die seit 1766 wachsende Zahl von Gästen des Mineralbrunnens. Vor allem aber verwirklichte er hier, wo man häufig Viehmärkte abhielt, seinen Plan einer Tierarztschule, die Herzog Ernst II. im folgenden Jahr approbierte; nur Göttingen bot zu dieser Zeit Ähnliches. Leider kamen nie viele Studenten, aber den gelehrten Doktor focht es nicht an. Von 1779 bis kurz vor seinem Tod amtierte er, allseits beliebt, als Brunnenarzt in Ronneburg, gab in Altenburg Kurse für Hebammen und stieg nach und nach bis zum Geheimen Hofrat (1818) auf. In Jena traf er 1797 Goethe, der ihn als Mineralienfreund im Gedächtnis behielt. Bei der nächsten Begegnung 1807 in Karlsbad gab Sulzer dem Dichter einen Gneis mit ‹flasriger Textur› aus der Gegend zwischen Tepl und Theising, den Goethe eingehend würdigte. Besprach man auch anderes? Kurz darauf erörterte Goethe jedenfalls mit Alexander von Humboldt, ob sich in Jena eine Tierarzneischule einrichten lasse. Diesen Lieblingsplan sah der anatomisch interessierte Goethe 1816 schließlich in die Tat umgesetzt, als Sulzers Pioniergründung in Ronneburg schon lange eingeschlafen war.

Das kleine Buch setzte wissenschaftliche Maßstäbe. Noch im 21. Band der monumentalen Encyclopädie *von Ersch und Gruber (1830) wird der Hamster (Cricetus) als «äußerst zorniges Thier» mit Hinweisen auf Sulzer beschrieben. Das vorliegende Exemplar stammt aus der Bibliothek des gelehrten Augustus Frederick, Duke of Sussex, dem Lieblingsonkel von Queen Victoria, der Bibeln und alte Manuskripte sammelte, aber auch naturwissenschaftlich interessiert war und sich von Alexander von Humboldt anregen ließ.*

Exlibris des Duke of Sussex

Heilige Hieroglyphe der Frühzeit

[Johann Gottfried Herder:] Aelteste Urkunde des Menschengeschlechts. Erster Band [… und: Zweiter Band]. Riga, bey Johann Friedrich Hartknoch. 1774 [und 1776]. (4), 384 [recte 377]; (8), 202 S.

Spätestens im Frühjahr 1768 hatte Herder begonnen, Hamanns Wort von der Poesie als «Muttersprache des Menschengeschlechts» auf den Anfang der Bibel anzuwenden. Eine «Archäologie des Morgenlandes» sollte zeigen, daß früheste Überlieferungen Gedächtnislieder «für ein singendes Volk» waren, bildstarker Widerhall des Ursprungs aus kindlicher Nähe zu Gott. Schon 1769 gab es einen Text; Studien in Straßburg und Göttingen mehrten das Material. Von August bis September 1773 schrieb Herder den ersten Band. Stilistisch weiter aufgeheizt, im Titel wohl gegen Bahrdts *Neuste Offenbarungen* gerichtet, ging das Manuskript im November zum Druck an Breitkopf in Leipzig; seinem Bückeburger Grafen ließ Herder am 14. Januar 1774 ein Vorausexemplar zukommen. Lavater, dessen Predigerton Herder inspiriert hatte, erhielt das Werk Mitte März als einer der ersten und war entzückt, wie hier die sieben Schöpfungstage als Hieroglyphe heiliger Erkenntnis-Symmetrie erschienen. Auch Hamann lobte die «Origines» in einer verrätselten

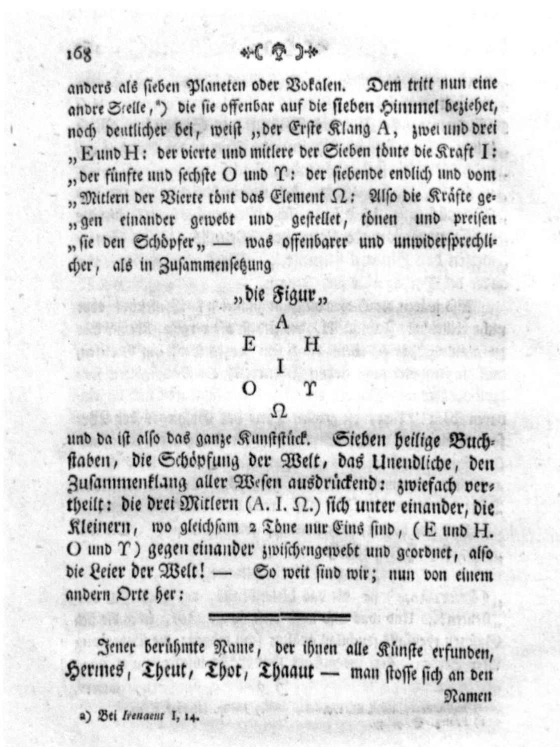

168

anders als sieben Planeten oder Vokalen. Dem tritt nun eine andre Stelle,[a]) die sie offenbar auf die sieben Himmel beziehet, noch deutlicher bei, weist „der Erste Klang A, zwei und drei „E und H: der vierte und mitlere der Sieben tönte die Kraft I: „der fünfte und sechste O und Υ: der siebende endlich und vom „Mitlern der Vierte tönt das Element Ω: Also die Kräfte gegen einander gewebt und gestellet, tönen und preisen „sie den Schöpfer„ — was offenbarer und unwidersprechlicher, als in Zusammensetzung

„die Figur„

A
E H
I
O Υ
Ω

und da ist also das ganze Kunststück. Sieben heilige Buchstaben, die Schöpfung der Welt, das Unendliche, den Zusammenklang aller Wesen ausdrückend: zwiefach vertheilt: die drei Mitlern (A. I. Ω.) sich unter einander, die Kleinern, wo gleichsam 2 Töne nur Eins sind, (E und H. O und Υ) gegen einander zwischengewebt und geordnet, also die Leier der Welt! — So weit sind wir; nun von einem andern Orte her:

Jener berühmte Name, der ihnen alle Künste erfunden, Hermes, Theut, Thot, Thaaut — man stosse sich an den Namen

a) Bei *Irenaeus* I, 14.

Herder (Porträt von Johann Ludwig Strecker, 1775)

Postille. Aber Herder wollte es speziell den Gelehrten zeigen. Die «Nationalurkunden des Orients» erschlössen eine Urreligion, die nicht aus Furcht, sondern aus Ehrfurcht entspringe. Dem «Wasserstrom» der Bibelanalyse, die im «Städteleben» die Weihe des Anfangs, den natürlich-simplen, täglich neuen «Unterricht unter der Morgenröte» vergessen habe, setzt er einen Feuerstrom seherischer Rhapsodik entgegen. Das kam übel an. Herder trete «im Schlafrock zu Pferde» auf, schrieb Merck; das «Lärmschlagen über eine lumpige Hypothese» und die «bettelhafte Prahlerei der Zitate» seien erbärmlich. Auch Friedrich Nicolai sah statt luzider Begriffsarbeit nur «Raketenfeuer». Goethe spürte das «mystisch weitstrahlsinnige Ganze», fühlte sich zur Verteidigung aber unbefugt; Lenzens Fürsprache verhallte. So landete Herder zwischen allen Stühlen: Erweckte wie Lavater brauchten keine Fußnoten; Kant und sein Kreis waren von der «Göttersprache» befremdet. Aufklärerische Theologen, darunter der von Herder anfangs verehrte, nun geschmähte Göttinger Orientalist Johann David Michaelis, lehnten die Thesen, aber auch den rechthaberischen Enthüllergestus ab. Eine Professur in Göttingen hatte der Autor sich verscherzt. Erst das erheblich ruhiger intonierte Werk *Vom Geist der ebräischen Poesie* (1782/83) sollte der genial verfrühten Diagnose mosaischer Volkslieder mehr Respekt eintragen.

Wohl insgeheim zweifelnd an seinem tollkühnen Vorhaben, das Publikum rhapsodisch zum Verständnis zu zwingen, ließ Herder während des Drucks hinter dem Titel eine Sonderseite einfügen, die den Lesern mit patzig-hochfahrenden Gebrauchsanweisungen kam. Das vorliegende Exemplar enthält wie die meisten diese Seite; es stammt aus der Bibliothek des katholischen Kirchenhistorikers und Herderforschers Friedrich Lauchert.

Widerstand aus der Studierstube

Siegmunds von Storchenau [...] Grundsätze der Logik. Mit Erlaubniß der Obern. Augsburg, bey den Gebrüdern Veith. 1774. (10), 230 S.

Siegmunds von Storchenau
der Weltweisheit und Gottesgelehrtheit Doctors
an der Universität zu Wien
Grundsätze
der
Logik.
Mit Erlaubniß der Obern.
Augsburg,
bey den Gebrüdern Veith.
1774.

Mit 16 Jahren war der Kärntner Storchenau Jesuit geworden, schon mit 32 lehrte er als Professor der Logik und Metaphysik in Wien, und 1769 hatte er bei dem jesuitenfreundlichen Verleger Trattner konzise lateinische Einführungen zu seinen Fächern herausgebracht. Durch die Aufhebung des Ordens verlor er zwar den Lehrstuhl, aber nicht seinen pädagogischen Elan. Die zur Ostermesse 1774 ansprechend gedruckte, schon im Folgejahr und 1786 nochmals in fast identischem Neusatz aufgelegte Werbung für schlüssiges Denken gestattet um der Sache willen jeden Zweifel, außer natürlich gegen «die geoffenbarten Wahrheiten der Religion» (225). Der in souverän schnörkellosem Stil, manchmal fast plaudernd geschriebene, für Anfänger gut verständliche Band wurde zum Auftakt einer langen Reihe von oft mehrbändigen konservativ-katholischen Werken. Storchenau, der

Einleitung.

Alles hat seine Regeln; und also giebt es auch welche für das Denken.

zunächst wieder in seinem Studentenzimmer bei der alten Mutter in Klagenfurt untergekommen war, wurde 1781 der Hofprediger von Erzherzogin Maria Anna, der buckligen, frommen zweiten Tochter Maria Theresias, die seit dem Tod ihrer Mutter ein Palais in Klagenfurt bewohnte. Als seine hochgebildete Gönnerin 1790 verstorben war, kehrte er nochmals in die familiäre Klause zurück, von wo aus er bis zuletzt in eingängig eleganter Diktion, aber stets mit dem mahnenden Eifer des Systematikers gegen Voltaire, Rousseau und die übrigen «verderbenden» (189) Autoren seines Jahrhunderts anschrieb.

Die gut eingeführte Augsburger Verlagsbuchhandlung Veith wurde seit 1756 von Ignaz Adam Veith und seinem gelehrten Bruder Franz Anton Veith betrieben. Sie brachten von Storchenau noch etliche weitere Werke heraus, darunter die siebenbändige Philosophie der Religion, *deren sämtliche Titel dieselbe Vignette tragen wie das Logikbüchlein: Geistliche und weltliche Wahrheit, auf Wolken thronend. Das offensichtlich geduldige Kupfer wurde von den Veiths auch anderweitig genutzt; es stammt – wie die hübsche kleine Darstellung eines Gelehrten in seiner Studierstube vor Storchenaus Einleitung – von Johann Joseph Störcklin, in dritter Generation Stecher in Augsburg («A. V.», Augusta Vindelicorum), der sie nach dem Entwurf seines angesehenen Stadtnachbarn Johann Esaias Nilson fertigte.*

Von den Gipfeln der Tugend

Johann Wilhelm Ludwig Gleim [anonym]: Halladat oder Das rothe Buch. [Zum Vorlesen in den Schulen.]. Hamburg 1774. 94 S., 1 Blatt Druckfehler.

Gleim (Porträt von Johann Heinrich Tischbein d.Ä., 1772)

Als der Quedlinburger Oberhofprediger Friedrich Eberhard Boysen 1773 seine Übersetzung des Korans (→ 14) herausbrachte, die erste «unmittelbar aus dem Arabischen», fühlte sein alter Brieffreund und Landsmann Gleim sich poetisch angeregt. Unter den Augen des jungen Heinse entstanden von Juni an 31 «Suren» des «neuen Korans», mit pseudoarabischen Wörtern und Gestalten drapiert; auch der Titel ist erfunden. Am 26. Januar 1774 sendet Gleim das Manuskript an Klopstock, weil er hofft, an der Subskription für dessen *Gelehrtenrepublik* (→ 116) noch teilhaben zu können. Dafür ist es aber zu spät. Johann Joachim Bode läßt den Druckauftrag wie zugesagt «bestmöglich besorgen»; um die Verbreitung jedoch muß sich der Autor selbst kümmern.

Gleims Blankverse feiern in anakreontisch flüssigem Seherton die Anbetung des Schöpfergottes in erhabener Natur, auf Berggipfeln oder unter dem Sternenzelt. Er habe «kein Kunstwerk» beabsichtigt, sagte der Autor später kokett; klopstockisch hochgestimmt, will er als Inspirierter das überchristliche Vernunft-Gewissen der Leser rühren. Man sollte, mahnt er, gemeinsam «die Summe dieses Guten, welches Gott / In seine Welt ge-

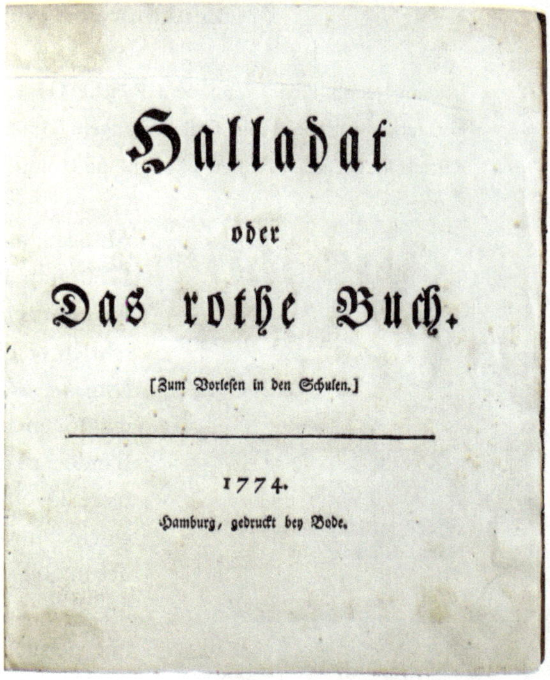
Halladat
oder
Das rothe Buch.
[Zum Vorlesen in den Schulen.]
1774.
Hamburg, gedruckt bey Bode.

legt», mehren (86) – eine doch etwas buchhalterische Spielart der Tugendreligion für «Menschenfreunde» guten Willens. – »Ich wollte schon in meiner ersten Jugend immer eine Bibel schreiben», verriet Gleim in typisch nonchalanter Eitelkeit, nachdem Lessing auf ein Manuskript ohne viel Enthusiasmus reagiert hatte. Freunde lobten das «Apostelwerk» (Heinse) als «Ambrosia und Nektar» (Wieland), ja «göttliches Buch» (Johannes von Müller). Ein Nachdruck erschien. Gleims Schützling Jean Paul rühmte noch 1804 «das schönste Werk» des Halberstädter Domsekretärs; sonst jedoch blieb der gutgemeinte Appell pro bono und contra malum, von Ausnahmen wie Heinrich Wolfgang Behrischs *Ebazilima* (1778) abgesehen, ohne Echo. Schon Goethe nahm keine Notiz von *Halladat;* Germanisten haben seither um «die albernen Verse» (Josef Nadler) stets einen Bogen gemacht – leider. Denn das Opus, mit dem Gleim ähnlich wie Basedow pädagogisch zu wirken hoffte (daher der Untertitel), klingt in manchen Teilen wie ein früher zahmer Vorbote der ähnlich bemüht aufgesteilten Gesänge von Nietzsches *Also sprach Zarathustra.*

Bode, selbst mit seiner Übersetzung des Tristram Shandy *ausgelastet (→ 236), druckte das Werk bis September 1774 in seiner Offizin auf dem Hamburger Holzdamm, in Kleinquart auf gutes Schreibpapier, ähnlich wie 1771 Klopstocks* Oden. *Es gibt Exemplare ohne den Untertitel, die bisweilen als Vorzugsausgabe gelten; eine Priorität läßt sich nicht feststellen.*

Lenkung von ganz oben

[Johann Jacob Hess:] Von dem Reiche Gottes. Ein Versuch über den Plan der göttlichen Anstalten und Offenbarungen. Von dem Verfasser der Geschichte JEsu. Zürich, bey Orell, Geßner, Füeßlin und Comp. 1774. xl, 392, 432 S.

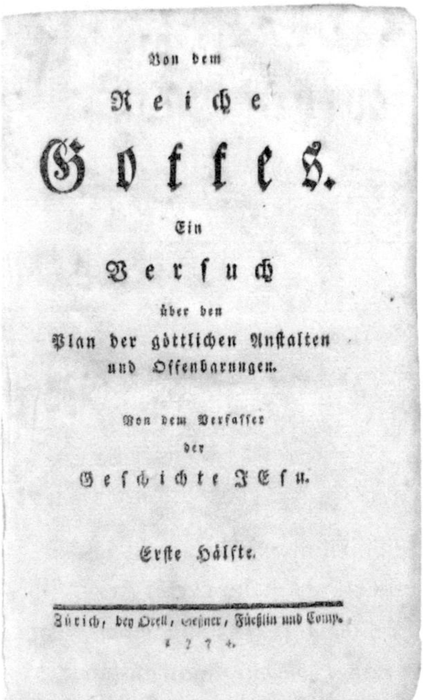
Von dem
Reiche
Gottes.
Ein
Versuch
über den
Plan der göttlichen Anstalten
und Offenbarungen.
Von dem Verfasser
der
Geschichte JEsu.
Erste Hälfte.
Zürich, bey Orell, Geßner, Füeßlin und Comp.
1774.

Als Sohn eines Uhrmachers brauchte Hess, 1760 zum Prediger ordiniert, nicht gleich das Kanzelamt anzutreten. Statt dessen schrieb er die *Geschichte der drey letzten Lebensjahre Jesu:* historisch angereicherte Meditationen für Aufgeklärte in sechs dicken Bänden und Nachträgen. Dann dehnte er seine Deutungsart auf die biblische Frühgeschichte aus. Gleichzeitig mit Herder, der in *Auch eine Philosophie* den «Gang Gottes über die Nationen» anvisierte (→138) und parallel im Schöpfungsbericht die *Älteste Urkunde des Menschengeschlechts* als Hieroglyphe wiederfinden wollte (→58), geht es auch Hess um die «historische Theodicee» (1:xxix; 2:425); vernunftfrommen Bibelskeptikern tritt er mit heilsgeschichtlicher Plausibilität im historischen Detail entgegen. Sein «Archiv der Providenz» (2:35) will darlegen, wie Gott stets «mächtig nachhilft» (1:15). Nach der «beynahe poetisch» (1:5) zu lesenden Weltschöpfung weitet sich die «Familiengeschichte» Abrahams «ins Nationale» aus (1:172); der Tod des Messias ist ein wichtiger «Theil des göttlichen Plans» (2:133), das Heil vom jüdischen Volk zu lösen und welthistorisch «ins Allgemein-Gute und Nützliche» (2:312) auszuweiten. Die sich langsam verwirklichende Herrschaft des Auferstandenen zeigt «alles Wesentliche einer Reichsverfassung» (2:374) – nur wie Christus Erlöser und Richter zugleich sein soll, bleibt unklar. Was dann für «Freuden in dem Umgang der Seligen» und welche «Vollkommenheiten des Leibes» nach der Auferstehung warten dürften, das werde er, Hess, «dir einst sagen, verehrens-würdiger Lavater! forschender Geist! oder vielmehr *du mir.*» (2:423). Tatsächlich erschienen parallel 1768 bis 1778 Lavaters ähnlich voluminöse *Aussichten in die Ewigkeit,* so daß von Zürich eine Flut andächtiger Eschatologie auszugehen schien. Protestantische Theologen reagierten meist respektvoll, schon weil die bisweilen grassierende Wundersucht hier historisch temperiert wurde. Der *Teutsche Merkur* nannte die fromme Verbalgymnastik in perfekter Ironie scharfsichtig, aber «hin und wieder etwas zu weitschweifig». Unter Gläubigen, selbst liberalen Katholiken, fanden Hessens Betrachtungen – wie auch die Lavaters – dann bis ins frühe 19. Jahrhundert viele Leser. Erst die philologisch-historische Kritik entzog seinem inständigen Vertrauen auf die biblische Evidenz die Grundlagen.

Erstaunlich rasch ließ der 1770 aus zwei Familienunternehmen fusionierte Züricher Verlag die enorme Textmasse in enger Fraktur setzen und drucken – samt griechischen Originalzitaten, auch aus Philon, Platon und anderen. Allerdings wählte man für die in diesem Exemplar zusammengebundenen Bände kein luxuriöses Papier und ließ das Druckbild schmucklos. Das Werk war eben zur privaten Gebrauchslektüre bestimmt, wie man auch schon am Kleinoktav-Format erkennt.

Porträt nach Schmoll, gestochen von Johann Georg Sturm (PhFr 3:248)

Die Patera von Rennes (siehe 26. März)

März 1774

1 Di In Verona kommt Maddalena Gabriela, Markgräfin von Canossa zur Welt. (Sie wird nach 1814 den karitativen Orden der Canossianerinnen begründen; 1941 wird sie selig, 1988 heilig gesprochen.)
In Frankfurt erweist sich Maxes Gatte Peter Anton Brentano als so eifersüchtig, daß sich Goethe entschließt, dessen Haus zu meiden.
2 Mi Gegenüber der Kurmärkischen Kammer zeigt sich Friedrich der Große befriedigt über die Kartoffelpflanzungen. «Jedoch müsset Ihr den Land- und Steuer-Räthen aufgeben, genau darauf zu sehen, dass der Erdtoffel-Bau, soviel als möglich, poussiret und nicht negligiret werde.»
Auf Block Island (südlich von Rhode Island) beschließen die Bewohner, «that the Americans have as good a right to be as free a people as any upon the earth» – ein klares Bekenntnis ihres Unabhängigkeitswillens.
3 Do Am Bückeburger Hof wird nochmals Herders *Brutus* gegeben, nun in Gegenwart des Librettisten und seiner Frau Caroline.
4 Fr In Halberstadt steuert Heinse zu der umlaufenden ‹Gedicht-Büchse› Gleims (→ 8. Januar) eine lange Elegie nach spanischem Vorbild bei.
In Wetzlar wird der seit 1771 wegen Bestechlichkeit suspendierte Kammergerichts-Assessor Papius (von Pape) endgültig abgesetzt; er geht nach Worms. Goethe hatte ihn im *Götz* als Italiener ‹Sapupi› verspottet.
In Bath sichtet Friedrich Wilhelm Herschel, oberste Musikautorität der Stadt und Astronom, mit einem selbstgebauten sechs Fuß langen Spiegelteleskop den soeben von Charles Messier katalogisierten Orionnebel – ein Auftakt seiner jahrelangen Forschungen zu Sternennebeln.
In London nimmt Dr. Johnsons ‹Literary Club› vier neue Mitglieder auf: George Steevens, den Kommentator Shakespeares (in absentia), Charles James Fox, eben als Finanzsekretär entlassen, den Politiker Charles Bunbury und den Arzt George Fordyce.
5 Sa Goethe stellt für Goldschmidt gegen Steitz eine Schuldforderung; im Prozeß Heckel gegen Heckel präsentiert er eine Nachtragsrechnung.

Denis Diderot verläßt St. Petersburg, begleitet von dem gelehrten Griechen Athanasios Balla. Sie reisen mit einem von Zarin Katharina II. gestellten Wagen, in dem man übernachten kann.

6 So Goethe sendet «ein Specktakul», wohl das eben gedruckte *Götter, Helden und Wieland,* an seinen Studienfreund Ernst Theodor Langer.

In Paris werden Beaumarchais' vier Rechtfertigungsschriften zur Affäre Goezman *(Mémoires à consulter)* öffentlich verbrannt.

7 Mo König George III. beschuldigt die amerikanischen Kolonisten, sie schädigten den britischen Handel und unterliefen die Verfassung.

In Rom stirbt der seit 1758 amtierende päpstliche Archivar, der Jurist Carlo Alberto Guidobono Cavalchini.

8 Di Schlözer kehrt mit Töchterlein Dorothea nach Göttingen zurück.

In Dresden wird der letzte (illegitime) Sohn Augusts des Starken begraben: Johann Georg, der ‹Chevalier de Saxe›.

9 Mi Claudius druckt im *Wandsbecker Bothen* Goethes *Da hatt ich einen Kerl zu Gast.* Das Ende: «Schlagt ihn todt den Hund! Es ist ein Recensent.»

10 Do Boie schickt aus Göttingen den «Catalogus der Leihbibliothek» an Bürger in Niedeck; er «habe 4 gg (Gute Groschen) dafür bezahlen müssen».

Goethe arbeitet in diesen Tagen an einem Werk über den Ewigen Juden.

11 Fr Friedrich der Große schreibt aus Potsdam an d'Alembert, Voltaires neuer Kurzroman *Le Taureau blanc* sei «mit eben der Munterkeit und Leichtigkeit geschrieben, die ihm in seine Jugend eigen war». Noch 1774 erscheint eine deutsche Übersetzung, wohl von W. C. S. Mylius.

In Neapel stirbt Fernando Galianis älterer Bruder, der Architekturhistoriker Berardo Galiani. Er hinterläßt drei Töchter, die verheiratet werden sollen, und eine Spezialbibliothek. (Sie wird 1776 von Zarin Katharina II. gekauft, vermittelt von Fernando Galiani und Baron Grimm.)

Goethe mahnt für die Försterschen Kinder gegen Rupprecht Termine an.

12 Sa Um 10 Uhr morgens tritt eine ringförmige Sonnenfinsternis ein. Sichtbar ist sie aber nur von Afrika bis Indien.

Die Themseregion wird von einer schweren Überflutung heimgesucht.

Flutmarke in Radnor House, Twickenham

13 So James Cooks Schiff ‹Resolution› landet bei der Osterinsel, die 1722 von Jakob Roggeveen entdeckt worden war.

14 Mo In Ulm stirbt der Münsterprediger Johann Michael Miller, Vater des Hainbündlers Johann Martin Miller. Dessen Freund Friedrich Leopold Graf von Stolberg in Kopenhagen dichtet daraufhin bis Monatsende die Ode *Der Abend*, die Miller trösten soll («der erste Morgenstrahl nach einer dunkeln Nacht», 11. April an Voß); im Juli trägt Rudolph Boie sie in das Göttinger Bundesbuch der Hainbündler ein.

In Wien wird der bisherige Jesuit Joseph Hilarius Eckhel zum Direktor der antiken Bestände am kaiserlichen Münzkabinett ernannt. Am 20. September bekommt er auch eine Professur. (Eckhel ist der Pionier der wissenschaftlichen Numismatik.)

In Mailand stirbt mit 29 Jahren Teresa Beccaria, die Frau des Rechtsreformers Cesare Beccaria.

15 Di In Jena stirbt mit 29 Jahren der brillante Orientalist Johann Ernst Faber, seit zwei Jahren Professor. (Erst 1775 wird als Nachfolger Johann Gottfried Eichhorn, ein Schüler Heynes, berufen.)

16 Mi Voltaire schreibt aus Ferney grämlich an den Marquis de Florian: «Le bonheur n'est qu'un rève, et la douleur est réelle; il y a quatre-vingts ans que je l'éprouve.» (Schopenhauer wird 1851 den Vordersatz in den *Aphorismen zur Lebensweisheit* zitieren.)

17 Do Der Dichter und Abbé Jacques Delille rückt als Nachfolger Condamines in die Académie Française auf. Schon 1772 gewählt, hatte er warten müssen, weil für die Mitgliedschaft ein Mindestalter verlangt wird.

18 Fr In Uppark, Sussex, stirbt der Gutsherr und Politiker Sir Matthew Fetherstonhaugh (sprich: ‹Fanshaw›). Zu Ehren der deutschstämmigen britischen Königin wollte er die 14. amerikanische Kolonie ‹Vandalia› mitgründen – heute West-Virginia und Nordost-Kentucky. Als Werbung hatte er auf eigenem Grund bei Harting,

Der ‹Vandalian Tower› (Laien-Aquarell, frühes 19. Jh.)

nahe Chichester, von dem Architekten Henry Keene seit 1773 den ‹Vandalian Tower› errichten lassen, eine gotisierende ‹Folly› mit Küche und Gastzimmer. (Emma Hamilton, gut bekannt mit den Fetherstonhaughs, soll später von den Zinnen nach Admiral Nelson ausgeschaut haben.)

Goethe mahnt im Prozeß Rindskopf gegen Bonn den Termin an und verlangt für Maigret von Stöcken die Kaution zurück.

19 Sa Die ‹Adventure› unter Cooks Mitkapitän Tobias Furneaux erreicht nach der Überquerung des Atlantiks das Kap der Guten Hoffnung und nimmt von dort Kurs nach England.

Auf Burg Haltenberg am Lech wird Franz von Paula Gruithuisen geboren, später Arzt und Astronom (Er sah Indizien für Mondbewohner).

20 So In London verabschiedet das Parlament die Sperrung des Bostoner Hafens bis zum Schadenersatz für die ‹Boston Tea Party›. Es ist der erste der ‹Intolerable Acts›, die zum Kontinentalkongreß im Herbst und letztlich zur Unabhängigkeit der USA führen.

Unter diesem Datum läßt Voltaire anonym eine *Lettre d'un ecclésiastique sur le prétendu rétablissement des Jésuites dans Paris* erscheinen, die das Verbot des Ordens nochmals rechtfertigt.

21 Mo In Lemgo wird der dreifache Mörder Johann Christoph Krop, zu dessen Verwahrung man eigens den engen ‹Kropschen Kasten› konstruiert hatte, dreimal mit einer glühenden Zange gerissen und dann gerädert; der Bürgermeister Christian Friedrich Helwing, Inhaber der örtlichen Meyerschen Verlagsbuchhandlung, wird über den schaurigen Fall noch 1774 eine von J. A. H. Heldmann verfaßte *Actenmäßige Nachricht* herausbringen.

22 Di Truppen der Zarin Katharina unter Alexander Bibikow und anderen besiegen in einer sechsstündigen Schlacht bei Orenburg die seit 1772 aktiven bäuerlichen Rebellen um Jemeljan Pugatschow; sie entlasten die seit Oktober 1773 belagerte Stadt. Pugatschow entkommt mit 300 Getreuen in Richtung Ural und sammelt dort eine neue Armee.

General Bibikow (PhFr 4:303, nach Rokotow)

23 Mi Neapel zieht sich aus Benevent zurück. Das päpstliche Territorium war am 11. Juni 1768 von neapolitanisch-sizilischen Truppen aus bourbonischer Solidarität besetzt worden, weil Papst Clemens XIII. zuvor dem Herzogtum von Parma und Piacenza für dessen Ausweisung der Jesuiten hart gedroht hatte. Nun, nach der Aufhebung des Ordens, betreiben Neapel-Siziliens König Ferdinand III. und sein jesuitenfeindlicher Staatsminister Bernardo Tanucci Annäherungspolitik.

24 Do Die Göttinger Hainbündler unterzeichnen einen Dank- und Grußbrief an Klopstock: «Gott hat uns gesegnet! Unter uns Klopstock!»

In Königsberg hört Hamann die universitäre Probevorlesung des Hofpredigers Johann August Starck. Sie handelt vom Fortwirken heidnischer Elemente im Urchristentum: *De tralatitiis ex gentilismo in Religionem Christianam,* bald als Traktat gedruckt. (Hamann wird immer wieder gegen den Freimaurer und Kryptokatholiken polemisieren.)

25 Fr Voß bricht mit dem Dankesbrief der Hainbündler von Göttingen zu Klopstock nach Hamburg auf.

In Darmstadt stirbt mit 69 Jahren Herzogin Caroline von Nassau-Saarbrücken, die Mutter der ‹Großen Landgräfin›.

In diesen Tagen lernt Goethe vermutlich seinen Stadtnachbarn Friedrich Maximilian Klinger genauer kennen.

26 Sa In Rennes brechen Maurer einen Trakt des Domkapitelhauses ab und stoßen auf einen Goldschatz: 94 Münzen, eine Fibel, eine 30 cm lange Kette und eine 1,3 kg schwere Patera (Opferschale) aus massivem Gold (→66), außen mit 16 Goldmünzen besetzt, deren zentrales Relief den Sieg des Bacchus über Herkules zeigt. (Die Funde aus dem frühen 3. Jahrhundert n. Chr. werden in die Pariser Bibliothèque Nationale gelangen; 1831 wird die Schale gestohlen, taucht aber bald unter einem Brückenbogen an der Seine wieder auf.)

In Rom hat Bergeret mit Fragonard wochenlang Paläste und ihre Kunstschätze besichtigt. Heute, schreibt er erschöpft, gebe es «Absolument rien à détailler».

27 So Friedrich der Große schreibt aus Potsdam der Landgräfin Henriette Caroline von Hessen-Darmstadt und fragt besorgt nach ihrer Gesundheit.

Die ‹Große Landgräfin› Henriette Caroline (PhFr 3:326)

28 Mo In München referiert der altgediente Staatsrechtler Johann Adam von Ickstatt vor der Akademie «von der Stufenmäßigen Einrichtung der niederen und höheren Landschulen». Er tritt für weniger Gymnasien und bessere Bildung der unteren Schichten ein.

In diesen Tagen liest Goethe Merck aus dem *Werther* vor. Der meint: «Nun ja! Es ist ganz hübsch.» Goethe vernichtet um ein Haar das Manuskript.

29 Di Lavater erhält den ersten Band von Herders *Ältester Urkunde des Menschengeschlechts* (→ 58).

Voß kommt in Hamburg an und besucht sogleich (erstmals) Klopstock, mit dem er auch in den nächsten Tagen lange Stunden verbringt.

Diderot erreicht nach gefahrvoller Reise Hamburg; Logis im Hotel ‹Zur alten Stadt London› in der Großen Bergstraße. Er schreibt an Kirchenmusikdirektor C. P. E. Bach, trifft ihn aber nicht. Bach läßt jedoch auf Bitten Diderots für dessen Tochter unpublizierte Klaviersonaten kopieren.

Friedrich der Große schreibt aus Potsdam an Voltaire: «Les ouvrages de votre jeunesse me consolent de mon radotage. Demeurez jeune longtemps, haïssez-moi encore longtemps, déchirez les pauvres militaires, décriez ceux qui défendent leur patrie, et sachez que cela ne m'empêchera pas de vous aimer. *Vale.*»

In Ludwigsburg stirbt Schillers fünfjährige Schwester Maria Charlotte an einer Lungenentzündung.

Nach dringender Bitte der Weimarer Katholiken fragt die Regentin Anna Amalia ihren Geheimrat Jakob Friedrich von Fritsch, ob sie nicht eine Ostermesse mit «Priester Bernhard» gewähren könne.

30 Mi In Wetzlar werden die Bücher des ausgewiesenen Kammergerichts-Assessors Papius versteigert (→ 4. März).
In Rom besichtigen Bergeret und Fragonard die Ruinen der Caracalla-Thermen, San Sebastiano an der Via Appia und das Grabmonument der Caecilia Metella.
In Darmstadt stirbt gegen 14:40 Uhr die ‹große› Landgräfin Henriette Caroline von Hessen-Darmstadt mit nur 53 Jahren an einem Schlagfluß. Merck zeigt sich gegenüber Nicolai «betäubt» und datiert sogar seinen Brief falsch. Der in Pirmasens residierende Landgraf Ludwig IX. hingegen, ein Zahlenmensch, rechnet aus, er sei 32 Jahre, 32 Wochen und 6 Tage verheiratet gewesen, habe aber nur 14 Jahre, 13 Wochen und 2 Tage mit seiner Frau verbracht.
Aus London schickt der Sprachforscher William Jones ein Exemplar seiner *Grammar of the Persian Language* (1771) an Warren Hastings, den Generalgouverneur von Bengalen.
31 Do (Gründonnerstag) Voß besucht Claudius in Wandsbeck. Während Claudius und seine Frau Rebecca in der Kirche sind, wiegt Voß das am 7. Februar geborene Töchterlein Caroline und schreibt etwas für den *Wandsbecker Bothen*.
Diderot bricht aus Hamburg nach Osnabrück auf.
Der Dichter und Publizist Christian Friedrich Daniel Schubart, der in der Augsburger Brauerei zum Walfisch untergekommen ist, bringt dort bei Stage das erste Stück seiner *Deutschen Chronik* heraus, mit enthusiastischer Berufung auf Klopstock. Schon im Mai muß er, als Kirchenkritiker unter Druck geraten, zu einem Ulmer Verlag wechseln.
In Rom zeigt sich Bergeret von der Sixtinischen Kapelle herzlich unbeeindruckt. So sei Michelangelos (wohl inzwischen recht nachgedunkeltes) ‹Jüngstes Gericht› «un amas confus de figures sans ordonnance ni couleur, ni effets».
In Kasan erschießt sich der schwedische Botaniker Johan Peter Falck. Er hatte als Doktorand und Vertrauter Carl von Linnés seit 1768 an der großen Expedition von Peter Simon Pallas durch Sibirien teilgenommen, war aber depressiv geworden.

Bei der Perücke gezupft

[Johann Wolfgang Goethe]: Götter Helden und Wieland. Eine Farce. Auf Subscription. Leipzig 1774. (36) S.

Als am 28. Mai 1773 in Weimar die Oper *Alceste* uraufgeführt wurde, erregte das weithin Aufmerksamkeit. Mit dem Komponisten der Seylerschen Truppe, Anton Schweitzer, plante Wieland nichts Geringeres, als die Reform Glucks – der 1767 auch eine *Alceste* herausgebracht hatte – der heimatlichen Kultur anzuverwandeln. Im ersten Band seines neuen *Deutschen Merkur* hatte Wieland schon im März Briefe *über das deutsche Singspiel, Alceste* gebracht, ein abschließender folgte im Juli. Mit «ruhmsüchtiger Betriebsamkeit» (Friedrich Sengle) legte der Fürstenerzieher dar, wie er das Drama des Euripides, in dem Herkules die tote Gattin des Admet aus der Unterwelt zurückholt, von viel «abgeschmacktem» und «plattem Zeug» befreit habe. Darauf reagiert Goethes Farce, in der Wieland als «Schatten in der Nachtmütze» von Euripides und den Figuren des Stücks in der Unterwelt zur Rede gestellt wird, Herkules die wohlfeilen Tugendlitaneien des Rokoko anprangert und Euripides gar das Christentum zu einer

«Sekte» von Kranken erklärt. An einem Sonntagnachmittag, vielleicht dem 3. Oktober 1773, entstand die Tirade gegen Wielands «blasse Püppchens», laut dem Verfasser «bei einer Flasche guten Burgunders», aber wohl auch neben einem aufgeschlagenen griechischen Euripides. Goethes Manuskript ging an Lenz, der es Anfang März 1774 drucken läßt – in Kehl, schrieb er Ende 1775 an Herder. Kaum reuig verteidigt Goethe gegenüber Freunden das «Fratzenzeug» und seinen Impuls, «daß man die Hansen bei der Perücke zupft»; er schickt sogar selbst einige Exemplare des für drei Batzen erhältlichen, flugs auch nachgedruckten Heftes weiter. Als Wieland es dann in der nächsten Folge des *Merkurs* ohne Groll «allen Liebhabern der pasquinischen Manier» empfiehlt, ist der Autor doch erleichtert über diese Großzügigkeit. Die enge Verbindung zu Wieland in künftigen Jahren sollte aufs Schönste bestätigen, was Goethe den stolzen Herkules in der Unterwelt hatte sagen lassen: «Ein ächter Mann giebt sich nie mit geringern ab, nur mit seines gleichen, auch grössern wohl».

In Kehl, Badens Grenzfestung am Rhein, wird Beaumarchais von 1776 an seine Druckfabrik für das Gesamtwerk Voltaires einrichten. Anfang 1774 aber ist der kleine Ort, dessen Festung im August zur Stadt erklärt werden sollte, noch ein Schmugglernest; Drucker oder Verleger kennt man damals dort nicht – Lenzens Angabe weckt einige Zweifel. Goethe spricht in Dichtung und Wahrheit *von Straßburg. Die 36 Oktavseiten des Manuskriptes, das im Besitz der Familie Merck erhalten ist, ergaben 2 ¼ Bogen, ebenfalls 36 Seiten. Die erste Lage wurde doppelt gedruckt, wobei sich ein paar Fehler einschlichen; zwei Seiten vertauschten die Drucker sogar. Immerhin verwendete man mehrere Sorten gutes Schreibpapier mit wappenähnlichen Wasserzeichen; auf einem Bogen findet sich der Name der renommierten Papiermühle von Joseph Pasquay d. J. in Wasselnheim (Wasselonne), 25 km westlich von Straßburg. Die Angabe «Auf Subscription» ist natürlich ein Scherz. Und seltsamerweise liest man in der linken oberen Ecke des Titelblatts, wenn man es nur richtig abdeckt, den Namen des Verfassers.*

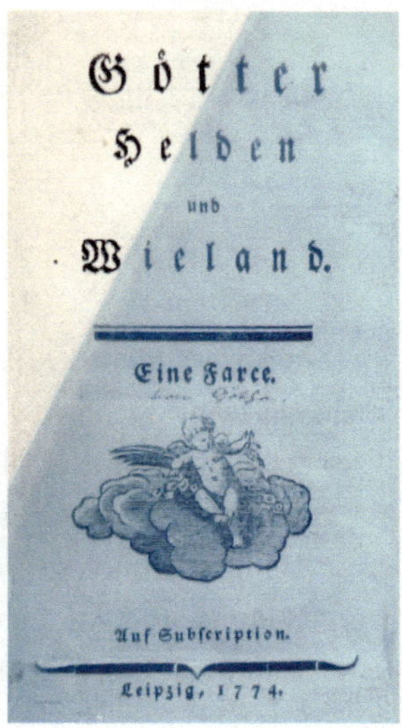
Götter
Helden
und
Wieland.
Eine Farce.
Auf Subscription.
Leipzig, 1774.

Dichterklänge aus dem Osten

Poeseos Asiaticae Commentariorum libri sex, cum Appendice; subjicitur Limon, seu miscellaneorum liber: Auctore Guilielmo Jones, A[rtium] M[agister] […] Londini: E typographeo Richardsoniano […] 1774. (4), xxxii, 542, (2) S.

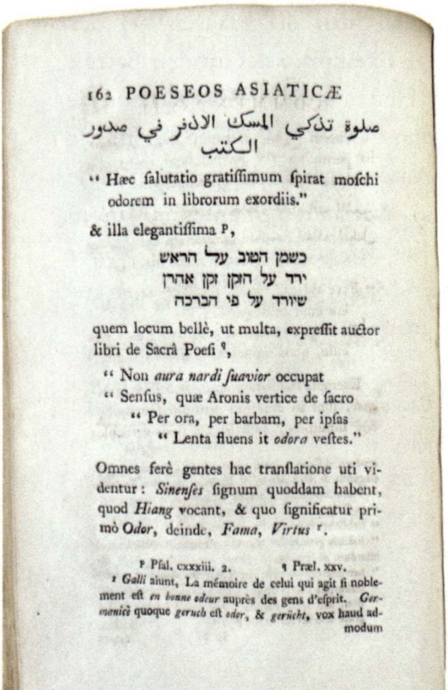

162 POESEOS ASIATICÆ

صلوة تذكي المسك الاذفر في صدور الكتب

" Hæc ſalutatio gratiſſimum ſpirat moſchi odorem in librorum exordiis."

& illa elegantiſſima [p],

כשמן הטוב על הראש
ירד על הזקן זקן אהרן
שירד על פי הברכה

quem locum bellè, ut multa, expreſſit auctor libri de Sacrâ Poeſi [q],

" Non *aura nardi ſuavior* occupat
" Senſus, quæ Aronis vertice de ſacro
" Per ora, per barbam, per ipſas
" Lenta fluens it *odora* veſtes."

Omnes ferè gentes hac tranſlatione uti videntur: *Sinenſes* ſignum quoddam habent, quod *Hiang* vocant, & quo ſignificatur primò *Odor*, deinde, *Fama*, *Virtus* [r].

[p] Pſal. cxxxiii. 2. [q] Præl. xxv.

[r] *Galli* aiunt, La mémoire de celui qui agit ſi noblement eſt *en bonne odeur* auprès des gens d'eſprit. *Germanicè* quoque *geruch* eſt *odor*, & *gerücht*, vox haud admodum

Neben Latein und Griechisch hatte William Jones auf der alten Public School von Harrow gründlich Hebräisch und etwas Arabisch gelernt, zwischendurch noch Französisch und Italienisch. In Oxford eignete er sich Persisch, Spanisch und Portugiesisch an, auch die Grundlagen des Chinesischen. Mit 20 Jahren war er Fellow, 1771 erschien seine Grammatik des Persischen; nebenbei wurde er ein gefragter Spezialist für Bürgschaftsrecht. Am 1. März 1774 sind seine *Commentarii* zur Poesie des Orients da. Sie bündeln die Arbeit von sieben Jahren: Schon in Versmaßen, erst recht in Gattungen wie Liebeslied, Totenklage und Heldenepos zeigen sich Parallelen; immer wieder zieht Jones Vergleiche zur europäischen Antike. Er weist auf die *Moallakat* hin, bringt erstmals Proben des *Schachnameh;* sogar ein dem Konfuzius zugeschriebenes Gedicht übersetzt er und fügt als Kupfer das Original bei. Auch Jugendwerke von sich selbst, darunter arabische Verse, nimmt er auf; im Anhang finden sich auf Griechisch der Hamlet-Monolog, dazu eigene Epigramme, ein Idyll nach Theokrit und Kallimachos auf Latein. Die Fachwelt nahm das Pionierwerk sogleich wahr; schon 1777 ließ der Jenaer Orientalist Johann Gottfried Eichhorn

William Jones um 1769 (Stahlstich nach Reynolds)

eine leicht erweiterte Ausgabe drucken, die er seinem Vorgesetzten Goethe schenkte. Als Jones 1783 die *Moallakat* englisch mit Kommentar herausbrachte, fand Goethe «allerliebste Stellen» darin und begann eine deutsche Version. Auch das Sanskrit meisterte Jones, nun adlig und hoher Richter in Kalkutta, im Nu. 1789 erschien seine Übersetzung von Kalidasas Drama *Sakuntala,* die Georg Forster schon 1791 vom Englischen ins Deutsche übertrug. Goethe war begeistert. Während der Konzeption des *West-östlichen Divans* studierte er Anfang Dezember 1814 nochmals eingehend Jones' *Commentarii;* in den *Noten und Abhandlungen* pries er 1819 den vermittlungsklugen Briten, der «das Schöne und Gute … überall aufzufinden» gewußt, aber auch stilsicher erkannt habe, «wie absurd sich Milton und Pope im orientalischen Gewand ausnähmen». Damals war Sir William Jones schon 25 Jahre tot; seine epochale, um 1780 gewonnene Einsicht von der Urverwandtschaft der indoeuropäischen Sprachen begann jedoch erst zu wirken. Goethe nahm im Gespräch mit Wilhelm von Humboldt daran teil; 1812 planten die beiden einen Sprachatlas der Welt. So hat Jones, Fortsetzer des Gedankens der Volkspoesie, auf mehrfache Art den Blick deutscher Geistesgrößen für Sprachdenken und Weltliteratur geöffnet.

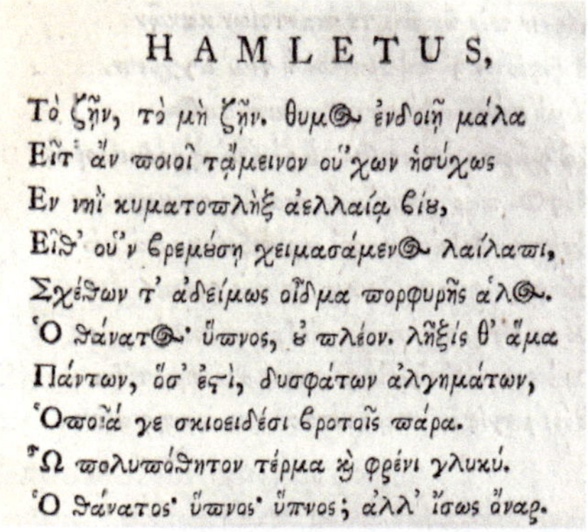

HAMLETUS,

Τὸ ζῆν, τὸ μὴ ζῆν. θυμὸς ἐνδοιῇ μάλα
Εἶτ' ἂν ποιοῖ τἄμεινον οὔχων ἡσύχως
Εν νῷ κυματοπλὴξ ἀελλαίᾳ βίᾳ,
Εἶθ' οὖν βρεμούσῃ χειμασάμενος λαίλαπι,
Σχέθων τ' ἀδείμως οἶδμα πορφυρῆς ἁλός.
Ὁ θάνατος· ὕπνος, οὐ πλέον. λῆξις θ' ἅμα
Πάντων, ὅσ' ἐστὶ, δυσφάτων ἀλγημάτων,
Ὁποῖά γε σκιοειδέσι βροτοῖς πάρα.
Ὦ πολυπόθητον τέρμα καὶ φρένι γλυκύ.
Ὁ θάνατος· ὕπνος· ὕπνος; ἀλλ' ἴσως ὄναρ.

Von der Originalausgabe, opulent gedruckt mit griechischen, hebräischen, arabischen und persischen Lettern, sind in Deutschland nur drei Exemplare öffentlich verzeichnet.

Gewagtes Credo der Vernunft

Bernhard aus Nordalbingien [d. i. Johann Bernhard Basedow]: Vermächtniß für die Gewissen. Dessau: Heybruch, 1774. xvi, 112 S., xvi, S. 113–304.

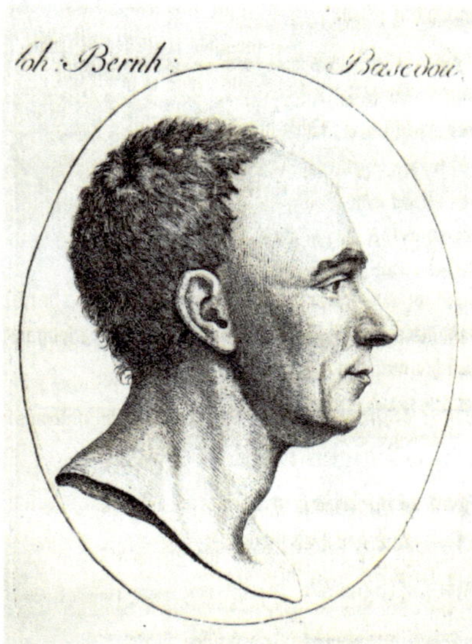

(*Anonymer Stich, PhFr 2:272*)

Seit seiner Magisterschrift von 1752 warb Johann Bernhard Basedow für eine neue Pädagogik. Der Sohn eines Hamburger Perückenmachers hatte als Professor der Schönen Künste an der Ritterakademie von Sorø (Seeland) mit einer *Practischen Philosophie für alle Stände* (1758) Anerkennung erlangt. 1761 in die Freidenker-Hochburg Altona versetzt, 1768 besoldet freigestellt, widmete er sich fortan seinen rousseauistischen Idealen. Für ein umfassendes Lehrbuch der Weltkunde sagte ihm eine große Zahl von Pränumeranten über 15 000 Taler zu. Von 1770 an kam die Realienschau heraus, 1774 nochmals unter dem Titel *Elementarwerk* in vier Textbänden: ein «geordneter Vorrath aller nöthigen Erkenntniß», nun mitsamt dem versprochenen Bilderatlas aus 100 instruktiven Kupfertafeln, für die Daniel Chodowiecki und andere die Vorlagen liefern. Auch zwei starke Bände *Bewiesene Grundsätze der Mathematick* läßt Basedow noch 1774 drucken. Schon eine Weile hatte er mit Landesherren über das Konzept einer Reformschule verhandelt; Ende 1774 kann er sie in Dessau unter dem Namen ‹Philanthropinum› eröffnen. Zwar wird er sich dort schon 1778 wieder zurückziehen, aber sein Konzept natürlicher Bildung und Tugendlehre wirkte fort über den eine Weile am Philanthropin tätigen Salzmann und Pestalozzi bis zu Goethes «Pädagogischer Provinz» und zu den Lebensreformern um 1900. Basedow plädierte in den damals gerade unter Protestanten hitzigen Orthodoxie-

Bernhards aus Nordalbingien
(oder Basedows)

Vermächtniß
für die Gewissen.

Erster Theil.

Für
alle Gottesverehrer,
auch die Nichtchristen.

Ein Lehrbuch der natürlichen Religion,
auch zur Erinnerung und Erbauung.

Dessau, 1774.
Gedruckt bey Heinrich Heybruch, Hochfürstl. Hof- und Regierungs-Buchdrucker.

Debatten für rational deistische Christlichkeit, freilich weniger radikal als Ludwig August Unzer, dessen *Vermächtniß für Zweifler* (1773, →36) er von Unzers in Altona tätigem Bruder gekannt haben mag. Die erste Hälfte des Lehrbuches, das dem Dessauer Fürsten gewidmet ist, handelt von den guten Anlagen des Menschen und seiner unsterblichen Seele, bietet aber auch über 40 Seiten ein naturreligiöses Gesangbuch auf kirchliche Melodien. Dieser Teil soll «alle Gottesverehrer, auch die Nichtchristen» ansprechen; erst im zweiten, darauf fußenden, in dessen Vorwort «Johannes Turicensis» (Lavater) angesprochen ist, wendet Basedow sich dann an «christliche Gottesverehrer und Zweifler». Mit seinem selbstsicheren Aufruf, «Menschenfreunde» sollten Kirchenlehren nur als Spielarten des universell gültigen Vernunftglaubens betrachten, geriet der Rationalist allerdings fast sofort zwischen die Lager und ins Abseits. August Ludwig Schlözer hatte 1771 die neue Pädagogik scharf kritisiert; Christian Felix Weiße urteilt am 11. Juni 1774: «Basedows ganzes Erziehungswerk ist mehr Speculation, als Erfahrung». Auch Pädagogen protestieren. So wird das *Vermächtnis für die Gewissen* allen Hoffnungen seines Autors zum Trotz nicht zum Handbuch.

Rom und die Berner Republik

[Albrecht von Haller:] Fabius und Cato, ein Stück der Römischen Geschichte. Mit allergn. Röm. Kaiserl. Churfürstl. Säch. und der löbl. Schweiz. Eydgenoss. Freyheiten. Bern und Göttingen, 1774. bey Emanuel Haller, und Vandenhöks sel. Witwe. xvi, 288 S.

Albrecht von Haller (PhFr 1:220)

Ein immenses Lebenswerk als Mediziner und Naturforscher hatte Haller bewältigt, als er seine Überlegungen zur Staatsverfassung erzählend darzustellen beschloß. Montesquieus Dreiteilung (1748) folgend, begann er mit der Despotie: *Usong* (1771) zeigt einen fürsorglichen mongolisch-persischen Herrscher, der als Prinz bis Venedig kommt. Goethe fand hier das Motto für seinen Ur-*Götz:* «Das Unglück ist geschehn, das Herz des Volcks ist in den Koth getreten, und keiner edeln Begierde mehr fähig.» Es folgte 1773 *Alfred König der Angel-Sachsen,* ein Bild der ‹gemäßigten Monarchie›. In *Fabius und Cato* kommt Haller den Zuständen seiner Vaterstadt, der Bürgerrepublik Bern, an denen er selbst mitgewirkt hatte, dann am nächsten – freilich über die große Parallele Rom. Anhand von Plutarch, Livius und weiteren Quellen malt er aus, wie Fabius Maximus bis zur öffentlichen Selbstverleugnung ging, um das Gemeinwesen vor Hannibal, dem überlegenen Feldherrn der Karthager, zu retten, und wie sein Gesprächspartner Cato der Censor später gegen sich mehrende Anzeichen der Sittenlosigkeit die «Tugend» zu erhalten strebte. «Ist es einem Staate zuträglich, Edle zu haben?» (81) Wenn ja, wie kann die Aristokratie verpflichtet werden, dauerhaft nützlich zu wirken? Lange Dialoge, auch mit den nobel dagegen argumentierenden Scipionen,

Fabius und Cato,
ein Stück
der Römischen Geschichte.

Mit allergn. Röm. Kaiserl. Churfürstl. Sächs. und der löbl. Schweiz. Eydgenoss. Freyheiten.

Bern und Göttingen, 1774.
bey Emanuel Haller, und Vandenhöks sel. Witwe.

erweisen, «keine Regierungsform sey zu allen Zeiten und für alle Völker gut» (226). Ein Flächenstaat habe einen Fürsten nötig. In einer Republik, die den Namen verdiene, sollten jedoch «zur Herrschaft … alle gelangen können», die es wert sind (243). Chancengleichkeit, aber kein Individualismus à la Rousseau, das sei wohl am haltbarsten; den zugereisten griechischen Philosophen, die Tugend als «bloße Werke der Gewohnheit» und Vaterlandsliebe zur «Eingebung des Stolzes» (261f) erklären, widerspricht Cato vehement. Am Ende steht, 15 Jahre vor der Revolution, die düstere Prophezeiung: «Alle Ahndungen des ehrwürdigen Fabius giengen in ihre Erfüllung, Rom verlohr seine Freyheit, und gerieth in die unwürdigste Knechtschaft, die jemahls ein Volck gedrückt hatte.» (286)

Das Büchlein erschien in Göttingen und – wie frühere Werke Hallers – beim Bruder Niklaus Emanuel, der die erste Verlagsbuchhandlung in Bern eröffnet hatte; im Titelkupfer von Balthasar Anton Dunker (1746–1807) sieht man Fabius mit Scipio vor einem Feldlager diskutieren. Haller widmet sein Werk am 2. März 1774 als «freyer Helvetier» dem habsburgischen Generalgouverneur der Lombardei Karl Joseph Graf von Firmian (1718–1782), der eben die Mailänder Jesuitenresidenz im Brera-Palast als Bibliothek und Akademiesitz einrichten läßt. Firmian dankt schon am 23. April – und wird 1778 die große Bibliothek Hallers (13 000 Bände und noch einmal so viele Dissertationen) für Mailand ankaufen.

Französische Griechen in Weimar

[Friedrich Wilhelm Gotter:] Orest und Elektra. Ein Trauerspiel, in fünf Aufzügen. Zum erstenmahl aufgeführt auf dem Hoftheater zu Weimar. den 7. Jenner 1772. Gotha, bey Carl Wilhelm Ettinger, 1774. 144 S. [Das Blatt ‹Druckfehler› fehlt]

Friedrich Wilhelm Gotter (Anonym, PhFr 3:211)

Mit seinem *Oreste,* am 12. Januar 1750 in Paris uraufgeführt, hatte Voltaire – obgleich er es abstritt – die von Amouren und Schauereffekten durchsetzte *Électre* des älteren Crébillon (1708) reinigend übertreffen wollen. Dieser klassizistischen Ästhetik fühlte sich der junge gothaische Jurist und Dichter Gotter verpflichtet. Während seines zweiten Wetzlarer Aufenthalts, den er besonders an der ausgelassenen «Rittertafel» mit alten Bekannten wie Kestner und Goue genoß, stritt er von Mai 1772 an mit dem durch Herder antiklassizistisch inspirierten Goethe (der schon «Götz von Berlichingen der Redliche» genannt wurde). Um die Wette übersetzten die beiden Goldsmith; in den regelpoetischen Grundsätzen ließ sich Gotter aber nicht beirren. Von Juni bis September 1771 gastierte Konrad Ekhofs Theatertruppe, die Gotter seit 1764 kannte, in Wetzlar. Für deren Bühne verfaßte der 25jährige sehr frei nach Voltaire einen *Oreste* in deutschen Alexandrinern, der dann erst am nächsten, dauerhaften Spielort Weimar aufgeführt wurde. Wie die Vorbilder stellt das Stück den Muttermord Orests als Mißgeschick dar und bleibt so im Rahmen des Züchtigen, obwohl Gotter auf Sophokles und für die wirkungsvolle Schlußszene gar auf Crébillon zurückgegriffen hatte. Mehr als ein Achtungserfolg bei konservativen Kritikern kam nicht heraus:

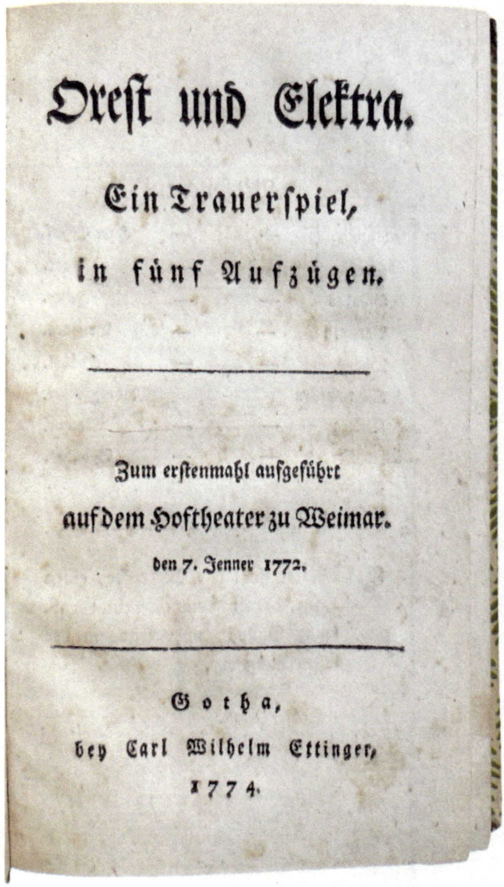
Orest und Elektra.

Ein Trauerspiel,

in fünf Aufzügen.

Zum erstenmahl aufgeführt

auf dem Hoftheater zu Weimar.

den 7. Jenner 1772.

Gotha,

bey Carl Wilhelm Ettinger,

1774.

Schon Voltaire selbst hatte 1750 bedauernd eingestehen müssen, daß seine Franzosen keine Athener werden mochten. Immerhin hielt man in Wien das Interesse an Gotters Version für so groß, daß 1773 ein unrechtmäßiger Druck herauskam. Der Autor, im September 1772 – kurz vor Jerusalems Selbstmord – nach Gotha heimgekehrt und seither als Kanzleikonzipist tätig, griff für die reguläre Erstausgabe an mehreren Stellen zur Feile, um der hohen französischen Tragödie im Deutschen noch näher zu kommen; für die Ausgabe letzter Hand seiner *Gedichte* (drei Bände, 1787–1802) änderte er dann erneut lange Passagen. Da waren die deutschen Kraftgenies schon verblaßt, deren Unchristlichkeit Gotter 1773 eine wielandisch-witzig gereimte, die Greuel der Revolution vorausahnende *Epistel über die Starkgeisterey* entgegengesandt hatte – nicht minder allerdings auch sein so umsichtig komponiertes Drama: Gotters Versuche, Voltaires Dramatik «auf deutschen Boden» zu verpflanzen, würden «als Meisterstücke des Ausdrucks und der Versifikation bewundert, – aber nicht mehr gespielt», mußte 1792 selbst Johann Gottfried Dycks *Bibliothek der schönen Wissenschaften und der freyen Künste* einräumen, ein ehrwürdig-gestriges Unternehmen, das sich damals, lange nach vielen anderen Zeitschriften, als Frontispiz eine mäßige Kopie von Lipsens frontalem Goetheporträt leistete.

IPHIGENIE

EN AULIDE

TRAGÉDIE

OPÉRA EN TROIS ACTES

DÉDIÉS

AU ROY

PAR M. LE CHEVALIER GLUCK

Representée pour la premiere fois par l'Académie royale de Musique le mardi 19. Avril 1774.

Gravée par le S.r Huguet.

Prix 24.th

A PARIS

Chés M. le Marchand m.d de musique rue Fromenteau.
Et à l'Opera

A. P. D. R.

April 1774

1 Fr (Karfreitag) In Grevesmühlen, seinem Heimatort, hält der fleißige Ludwig Theobul Kosegarten mit 16 Jahren seine erste Predigt.

2 Sa Justus Möser in Osnabrück bietet Friedrich Nicolai in Berlin seine *Patriotischen Phantasien* zum Verlag an.

Diderot erreicht Osnabrück; er trifft aber nicht mit Möser zusammen.

Lavater in Zürich fragt Goethe, wie dieser den ersten Teil von Herders *Ältester Urkunde* beurteile.

Bergeret und Fragonard fahren von Rom nach Tivoli, wo sie gegen 15:30 Uhr ankommen. Trotz der malerischen Stellen machten das dauernde Tosen des Wasserfalls und die karge Berglage den Ort auf Dauer unerfreulich, nörgelt Bergeret. Selbst in der Villa d'Este denkt er «que l'on employeroit mieux ces eaux».

In Hamburg wird C. P. E. Bachs Oratorium *Die Auferstehung und Himmelfahrt Jesu* in privatem Rahmen uraufgeführt.

3 So (Ostern) Lichtenberg in Göttingen erzählt Nicolai: «Ich habe ein ähnliches Ding [wie den *Timorus,* der Lavaters Missionseifer geißelt] gegen die schlechten gelehrten Zeitungsschreiber in müssigen Stunden zusammen geschrieben. Es sind aber noch eintzelne Blätter und Isolirte Capitel». (Der «Fliegenwedel» gegen Rezensenten wird erst 1899 gedruckt.)

4 Mo Der junge Johann Peter Hebel, dessen Mutter am 16. Oktober 1773 gestorben ist, wechselt von Basel auf das Gymnasium illustre in Karlsruhe (Matrikel 22. April). Er wohnt mietfrei bei seinem Förderer, Hofdiakon August Gottlieb Preuschen, der eben daran arbeitet, Landkarten mit beweglichen Typen zu drucken.

Oliver Goldsmith, Publizist, Historiker und Verfasser des erfolgreichen *Vicar of Wakefield* (1766), stirbt in London. «Seine Schulden begannen zu drücken», notiert sein guter Bekannter Dr. Johnson.

In Göttingen fliegen Voß und Hölty «pigritiae causa» aus dem Seminar des Philologen Christian Gottlob Heyne.

Wiens ‹Teutsche Schaubühne› am Kärntnertor wird mit Staatsrat Tobias Philipp von Geblers *Thamos, König von Egypten* eröffnet. Zwei der Chöre hat Mozart komponiert.

5 Di Diderot gelangt nach Den Haag. Bis Mitte Oktober wohnt er, wie vergangenes Jahr, bei Fürst Dmitri Alexejewitsch Gallitzin (Golizyn) am Kneuterdijk. Fürstin Amalie, auf Distanz zum Hofleben, hat sich die Haare abscheren lassen und trägt eine runde Perücke. Diderot beginnt seine Grundsatzkritik der sogenannt aufgeklärten Monarchie Rußlands. Er schreibt zur Reform-Instruktion der Zarin Katharina von 1767 die (erst 1920 gedruckten) *Observations sur le Nakaz*, deren erster Satz lautet: «Il n'y a point de vrai souverain que la nation; il ne peut y avoir de vrai législateur que le peuple.» Diderot entwirft außerdem *Principes de politique des souverains.* Bei seinem Aufenthalt in Den Haag trifft er den Philosophen Franz Hemsterhuis und mit Athanasios Balla den Anatomen Peter Camper.

Camper 1778 (Reinier Vinkeles, vor 1789)

6 Mi Johann Heinrich Voß bricht von Hamburg nach Flensburg auf.

Lavater dankt Herder für den ersten Band der *Ältesten Urkunde.*

In Salzburg datiert Mozart seine erste bedeutende Symphonie A-Dur K 201 in vier Sätzen.

7 Do Merck reist von Darmstadt in die Schweiz, um seine Frau Louise und die Kinder aus Morges am Genfer See abzuholen.

In Rom ersteigt Bergeret die Kuppel der Peterskirche. Er absolviert das touristische Pensum ohne Begeisterung; den Ausblick meidet er.

In London erscheint die erste Ausgabe von Lord Chesterfields *Letters to His Son* bei Dodsley in stattlichem Quartformat.

In Lyon wird eine zweite Brücke über die Rhône eingeweiht. Jean Antoine Morand hat die 17 Holzbogen so durabel wie möglich konstruiert. (Sie werden 1789 einen heftigen Eisgang überstehen; erst am 22. Oktober 1823 reißt eine Überschwemmung vier Bogen fort.)
Voß trifft in Flensburg ein. Er wohnt im Pfarrhaus von St. Nicolai am Südermarkt bei Hauptpastor Boie, wo er erstmals Tochter Ernestine trifft.
8 Fr Lavater dankt Chodowiecki «für die vortreffliche Vignette zu meinem Werke». Er schreibt auch an Immanuel Kant nach Königsberg: Auf dessen *Kritik der reinen Vernunft* sei er wie «viele meines Vaterlandes sehr begierig». Er hoffe, Kant werde darin sagen, «dass bis wir unsere *Beobachtungen* mehr auf den *Menschen* – fixieren, alle unsere Weisheit Narrheit sei; dass wir nur darum immer schrecklich irren, weil wir das ausser uns suchen, was allein in uns ist ...»
In St. Petersburg werden – höchstwahrscheinlich – General Potemkin und Zarin Katharina in der St.-Sampson-Kathedrale von deren Beichtvater Iwan Panfilow getraut; mit anwesend sind nur Potemkins Neffe Alexander Samoilow, Jewgraf Alexandrowitsch Tschertkow als Zeuge der Zarin sowie deren Kammerfrau Maria Sawischna Perekusischina.
In Bonn kommt Ludwig van Beethovens Bruder Karl zur Welt.
9 Sa In Frankfurt hat Goethe Besuch: Der schwedische Orientalist Jacob Jonas Björnståhl und sein Zögling Carl Fredrik Rudbeck sind auf der Rückreise von Italien; sie wurden wohl von Lavater an ihn gewiesen. Er führt sie zum Gymnasium und zur städtischen Bibliothek.
10 So James Cook beschließt, von den Marquesas-Inseln weiterzusegeln.
11 Mo Heinse bricht um vier Uhr früh mit Georg Jacobi aus Halberstadt auf. Er soll in Düsseldorf Jacobis Damenzeitschrift *Iris* redigieren.
Goethe erneuert im Prozeß der Försterschen Kinder gegen Albrecht eine Klage vom 28. Februar.
In Leipzig stirbt der Maler Elias Gottlob Haußmann, Porträtist Johann Sebastian Bachs und anderer Zeitgenossen.
12 Di In Berlin wird Goethes *Götz von Berlichingen* von der Kochschen Truppe uraufgeführt. Johann Abraham Peter Schulz hat Zwischenmusiken komponiert; die altdeutschen Kostüme und Rüstungen sind nach Skizzen

von Johann Wilhelm Meil gefertigt, dritter und fünfter Akt deutlich gekürzt. Das Stück hat großen Erfolg.

In Paris wird die für morgen abend geplante Uraufführung von Glucks *Iphigénie en Aulide* nochmals um eine Woche verschoben – jetzt ist der Baßbariton Henri Larrivée (Agamemnon) krank gemeldet.

13 Mi Goethe macht zwei anwaltliche Eingaben: Im Prozeß Rindskopf gegen Bonn mahnt er die Termine an; im Fall Horn gegen Luther legt er gegen die Abweisung der Klage Horns Protest ein.

Nachdem sie die Post abgewartet haben, verlassen Fragonard und Bergeret um 10 Uhr Rom in Richtung Süden; sie kommen nur bis Velletri.

Goethe besucht mit Björnståhl und Rudbeck erneut die (nur Mittwochs und Sonnabends zwei Stunden geöffnete, von Johann Simon Franc von Lichtenstein geleitete) Frankfurter Stadtbibliothek im Barfüßerkloster.

Der Mathematiker Condorcet hält in der Pariser Académie Française die *Éloge* auf den am 4. Februar verstorbenen Naturforscher Condamine.

14 Do Christian VII. von Dänemark läßt eine Kommission für den Bau eines Kanals zwischen Nord- und Ostsee berufen, «der, soweit es die Natur und die Lage der Örtlichkeiten zulassen, mindesten 5 bis 6 Fuß tief sein soll, um dadurch den Handel zu fördern und auszubreiten sowie alle Gewerbezweige im Lande auszuweiten.» Vorsitzender wird Graf von Schimmelmann. (Im Herbst 1784 ist der 34 km lange ‹Eider-Kanal› fertig.)

Der Agitator Thomas Paine verkauft in London seinen Hausrat, um dem Schuldgefängnis zu entgehen.

15 Fr Lichtenberg wird als außerordentliches Mitglied in die Göttinger Akademie der Wissenschaften aufgenommen.

Lessing überrascht in Braunschweig Heinse und Georg Jacobi. Zu dritt suchen sie den Literaten und Verleger Friedrich Wilhelm Zachariä auf und bleiben bis 2 Uhr morgens. Den folgenden Abend verbringen sie bei dem Dichter Johann Arnold Ebert.

Johann Christian Bachs Kantate *Amor vincitore* wird im Londoner King's Theatre uraufgeführt.

Johann Arnold Ebert (PhFr 4:18)

16 Sa Friedrich Maximilian Klinger schreibt sich für das Jurastudium in Gießen ein, wo er schon seit 1772 lebt. Dank der Empfehlung Goethes wohnt er nun bei Ludwig Julius Friedrich Höpfner, seinem Professor.
Der Göttinger Philologe Christian Gottlob Heyne würdigt in der Akademischen Societät den am 5. April verstorbenen Kollegen Rudolf Augustin Vogel, Medizinprofessor und seit 1764 Leibarzt von König George III.
17 So In der Londoner Essex Street Hall halten die dortigen Unitarier ihren ersten Gottesdienst ab. Theophilus Lindsey, der Gründer und Vorsteher, predigt; unter den etwa 200 Hörern sind auch Joseph Priestley und Benjamin Franklin.
In Rom stirbt Michelangelo Giacomelli, früher päpstlicher Breven-Sekretär und Winckelmanns wichtigster Gesprächspartner im Griechischen.
In Wien leidet Kaiserin Maria Theresia an Zahnweh.
18 Mo In London wird im Chapter Coffee House, St Paul's Churchyard, die ‹Society for the Recovery of Persons Apparently Drowned›, später ‹Humane Society›, gegründet, angeregt von William Hawes und Thomas Cogan. (Am 31. Oktober wird schon das zehnte Unfallopfer wiederbelebt.)
Am Holländischen Brook in Hamburg beginnt der Ratsdrucker Jeremias Conrad Piscator die Versteigerung der großen Bibliothek des Leipziger Juristen Georg Zacharias Winckler.
James Cook ankert vor Takaroa und erkundet die Insel.
Juan Bautista de Anza (→ 8. Januar) erreicht nach erstmaliger Durchquerung der Sonora-Wüste den Küstenort Monterey in Kalifornien.
19 Di Der Philosoph und Politiker Edmund Burke hält im Londoner Unterhaus eine seiner bedeutendsten Reden: Über die Besteuerung der amerikanischen Kolonien. Von nun an ist C. J. Fox auf seiner Seite.
Der Brite Nathaniel William Wraxall geht in Helsingör an Land. In den folgenden Monaten wird er Skandinavien und Rußland bereisen.
In Paris kann endlich Glucks *Iphigénie en Aulide* uraufgeführt werden. Die Titelrolle singt die 30jährige Sophie Arnould; Rousseau nimmt helfend teil. Damit ist – auf Wunsch vor allem von Marie Antoinette – das Monopol französisch-italienischer Komponisten an der Bühne der Académie Royale de musique gebrochen. Gluck verdient 20 000 livres.

Ernestine Boie (Porträt von G. F. A. Schöner, 1797)

20 Mi Gleim schreibt an Heinse: «Mit der fahrenden Post empfangen Sie Ihre Laidion, das herrliche Mädchen, das diesen Abend noch mit mir zu Bette gehen soll. So weit ich es schon kenne, hat es mir mehr als irgend ein Mädchen im Himmel und auf Erden gefallen.»
Im tatarischen Bugulma stirbt General Bibikow, der den Rebellenführer Pugatschow besiegte, an der Cholera. Einige munkeln, ein polnischer Agent habe Bibikow vergiftet.
21 Do Voß erleidet in Flensburg einen schweren Blutsturz, vermutlich ausgelöst durch einen Anfall von Tuberkulose. Nach einem schwächenden Aderlaß wird er bis zum 24. Mai bei den Boies gesundgepflegt; unterdessen verlobt er sich mit Tochter Ernestine (‹Selma›).
22 Fr Von Bückeburg reist Johann Friedrich Hartknoch, Verlagsbuchhändler aus Riga, der kurz seinen Freund und Autor Herder besucht hat, frühmorgens zur Buchmesse nach Leipzig weiter.
In Göttingen entleiht Lichtenberg aus der Universitätsbibliothek den ersten Band eines Klassikers der Astronomie, Giambattista Ricciolis *Almagestum novum* (Bologna 1651).
23 Sa Bergeret und Fragonard brechen gegen 9 Uhr von Neapel auf und besteigen den recht aktiven Vesuv. Man bleibt, um das Lavaspektakel zu erleben, bis weit in die Dunkelheit; erst nach Mitternacht ist die Gruppe wieder in Neapel.
Höpfner in Gießen berichtet dem Gelehrten Rudolf Erich Raspe in Kassel, Goethe habe ihm unlängst in Frankfurt seine (schon 1772 entstandene) Farce *Das Unglück der Jacobi* vorgelesen. Er bittet um «einige hübsche Gypsabgüsse von Antiken für Goethe».

Der weithin bekannte Schauspieler Konrad Ekhof in Weimar verspricht dem Verleger Friedrich Nicolai in Berlin, er wolle seine Memoiren «mit allen Minutissimis» aufschreiben – was leider nie geschehen wird.

24 So Die Leipziger **Ostermesse** beginnt. Es erscheinen unter anderem:
Lenzens Schauspiel *Der Hofmeister* und seine *Lustspiele nach dem Plautus,*
Heinses *Laidion* (Erster Teil, mehr nicht erschienen),
Blanckenburgs *Versuch über den Roman* (Hauptbeispiel: Wielands *Agathon*),
Griesbachs bahnbrechende textkritische Ausgabe der Evangelien.

Um diese Zeit kommt auch Michel de Montaignes Journal seiner Badereise von 1580/81 heraus, dessen Manuskript ein Lokalhistoriker 1770 auf dem Familienschloß entdeckt hatte (→ 120).

Gottlob David Hartmann, Tübinger Magister der Theologie und Poet Bodmerscher (also antiwielandischer) Observanz, bricht von Ludwigsburg nach Mitau auf. Herzog Peter von Kurland hat ihn auf Empfehlung von Sulzer als Schulprofessor berufen.

Nicolai beantwortet Lavaters Urteil über sein Porträt mit einem langen autobiographischen und bekenntnishaften Brief.

Christophe de Beaumont, der Erzbischof von Paris, bedauert in einem Schreiben an Papst Clemens XIV. die Aufhebung des Jesuitenordens.

25 Mo In London eröffnet die 1768 gegründete Royal Academy of Arts ihre sechste Summer Exhibition (bis 30. Mai). Allein Sir Joshua Reynolds stellt 13 Werke aus, Angelika Kauffmann 7; John Bacon und Joseph Nollekens präsentieren ihre Büsten von König George III. Der Regent zieht Bacons Werk vor.

Goethe macht in Frankfurt wieder drei anwaltliche Eingaben: Im Prozeß Goldschmidt gegen Steitz wiederholt er die am 5. März gestellte Forderung, im Prozeß Maigret gegen Stöcken gesteht er Ratenzahlung zu, und im Fall Creditores gegen Georg Hung fordert er den letzten Schuldenteil ein.

George III. von John Bacon

Boie schreibt aus Göttingen an Klamer Schmidt nach Halberstadt über seine Reise nach Gotha, Weimar und Erfurt, u.a. über Wieland.

Voltaire stellt der Marquise du Deffand den sechsjährigen Benjamin Constant vor, «un jeune Suisse ... jeune jusqu'à l'excès ... il a beaucoup entendu parler de vous, et pour cela il n'est pas nécessaire d'avoir l'âge de Methusalem ...»

26 Di Goethe schreibt erstmals an Lavater und Pfenninger gemeinsam; mit Spott über die «Zeugnisse» vom Wirken Gottes, die beiden so wichtig seien. Er legt die Profilzeichnung eines ‹Steuermanns› (oder Matrosen, → 11. Mai) bei und kündigt den *Werther* an.

Der Bostoner Maler John Singleton Copley berichtet in einem Brief, wie jüngst eine aufgebrachte Menge von Anhängern der kolonialen Unabhängigkeit auf der Fährte eines verhaßten Loyalisten sein Haus stürmte. Zum Glück sei der Verfolgte schon fort gewesen.

Auf Schloß Stolpe bei Angermünde kommt der spätere Geologe Christian Leopold von Buch zur Welt.

27 Mi Frankreichs König Louis XV. erkrankt an den Pocken.

Der Literat Friedrich August Clemens Werthes, momentan bei Fritz Jacobi in Pempelfort, dankt Wieland für dessen Korrekturvorschläge zur Übersetzung von Ariosts *Orlando Furioso*, von der dann eine Probe im Juli-Heft des *Teutschen Merkurs* erscheint.

Die *Gothaischen Gelehrten Zeitungen* bringen eine lobende Inhaltsangabe der 13-bändigen Sammlung *Loisirs du Chevalier d'Eon de Beaumont sur divers sujets importans d'administration etc. pendant son séjour en Angleterre.* Der schillernde Diplomat Charles de Beaumont, ‹Chevalier d'Éon›, lebt zu dieser Zeit als französischer Spion in London (→ 29. April); seit längerem kursieren Gerüchte, er sei eine Frau.

28 Do In Kirby Hall, Essex, feiern der holländische Handelsherr Peter Muilman und seine Frau Mary Chiswell ihren 40. Hochzeitstag, wofür der bekannte Graveur Thomas Pingo eine Gedenkmedaille gefertigt hat.

Ulrich Bräker sieht in Lichtensteig im Toggenburg zu, wie am Huldigungstag die Jungmannschaft dem Landesfürsten, St. Gallens Abt Beda Angehrn, «in allem möglichen Pomp und Pracht» den Treueid schwört.

Georg Christoph Lichtenberg bittet die Universität Göttingen um Urlaub für eine Englandreise.

29 Fr In London werden die 3000 frisch gedruckten, schon verpackten Exemplare von Théveneau de Morandes Enthüllungen über Madame du Barry (*Mémoires secrets d'une femme publique*) in einem Kalkofen verbrannt. Anwesend sind der Autor, Unterhändler Beaumarchais und sein Sekretär Paul-Philippe Gudin de la Brenellerie, der Chevalier d'Éon (→ 27. April), der Herzog von Brancas-Lauraguais und der frühere Pferdezüchter Marie Félix Guerrier de Lormoy. Dafür hat der ‹Chevalier de Morande› nach einem gescheiterten Attentat französischer Agenten auf ihn stolze 32 000 livres und 4000 livres jährliche Rente von König Louis XV. erpreßt. Nur ein Exemplar des Verleumdungsbuches teilen er und Beaumarchais, fortan sein Arbeitgeber, untereinander auf.

G. D. Hartmann (Anonym, PhFr 1:258)

In diesen Tagen trifft Goethe in Frankfurt mittags den durchreisenden Gottlob David Hartmann, Zögling des Tübinger Stifts. Hartmanns Skepsis schlägt in Respekt um – auch wenn er Goethe später in Berlin vor Sulzer «einen gar sehr excentrisch laufenden Cometen» nennt. Ende 1774 wird Hartmann mit Elisa von der Recke in Mitau begeistert den *Werther* lesen.

30 Sa Lessing klagt dem Bruder, er sei es leid, in Wolfenbüttel Bücher zu hüten. «Morgen thue ich das schon vier Jahre»; er wolle es «um alles in der Welt willen nicht noch vier Jahr» tun.

Goethe mahnt für die Försterschen Kinder gegen Albrecht Termine an.

Justus Möser schlägt in den *Westfälischen Beiträgen* vor, man solle das Wort ‹schwanger› ersetzen: «Die Matronen sagten: sie ist *gesegnetes Leibes,* die Precieusen, sie ist *schweres Fußes,* die Prüden, sie will was Gutes, und die Weltleute, sie ist hohes Leibes ... Schwangerschaften ... hat so etwas Unsanftes ... Man sollte also *gebunden* und *entbunden* sagen.»

In seelenverderblichen Zeiten

[Jakob Michael Reinhold Lenz:] Der Hofmeister oder Vortheile der Privaterziehung. Eine Komödie. Leipzig, in der Weygandschen Buchhandlung. 1774. 164 [recte 162] S.

Lenz (Radierung von Georg Friedrich Schmoll, 1777)

Drei Paare und ein Ensemble versöhnter Eltern bietet der Schluß des Stückes. Aber selbst geneigte Kritiker bezweifeln, ob die sehr aktuelle Geschichte bühnentauglich sei, so hastig wechseln Personal und Zeit: Vom gedemütigten Hauslehrer Läuffer, der nach seinem Fehltritt mit Gustchen beim Schulmeister Wenzeslaus unterkommt und sich aus Reue entmannt, zu Fritz von Berg samt seinen Kumpanen und zu dem Lautenisten Rehaar mit Tochter; von «Heidelbrunn» bis Leipzig und Halle, dazwischen in eine «Bettlerhütte im Walde». Auch der Zufall muß mehrfach einspringen. Eine erste Fassung war schon 1770 entstanden; bis Oktober 1772 arbeitete Lenz am Text. Das «vaterländische Stück» aus Livland entwickelte sich zur Tragikomödie mit wilden Studentenszenen, anlehnend an Zachariäs *Renommisten* (1744/54). Lenz beachtete wohl auch Hinweise des Straßburger Aktuars Salzmann, in dessen literarischer «Société» er eifrig mittat. Ende 1773 schickte Salzmann das Manuskript an Goethe, der es Weygand übermittelte. Schon Mitte März 1774 erhält Lavater von Lenz ein Exemplar des Drucks. Am 23. April wird das Stück in der Kieler *Gelehrten Zeitung* als «merckwürdiger Auftrit des H. Doct. *Göthe*» für seine «grossen Schönheiten» und feine Psychologie gelobt, aber auch der «Regellosigkeit» bezichtigt. Klopstock ist «sehr damit zufrieden». Verhaltener

Der
Hofmeister
oder
Vortheile der Privaterziehung.
Eine Komödie.
Leipzig,
in der Weygandschen Buchhandlung.
1774.

lobt der Göttinger Philologe Christian Gottlob Heyne «Spannung und Lebhaftigkeit»; Jakob Mauvillon spricht bei aller Anerkennung im Detail von «ungeheurer Unordnung», rügt auch Passagen als indezent. Erst Ende Juni nennt Merck gegenüber Nicolai den Autor. Dabei wäre seine ostdeutsche Herkunft an den Schauplätzen Insterburg und Königsberg, aber auch an Formen wie «Herrmannchen» erahnbar gewesen. Erst 1778 wurde das Stück von Schröder in Hamburg erheblich gekürzt aufgeführt; zwar fand es Nachahmer, darunter Klinger, aber sonst blieb es ein Lesedrama. In den Literaturgeschichten wird meist die Sozialkritik beachtet («O Freyheit, güldene Freyheit!»), aber ignoriert, daß Lenz den lebensklugen Wenzeslaus, Bruder Martin in Goethes *Götz* verwandt, auch die Exzesse der Revolution vorausahnen läßt: «Wir leben in seelenverderblichen Zeiten … Nehmt dem Pöbel seinen Aberglauben, er wird freygeistern, wie Ihr und Euch vor den Kopf schlagen.»

Die Setzer bei Johann Andreas Meyer in Eisenach machten aus Seite 87 eine «78» und übersprangen die Seitennummern 116 und 117. Die erste Ausgabe – so rar, daß Gotthilf Weisstein den Druck nicht besaß – bildet hier den Auftakt eines Sammelbandes zeitgenössischer Stücke (→ 206). Wenig später ließ Wieland in seinen Abderiten *den Helden eines Trauerspiels sich selbst Nase und Ohren abschneiden – sehr wahrscheinlich ein Seitenhieb auf die Selbstverstümmelung Läuffers im* Hofmeister.

Singekunst für die lieben Landsleute

Johann Adam Hiller: Anweisung zum musikalisch-richtigen Gesange, mit hinlänglichen Exempeln erläutert. Leipzig, bey Johann Friedrich Junius 1774. (8), (12), 224 S. [Angebunden: Ders.:] Exempel-Buch der Anweisung zum Singen, zum Gebrauche der Schulen und anderer Liebhaber des Gesanges. Leipzig, bey Johann Friedrich Junius 1774. 64 S.

Anweisung
zum
musikalisch-richtigen
Gesange,
mit
hinlänglichen Exempeln
erläutert,
von
Johann Adam Hiller.

Leipzig,
bey Johann Friedrich Junius 1774.

Im Dresdner Kreuzchor war der arme Lausitzer Schulmeistersohn Hiller Präfekt im Sopran gewesen, hatte dann zielstrebig musikalische Bildung erworben, auch Jura studiert und, von Gellert vermittelt, als Hofmeister gedient; seit 1762 brachte er komponierend, dirigierend und tatkräftig organisierend Leipzigs Musikleben in Schwung. In seinen *Wöchentlichen Nachrichten und Anmerkungen, die Musik betreffend* erschienen Ende 1767 Verse auf die junge Corona Schröter; sie könnten von Goethe stammen, der an den wegweisenden Singspielen Hillers lernte. Als Gertrud Schmehling (später Mara), Hillers Meisterschülerin, 1771 nach Berlin abgeworben wurde, gründete dieser eine bald erfolgreiche Singschule, für die er 1774 sein Lehrbuch samt Exempelsammlung herausbringt. Der Titel ähnelt vielen früheren Werken; inhaltlich aber geht es dem belesenen Autor, so hoch er die Schultradition ehrt, um eine Basis natürlicher Stimmkultur, psychologisch plausiblen Ausdruck und Geschmacksbildung über höfische Konventionen hinaus. Gleich anfangs gibt Hiller «meinen lieben Landsleuten den Deutschen (denn mit ihnen rede ich eigentlich)» zu bedenken: «Jedermann singt, und der größte Theil singt – schlecht.» Vierzehn Lektionen, laut dem Vorwort in einem halben Jahr zu bewältigen, führen pädagogisch geschickt, manchmal humorig vom Notensystem bis zu kunstvollen Passagen, bringen zahlreiche Beispiele und schließen mit historisch fundierten Gedanken über Rhythmus und Nationalstile. Wie versprochen ließ Hiller einen Aufbaukurs folgen: Seine *Anweisung zum musikalisch-zierlichen Gesange* (1780) bewies, daß er das große Vorbild, die *Opinioni* des Cesenaten Pier Francesco Tosi (1723, deutsch 1757), gründlich studiert hatte. Im Vorwort seines Buches über die «Manier» des Koloraturgesangs für die große Bühne – gewidmet übrigens der musikbegeisterten und auch selbst komponierenden Weimarer Herzoginmutter Anna Amalia – erörterte Hiller genau, weshalb die Italiener überlegen seien: es fehle in Deutschland vor allem an «Gelegenheit und Ermunterung» zum achtbaren Gesang. Dem abzuhelfen hat sich der «gute Genius der Leipziger Musik», der auf seinem Gebiet zum «Praeceptor Germaniae» wurde (Arnold Schering), bis zuletzt bemüht. Viele Schüler bewahrten dankbar sein Andenken, darunter auch Friedrich Rochlitz, Goethes hochgeschätzter Brief- und Gesprächspartner.

(Stich von C. G. Geyser nach Anton Graff, 1775)

Hillers erste Anweisung *– eine Vorversion, die Hamberger/Meusel für 1773 nennt, ist nicht nachweisbar – erschien auf hübschem Kleinquart bei dem aufstrebenden Leipziger Verleger Johann Friedrich Junius, der 1763 die Buchhandlung Lanckisch übernommen hatte und 1793 gar den Verlag Weidmann erben sollte.*

Kleine Fische im Bad

[Johann Jakob Wilhelm Heinse:] Laidion oder die Eleusinischen Geheimnisse [...]. Erster Theil. Lemgo in der Meyerschen Buchhandlung 1774. 464 S.

J. J. W. Heinse (Porträt von Johann Friedrich Eich, 1779)

Geschrieben habe er sein Werk «binnen vierzehn Tagen in den erbärmlichsten Umständen, wie ein Gefangner bei Wasser und Brod, von wahrer Canaille umgeben», erzählte Heinse später. Eskapistisch hatte sich der Schöngeist 1770/71 in Erfurt eine heile Welt der Liebes- und Sinnenlust erträumt, dessen Rahmenspiel samt antikischen Rokoko-Szenarien dem Vorbild Wielands folgte. Nach kurzem, nur erotisch-musikalisch inspirierendem Hauslehrerdasein war er zu Gleim nach Halberstadt geflohen und hatte einen deutschen Petronius herausgebracht. Sein zwischen Vers und Prosa, zarter Ironie und Enthusiasmus changierendes «Elysium» überarbeitete er; im Februar 1773 ging es als *Laidion* für 100 Taler an den Verleger Helwing in Lemgo, verzögerte sich dann aber. Im Dezember kamen 56 Stanzen hinzu, die erstmals deutsch wie Boiardo, Ariost und Tasso reimten, derart virtuos – sogar mit koketten Streichungen –, daß Gleim im Februar 1774 für den «Anhang» ein bewunderndes Vorwort schreibt. Fertige Exemplare mit Titelkupfer von Geyser muß Gleim am 20. April schon nach Düsseldorf schicken: Heinse bereitet dort mit Johann Georg

Laidion

oder

die Eleusinischen

Geheimnisse

Es ist immer das beste, die Wahrheit zu sagen: ohne Wahrheit kann man nicht ruhig leben.

Menander.

Erster Theil.

Lemgo

in der Meyerschen Buchhandlung 1774.

Jacobi die Damenzeitschrift *Iris* vor (→274).

Seine *Laidion,* die in einem rosigen Jenseits («Der ganze Hayn war voll Musik und Gerüche») sentimentale Szenen und Erzählstücke mit geistreich gemeinten Dialogen zwischen Aspasia, Solon oder Perikles mischt, löst wenig Jubel aus. Zwar stört es niemanden, daß unter neckischen Überschriften oft seichte Milieutheorie, ja ein eugenischer Sozialismus wie bei Platon angepriesen wird; auch der Spott auf das Christentum ist leidlich verklausuliert. Aber daß die hinreißend schöne Titelheldin als «Priesterin der Liebe» häufig hüllenlos ihren «vollkommensten Wuchs» genießen darf, daß wollüstige Phantasien – von Badefreuden, bei denen kleine Fische mit «plötzlichen Stößchen» die Damen «kirre» machen, bis zu «Priapen-Metten» – als himmlisch schön und gut gefeiert werden, mißfällt nicht nur Heyne in Göttingen, der das meiste «zusammen gestoppelt» findet. Heinses einstiger Mentor Wieland, der wohl auch sein Monopol im schlüpfrigen Genre gefährdet sah, hatte sich schon am freizügigen Petronius geärgert und Ende 1773 in den vorab geschickten Stanzen schlimmen «Priapismus» entdeckt. Zwar bemerkt er bald in der *Laidion* «unter uns gesagt, sehr schöne Kapitelchen» (28. Mai), gibt sich aber weiter entrüstet. Noch im Septemberheft des *Teutschen Merkurs* moniert er «zu viel Taumel». Mochte Goethe loben, vieles sei mit der «blühendsten Schwärmerei der geilen Grazien» geschrieben – ein zweiter Band kam nicht mehr. Immerhin blieb Heinse fortan dabei, daß Schönheit handfest begeistern sollte: «Seyd Menschen nur, und keine todte Büsten, Und seht den Reiz mit allen Sinnen an» (448).

Nützliches Denkmal

Vermischte Schriften. Von Johann Caspar Lavater. Erstes Bändgen. Welcher weiß Gutes zu thun, und thut es nicht, dem ist es Sünde. Winterthur. In Verlag Heinrich Steiner und Comp. Buchhändler. (16), 336, (2) S.

Lavater (Zeichnung von G.F. Schmoll, Stich von J.H. Lips; PhFr 1:271)

Mitte Oktober 1767 hatte Lavater die Hochzeitspredigt für seinen guten Freund Felix Heß gehalten, mit dem er fünf Jahre zuvor nach Barth zu dem verehrten Theologen Johann Joachim Spalding gereist war. Aber schon Anfang März 1768 war Heß tot. Lavater nahm – wie er es seither immer wieder tun sollte – die Suche nach Trostgründen zum Anlaß einer erbaulichen Meditation vor großem Publikum: Er begann das vierbändige Werk *Aussichten in die Ewigkeit,* das ihm nach den erfolgreichen *Schweizerliedern* (1767) endgültig überregionale Bekanntheit sicherte. Daß Hess und sein Tod für ihn dennoch mehr als ein Anlaß waren, beweist der vorliegende Band; hier stellt Lavater aus vielen Briefpassagen ein *Denkmal* seines Weggefährten zusammen. Allerdings bleibt der Prediger stets auf Wirkung bedacht: Lavater ließ seine von andächtigen Mahnungen fast triefende Würdigung einzeln im Sonderdruck verbreiten, aber auch als Auftakt einer Sammelausgabe, ergänzt durch kleinere theologische Abhandlungen, Dichtungen und – einen Mahnbrief gegen Nachdrucker. Der säuberlich gedruckte Band (ein zweiter folgte erst 1781) zeigt die geradezu manische Publizität des Zürcher Erweckungspredigers, der 1774 auch schon eifrig seine *Physiognomischen Fragmente* (1775–1778) vorbereitet. In den *Göttingischen Gelehrten Anzeigen* wandte sich der nüchterne Theologe Gottfried Less gegen die hier vertretene Auffassung von «fortdaurenden Wunder-Kräften», weil sie «zum gröbsten Fanaticismus» führe; er riet, Lavater solle «seiner Feder und seinen Lesern etwas Ruhe» geben. Dies ging freilich nicht in Erfüllung: Rastlos, wie er begonnen hatte, publizierte Lavater ein Verkündigungswerk nach dem anderen; selbst seine Deportation nach Basel hielt der Prediger schließlich für so exemplarisch, daß er 1800/01 zwei dicke dokumentierende Bände darüber schrieb.

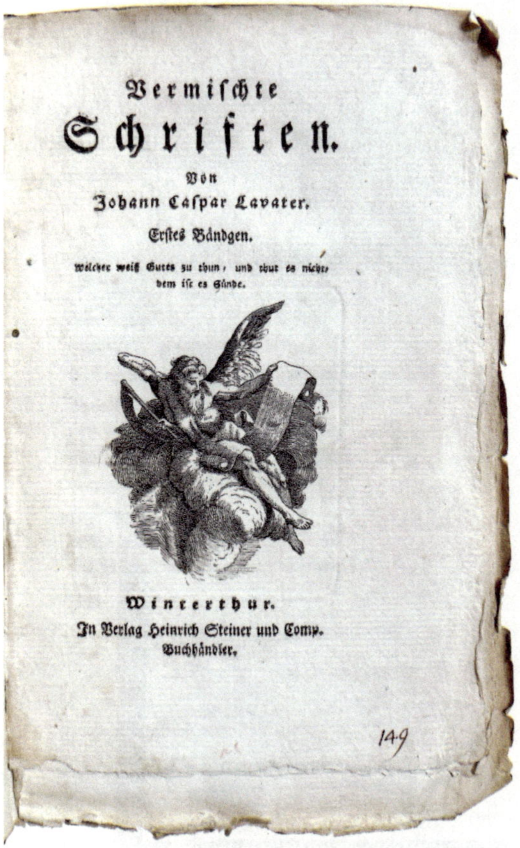

Vermischte

Schriften.

Von

Johann Caspar Lavater.

Erstes Bändgen.

Welcher weiß Gutes zu thun, und thut es nicht, dem ist es Sünde.

Winterthur.

In Verlag Heinrich Steiner und Comp. Buchhändler.

149

Das unbezeichnete Titelkupfer, einen geflügelten, das Buch der Zeit (eine Schriftrolle) lesenden Chronos auf Wolkenhöhen, könnte der Winterthurer Johann Rudolf Schellenberg gestochen haben. – Auf dem Exlibris des Exemplars prangt, denkbar unlavaterisch, ein rastendes Gnu in der Savanne. Hubert Wilm radierte es für Adolf Fischer, der Kommandant in Deutsch-Südwestafrika war und später mehrere Bücher über das Land schrieb.

Nach der Katastrophe

Louise Auguste, Prinzessin von Hessen-Darmstadt (1757–1830). Eigenhändiger Brief vom 30. April 1774 an die Oberhofmeisterin Sophie Albertine von Pretlack geb. von Quadt (1734–1775). 2 1/3 S. Doppelblatt mit Trauerrand.

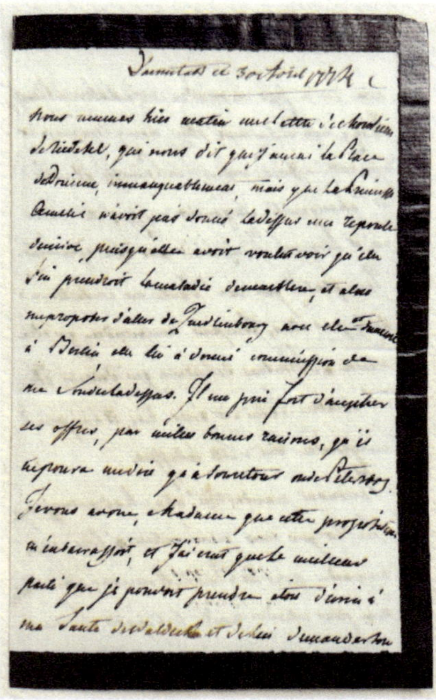

Ende März 1774 stirbt erst Louises Großmutter Caroline von Nassau-Saarbrükken, fünf Tage später auch ihre Mutter, die «große Landgräfin» Henrietta Carolina – eine Katastrophe für den Hof von Darmstadt, denn Landgraf Ludwig IX. in Pirmasens kümmert sich kaum um Politik und Familie. Wie soll die eben 17jährige Prinzessin von Hessen-Darmstadt nun leben? Als fünfte Tochter hat sie keine großen Aussichten. Ihre älteste Schwester Carolina hatte 1768 den Landgrafen Friedrich Ludwig aus dem verschwägerten Hessen-Homburg geheiratet, die zweite, Friederike, 1769 Prinz Friedrich Wilhelm von Preußen. Mit den drei übrigen war die Mutter 1773 an den Hof von Zarin Katharina II. gereist; dort folgte der junge Großfürst Pawel Petrowitsch dem Beschluß seiner Mutter und heiratete Wilhelmine. Blieben noch Amalie und Louise. Für Amalie hatte ihre Mutter eine Versorgung als Dechantin im Damenstift Quedlinburg arrangiert, dem die preußische Patin, Prinzessin Anna Amalie, als Äbtissin vorstand. Doch seit dem Winter war klar, daß die junge Hessin den Erbprinzen von Baden, Carl Ludwig, heiraten würde – was dann am 15. Juli 1774 geschieht. Für Louise bedeutet das: Sie kann in Quedlinburg als «doienne» in die Pfründe ihrer Schwester nachrücken – so hat es ihr tags zuvor, am 29. April, Oberjägermeister Volprecht Hermann

(Stich von J. H. Lips nach J. Melling, 1775, PhFr 3:327)

Friedrich von Riedesel gesagt, der wichtigste Helfer der Familie. Noch muß dieser Plan aber bestätigt werden; auch anderes ist denkbar. Nach Berlin zieht es Louise nicht. Vielleicht weiß «ma Tante de Waldeck», Christiane, die gebildete Schwester der Mutter in Arolsen, einen Rat? Von Eheplänen ist keine Rede. Louise, erschüttert von den Schicksalsschlägen, kann schwerlich wissen, daß Carl Theodor von Dalberg, Statthalter von Mainz in Erfurt, eine der Prinzessinnen für Weimar gewinnen will; immerhin waren Mutter und drei Töchter 1773 auf der Durchreise in Erfurt mit den Prinzen Carl August und Constantin zusammengekommen. Ende des Jahres geht dann alles sehr schnell: Louise, inzwischen bei ihrer Schwester Amalie am badischen Hof in Karlsruhe untergekommen, hält sich am 30. November bei der Werbung des Erbprinzen von Mecklenburg-Schwerin – den sie 1773 in Ludwigslust kennengelernt hatte – höflich zurück, geht aber zwei Wochen später auf den Antrag des Weimarer Thronanwärters Carl August sogleich ein. Der privaten Verlobung am 18. Dezember 1774 folgt am 28. Januar die offizielle; am 3. Oktober 1775 wird geheiratet. Und wenige Wochen später wird Goethe der Einladung des jungen Paares nach Weimar folgen.

Verblüffend routiniert eilt die französische Handschrift dahin. Die Adressatin des Briefes läßt sich aus Grüßen an den «général» erschließen: Die Oberhofmeisterin, seit Jahrzehnten Vertraute am Darmstädter Hof, hatte 1771 den früheren Generalfeldmarschall-Leutnant und späteren Kammerherrn Ludwig von Pretlack geheiratet. Mitte 1774 begleitet sie Louise dann als Hofdame nach Karlsruhe. Carl August wußte, wie Frau von Pretlack den Eheplan gefördert hatte, und ließ ihr noch in Karlsruhe ein Geschenk zukommen.

Der Brand des Weimarer Schlosses am 6. Mai 1774
(Anonymes zeitgenössisches Aquarell)

Mai 1774

1 So Lavater schreibt Goethe, daß sein Vater und sein Söhnchen Hans Caspar todkrank seien, und erläutert ausführlich seinen Christusglauben.
Albrecht Wittenberg, Redakteur des überregional gelesenen *Reichs-Post-Reuters* in Altona, feiert die frühe Blüte in Versen.
In Hannover kommt der erste Sohn von Johann Christian Kestner und seiner Frau Charlotte zur Welt; Goethe wird sein Pate (→ 11. Mai).
Der Hainbündler Johann Martin Miller schreibt ein wehmütiges Abschiedsgedicht *An die Grafen Christian und Friedrich Leopold zu Stolberg.*
2 Mo Goethe berichtet im Prozeß der Schüllerschen Kinder zweiter Ehe gegen die aus erster Ehe über die Finanzen seiner Mandanten.
Heinse macht Station in Hannover. Er lobt das dortige Musikleben.
In London öffnet eine Kommission der ‹Society of Antiquaries› den Sarg Edwards I. Mehr als 350 Jahre nach der letzten Erneuerung des Wachses finden die Herren die einbalsamierte Leiche in guter Erhaltung.
Schubarts *Deutsche Chronik* preist England mit Klopstocks «O Freiheit! Freiheit! Silberton dem Ohre!»
3 Di Der weltbekannte Biologe Carl von Linné erleidet während einer Vorlesung in Uppsala einen Schlaganfall, bei dem der Puls aussetzt.
In Brandenburg an der Havel stirbt Ernst Heinrich August de la Motte Fouqué, Jugendfreund Friedrichs des Großen, Generalleutnant im Siebenjährigen Krieg, dann Dompropst in Brandenburg.
Goethe ist zu Gast beim pompösen (Vor-)Fest zur goldenen Hochzeit des Seidenhändlers Johann Maria Allesina und seiner Frau Franziska Clara. Man feiert in Sindlingen bei Höchst in der Dorfkirche, dann auf dem Landgut; Goethe bekommt die auf den Jubiläumstag 30. Mai datierte Erinnerungsmedaille (→ 115). Er tanzt in Maxe Brentanos Geburtstag hinein und übernachtet auch im Herrenhaus (heute Villa Meister).
4 Mi In Berlin gibt der verarmt aus Braunschweig fortgezogene Wilhelm Friedemann Bach in der Garnisonkirche ein Orgelkonzert.

Philipp Wilhelm Otterbein aus Dillenburg trifft in Baltimore ein, wo er bald die proto-methodistische Evangelical Reformed Church (Kirche der Vereinigten Brüder in Christo) gründen wird.

5 Do In Zürich stirbt Lavaters Vater Hans Heinrich Lavater.

In Weimar protestiert eine Volksmenge vor dem Schloß und auf dem Marktplatz gegen eine Sonderabgabe zur Errichtung einer Hebammenschule. Die städtischen Viertelsmeister hatte sich geweigert, Listen für die Erhebung anzulegen, und waren kurzerhand arretiert worden. Stadtkommandant von Laßberg läßt Soldaten aufmarschieren, doch Geheimrat Schmid kann die drohende Revolte abwenden: Einige Obermeister von Innungen dürfen Herzogin Anna Amalia ihre Beschwerden vortragen; die Freilassung der Viertelsmeister wird versprochen.

Mozart datiert in Salzburg seine viersätzige Symphonie D-Dur K 202.

6 Fr Schwere Gewitter über Nord- und Mitteldeutschland.

In Weimar vernichtet nach nächtlichem Blitzschlag und langem Schwelen von 13 Uhr an ein Großbrand die barocke Wilhelmsburg – bis auf Turm und Torbau – samt der Schloßkapelle. (Brandstiftung ist unwahrscheinlich, aber nicht völlig auszuschließen.) Erbprinz Carl August legt bei den Rettungs- und Sicherungsarbeiten mit Hand an. Die herzogliche Familie weicht zunächst in das 1766/67 im Auftrag des Ministers von Fritsch erbaute Palais aus. Es wird bald für 21 000 Taler erworben; vom Spätherbst an wohnt Herzogin Anna Amalia dort. Der Rest des Hofes wechselt nach Carl Augusts Willen in das 1770 begonnene, noch nicht ganz fertiggestellte Landschaftsgebäude (Fürstenhaus).

Der Politiker Friedrich Levin von Holmer tritt in den Dienst des Fürstbischofs von Lübeck, Friedrich August von Schleswig-Holstein-Gottorf. Er wird dirigierender Minister des im Vertrag von Zarskoje Selo 1773 neu entstandenen Herzogtums Holstein-Oldenburg, fünf Tage später auch Oberlanddrost der Grafschaften Oldenburg und Delmenhorst.

In Hamburg beginnt Klopstock fertige Exemplare seiner *Gelehrtenrepublik* an die Kollekteure der Subskription zu versenden.

Bergeret und Fragonard fahren von Neapel nach Pompeji, wo sie gegen 11 Uhr ankommen. Sie sehen die ausgegossenen Opfer des Aschenregens von 79 n. Chr. und die jüngst von Francesco La Vega ausgegrabene ‹Villa des Diomedes›. Nachmittags besichtigt man von Portici aus die Fundstätte von Herculaneum.

Goethe besucht (vermutlich an diesem Tag) den Dechanten Dumeiz und ‹Tante› Johanna Fahlmer. Sie zeigt ihm Wielands Besprechung des *Götz* in einer Abschrift, noch vor dem Druck im *Merkur.* Goethe: «Nu, Wieland, Du bist ein braver Kerl! ein ganzer Kerl! ... Besser als Wieland versteht mich doch keiner.»

7 Sa Goethe berichtet Sophie La Roche über Wielands Reaktion.

Daniel Chodowiecki, Graphiker in Berlin, schreibt erleichtert an den Leipziger Kollegen Christian Gottlieb Geyser: «Mit Basedow seinen Zeichnungen bin ich seit Anfang dieser Woche doch endlich fertig geworden.» Es geht um die Vorlagen für viele Tafeln zu Johann Bernhard Basedows reformpädagogischem *Elementarwerk;* einige sticht Chodowiecki auch.

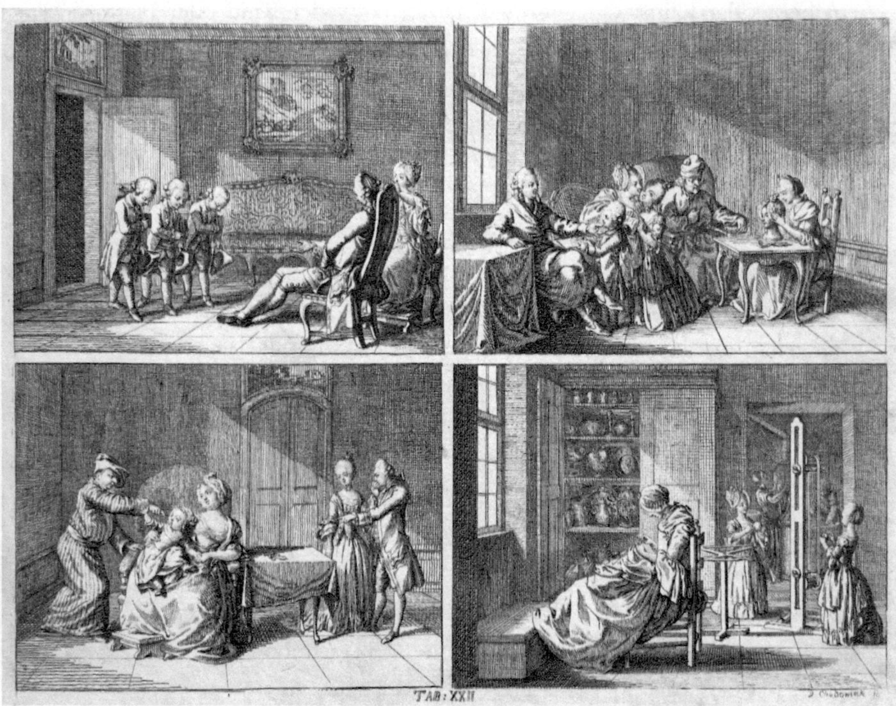

Eine von Daniel Chodowiecki gezeichnete und gestochene Tafel zu Basedows Elementarwerk: *Dankbarkeit, Ehrliebe, Geschlechtstrieb, Verlangen nach Gütern (hinten eine Färberei)*

8 So Johann Martin Miller erklärt in Göttingen «sehr traurig» dem Ältesten des Hainbundes, Johann Heinrich Voß, er könne nach dem Tod seines Vaters (14. März) nicht mehr wie erhofft nach Kopenhagen wechseln.
Lichtenberg sendet Lavaters *Geheimes Tagebuch* zurück an Baldinger.
Weimars Hofbedienstete, auch Wieland, beziehen nach dem Brand Ausweichquartiere im Schloß Belvedere.
9 Mo Wilhelm Heinse bricht von Hannover nach Düsseldorf auf.
In Hannover wird am Lyceum, wo Karl Philipp Moritz Schüler ist, der neue Direktor Johann Daniel Schumann feierlich ins Amt eingeführt.
In Frankfurt wehrt sich der Theaterprinzipal Theobald Marchand öffentlich gegen die Angriffe eines Herrn von Nesselrode (*Beytrag zur Geschichte der deutschen Schaubühne*), dessen schlechte Stücke er abgelehnt hatte.
Goethe bittet als Anwalt im Prozeß Horn gegen Luther um einen Termin.
Susanna von Klettenberg schreibt als ‹Cordata› an Lavater: «... entweder Atheist oder Christ das übersez ich mir, entweder Kind oder Narr!» Sie plädiert für das ‹große Gefühl› der Lebendigkeit Christi.
Hamann in Königsberg sendet das Manuskript seiner *Prolegomena* über Herders *Älteste Urkunde* an Claudius in Wandsbeck.
In Versailles erhält Louis XV. abends die letzte Ölung.
10 Di Um 15:30 Uhr stirbt König Louis XV. in Versailles. Als einziger Herrscher Frankreichs wird er wegen der Ansteckungsgefahr nicht einbalsamiert; der Hof zieht provisorisch auf das Schloß Choisy-le-Roi. Nachfolger wird sein Enkel Louis XVI., der 1770 Marie Antoinette geheiratet hat. Deren Hoflieferantin, die Pariser Modistin Rose Bertin, kreiert den ‹pouf de circonstance›: links an der Turmfrisur eine Zypresse mit schwarzen Blüten, unten Trauerflor, rechts eine Garbe über einem Füllhorn. Der neue König beschließt, sich und die Familie gegen die Pocken impfen zu lassen; dies geschieht am 13. Juni in Marly.
11 Mi Goethe schreibt an Kestner: Lottes Sohn soll Wolfgang heißen (daraus wird dann Georg Wolfgang).
Lavater teilt Goethe den Tod seines Vaters mit. Er freue sich auf *Götter, Helden und Wieland*. Auch möge Goethe die Zeichnung eines Matrosen für die Physiognomik in Frankfurt von Nothnagel radieren lassen (das wird

Der ‹Matrose› (PhFr 4:361)

erst später in Lavaters Auftrag J. R. Schellenberg tun).

Fritz Jacobi warnt Wieland vor Goethe, «denn er ist und bleibt ein zügelloser, unbändiger Mensch».

In Hamburg werden die gräflichen Brüder Stolberg zusammen mit dem Hainbündler Johann Friedrich Hahn – den J. H. Voß ‹Teuthard› nennt – Freimaurer in der Loge ‹Zu den drei Rosen›.

12 Do (Himmelfahrt) Die Leiche Louis' XV. wird nachts nach St. Denis gebracht und begraben.

Bürger an Boie: «So ein Meister-Stück Göthens Farce [*Götter, Helden und Wieland*] auch ist, so deücht mich doch, er habe an Achtung nichts dadurch bey mir gewonnen.»

13 Fr Goethe stellt in der ‹Freitagsgesellschaft› Beaumarchais' viertes *Mémoire* vor (→ 186). Susanna Magdalena Münch, seine Dauerpartnerin im Mariage-Spiel, regt ihn daraufhin zu einer Dramatisierung des Stoffes an. Goethe will seinen *Clavigo* «heut über acht Tage» liefern.

In Oldenburg kann Klopstocks Freund Helfrich Peter Sturz endlich seine Verlobte heiraten. Beide waren nach dem Ende Struensees im Januar 1772 in Kopenhagen verhaftet und vier Monate später ausgewiesen worden.

Boie berichtet Bürger, er habe «noch nichts gelesen als Lustspiele nach dem Plautus von Göthe. herausgegeben, und den Hofmeister ein Drama halb à la Göthe das ... mir ... nicht so recht hat schmecken wollen». Herders *Älteste Urkunde* habe er «noch nicht gesehn».

Der neue König Louis XVI. ernennt den 1749 in Ungnade gefallenen Grafen von Maurepas zum leitenden Staatsminister Frankreichs.

Der Arzt und Reisende J. F. K. Grimm geht nach mehr als 24-stündiger Überfahrt von Harwich, wobei ihn fast durchweg Seekrankheit plagte, nachmittags erschöpft im südholländischen Hellevoetsluis an Land.

Georg Jacobi und Wilhelm Heinse treffen in Pempelfort bei Düsseldorf ein, um die Arbeit an der Damenzeitschrift *Iris* zu beginnen.

14 Sa Lavater bittet Goethe um eine Silhouette «der edlen Seele» Frau von Klettenberg.

Der aus Weimar angeworbene Major Ludwig von Knebel, noch in Berlin, schreibt an Minister von Fritsch, er wolle zunächst dem Prinzen Constantin ein Jahr probeweise als Gesellschafter zur Seite stehen, also noch keine dauerhafte Verpflichtung als Erzieher eingehen.

George Bogle vor dem Panchen Lama (Gemälde von Tilly Kettle um 1775)

Der Generalgouverneur des britischen Ostindien, Warren Hastings in Kalkutta, sendet den jungen Diplomaten George Bogle im Auftrag der East India Company nach Tibet, um beim Panchen Lama Lobsang Pelden Yeshe Handelswege nach China zu sondieren. (Das Treffen gelingt, China allerdings bleibt verschlossen. Bogle reist 1775 beeindruckt zurück.)

15 So In Berlin gibt Friedemann Bach Orgelkonzerte: vormittags in St. Nicolai, nachmittags in St. Marien. Publikum und Kritiker sind begeistert.
16 Mo In Kopenhagen verstaatlicht König Christian VII. den Handel mit Grönland (später ‹Kongelige Grønlandske Handel›, bis nach 1900).
In London hat Cecilia Arne geb. Young, bis etwa 1750 gefeierte Sopranistin, ihren letzten Auftritt – zugunsten ihrer Nichte Polly (Mary).
In Göttingen wird Albrecht Thaer, später Landwirtschaftsreformer, aufgrund seiner bei Dieterich gedruckten Dissertation *De actione systematis nervosi in febribus* (14 Bogen Quart, also 112 Seiten, eine Fleißarbeit) zum Dr. med. promoviert.
17 Di Der britische General Thomas Gage landet in Boston, um als Militärgouverneur im Auftrag von Englands Premier Lord North die Rebellen zu zügeln. Seine drakonischen Maßnahmen (→ 1. September) lösen den Unabhängigkeitskrieg mit aus.
James Watt und der Edinburgher Geologe James Hutton brechen von Birmingham zu Erkundungen für den geplanten ‹Caledonian Canal› auf; sie besichtigen auf dem Rückweg wohl auch die Salzgruben von Cheshire.
Heinse schreibt an Gleim, das Libretto von Herders *Brutus* sei «das unsinnigste Ding ... Es ist kein Menschenverstand herauszudenken.»
18 Mi Der Komponist und Publizist Johann Friedrich Reichardt, der an seinen *Briefen eines aufmerksamen Reisenden* schreibt, schickt aus Braunschweig an Nicolai in Berlin den dritten Band von Burneys *Tagebuch seiner musikalischen Reisen* (Hamburg: Bode 1773) zurück, samt Anmerkungen über deutsche Zustände und einem *Sinngedicht auf Burneys Reisen*, das Gleim bei Reichardts Besuch in Halberstadt spontan verfaßt hatte.
19 Do Wieland schreibt nach der schmeichelhaften Lektüre von Blanckenburgs *Versuch über den Roman* an Staatsrat von Gebler in Wien. Er dankt für die «überschickte schöne Musik zum Thamos» (mit Chören Mozarts) und das (Lessing gewidmete) Trauerspiel *Adelheid von Siegmar,* dessen Verfasser – Gebler selbst – er an einem französierenden «man» erkannt hat. Dann übt er detailliert Stilkritik. Zum Schloßbrand in Weimar bemerkt er süffisant, es sei «keine seiner unangenehmsten Folgen, daß wir dadurch unser Theater verloren haben».

In Regensburg wird Anna Magdalena Schießl mit dem Schwert hingerichtet – sie hatte aus eigener Lebensmüdigkeit einen Jungen umgebracht.

20 Fr Goethe sendet Lavater ein «Bild das ich gemacht habe» (wohl Silhouette) der ‹Cordata› (Frau von Klettenberg) samt einem längeren Brief von ihr. (Leider ist der Schattenriß nicht identifizierbar erhalten.)

Im Château de la Muette bei Paris tagt erstmals der neue französische Staatsrat unter Maurepas.

In Edinburgh kommt die zweite Tochter des Advokaten James Boswell, Dr. Johnsons Bekanntem, zur Welt. Nach einer Familientradition erhält sie den Namen Euphemia.

In der Frankfurter Freitagsgesellschaft liest Goethe abends seinen fertigen *Clavigo* vor und erntet Beifall.

21 Sa Um 12:30 Uhr bringt Kommandeur Samuel Clayton am Fort George in Port Egmont auf Saunders Island (im Nordwesten der Falkland-Inseln) eine Bleitafel an, die den britischen Besitz der Kolonie festschreibt. Mit seiner Mannschaft hatte er seit dem 28. Februar 1773 hier gelebt. Nun segeln die Briten um 15 Uhr auf dem (früher von James Cook genutzten) Dreimaster ‹Endeavour› in Richtung England ab.

In diesen Tagen dichtet der Hainbündler Hölty in Göttingen seine Ode *Die Maynacht* («Wenn der silberne Mond…»).

22 So (Pfingsten) Der Maler Joseph Wright of Derby, seit Ende 1773 in Italien, schreibt aus Rom an seine Schwester: «The natural scenes are beautiful and uncommon, with an atmosphere so pure and clear, that objects twenty miles distant seem not half the way.»

23 Mo Louis XVI. verfügt, Münzen zu schlagen, deren Revers sein Wappen zwischen Palmwedeln zeigt. Da aber die neuen Louisdors ‹aux palmes› – von entsprechenden silbernen Ecus gibt es nur Proben – bald Verwirrung auslösen, kehrt man schon im September 1774 zum früheren, seit 1726 üblichen Design ‹aux lunettes› zurück.

24 Di Voß, vom Blutsturz erholt, reist aus Flensburg nach Lübeck ab.

König Louis XVI. schenkt Marie Antoinette das Schloß Petit Trianon in Versailles: «Madame, Sie lieben Blumen, ich habe einen Strauß für Sie. Es ist das Kleine Trianon.»

Das Petit Trianon (Aquarell von Claude Louis Châtelet aus einem Album im Auftrag Marie Antoinettes, 1781)

25 Mi Goethe bekommt Post aus Algier: Dort ist Gottlob Friedrich Ernst Schönborn, sein Bekannter seit 1773, dänischer Konsulatssekretär.

Voltaire trägt «dans une Académie» eine Éloge auf den verstorbenen Louis XV. vor. Als derweil bekannt wird, daß drei Töchter des Verstorbenen (Adélaïde, Sophie und Victoire) ebenfalls an den Pocken erkrankt sind, plädiert Voltaire für Impfungen: «Que l'inoculation nous assure la conservation de notre nouveau roi, de nos princes et de nos princesses!»

26 Do Lavater wirft Basedow vor, er wende «eine ganz verkehrte Methode» an, denn «ohne Offenbarung» gehe es nicht.

In Paris wird der Publizist Jean Baptiste Antoine Suard in die Académie française aufgenommen. Im Jahr 1772 hatte Louis XV. die Wahl annulliert, weil es hieß, Suard habe an der *Encyclopédie* mitgearbeitet.

In diesen Tagen besucht Johann Heinrich Voß in Lübeck den Vater seines Hain-Bundesbruders Carl Friedrich Cramer, den Superintendenten Johann Andreas Cramer, Klopstocks Freund.

27 Fr Goethe macht drei anwaltliche Eingaben: Im Namen Bonns ersucht er das Gericht, Rindskopf zur Annahme des Kautionsvorschlags zu zwingen; für die Försterschen Kinder gegen Albrecht dringt er auf Beschleunigung; im Fall Goldschmidt gegen Steitz mahnt er Termine an.
In Bordeaux stirbt José Gonzaga, Marquis von Mora, der vorletzte Geliebte der Julie de Lespinasse. Sie erfährt es am 1. Juni.
Herder schreibt erregt an Hamann: Merck sei ein «Betrüger, Lästerer, Verhetzer» und Klopstocks *Gelehrtenrepublik* «Knabenwerk und Spiel ... ohne Detailkenntniß über Alles u. über Nichts geredt».
In Newcastle erhalten die Maurer-Innung und zwei andere politische Vereinigungen das zweibändige Pamphlet Marats gegen die *Chains of Slavery*. Der Autor fürchtet staatliche Übergriffe und schickt die Bücher selbst.
Im nördlichen Wiener Prater zeigt der Feuerwerker Johann Georg Stuwer (bei leider schlechtem Wetter) seine erste Schau, ‹Des Confucius Luftgebräu›. Bald wird er dem Rivalen Girandolini den Rang ablaufen. Noch 1774 kreiert Stuwer auch ein Feuerwerk-Spektakel zu ‹Werthers Leiden. Frei nach Göthe›, worin hinter dem ‹Schwärmer› Werther glühende Schwärmer hervorzischen.
In London erwirbt Robert Barron ein Patent auf das erste Schloß mit beweglicher Sicherung; 1778 wird er die Erfindung noch verbessern.
28 Sa Goethe schreibt – von Schönborn ermuntert – erstmals ehrerbietig an Klopstock und sendet ihm ein Drama, wohl den *Satyros*.
Wielands Groll gegen Wilhelm Heinse hat sich gelegt. An Georg Jacobi schreibt er, Heinses *Laidion* enthalte, «unter uns gesagt, sehr schöne Kapitelchen»; er könne kaum umhin, «dem wilden Knaben gut zu sein».

Georg Joachim Zollikofer (Daniel Chodowiecki, PhFr 3:251)

Georg Joachim Zollikofer, reformierter Prediger in Leipzig, berichtet seinem Freund, dem Philosophen und Übersetzer Garve in Breslau: «Engel ist noch immer krank, und sehr krank.»

Der junge Talleyrand empfängt in Paris die niederen Weihen der Kirche.
Abends und nachts brennt es in der Frankfurter Judengasse. Goethe hilft beim Löschen.
29 So Fritz Jacobi meldet Wieland: «Seit gestern hat mein Haus zehn Gäste zu bewirthen.» Darunter sind sicher der Bruder Johann Georg Jacobi, die Halbschwestern Lene und Lotte sowie die Literaten Heinse und Werthes, vielleicht auch Johanna Fahlmer.
30 Mo Voß, von Lübeck kommend, trifft wieder in Hamburg ein. In den folgenden drei Wochen ist er fast täglich mit Klopstock zusammen.
31 Di In Salzburg datiert Mozart einen Concertone für zwei Violinen, Oboe und Violoncello K 190, den er später nach Mannheim mitnimmt.
Watt und Hutton (→ 17. Mai) kehren nach Birmingham zurück.
In diesen Tagen sendet Goethe das Manuskript des *Clavigo* an Weygand nach Leipzig.
Ebenfalls in diesen Tagen wird Heinrich Leopold Wagner, der beim in Ungnade gefallenen Saarbrücker Kammerpräsidenten von Günderrode Hofmeister war, nach allzu heftigem Eintreten für seinen Dienstherrn der Stadt verwiesen. Er zieht nach Gießen.

Zur goldenen Hochzeit des Frankfurter Seidenhändlers Johann Maria Allesina mit Franziska Clara Brentano wurde diese Medaille geprägt; sie trägt das Jubiläumsdatum 30. Mai. Auch Goethe bekam sie.

Vaterländischer Jakobinismus

Die deutsche Gelehrtenrepublik. Ihre Einrichtung. Ihre Geseze. Geschichte des lezten Landtags. Auf Befehl der Aldermänner durch Salogast und Wlemar. Herausgegeben von Klopstock. Erster Theil. Hamburg gedrukt bey J. J. C. Bode. 1774. (2), 70, 448 S.

Klopstock (Gemälde von Jens Juel, 1779)

Autoren sollten «Eigentümer ihrer Schriften werden», verkündete Klopstock in der Subskriptionsanzeige vom Juni 1773. Nicht als erster, aber gründlich und erfolgreich ließ der finanzbewußte Sänger des *Messias* ‹Kollekteure› werben; es fanden sich stolze 3480 Besteller. Das Opus tritt jedoch «nichts weniger als allgemein ansprechend» auf (Goethe 1813), «in Form einer alten deutschen Druidenrepublik». Es befremdet die Leser mit einer strengen «Aristokratie», Zunfteinteilung, anzitierten Paragraphen und Regeln selbst für Spott. «Narren, Thoren und Gäuche», «Oberschranzen und Unterschranzen» der Geisteswelt werden verhöhnt, erst recht Anhänger «der neuen Sophisten, zum Exempel Voltairens und seiner Säuglinge». «Pöbel» und «Modewörter», zu hohe «Verehrung der Alten» und «Ueberschäzung der Ausländer» wie bei Wieland werden geächtet. «Selbst Leibniz, wenn er wieder käme», müßte deutsch schreiben. Wer «Irsal in Schwang» bringt, hat Selbstkritik zu üben; veralteten Werken droht die «Todtenfackel». «Neue Lehrgebäude werden gleich, wenn sie fertig sind, verbrant»; auch von einer «grossen Säuberung» ist einmal die Rede – aber nur Mut, «der Lorber schattet noch». Grimmig satirisch, oft jakobinisch scharf geißelt Klopstock so den intellektuellen Jahrmarkt der Eitelkeit und sammelt dabei zahllose Einsichten, von Grundsatzzweifeln an der Kategorie des «Geschmacks» bis hin zu Ratschlägen «Für junge Dichter». Einen beeindruckt die Fundgrube lakonischer Orakel besonders: «Klopstocks herrliches Werck hat mir neues Leben in die Adern gegossen … hier fliesen die heiligen Quellen bildender Empfindung lauter aus vom Trone der Natur», schwärmt Goethe. Weiterer Jubel bleibt dann aus. Der Rezensent des maßvoll konservativen *Magazins der deutschen Critik* stöhnt bei allem Respekt: «Diese fortwährende Allegorie ermüdet». Auch Wieland findet vieles «zu zugespitzt». Der schon geplante zweite Band kommt nicht mehr heraus. Man habe eine zwar «dem Autor gelungene, dem Publikum aber mißlungene Unternehmung» erlebt, resümierte Goethe später; bis zur einsichtigeren Würdigung des sperrigen Werkes brauchte es noch ein Jahrhundert.

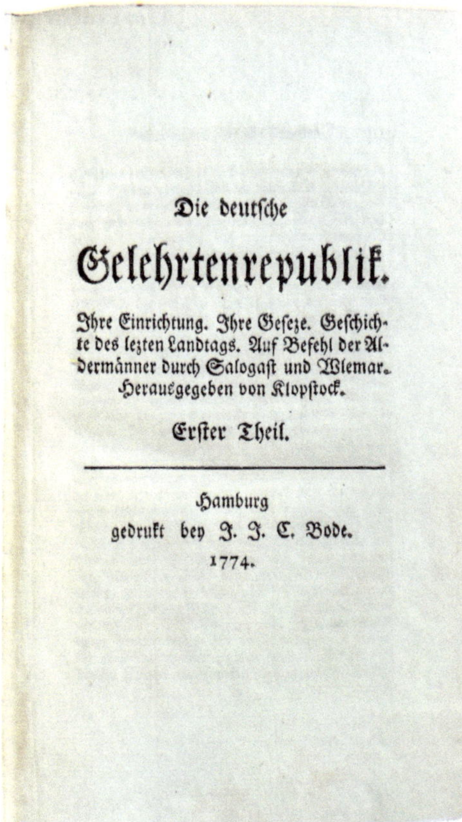
Die deutsche
Gelehrtenrepublik.
Ihre Einrichtung. Ihre Geseze. Geschichte des lezten Landtags. Auf Befehl der Aldermänner durch Salogast und Wlemar. Herausgegeben von Klopstock.
Erster Theil.

Hamburg
gedrukt bey J. J. C. Bode.
1774.

Klopstock erhoffte durch Subskription und Selbstverlag die «Etablierung einer dauerhaften Alternative zum herkömmlichen Buchhandel» (Mark-Georg Dehrmann). Der ergriff Gegenmaßnahmen. Ende 1773 begann Bodes Druckerei die 3500 Bücher zu drucken; erst im Mai 1774 sind welche da, auch weil die Binderei etliche verbessernde ‹Cartons› einfügen muß. Von zwei vorliegenden Exemplaren ist das eine, später im Besitz des Philologen Friedrich August Menke, etwas Seltenes: Es steckt unbeschnitten im Auslieferungsumschlag. Die Zeile mit der Anweisung an den Buchbinder ist daher (samt Setzfehler «Cortons») noch vorhanden, und einmal hat sich, wo ausgetauscht werden sollte, die Ur-Seite erhalten. Allerdings schrieb ein früher Leser kopfschüttelnd auf den Titel: «Paule, du rasest!» (Apg. 26,24)

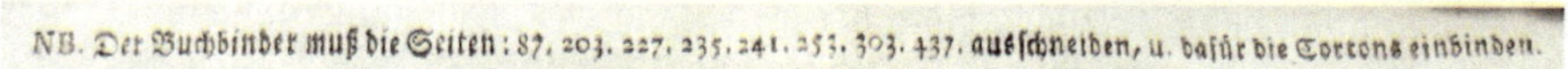
NB. Der Buchbinder muß die Seiten: 87. 203. 227. 235. 241. 253. 303. 437. ausschneiden, u. dafür die Cortons einbinden.

Dramaturgie des Erfolges

Clavigo. Ein Trauerspiel von Göthe. Leipzig, in der Weygandschen Buchhandlung. 1774. 100 S.

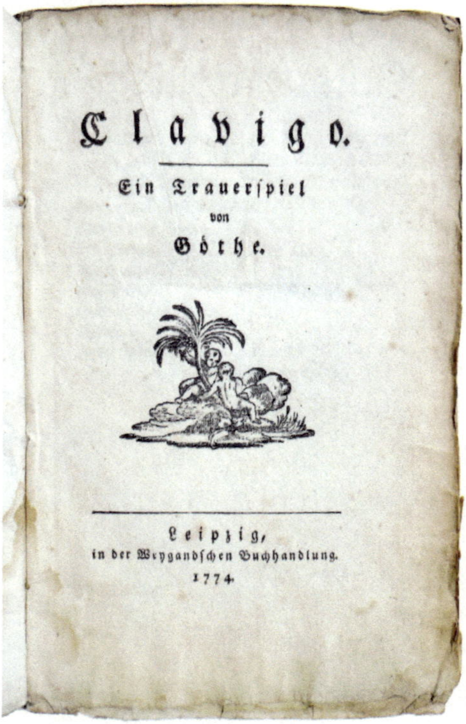
Clavigo.
Ein Trauerspiel
von
Göthe.
Leipzig,
in der Weygandschen Buchhandlung.
1774.

Der Frankfurter ‹Freitagsgesellschaft› junger Leute liest Goethe im Mai 1774 aus Beaumarchais' viertem *Mémoire à consulter* die Madrider Episode vor (→ 186). Auf Wunsch seiner Partnerin beim Mariage-Spiel, der sympathischen Kaufmannstochter Susanna Magdalena Münch, macht er dann binnen einer Woche aus der zugkräftigen Rachegeschichte ein Schauerstück, in dem Beaumarchais' Schwester Marie und im Duell auch Clavigo sterben. Geschickt reichert er die Vorlage an, auch mit Bezug auf den *Hamlet*-Stoff; «bei der Ausbildung des Kontrastpaars Clavigo-Carlos schwebt Goethe sein eigenes Verhältnis zu Merck vor» (Max Morris). Ende Mai geht der Text an Johann Friedrich Weygand, von dem Goethe schon am 1. November 1773 die Bitte um ein Manuskript erhalten hatte. Weygand läßt den *Clavigo* sogleich bei Meyer in Eisenach drucken. Mitte Juli 1774 ist das Drama im Handel; die erste lobende Rezension – «alles voll Handlung und Leben» – erscheint am 23. Juli in Kiels *Gelehrter Zeitung*. Im Augustheft seines *Teutschen Merkurs* bringt Wieland die von Friedrich Heinrich Jacobi übersetzte Vorlage, und bereits am 23. August wird der *Clavigo* erstmals aufgeführt: von der Ackermannschen Truppe unter Friedrich Ludwig Schröder in Hamburg. Der Autor binde

Goethe (nach Zeichnung von Schmoll, PhFr 3:224)

sich einigermaßen, aber «nicht ängstlich an die Einheit des Orts und der Zeit»; die Tragödie sei «weit bequemer fürs Theater» als der *Götz,* urteilen die *Hallischen Neuen Gelehrten Zeitungen* am 11. August. Der Rezensent zählt «dieses Trauerspiel zu den besten die die deutsche Nation aufweisen kann», und er schließt, «was für grosse Hofnungen muß man sich denn nicht von unserm Dichter für die Zukunft machen?» Selbst der oft recht spöttische Gotthilf Sebastian Rötger bringt Ende September im *Magazin der deutschen Critik* anstelle von entschiedenen Urteilen lieber ein Stimmengewirr mit positivem Grundton, das sein traditionalistischer Herausgeber Gottlob Benedikt Schirach dann vorsichtshalber noch um eine distanzierende Bemerkung ergänzt. Zu dieser Zeit ist schon mindestens einer von zwei Nachdrucken erhältlich. Das Stück gehe «ab wie warm Brodt», meldet der Frankfurter Verlagsbuchhändler Johann Konrad Deinet und deckt sich mit gleich 200 Exemplaren ein. Auch Weygand läßt vom Original Doppeldrucke herstellen – so daß Mischexemplare mit Lagen aus mehreren Versionen existieren – und kann bald eine neu gesetzte, aber nicht eigens gekennzeichnete zweite Auflage nachschieben.

Der Erstdruck wurde, wie ein Auslieferungs-Exemplar belegt, in unscheinbarer graublauer Broschur verbreitet. Für Weygands zweite Auflage erhöhte man bei Meyer den Satzspiegel um eine Zeile und sparte damit vier Seiten ein, so daß das Büchlein nun genau sechs Bogen (96 Seiten) lang war. Die Nachdrucker verringerten den Durchschuß und verbreiterten die Zeilen; so kamen sie mit 88, dann sogar nur noch 80 Seiten aus.

Nüchternes vom Klassiker

Journal du Voyage de Michel de Montaigne en Italie, Par la Suisse & l'Allemagne en 1580 & 1581. Avec des Notes par M. de Querlon. A Rome; Et se trouve à Paris, Chez Le Jay [...]. M.DCC.LXXIV. Porträt, (8), cviii, 324, (8); (4), 602 S.

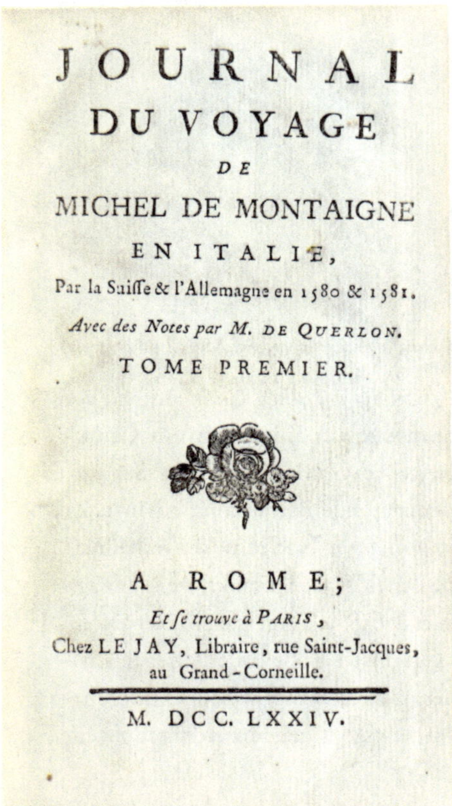
JOURNAL
DU VOYAGE
DE
MICHEL DE MONTAIGNE
EN ITALIE,
Par la Suiſſe & l'Allemagne en 1580 & 1581.
Avec des Notes par M. DE QUERLON.
TOME PREMIER.

A ROME;
Et ſe trouve à PARIS,
Chez LE JAY, Libraire, rue Saint-Jacques,
au Grand-Corneille.

M. DCC. LXXIV.

Auf der Suche nach Quellen zur Geschichte des Périgord besuchte Joseph Prunis, ein Pater der Abtei Chancelade, 1770 auch das Château Montaigne. In einer Truhe bemerkte er ein altes Manuskript von 278 Seiten. Zwar fehlte der Anfang, aber Prunis erkannte doch schnell, daß er das lange gesuchte Tagebuch des Essayisten von dessen Badereise durch Deutschland und Italien aufgespürt hatte. Die ersten 112 Seiten hatte ein Sekretär geschrieben, den Rest weitgehend Montaigne selbst, von Lucca bis zum Mont Cenis sogar auf Italienisch. Begeistert erbat sich der Pater vom Schloßherrn, einem Grafen Ségur, die Handschrift, zog Fachleute wie Jean Capperonnier von der Bibliotheque Royale hinzu und plante, angeregt auch von d'Alembert, seinen Glücksfund in Druck zu geben. Das durfte dann aber nur der versiertere Anne Gabriel Meusnier de Querlon, ein seit Jahrzehnten an der Bibliothek tätiger Literat. Er bringt die Reisenotizen des Klassikers (die viele Details körperlicher Beschwerden enthalten, auch erstaunlich papstfromme Passagen) sprachlich und orthographisch möglichst originalgetreu heraus, die italienischen Teile en face übersetzt, dazu sorgsam mit Fußnoten erläutert. Drei Ausgaben erscheinen: Würdevoll als Quartant, bürgerlich-gediegen in zwei Bänden Groß-Duodez, für die Reise oder das Boudoir auf drei Duodezbändchen verteilt. Ein Erfolg wird die Entdeckung trotzdem nicht: Nachdem die tonangebende *Correspondance littéraire* des Barons Grimm den Text im Mai als «itinéraire sec et froid», ja «rebutante» eingestuft hat, findet er bei den Kritikern keine Gnade mehr. Erst Goethe, der schon als Student in den *Essais* gelesen hatte, wird dem nüchternen Realismus des *Journals* zu mehr Anerkennung verhelfen. Ende Februar 1812, als die Macht Napoleons über Europa fast unumschränkt scheint, entleiht er die zweibändige Version aus der herzoglichen Bibliothek in Weimar. Vier Tage Lektüre beeindrukken ihn dermaßen, daß er die «Gerechtigkeit und Billigkeit» der *Voyage* zehn Jahre später ausdrücklich empfiehlt und sie noch Anfang 1830 im Gespräch lobend hervorhebt.

(Stich von Cathelin 1762 nach Vispré, um 1744)

Edme Jean Le Jay hatte sich in Paris vom Buchhandelsgehilfen emporgearbeitet und 1766 den eigenen Verlag begründet, dessen Programm vorsichtig Nützliches mit Unterhaltsamem mischte. Nach 1768 übernahm er den günstig gelegenen Laden des verstorbenen ehrwürdigen Kollegen François Babuty und betrieb von 1771 an zur Risikostreuung außerdem ein Lesekabinett. Mit Montaignes Journal, *das angeblich auch in Rom erschien, hat er sich wohl erstmals verkalkuliert. 1781 war Le Jay bankrott und mußte umziehen, aber die Lesehalle blieb ihm; sie ernährte noch einige Jahre seine Witwe und den Sohn.*

Gelungene Trittbrettfahrt

Predigten des Herrn Magister Nothanker aus seinen Papieren gezogen. Leipzig, in der Weygandschen Buchhandlung. 1774. [und: Zweyter Theil ... 1776.] lvi, 168; xlviii, 168 S.

Predigten
des Herrn Magister
Sebaldus Nothanker
aus
seinen Papieren gezogen.

Leipzig,
in der Weygandschen Buchhandlung.
1774.

Aus Moritz August von Thümmels verspieltem Prosaepos *Wilhelmine* (1764) hatte Friedrich Nicolai seinen Romanhelden Sebaldus Nothanker entlehnt. Nach langen Jahren friedlichen Ehelebens wird der brave Selbstdenker, von einem Rivalen verketzert, zum Ausgestoßenen. Die tragikomischen Fährnisse dieses Candide der Orthodoxie kamen bestens an; Aufklärer lobten Nicolais Roman. Schon nach dem ersten Band des *Nothanker* (1773) fanden sich einige Nachahmer. Geschickt stellt es der Schwabe David Christoph Seybold an, damals außerordentlicher Professor in Jena: Er liefert die von Nicolai erwähnten Predigten Nothankers nach. Das feurige Vorwort, das auf etliche Neuerscheinungen, sogar die erst geplante Frauenzeitschrift *Iris,* anspielt, wittert «in allen Theilen Deutschlands eine gewisse Gährung»: Theologisch durch Reformer wie Semler oder Bahrdt vom «scholastischen Wuste» befreit, könnte man auch sonst den «Anfang der totalen Verbesserung» erhoffen. Sebaldus zumindest sei «immer mit unserm Zeitalter fortgerückt», behauptet Seybold. Die Predigten, eher Essays, reden gutmütig von Ehefrieden und Verträglichkeit («Wider die Processe»), natürlicher Pädagogik und dem Glück bäuerlichen Lebens. Aber auch zum Tod fürs Vaterland und gegen die Ewigkeit der Höllenstrafen predigt Seybolds

Nicolais Erfolgsroman Sebaldus Nothanker, *an den Seybold anknüpfte*

Sebald – auf fragmentarischen Blättern, die sein ‹Herausgeber› beredt erläutert und mit Versen aus Wielands *Idris* (1768) garniert. Nicolai nahm die Trittbrettfahrerei mit Humor: Dem zweiten Band seines Romans fügte er 1775 eine «Nachricht von einigen nahen Verwandten des Hr. Magister Sebaldus Nothanker» an, worin er die *Predigten* witzig zauste und dann Brüdern oder dem Neffen des Helden zuwies. Sogar ins Holländische übertrug man sie. Seybold, parallel als Klassischer Philologe tätig, nutzte die Konjunktur: 1776 erschienen weitere *Predigten,* deren Vorwort wieder von «der zu erreichenden allgemeinen Glückseligkeit» tönte und über die Wunderheilungen des Exorzisten Gaßner spottete. Als Nicolais Romanerfolg lange abgeklungen war, konnte Seybold erneut triumphieren: Ein katholischer Pfarrer, der ebenso flott die Feder führte, druckte 1786 in einer Sammlung mit «Predigten nach den Bedürfnissen des gemeinen Mannes» die angeblichen Kanzelreden Nothankers nach, ganz ohne Vorbehalte gegen deren Rechtgläubigkeit.

Die Idee zu den Predigten *könnten Seybold und Weygand gemeinsam ausgeheckt haben. Beide Bände sind – wie Seybolds Übersetzung von Euripides'* Alkestis, *die ebenfalls 1774 bei Weygand erschien – von Meyer in Eisenach gedruckt; das feine, unsignierte Titelkupfer des ersten zeigt Sebaldus mit Wilhelmine in der Bibliothek. Auf der zweiten umschwärmt Jugend den Pfarrer bei einer Quelle am Waldrand. Dieses Idyll hat Georg Melchior Kraus, seit Oktober 1775 der Zeichenmeister des jungen Weimarer Herzogs Carl August, entworfen; gestochen ist es in Halle von Liebe, vermutlich dem Junior Gottlob August.*

Eine Lanze für die Vielehe

Discussion Si la Polygamie est contre la Loi Naturelle ou Divine, tant de l'Ancien que du Nouveau Testament [...] par Louis, Comte de Rantzow. A Saint Petersbourg, MDCCLXXIV. 72 S.

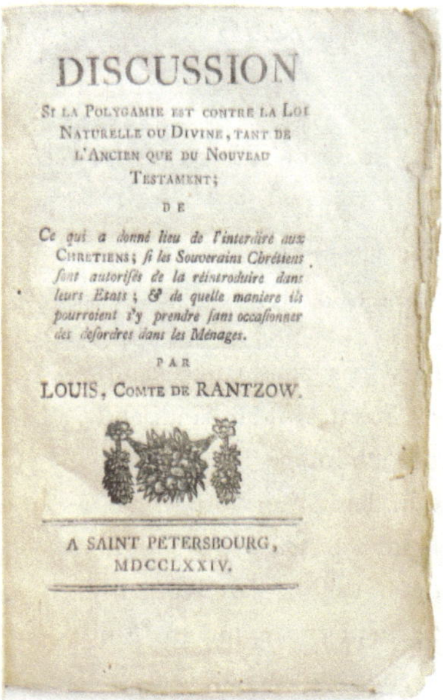
DISCUSSION
SI LA POLYGAMIE EST CONTRE LA LOI NATURELLE OU DIVINE, TANT DE L'ANCIEN QUE DU NOUVEAU TESTAMENT;
DE
Ce qui a donné lieu de l'interdire aux CHRETIENS; *si les Souverains Chrêtiens sont autorisés de la réintroduire dans leurs Etats; & de quelle maniere ils pourroient s'y prendre sans occasionner des désordres dans les Ménages.*
PAR
LOUIS, COMTE DE RANTZOW.
A SAINT PETERSBOURG,
MDCCLXXIV.

Um 1700 glaubte man allgemein, Europa leide an Entvölkerung. Zur Abhilfe wollten Mutige, von Bayle und Montesquieu angeregt, die Ehegesetze lockern: Machten es Türken, Perser und naturbelassene Wilde nicht doch besser? Die Amtskirche war empört, konnte aber schwer wegerklären, daß Vielehen im Alten Testament häufig sind. Voltaire (1756) und die *Encyclopédie* (1765) stichelten weiter. Nun mischt sich ein freizügiger Haudegen ein: Georg Ludwig Albert von Rantzau, in Holzminden geboren, mit vielleicht illegitimem, jedenfalls schicksalsbeladenem Vater, war früh ein Tunichtgut, dann in Frankreich Dragoner, in Preußen Stabsrittmeister gewesen; er hatte sich auch mit Theodor von Neuhoff, dem Abenteurer und König von Korsika, befreundet. Kurz bevor Rantzau 1741 in Schlesien verwundet das Kriegshandwerk aufgab, ließ er pikante *Mémoires* in zwei Bänden drucken – und heiratete dann. Sein im Alter entstandenes kleines Thesenwerk ist dem Staatsrat Alexej Oleschew gewidmet, einem weitgereisten, auch deutsch belesenen Gutsbesitzer aus der dünn besiedelten nordrussischen Provinz Wologda. Geradlinig verficht Rantzau die Meinung, nicht die Polygamie sei schlimm, sondern ihr Verbot. Vielehen würden die Bevölkerung mehren und wirtschaftlichen Aufschwung bringen, so daß man sie den Bauern gar zur Pflicht machen könnte. Der vermögensschädigende Brauch der Mitgift gehöre auch abgeschafft. Besonders

Ansichten von St. Petersburg aus Basedows Elementarwerk (Stich von Peter Haas, 1774)

für den Norden hofft Rantzau als «feudaler Physiokrat» (Carol Blum), das Problem der ‹Peuplierung›, das auch bei Hippel (→ 38) anklingt, quasi im Handstreich zu erledigen. Freunde fand sein deftig altständischer Vorschlag nicht: Ein Befürworter leichterer Scheidungen, dem sonst alle Mittel zur Volksvermehrung recht schienen, wandte sich in vier Artikeln gegen die *Discussion;* weiteres Echo ist nicht bekannt. Als Statistiker endlich ermittelt hatten, daß Europas Einwohnerzahl gar nicht abnahm, kam das Thema Polygamie aus der Mode; fromme Sittenwächter konnten kurz aufatmen. Aber die Möglichkeit, über Ehesatzungen ganz unabhängig von kirchlichen Dogmen zu diskutieren, war nicht erledigt, im Gegenteil – noch 1809 in Goethes *Wahlverwandtschaften* hallte die alte Streitfrage nach.

Vieles an dem Büchlein bleibt im Dunkeln: Die Widmung ist datiert «A Wologda, ce 28 Aout 1772», aber das Erscheinungsbild wirkt nicht russisch. Man vermutet seit langem, es könnte wie die Memoires *in Holland gedruckt sein oder in Paris. Auch über das spätere Leben des Grafen Louis von Rantzau ließ sich bislang nichts weiter herausfinden; genannt findet sich nur das Todesdatum 1786.*

Robert Adams Pavillon für das Gartenfest des künftigen Earl of Derby bei Epsom am 9. Juni 1774 (Stich um 1780 von James Caldwall nach einem Aquarell von Charles Grignion d. J.)

Juni 1774

1 Mi Goethe schreibt an Schönborn nach Algier. Er gibt Nachricht vom Brand in der Frankfurter Judengasse, erzählt von *Werther, Clavigo* und seinen Dramenplänen. «Mein Cäsar der euch nicht freuen wird scheint sich auch zu bilden.»
Der Hafen von Boston wird behördlich für den Warenverkehr gesperrt (→20. März), die Handelserlaubnis (Charter) für Massachusetts annulliert. Damit reagiert London auf die ‹Boston Tea Party› (13. Dezember 1773) und die Separationsbestrebungen in den 13 Kolonien.
Voltaire schreibt an Madame du Deffand: «N'est-il pas vrai, Madame, que je vous ai fait là un joli cadeau, de vous envoyer ce petit Benjamin?» (Benjamin Constant, →25. April)
2 Do Carl Friedrich Cramer verläßt «bey Nacht und Nebel» Göttingen in Richtung seiner Heimatstadt Lübeck; zwischen dem 7. und 10. Juni trifft er in Hamburg noch seinen Bundesbruder Johann Heinrich Voß, mit dem er im Gasthof zur ‹Stadt Copenhagen›, Dammtorstraße 14, logiert.
Schubart bespricht in seiner *Deutschen Chronik* Goethes *Götter, Helden und Wieland.* An dem «Meisterstück» stört ihn nur – daß es gegen Wieland geht.
Benjamin Franklin reicht bei der Londoner Royal Society Beobachtungen darüber ein, wie man Seewellen durch Öl dämpfen könnte.
3 Fr Claudius beginnt im *Wandsbecker Bothen* Herders *Älteste Urkunde* zu besprechen; es ist die früheste Rezension überhaupt. Fortsetzungen folgen am 7. und 10. Juni.
4 Sa Goethe schreibt an Boie; er mahnt auch das Geld für den *Götz* und für Merck an. Für den Göttinger Almanach habe er nichts Kleines parat.
Georg Jacobi versteigt sich im Brief an Wieland dazu, Heinses *Laidion* ein «canonisches Buch» zu nennen.
In Salzburg datiert Mozart sein dreisätziges Fagottkonzert B-Dur K 191.
In Mailand heiratet Cesare Beccaria nach nur 82 Tagen Witwertum die Adlige Anna Barbò (dei Conti Barnaba).

Abbé Fernando Galiani in Neapel weist Madame d'Épinay in Paris auf die allzu «blinde Begeisterung der Franzosen» für ihren neuen König hin. Die Nation sei in der Zwickmühle: «Es ist wahr, eure Laster sind ungeheuer; aber sie sind derart, daß ganz Europa sie haben und den Unterricht darin seinen Lehrmeistern teuer bezahlen möchte.»

5 So Abel Seylers Schauspieltruppe trifft in Gotha ein. Dabei sind Konrad Ekhof, Seylers Frau Friederike Sophie und auch Johann Jakob Engel. Im Auftrag Seylers komponiert Georg Anton Benda bis zum Herbst auf ein Libretto von Johann Christian Brandes (nach Gerstenberg) das Melodram *Ariadne auf Naxos*. (Es wird mit Esther Charlotte Brandes in der Titelrolle am 27. Januar 1775 erfolgreich uraufgeführt werden und löst eine Welle an Melodramen aus.)

In Paris trägt der Dichter Jean Baptiste Louis Gresset als Präsident der Académie française dem neuen König das offizielle ‹Compliment› vor.

James Cook segelt von Ulieta westwärts zu den Freundschaftsinseln (Tonga).

6 Mo Johann Georg Schlosser, seit dem 1. November 1773 mit Cornelia Goethe verheiratet, wird als Oberamtsverweser (21. November: Oberamtmann) der Markgrafschaft Hochberg nach Emmendingen versetzt. Er trifft am 10. Juni ein und schreibt «noch in den Reise-Kleidern» an Lavater.

In Homburg heiratet die Empfindsame Louise von Ziegler, Goethes ‹Lila›, den preußischen Werbeoffizier Gustav von Stockhausen.

In Hamburg wird Voß von dem Arzt Jacob Mumsen in die Johannis-Loge ‹Zu den drei Rosen› aufgenommen und gleich zum Gesellen befördert.

In Reutlingen erhält Johann Georg Fleischhauer ein sehr ähnliches Druckprivileg wie am 21. Februar Schmieder in Karlsruhe. Die beiden arbeiten von Anfang an zusammen und stimmen ihre Produktion ab.

7 Di In Stockholm heiratet Schwedens Kronprinz Carl die Prinzessin Hedwig Elisabeth Charlotte von Holstein-Gottorf.

8 Mi Johann Arnold Ebert trifft aus Braunschweig in seiner Vaterstadt Hamburg ein. In den folgenden Wochen ist er nahezu täglich mit Klopstock zusammen.

Goethe bittet als Anwalt für Selig Haas gegen Amschel Hamburger um längere Frist.

Goethe schreibt an Schönborn, er und der Dechant Dumeiz seien «in dem Garten» von St. Leonhard fleißig gewesen mit «säen, binden, gäten und essen». Herders *Älteste Urkunde* sei «ein mystisch weitstrahlsinniges Ganze». Klopstocks *Gelehrtenrepublik* sei auch da. «Mein Exemplar hab ich noch nicht. Ich subscribirte ausserhalb» (in der Liste ist er aber unter Frankfurt geführt).

Herder schreibt an Boie, kritisch zu Klopstocks *Gelehrtenrepublik*.

Abel Seylers Truppe spielt erstmals im Ballhaus des Gothaer Schloßtheaters. Gegeben wird eine Version von *Richard III.*

Im holsteinischen Sierhagen heiratet Carl August von Hardenberg, der spätere Reformer Preußens, nach komplizierten Eheverhandlungen mit Dänemark eine gute Partie, die 15jährige Christiane von Reventlow.

9 Do Bei Epsom wird im Jagdanwesen ‹The Oaks› von Lord Stanley, dem künftigen Earl of Derby, vor seiner Hochzeit (23. Juni) mit Elizabeth, der ältesten Tochter des Duke of Hamilton, bei einem pompösen Gartenfest die Komödie *The Maid of the Oaks* von Stanleys Onkel, dem Militär John Burgoyne, dargeboten. Sogar die Parlamentssitzung hat man deshalb verkürzt. David Garrick hat Musiker und Tänzer engagiert, Robert Adam einen riesigen Pavillon (762 m²) errichtet (→ 126), der dann im Stück wieder auftaucht. Das öffentliche Echo ist gewaltig.

John Burgoyne, Komponist der Maid of the Oaks *(Porträt von Sir Joshua Reynolds, um 1766)*

In Graz wird der spätere Orientalist Joseph von Hammer-Purgstall geboren.

In Hamburg trägt sich C. P. E. Bach mit einer Kürzest-Phantasie auf seinen Namen in das Stammbuch von Carl Friedrich Cramer ein.

Stammbucheintragung von C. P. E. Bach für Carl Friedrich Cramer

In Berlin gibt Wilhelm Friedemann Bach nochmals ein Orgelkonzert in St. Marien.

10 Fr Goethe berichtet Schönborn über Klopstocks «herrliches Werck», die kürzlich eingetroffene *Gelehrtenrepublik*.

In den *Frankfurter Frag- und Anzeigungsnachrichten* mahnt Goethe die Schuldner der erloschenen Firma Vorstadt und Budde zur Zahlung.

In Wien reitet der neue türkische Gesandte Süleiman Effendi ein; er trägt laut den Zeitungen einen «paperlgrün moirenen Hermelin-Pelz».

Friedrich Justin Bertuch in Weimar dankt Daniel Chodowiecki in Berlin, daß er fünf Kupfer für seine geplante Übersetzung des *Don Quixote* liefern wolle, und stellt ihm die Wahl der Szenen frei.

11 Sa Josef Emmerich von Breidbach zu Bürresheim, Kurfürst und Erzbischof zu Mainz sowie Fürstbischof von Worms, stirbt an einem Schlaganfall. Damit wird sein Plan einer religionsfreien Gewerbestadt bei Höchst von 1768 hinfällig, wo der Tabakhändler Giuseppe Maria Bolongaro, den Frankfurts Rat nicht einbürgern wollte, eben einen Palast (117 x 72 m) samt Manufaktur fertigstellen läßt.

Des Fürstbischofs Tod macht auch Christian Joseph Jagemanns Erfurter Direktorat obsolet. (1775 wird er Bibliothekar Anna Amalias in Weimar.)

Nathaniel Wraxall, zu Gast in Uppsala, wird gegen 15 Uhr von dem alten Naturkundler Linné besucht, der ihn durch den botanischen Garten führt.

Das Londoner Parlament streicht mit Wirkung vom 14. Juni 1774 die ‹Calico Acts› von 1700 und 1721, die billige Baumwollstoffe (meist aus Indien importiert) mit Strafzöllen belegten. Baumwollweber wie der Erfinder Richard Arkwright können nun frei investieren und produzieren.

12 So Lavater reist mit seinem Diener Ulrich und dem Zeichner Georg Friedrich Schmoll von Zürich nach Basel ab (dann weiter über Colmar und Straßburg; die Fahrt geht nach Bad Ems).
Bergeret und Fragonard kehren von Neapel zurück nach Rom, wo sie am 15. Juni eintreffen.
Nicolai schreibt an Lavater, u. a. ausführlich kritisch über Herders *Älteste Urkunde* als «Blendlaternen der inneren Empfindung».
13 Mo In Hamburg verbringt der kränkelnde Voß wieder einmal den Tag bei Klopstock, «der in seinem Lehnstuhl sizt, und über die deutsche Grammatik nachdenkt».
14 Di In Reims huldigen die Ritter des Ordens vom Heiligen Geist dem neuen König Louis XVI. als ihrem Großmeister.
Der Bromberger Kanal wird eröffnet. Die 26,3 Kilometer lange Wasserstraße für Lastkähne ist knapp 20 Meter breit, aber nur etwa 1,40 Meter tief; sie verbindet Oder- und Weichselraum über zehn Schleusen von Nakel an der Netze bis Bromberg an der Brahe. Nach dem Anschluß Westpreußens infolge der polnischen Teilung 1772 hatte Friedrich II. sich vom Domänenrat Schönberg von Brenkenhoff zum Bau überzeugen lassen. (1775 werden bereits 1371 Kähne den Kanal nutzen; noch 1914–1917 wird man ihn renovieren und erweitern.)

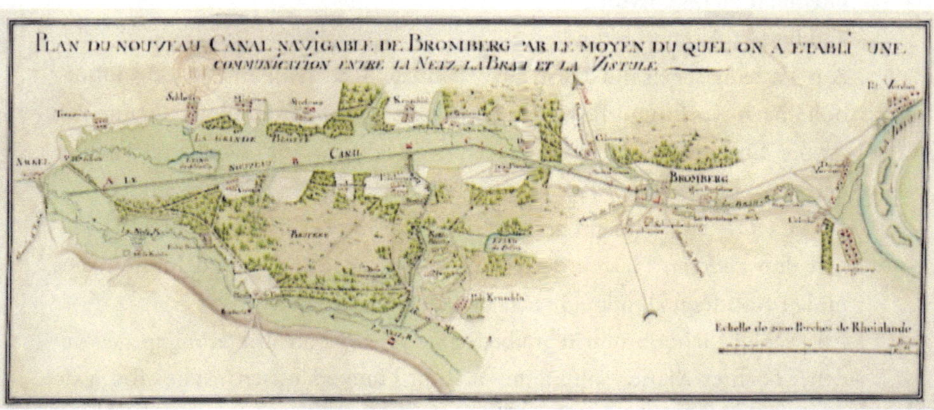

Der Bromberger Kanal (zeitgenössische Kartenskizze)

Höpfner in Gießen bietet dem Verleger Nicolai im Namen Klingers «zwei Possenspiele von Goethe» an, wohl das *Jahrmarktsfest zu Plundersweilern* und das *Fastnachtsspiel vom Pater Brey*.

15 Mi Goethe speist abends in Frankfurt mit Kammersekretär Mejer aus Hannover und seiner Frau (Empfehlung Kestners). Sie wohnen im Gasthof ‹Zum Römischen Kaiser› auf der Zeil, Ecke Schäfergasse.

16 Do Goethe berichtet Lotte vom Essen mit ihren Freunden. Er kündigt den *Werther* an, «einen Freund der viel ähnlichs mit mir hat». Er meldet Sophie La Roche: «künftigen Montag, ist Lavater hier ... Er geht in ein Bad». Ferner: «Merck ist wieder da».

Georg Jacobi in Pempelfort gibt Gleim Nachricht: «Die Stücke von Goethe [wohl für die *Iris*] sind zum Drucke nach Leipzig abgegangen.» (1774 wird aber nichts gedruckt.)

Gleim an Heinse: «Morgen gehe ich an Herders Älteste Urkunde».

Goethe (Lips nach Nahl-Schüler, PhFr 3:218, s. 19. Juni)

Aus Venedig segelt mit Fürst Karl Stanislaus Radziwill eine ‹Gräfin Pinneberg› nach Korfu und Ragusa (Dubrovnik) ab. Die bildhübsche Dame mit großer Entourage läßt durchblicken, sie sei Prinzessin Elisabeth, Tochter der Zarin Elisabeth I., somit die rechtmäßige Zarin. (→21. Dezember)

17 Fr J. G. Zimmermann besucht über Tag Herder in Bückeburg.

Mit drei anderen Herren der ‹Massachusetts Assembly› wird John Adams in den Kontinentalkongreß nach Philadelphia entsandt.

Aus Schloß Schönbrunn schreibt Maria Theresia an ihre Königin gewordene Tochter Marie Antoinette: «...tout l'univers est en extase. Il y a de quoi: un roi de vingt ans et une reine de dix-neuf, toutes leurs actions sont comblées d'humanité, générosité, prudence et grand jugement.»

18 Sa Louis XVI. wird mit fünf Injektionen gegen die Pocken geimpft. Rose Bertin, die Modistin Marie Antoinettes, bietet als neue Frisur den ‹pouf à l'inoculation› an: Seitlich am Haargesteck ringelt sich Äskulaps Schlange um einen Olivenbaum und zeigt eine blumenbekränzte Keule.
Herder verlangt von seinem Verleger Hartknoch in Riga das Manuskript der *Volkslieder* zurück: er wolle noch ändern. (Sie erscheinen erst 1778.)
19 So Lavater und Schmoll treffen nach 17 Uhr in Karlsruhe bei Cornelia Schlosser geb. Goethe ein; ihr Ehemann ist beruflich in Straßburg. Lavater sieht das antikisierende Basrelief von Goethes Kopf, das wohl ein Schüler Johann August Nahls gefertigt hat. (Lips wird das Porträt stechen.)
20 Mo Der britische Major William Dalrymple bricht um 2 Uhr von San Roque bei Gibraltar zu einer Reise durch Spanien und Portugal auf.
Goethe bittet als Anwalt für Horn gegen Luther um einen Termin, verteidigt Haas gegen Hamburger wegen Mietschulden und erörtert für Adam gegen Creditores den Vorschlag, Adams Haus zu verkaufen.
In Karlsruhe silhouettiert Lavater Cornelia Schlosser.
General Suworow schlägt bei Kosludscha mit 8000 Mann und starker Artillerie eine Armee von 40 000 Türken in die Flucht.
In Rom, wenige Tage vor ihrer Abreise gen Norden, werden Fragonard und Bergeret von Clemens XIV. empfangen. Der Papst, so wird erzählt, lehnt ihren Kniefall ab («das ist für Italiener») und umarmt sie.
21 Di In London beginnt der Druck der *Journey to the Western Islands of Scotland*, über Boswells und Johnsons letztjährige Reise auf die Hebriden. Im Text bestreitet Johnson die Echtheit der ‹Ossian›-Dichtungen. (Das Werk wird im Januar 1775 ausgeliefert.)
Östlich von Edinburgh, in der Landgemeinde Musselburgh am Firth of Forth, wo man schon damals zünftig Golf spielt, ist Boswell mittags mit seiner Schwägerin Jean Montgomerie bei dem Bekannten Bob Chalmers eingeladen. Er speist nicht weniger als neun Fischsorten; dazu trinkt er mehr als genug, u. a. viel Port, so daß er tags darauf Kopfschmerzen hat.
In Karlsruhe singt die hochschwangere Cornelia Schlosser abends zur Zither Lavater, Schmoll und den anderen Gästen «unvergleichlich alte Volkslieder» vor.

22 Mi Lavater, um 4 Uhr aufgestanden und durch eine Suppe gestärkt, reist um 5:30 Uhr mit seinen Begleitern von Karlsruhe nach Norden ab.
Heinse fährt mit Fritz Jacobi von Köln nach Elberfeld, wo er am folgenden Tag eintrifft.
Voß macht sich aus Hamburg nach Göttingen auf.
Goethe dankt Boie: Die acht Louisdor für *Götz* seien an ihn ausgezahlt.
Für den Aderlaß des Sohnes zahlt Vater Goethe 1 Gulden und 12 Kreuzer.
Englands König George III. stimmt nach langer Debatte dem ‹Quebec Act› zu. Das Gesetz erläßt Bürgern des englischen Kanada den Eid auf das protestantische Bekenntnis und spricht der Region den Besitz des Ohio-Tals zu – unter der Oberhoheit Londons. In den nordamerikanischen Kolonien sind die Separatisten empört. Aber auch Loyalisten, von denen manche mit der 1769 gebildeten Londoner ‹Grand Ohio Company› auf Expansion nach Westen und eine 14. Kolonie ‹Vandalia› gehofft hatten (→ 18. März), reagieren enttäuscht.
23 Do Lavater kommt um 20:30 Uhr in Frankfurt an, holt beim Verleger Johann Konrad Deinet Post ab und sucht dann, begleitet von Zeichner Schmoll, seinen Gastgeber Goethe auf. Zeuge der ersten Begegnung ist auch der Darmstädter Jurastudent Ludwig Schneider. Die Eltern Goethe wünschen Lavater eine gute Nacht.
Zimmermann schreibt aus Hannover an Lavater. Er erwähnt, Goethe solle eine Farce auf Herder und dessen Frau geschrieben haben.
24 Fr In Frankfurt packt Lavater aus; er zeigt Goethe physiognomische Zeichnungen. Dann besucht er erstmals Susanna von Klettenberg, die er «fein organisiert, nichts weniger als schön» findet. Mittags ist Lavater wieder bei Goethe; sie sprechen u. a. über Herder. Abends gehen sie zum reformierten Pfarrer Krafft; Goethe «sprach wenig»; anschließend zu Frau von Klettenberg. «Noch nach dem Nachtessen» liest Goethe Lavater aus dem *Werther* vor, vielleicht schon aus Druckfahnen.
In Salzburg datiert Mozart seine Missa brevis F-Dur («kleine Credo-Messe») K 192 für vier Singstimmen, zwei Violinen, Baß und Orgel, deren liturgisch entlehntes Credo das Finalthema der Jupiter-Symphonie K 551 vorwegnimmt.

25 Sa Lavater logiert bei Goethe in Frankfurt. Morgens liest er ein Büchlein mit Liedtexten der Frau von Klettenberg. Schmoll zeichnet Goethe. Bis Mittag macht Lavater Besuche, dann Mittagsschlaf. Nach 16 Uhr gehen er, Goethe und Schmoll zu Frau von Klettenberg. Goethe verläßt die Runde in Richtung Bockenheim; dafür kommt Frau Rat Goethe hinzu. Aufbruch «in den Lemschischen Garten … alles Reformierte Kaufleüte mit ihren Weibern u. Töchtern.» (Lavater). Wohl abends schreibt sich Lavater zehn fromme Strophen der Klettenberg aus ihrem Büchlein ab.
Voß, noch nicht ganz gesund, trifft wieder in Göttingen ein.
Der Schauspieler Konrad Ekhof gründet in Gotha die Freimaurerloge ‹Kosmopolit›, die später ‹Zum Rautenkranz› heißen wird.
26 So Lavater entwirft «3 Predigten von der Sterbenslust der Cordata» (Frau von Klettenberg). Goethe kehrt morgens zurück. Um 7:15 Uhr werden er und Lavater von Goethes Jugendfreund Jacob Ludwig Passavant und dessen Vater zum Gottesdienst der Reformierten wieder nach Bokkenheim mitgenommen, wo Karl Balthasar Hilchenbach über den Gehorsam gegen die Obrigkeit predigt. Besichtigung der Kirche, Spaziergang in General Bauers Landgut, Essen zu 18 Personen im Deutschen Haus auf Einladung von Gutsherr Bernus, mit Deinet. Gegen 16:30 Uhr «auf das Cordaische [Gontardsche?] Landgut eingeladen». Gegen 18:30 Uhr Rückfahrt nach Frankfurt; Goethe und Lavater gehen wieder zur Klettenberg. Vor dem Schlafengehen liest Goethe das Büchlein *Der hoeere Ruf* seines Wetzlarer Bekannten Goue.

Rat Goethe (Porträt von Schmoll, 27. Juni)

27 Mo Lavater schläft ausnahmsweise «bis nach 7 Uhr». Er besucht die Klettenberg und empfängt bei Deinet Briefe, u. a. von Chodowiecki. Schmoll zeichnet Rat Goethe. Beim Mittagessen betrachten Lavater und Goethe die Zeichnungen Chodowieckis und erste Kupfer für die *Physiognomischen Fragmente*, dann «Gipsbilder» im Giebelzimmer. Sie unterhalten sich über

«Chimie». Lavater gibt Goethe den Anfang seines Dramas *Abraham und Isaak* zu lesen; 18:30–20 Uhr ist er wieder bei der Klettenberg.
Goethe fährt nachmittags mit Schmoll auf dem Main bis zum Sandhof, wo sie Krebse essen. Goethe schreibt in Schmolls Stammbuch: «Empfunden und gearbeitet!»
28 Di Um 4:30 Uhr fahren Goethe, Lavater und Schmoll mit Lavaters Fuhrmann Honegger nach Höchst. Regenschauer; Goethe spricht mit Bewunderung von Spinoza. Gegen 11 Uhr erreichen sie Wiesbaden. Lavater schreibt sich eine Passage aus den *Werther*-Fahnen ab. Mittagessen und Erdbeeren. Aufbruch um 14 Uhr; Goethe rezitiert aus seinem *Ewigen Juden*. 17:30 Uhr in Schwalbach, ‹Zum Weißen Roß›, Kirchstraße 6; Spaziergang zum Brunnen. Abendessen zu dritt; Lavater liest *Werther*. Goethe erzählt Lavater Homers *Ilias* und liest Stücke daraus auf Latein vor. Lavaters *Abraham und Isaak* «wolle ihm noch nicht so recht in Kopf».
Johann Heinrich Merck, der eben seine Frau von Morges am Genfer See heimgeleitet hat, fragt Nicolai nach einer Anstellung.
Um 14 Uhr läßt sich John Day mit dem selbstgebauten Tauchboot ‹Maria› bei Plymouth ins Meer. Er kommt nicht wieder an die Oberfläche.
In London verkauft der Earl of Plymouth ein Grundstück an der Ecke des Hanover Square über den Mittelsmann Viscount Wenman an Giovanni Andrea Gallini, Johann Christian Bach und Carl Friedrich Abel. Die drei lassen dort die Konzertstätte ‹Hanover Square Rooms› erbauen.
29 Mi Um 5:30 Uhr reisen Goethe, Lavater und Schmoll von Schwalbach ab. Um 11:30 Uhr sind sie – nach Bergpassage mit zwei Mietpferden und Flußquerung – in Nassau, wo sie Henriette Caroline von und zum Stein besuchen; Goethe lernt den 16jährigen Karl kennen. Er unterhält die Kinder mit Märchen. Trotz Einladung essen die Reisenden im Wirtshaus und fahren um 14 Uhr ab; um 16:30 Uhr sind sie am Ziel, in Bad Ems. Logis: Nassauer Kurhaus, Zimmer 48 und 49 zur Bergseite. Goethe schreibt Briefe; er geht mit Lavater in den Spielsaal, wo sie Kammersekretär Mejer und Frau aus Hannover treffen. Goethe verspricht Frau Mejer ein kurzes Drama. Lavater zahlt seinen Kutscher Honegger; er wird von Badearzt Johann Kämpf als Kurgast empfangen. Am Speisetisch im Erdgeschoß tref-

fen sie den Kanzleidirektor Fischer aus Neuwied.

In La-Chaux-de-Fonds stellen der Uhrmacher Pierre Jaquet-Droz und sein Sohn Henri Louis der Öffentlichkeit drei Automaten vor: Den als erstes entstandenen Schreiber, den Zeichner und die Klavierspielerin. Bald werden die Wunderpuppen – Lindenholz, darin eine Feinmechanik mit Profilscheiben, teils programmierbar – auch in Genf und anderswo gezeigt. (Sie stehen heute in Neuchâtel, funktionstüchtig.) Mit dem in die Firma eingetretenen Nachbarssohn Jean Frédéric Leschot baut Jaquet-Droz junior noch 1774 für den verkrüppelt geborenen Sohn des Generalpächters Grimod de La Reynière zwei Handprothesen, an denen jeder Finger einzeln beweglich ist.

Programmierbarer Schreiber-Automat von Jaquet-Droz

30 Do In Ems liest Lavater vormittags den ersten Teil des *Werther* zuende. Kammersekretär Mejer, der im anderen, dem Hessischen Kurhaus wohnt, nimmt im Negligé Abschied von Goethe. Dieser fährt gegen 7 Uhr – wohl wieder über Schwalbach – nach Frankfurt heim; er schreibt dabei das versprochene Kurzdrama (vielleicht *Des Künstlers Vergötterung*). Nachmittags starker Regen.

Johann Christoph Gock, bislang Schreiber in Lauffen, erwirbt in Nürtingen für 4500 Gulden den ‹Schweizerhof› – in Vorbereitung seiner Ehe (10. Oktober) mit der Witwe Johanna Christiana Hölderlin.

In Weimar besucht Basedow abends Wieland. Dieser bekommt zu hören, er habe «wenigstens 100 Hurereyen u. 100 Ehebrüche zu verantworten». Der Erziehungsreformer fährt dann bis zum 9. Juli nach Frankfurt.

In Esterháza stellt Joseph Haydn seine Schauspielmusik zu *Il Distratto* fertig (Symphonie Nr. 60).

«Fühle dich in alles hinein»

[Johann Gottfried Herder:] Auch eine Philosophie der Geschichte zur Bildung der Menschheit. Beytrag zu vielen Beyträgen des Jahrhunderts. Ταρασσει τους ανθρωπους ου τα πραγματα, αλλα τα περι των πραγματων δογματα – [Riga: Hartknoch] 1774. 2, 190, 2 S.

Johann Gottfried Herder (Anonymer Stich, PhFr 3:262)

Für eine freche Rezension war Herder unlängst von dem Göttinger Historiker August Ludwig Schlözer regelrecht abgekanzelt worden. Das mochte der junge Bückeburger Konsistorialrat nicht auf sich sitzen lassen, wollte diesmal aber unbedingt anonym bleiben. Im Oktober 1773 sandte er dem Drucker Caspar Simon Ife in Weißenfels von tarnender Adresse ein Manuskript, das seine eben angetraute Frau Caroline kopiert hatte. Erst im Juni 1774 kommen Exemplare, aber nicht wie erhofft «*hübsch* in groß Octav», sondern recht ordinär und – infolge der Übermittlung? – mit vielen Fehlern. Dabei hätte das kühne Fresko einen besseren Auftritt verdient gehabt, so bildkräftig ist es entworfen: Wie in Lebensaltern reift die Menschheit seit dem Patriarchenalter; baumartig entfaltet sich dann das Erbe Roms in Einzelvölkern. Die selbstgefällige Vernunft- und Fortschrittsideologie seiner Zeit sieht Herder freilich fast nur mit Hohn: Da herrsche Maschinendrill und «*allgemeine Völkerliebe* voll toleranter *Unterjochung*». Voltaires Zweifeln oder Rousseaus Zivilisationskritik mag er andererseits auch nicht zustimmen; eher wird Entwicklung zum Wechselspiel der Kräfte. Kryptisch hingeworfene Anspielungen, Ausrufe und zahllose Hervorhebungen – im Original etwas größer halbfett, für Setzer mühsam – sollen die Leser staunen machen über die Sinnfülle der Geschichte, aber auch Demut wecken, daß der Mensch niemals den «Gang Gottes über die Nationen» erfassen könnte. «Fühle dich in alles hinein»: nur auf diesem unabschließbaren Weg offenbart sich die Individualität historischer Existenz und damit zugleich dessen, der sie verstehen möchte. «Quanta sub nocte iacebat Nostra dies! Wohl aber, wen sein Lebensfragment auch alsdann nicht gereuet!» So schließt der Essay mit dem Bürgerkriegsdichter Lucan nach viel Ironie und Süffisanz verhalten bedächtig; er wird abgerundet vom Wort des Paulus über das verrätselte Erkennen, unser Erkanntsein in Gott und die Trias von Glaube, Hoffnung und Liebe. Zwar hatte sich Herder in der später verfaßten, doch früher gedruckten *Ältesten Urkunde* einen kühnen Schritt weiter gewagt (→58); als «geschichtsphilosophisches Glaubensbekenntnis» (Rudolf Haym) aber gilt ihm selbst trotz des Pamphletcharakters *Auch eine Philosophie,* eine «meiner herrlichsten Sachen». Abgesehen von Außenseitern wie Lenz schreckt das intellektuelle Establishment vor der feurigen Suada zurück; Eilfertige sehen darin gar bloß «Nacht» (Basedow) oder «Excretionen» (Merck, 28. August). Herder jedoch, zutiefst von seiner Einsicht überzeugt, wird bis Oktober 1782 warten und sich dann die allzu dichte Schrift in ihrer «ersten armen Gestalt» neu vornehmen. Aus der Umarbeitung entsteht das vierbändige Hauptwerk der *Ideen*.

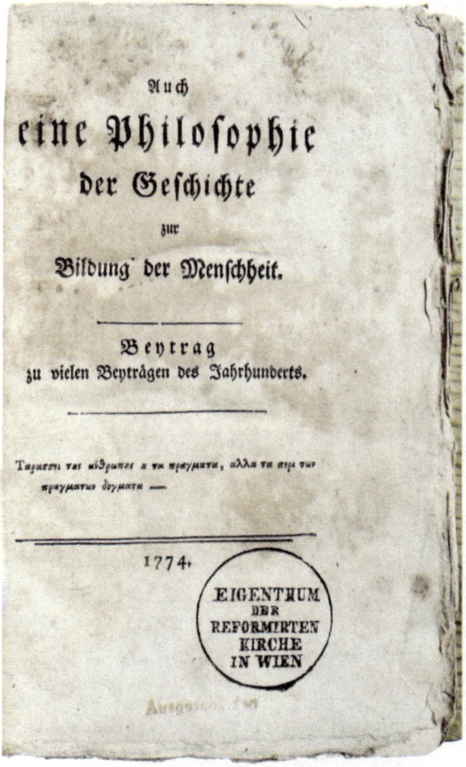
Auch
eine Philosophie
der Geschichte
zur
Bildung der Menschheit.

Beytrag
zu vielen Beyträgen des Jahrhunderts.

Ταρασσει τους ανθρωπους ου τα πραγματα, αλλα τα περι των πραγματων δογματα —

1774.

Dramolette für Rheinsberg

Deux proverbes dramatiques, composés pour être représentés devant S[on] A[ltesse] R[oyale] Monseigneur le Prince Henri Frére [sic] du Roi. Berlin, imprimé chez George Jacques Decker, Imprimeur du Roi. 1774. 50 S.

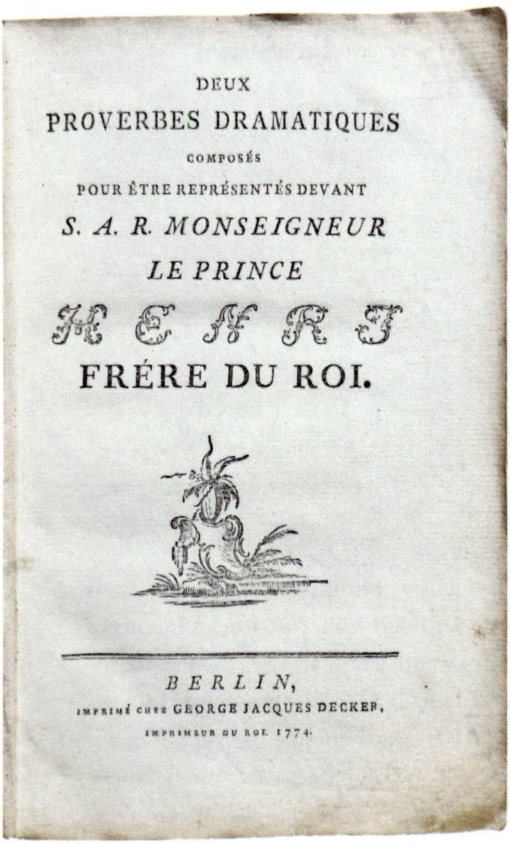
DEUX
PROVERBES DRAMATIQUES
COMPOSÉS
POUR ÊTRE REPRÉSENTÉS DEVANT
S. A. R. MONSEIGNEUR
LE PRINCE
HENRI
FRÉRE DU ROI.

BERLIN,
IMPRIMÉ CHEZ GEORGE JACQUES DECKER,
IMPRIMEUR DU ROI. 1774.

Wie Friedrich der Große bis ins hohe Alter spätbarocke Flötenkonzerte bevorzugte und in seinem Traktat *De la littérature allemande* (1780) das meiste Neuere, zumal Dramen wie den *Götz,* als «dégoûtantes platitudes» verurteilte, ebenso fühlte sein Bruder sich ganz der französischen Kultur verpflichtet. Das kleine, aber luxuriöse Schauspielhaus, das sich Prinz Heinrich 1774 nach eigenen Entwürfen in seiner Residenz Rheinsberg von Bauinspektor Carl Wilhelm Hennert errichten läßt, ist gedacht für eigene Werke und die guter Freunde, ein Privatvergnügen. An Dekoration und Kostümen spart man nicht; Darsteller werden sogar aus Paris verpflichtet. Höchstwahrscheinlich für die Eröffnung dieses Schloßtheaters 1774 sind die beiden *Proverbes dramatiques* geschrieben, die Hofdrucker Decker angemessen elegant herausbringt. Verfaßt hat sie Prinz Friedrich August von Braunschweig-Lüneburg, ein Bruder der Weimarer Fürstin Anna Amalia, der 1768 eine Prinzessin von Württemberg-Oels geheiratet hatte. Wie Prinz Heinrich früh militärisch erfolgreich und schon 1761 von Preußens Sappho Anna Louisa Karsch besungen, lebt der gebildete Friedrich August in enger Freundschaft zu König Friedrich als Gouverneur der Festung Küstrin. Für Prinz Heinrichs neues Theater greift er das gerade an Höfen modische Genre der ‹Proverbes dramatiques› auf, eine von dem vielseitigen Gestalter Louis Carmontelle aufgebrachte spielerische Gattung, deren Ausgangs-Sentenz man ähnlich wie bei Scharaden raten kann. Auch stofflich folgen die beiden Dramolette aktuellen Themen unter kulturbeflissenen Adligen: In *Le Faux Adepte* wird ein falscher Goldmacher, der mit mystifizierenden Latein-Brocken Reichtümer erbeuten will, entlarvt (Proverbe: «Payer les pots cassés»); in *Le Trésor* verhilft ein schlauer Diener über Schwindeleien und Verkleidungstricks dem Geliebten einer schon versprochenen Schönen gegen die mißtrauischen Eltern zum Glück («Faire d'une pierre deux coups»). Die beiden Rokoko-Petitessen sind denkbar weit von den aufwühlenden Psychodramen des frühen Sturm und Drang entfernt; sie repräsentieren bis in ihr Druckbild die formbewußt-kultivierte Geselligkeit des ausgehenden Ancien Régime.

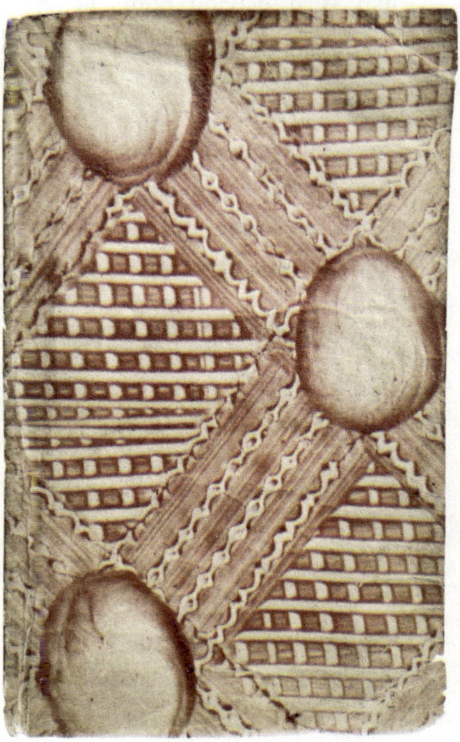

Das auf kräftigem Schreibpapier gedruckte Büchlein wurde über den Rheinsberger Kreis hinaus kaum wahrgenommen; es war bei Deckers Schwiegersohn Heinrich August Rottmann noch 1834 am Lager. Dennoch kennen es weder Holzmann-Bohatta noch Hayn-Gotendorf; nur sieben Exemplare sind nachweisbar. Das hier gezeigte steckt wie das Dresdener im wohl ursprünglichen Kleisterpapier-Umschlag.

Mahnruf aus dem Mittelalter

Der Sybilla Weißsagunge / Von Christo und der letzten Zukunft, auch was sich vor dem Jüngsten Tag zutragen werde. Zu diesen gefährlichen und letzten Zeiten, gantz nothwendig zu lesen, und zu hören. Gedruckt im Jahr Christi 1774. 32 S.

Als Salomon seinen Tempel erbauen läßt, will ein Baumstamm nirgends passen. Schließlich nutzt man ihn als Steg über einen Fluß. Erst die von fern her gekommene weise Sybille kann dem König erklären, was es mit dem ungefügen Balken auf sich hat: Er war ein Zweig vom Baum des Lebens aus dem Paradies und wird dereinst zum Kreuzholz Christi werden. Auf Salomons drängende Fragen offenbart die Sybille ihm dann die Zukunft der Christenheit bis zu den Kaisern des 14. Jahrhunderts, weiter zum Antichrist und zum Jüngsten Gericht. Der mahnende Visionstext in 840 holpernden Paarreimen, ein Heft von 32 Seiten in rustikaler Fraktur mit einem altertümelnden Holzschnitt auf dem Titel, ist um 1774 eine historische Flaschenpost: Das Gedicht, von dem verschiedene Redaktio-

Der Sybilla
Weißsagunge /
Von Christo und der letzten
Zukunft, auch was sich vor dem
Jüngsten-Tag zutragen werde.
Zu diesen gefährlichen und letzten
Zeiten, gantz nothwendig zu lesen,
und zu hören.

Gedruckt im Jahr Christi
1774.

nen in spätmittelalterlichen Handschriften bekannt sind, läßt sich auf die Jahrzehnte nach 1360 datieren; es entstand wohl im Rheinland und greift im Ton einer Volkspredigt auf mancherlei erheblich ältere Vorlagen wie die *Legenda aurea* zurück. Immer wieder hatte man es aufs neue im Druck verbreitet, stets nur rudimentär dem Hochdeutschen angepaßt. Auch in dieser Version bleibt es bei «zu Stund» statt sogleich, «fürbaß» statt weiterhin, «erbidmen» statt erbeben. Wem liegt im Jahrhundert der selbstbewußt skeptischen Ratio daran, solche Endzeitgeschichten verbreiten? In der «dünnen Luft der Aufklärung» (Otto Deneke), zwischen Vernunftglauben, Jenseitsgrübeln und Kanzleiferei wirkt die seltsame Postille, wohl nur im Straßenhandel erhältlich, wie ein aufrüttelnd apokalyptischer Zuruf aus ferner Vorwelt. Das dürfte auch erklären, warum sich das Heftchen so ostentativ volksnah und archaisch gibt.

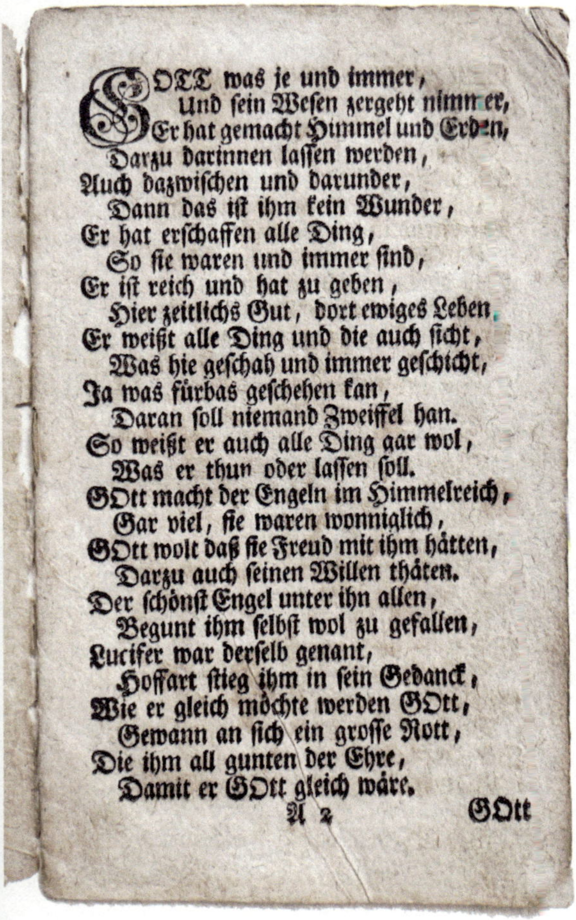
GOTT was je und immer,
Und sein Wesen zergeht nimmer,
Er hat gemacht Himmel und Erden,
Darzu darinnen lassen werden,
Auch dazwischen und darunder,
Dann das ist ihm kein Wunder,
Er hat erschaffen alle Ding,
So sie waren und immer sind,
Er ist reich und hat zu geben,
Hier zeitlichs Gut, dort ewiges Leben.
Er weißt alle Ding und die auch sicht,
Was hie geschah und immer geschicht,
Ja was fürbas geschehen kan,
Daran soll niemand Zweiffel han.
So weißt er auch alle Ding gar wol,
Was er thun oder lassen soll.
GOtt macht der Engeln im Himmelreich,
Gar viel, sie waren wonniglich,
GOtt wolt daß sie Freud mit ihm hätten,
Darzu auch seinen Willen thäten.
Der schönst Engel unter ihn allen,
Begunt ihm selbst wol zu gefallen,
Lucifer war derselb genant,
Hoffart stieg ihm in sein Gedanck,
Wie er gleich möchte werden GOtt,
Gewann an sich ein grosse Rott,
Die ihm all gunten der Ehre,
Damit er GOtt gleich wäre.
A 2 GOtt

Bislang galt als letzter Textzeuge für die lange Tradition des Sybillengedichts ein Druck von 1614. Der hier gezeigte ähnelt deutlich der 160 Jahre früheren Version. Neben diesem Exemplar ist nur ein weiteres bekannt, das 2019 nach Göttingen gelangte.

Juristische Gelassenheit

[Aloys Merz:] Der Jesuit vor dem Richterstuhle des Herrn Johann Jacob Moser, königl. dänischen Etatsrath. Berlin und Frankfurt. [d. i. wohl: Augsburg] 1774. 102 S.

Kurz vor der Unterdrückung der Jesuiten hatte 1772 Johann Jacob Moser, der Doyen des deutschen Staatsrechts, Besitz und Ansprüche des Ordens im Reich erläutert. Dabei kamen viele regionale Streitigkeiten zur Sprache: Allein die Grafschaft Lippe erforderte 20 Seiten. Zu den hartnäckigen Vorwürfen gegen die Jesuiten äußerte der Jurist sich nicht. Schon das empfand der Augsburger Jesuit und Domprediger Aloys Merz als Perfidie. In wilder Tirade greift er Einzelpassagen auf, um Mosers verborgenen Haß auf die Ordensleute zu entlarven. Der «Herr Staatist» und «Bedenkensteller» sei nur zum Schein objektiv; tatsächlich arbeite «dieser liebvolle Herr» an der Unterdrückung mit. Daß die Jesuiten infolge ihrer unbedingten Papsttreue fast widerstandslos das Feld räumten, hatte Moser als ideologische Zwickmühle gedeutet; Merz hingegen wettert, das jetzige Kirchenoberhaupt sei ja nicht unfehlbar. Dessen Vorgänger schon eher – für seinen Orden

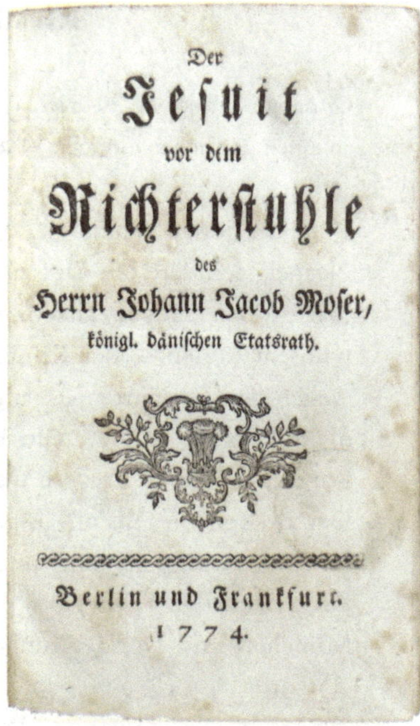
Der
Jesuit
vor dem
Richterstuhle
des
Herrn Johann Jacob Moser,
königl. dänischen Etatsrath.

Berlin und Frankfurt.
1774.

macht er geltend: «Was 19. Päbste als gut, löblich und gottselig erkläret haben, kann kein anderer Pabst als schädlich und unheilig erklären.» Schließlich steigert er sich bis in wüste Verunglimpfungen Mosers hinein. Der alte Rechtslehrer nimmt es gelassen. In materialreichen Ergänzungen seiner Studie stellt er noch 1774 dar, wie skeptisch er die mittlerweile verkündete Aufhebung des Ordens betrachtet: Gegen den päpstlichen «Machtspruch» sei leider keine Verteidigung möglich gewesen, wie sie sonst jedem Beklagten zustehe; eigentlich hätten weltliche Fürsten die vielerorts segensreich tätigen Jesuiten stützen können. Zwar lasse sich die Entscheidung nun schon mangels Widerstand nicht mehr revidieren; allerdings dürfte auch die Abwicklung des jesuitischen Besitzes mühsam werden. Den anonym geifernden Merz, den er in Innsbruck vermutete, fertigt Moser dann auf knapp 30 Seiten lässig bis sarkastisch ab: Rechtsbelehrung ziehe niemanden vor einen Richterstuhl; amtliche Dokumente zu zitieren bedeute nicht, deren Vorwürfe zu billigen. Der Herr Anonymus sei offensichtlich «von Herzen böse» auf die Gegner der Jesuiten; er brauche ihn, Moser, bloß «wie der Aff einer Katz Pfoten, um damit die Castanien aus dem Feuer zu langen». Genüßlich gibt der alte Jurist Punkt für Punkt Kontra. Auf die Schmähung seines «moralischen Charakters» antwortet er mit einer Kaskade von Bibelstellen. Solle sein Kontrahent doch ein ganzes «Injurien-Lexicon» aufbieten – zuletzt ermahnt ihn der überlegene Moser: «Leben Sie wohl, und werden Sie ein (*wahrer*) Christ; so können wir noch Hertzensfreunde werden!«

Merz hat seine Tirade anscheinend in stattlicher Auflage verbreiten lassen; es gibt Exemplare mit anderer Titelvignette.

Rivalität unter Tenören

Giuseppe Tibaldi (1729–nach 1790), Tenor: Eigenhändiger Brief mit Unterschrift an einen gräflichen Gönner. Neapel, 28. Juni 1774. 2 S. 8°.

Darf der junge Giuliano Petti am königlichen Teatro di San Carlo in Neapel, dem ältesten Operntempel Europas mit stolzen 3300 Plätzen, für den großen Sänger Tibaldi nachrücken? Der Adressat dieses Schreibens wünscht es sich – aber König Ferdinand III. dürfte schon der Anciennität wegen den bewährten Arcangelo Cortoni vorziehen. Petti sei auch leider nicht bekannt genug, teilt Tibaldi der gräflichen «Eccellenza» in bester Kanzleischrift mit. Freilich werde er sich gern für den Kollegen einsetzen.
Der Bolognese Tibaldi, ausgebildet bei Kapazitäten seiner Vaterstadt wie Don Domenico Zanardi und Padre Giambattista Martini, hatte 1750 in Pavia debütiert. Seither war er in ganz Italien, aber auch von Barcelona bis München und Dresden aufgetreten; 1762–1765 sang er in Wien. Als er

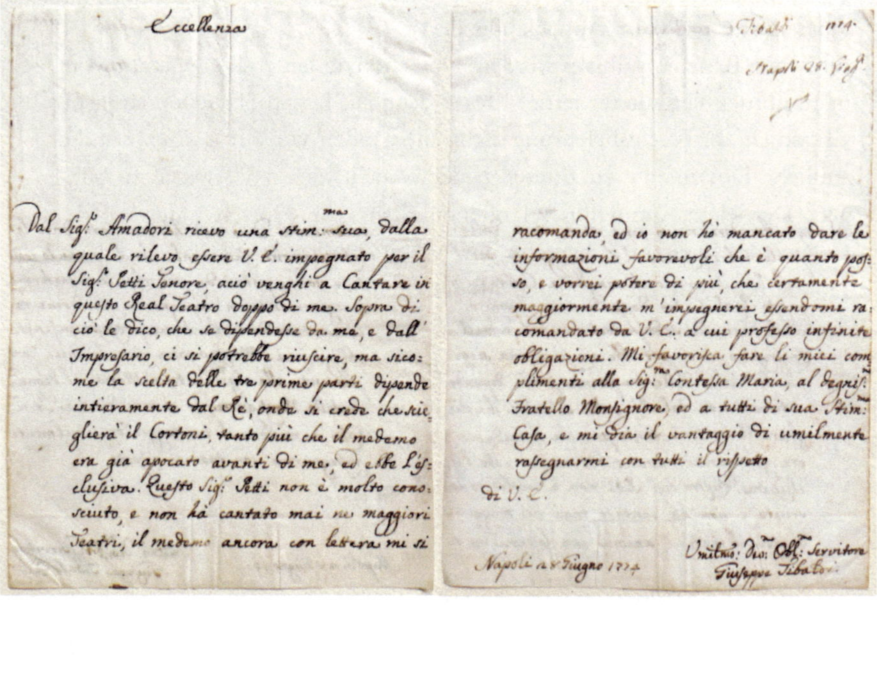

Eccellenza

Dal Sig.r Amadori ricevo una stim.ma sua, dalla quale rilevo essere V. E. impegnato per il Sig.r Petti Tenore, aciò venghi a Cantare in questo Real Teatro doppo di me. Sopra di ciò le dico, che se dipendesse da me, e dall' Impresario, ci si potrebbe riuscire, ma sicome la scelta delle tre prime parti dipende intieramente dal Rè, onde si crede che sieglierà il Cortoni, tanto più che il medemo era già apocato avanti di me, ed ebbe l'esclusiva. Questo Sig.r Petti non è molto conosciuto, e non hà cantato mai ne maggiori Teatri, il medemo ancora con lettera mi si

Tibaldi 1774.
Napoli 28. Giug.
N.o

racomanda, ed io non hò mancato dare le informazioni favorevoli che è quanto posso, e vorrei potere di più, che certamente maggiormente m'impegnerei essendomi racomandato da V. E. a cui professo infinite obligazioni. Mi favorisca fare li miei complimenti alla Sig.ma Contessa Maria, al degniss.mo Fratello Monsignore, ed a tutti di sua Stim.ma Casa, e mi dia il vantaggio di umilmente rassegnarmi con tutti il rispetto

di V. E.

Napoli 28 Giugno 1774

Umil.mo: Dev.mo Obl.mo: Servitore
Giuseppe Tibaldi

dort 1768 wieder gastierte, störte sich der kleine Mozart jedoch an zu gepreßten hohen Tönen. In vielen Opern Johann Adolf Hasses und seiner Zeitgenossen verkörperte Tibaldi Hauptrollen; auch etliche Partien des Stilreformers Gluck sang er erstmals, darunter den Porsenna in *Il Trionfo di Clelia* (Bologna 14. Mai 1763) und den Admet in *Alceste* (Wien 26. Dezember 1767). Am 16. Oktober 1771 war er im Teatro Ducale von Mailand als Karl der Große in Hasses *Ruggiero* zu hören, am folgenden Abend gab er in der Uraufführung von Mozarts *Ascanio in Alba* den Venuspriester Aceste. Während der 15jährige noch komponierte, war Tibaldi «fast täglich gegen 11 uhr» aufgetaucht, um ihm stundenlang zuzuschauen, wie Vater Leopold Mozart geschmeichelt seiner Frau berichtete.

Tibaldis Frau, die Sängerin Rosa Tartaglini, beendete um 1768 ihre Laufbahn. Ihr routinierter, weltläufiger Gatte ist 1774 am Teatro di San Carlo von Neapel gleich in mehreren Rollen eingesetzt; 1778 wird er nochmals als Admet in Glucks *Alceste* auftreten, nimmt aber wohl bald darauf seinen Abschied von der Bühne.

Restaurierter Innenraum des Teatro di San Carlo in Neapel

Bad Ems. Vorn das hessische Kurhaus, dahinter dunkler das nassauische (kolorierter Stich um 1820)

Juli 1774

1 Fr In Gotha debütiert Gustav Friedrich Großmann, der jüngst Abel Seylers Theatertruppe beigetreten ist als Riccaut de la Marlinière in Lessings *Minna von Barnhelm* – der Anfang einer so erfolgreichen wie stürmischen Laufbahn als Schauspieler und Impresario.

In Holland House, Kensington, stirbt Henry Fox, der Vater von Charles James Fox.

2 Sa In Göttingen begehen die Hainbündler feierlich Klopstocks 50. Geburtstag. Johann Anton Leisewitz wird in den Bund aufgenommen.

Lavater sitzt an der Kurtafel von Ems in der Nähe des Meisterschreiners David Röntgen aus Neuwied, der jedoch schweigt.

Propst Johann Joachim Spalding in Berlin schreibt behutsam distanziert an Herder, der in seinem neuen Buch *An Prediger. Funfzehn Provinzialblätter* (was auf Pascals *Provinciales* anspielt) Spaldings Homiletik angegriffen hatte.

3 So Der junge Prinz Wilhelm August von Holstein-Gottorf, Verwandter der Zarin Katharina, russischer Marineoffizier und für die Thronfolge im neuen Herzogtum Oldenburg designiert, stürzt vor Reval vom Mast eines Kriegsschiffes und ertrinkt.

Karl Viktor von Bonstetten aus Bern, seit Ende 1773 in Italien, trifft in Rom den dort ansässigen Maler Johann Heinrich Füßli, beurteilt ihn aber künstlerisch als «Scharlatan» und «eine Null».

In Ems predigt Lavater gegen 15:30 Uhr im Nassauischen Haus über «Erweckung zu frommen Empfindungen bey dem Gebrauche des Gesundbrunnens» (Ps. 104,10). Gegen 17:30 Uhr lernt er in der Unteren Allee den kurtrierischen Hofmaler Januarius Zick aus Ehrenbreitstein kennen und unterhält sich auch mit dem Neuwieder Kanzleidirektor Fischer.

4 Mo Aus Frankfurt schreibt Goethe an Schönborn nach Algier, u.a. über Lavater und Klopstocks *Gelehrtenrepublik*. Er lobt Heinses *Laidion*.

Herder trifft zur Kur in Pyrmont ein. Er begegnet dort den Göttinger Professoren Michaelis, Feder und Böhmer, außerdem Moses Mendelssohn.

Mendelssohn nimmt Herder «als einen franz. Abbé» wahr, «der am Spiehltisch hinter den Stühlen der Damen den bel esprit macht» (Sulzer an Bodmer, 20. September).

Bei seiner Abreise von Weimar übermittelt Basedow dem Kronprinzen Carl August, der um ein Andenken gebeten hatte, drei Blätter mit Maximen zu Fürsten und Regierungen.

Im korsischen Bastia werden Rebellen gerädert, gespießt und auf andere Arten hingerichtet, weitere ausgepeitscht, gebrandmarkt und zur Zwangsarbeit verurteilt.

5 Di Lavater: «um 8 uhr ging ich ins Bad mit Klopstoks Republik, u: las darinn mit großem Vergnügen bis S. 70. um 9 uhr aus, und rieb mich dapfer.» Um 16 Uhr Kahnfahrt zur Eisenschmelze von Nievern; Heimkehr zu Fuß.

Dr. Samuel Johnson reist mit seiner Bekannten Hester Thrale, deren Mann Henry und Tochter «Queeney» von London nach Nordwales ab. Auf der Kutschfahrt vertieft sich Johnson in die Briefe Ciceros.

6 Mi In Ems liest Lavater eine Rechtfertigung des Nachdrucks von dem Wiener Verleger und Nachdrucker Trattner. Er erfährt vom Tod seines einjährigen Söhnchens Hans Caspar. Abends: «Goetheana gelesen.»

7 Do In Frankfurt schenkt Vater Goethe dem brandgeschädigten Juden Oettinger einen Gulden.

Lavater schaut in Basedows *Vermächtniß für die Gewissen*. Kurz vor 18 Uhr fährt er im offenen Wagen – weiter die *Gelehrtenrepublik* lesend – zu den Steins nach Nassau. Er kommt vor 20 Uhr an und übernachtet im Haus.

Susanna von Klettenberg schreibt Trostworte an Lavater; er hatte ihr sogleich im Billet den Tod seines Kindes mitgeteilt.

In Ösdorf bei Pyrmont stirbt der Quietist Johann Friedrich von Fleischbein, dem Goethe am 3. Januar noch ehrerbietig geschrieben hatte.

8 Fr Heinse in Düsseldorf meldet Klamer Schmidt: «Eine junge Dame [wohl Johanna Fahlmer] in Frankfurt übersendete *Laidion* Goethen».

Der Literat Clemens Werthes reist nach Bollheim bei Zülpich zum Freiherrn von Hompesch, dessen Sohn Karl er als Hofmeister betreuen soll – ein Vorschlag Fritz Jacobis.

Henriette Caroline von Stein (J. G. Sturm, PhFr 3:317)

Lavater gibt in Nassau Frau von Stein ein Stück des *Werther* zu lesen. Mit ihr und Sohn Gottfried steigt er jenseits der Lahn zu den Ruinen der Burg Stein. Abends spricht man über den Selbstmord des jungen Jerusalem, über den *Werther* und Goethe.

Gleim weilt zur Kur in Lauchstädt; er besucht von dort für zweieinhalb Tage Wieland und Bertuch in Weimar. Erst am 25. September wird er wieder daheim in Halberstadt sein.

Dr. Johnson und die Thrales speisen in Johnsons Geburtsort Lichfield bei Erasmus Darwin; allerdings sind die Herren einander nicht sympathisch. Hester Thrale bestaunt einen Rosenbusch mit über hundert Blüten.

9 Sa Lavater bleibt bis zum Spätnachmittag in Nassau; er schreibt an seiner Predigt, spricht mit Frau von Stein und fährt bei starkem Regen – in der *Gelehrtenrepublik* weiterlesend – bis 18 Uhr nach Ems zurück.

Basedow und Adlatus Friedrich August Benzler kommen in Frankfurt an.

In London gibt Boswell zur Bezahlung einer alten verlorenen Wette ein Diner, bei dem er sich gewaltig betrinkt.

Auf Schloß Peterhof wird der britische Nordlandreisende Nathaniel William Wraxall der Zarin Katharina vorgestellt, bevor sie sich an den Spieltisch begibt. Er spricht dann auch mit der berühmten Sopranistin Caterina Gabrielli, die am anderen Ende des Saales Arien vorträgt.

In Helmstedt stirbt der Anatom Philipp Konrad Fabricius, der seit 1748 dort lehrte. Nachfolger wird der Ortsmatador Gottfried Christoph Beireis.

10 So Lavater predigt nach 15 Uhr in Ems im Nassauischen Haus über «Erweckung zur Liebe» (Joh. 15,12). Die Publikation der Predigten ist mit Badearzt Johann Kämpf besprochen: Deinet in Frankfurt soll 600 Exem-

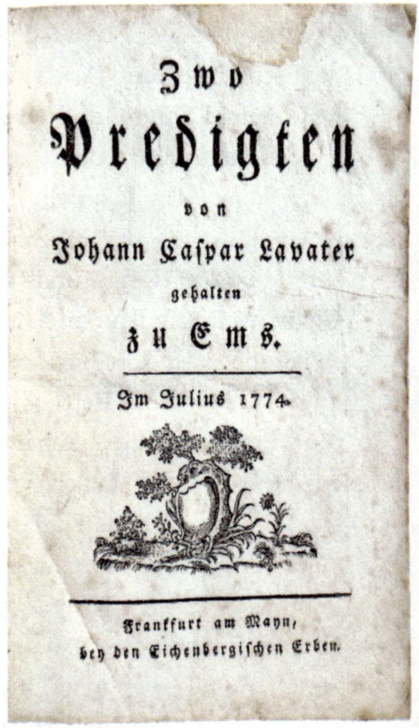
Zwo
Predigten
von
Johann Caspar Lavater
gehalten
zu Ems.
Im Julius 1774.
Frankfurt am Mayn,
bey den Eichenbergischen Erben.

plare zugunsten des Emser Armenbades drucken.

Frau von Stein bittet Lavater um «H. Göde Manuscript», wohl einen weiteren Teil des *Werther.*

11 Mo Frau von Stein schreibt an Lavater: «Das Manuscript behalte ich noch etliche Tage.»

Lavater liest in Klopstocks *Gelehrtenrepublik* weiter bis zur Seite 276.

Basedow und Benzler fahren von Frankfurt zu Schiff bis an die Lahnmündung, dann im Treidelkahn aufwärts bis Ems.

Boie reist mit seinem Schützling, dem jungen Engländer John Vaughan, von Göttingen nach Pyrmont ab, wo er Mendelssohn und Herder antreffen wird. Die Reise führt dann über Gießen und Köln nach Spa (dort halten Vaughans reiche Eltern sich zur Kur auf) und in die Niederlande. Boie hat Voß die Redaktion des Göttinger *Musenalmanachs* für 1775 abgetreten; das Salär von 150 Talern sichert Vossens Auskommen.

12 Di Goethe verlangt von seinem Göttinger Anwaltskollegen Steche «25 hiesige Gulden» Nachzahlung.

Lavater liest mittags «G opperette», wohl *Erwin und Elmire.* Nachmittags wandert er, anfangs begleitet von dem Emser Apotheken-Provisor Barthel, über den Thalenpfad und Dausenau nach Nassau, ist abends um 19:30 Uhr zurück in Ems. Er erkennt neben Deinet voll «überraschungswonne» den eingetroffenen Basedow, spricht mit ihm bis Mitternacht über das Christentum und liegt dann noch eine Stunde schlaflos.

13 Mi Goethe macht in Frankfurt vor seiner Abreise drei anwaltliche Eingaben: Im Fall Nieder-Erlenbach gegen Dörchelweiler beruft er sich auf das Urteil der Erlanger Juristenfakultät; als Anwalt von Nathan bzw. Rachel Wetzlar (von denen Papius mindestens 40 000 Gulden Bestechungs-

geld erhalten hatte, →4. März) schickt er eine Liste hinterlegter Gegenstände; für Horn gegen Luther bitte er um vier Wochen Aufschub, weil er «nach dem Bade reiße».
In Ems trifft Lavater wieder Basedow, obwohl dessen «schrecklicher Schweißgeruch» ihm zusetzt; Abends zeigt Basedow die Kupfer seines *Elementarwerks* vor. Schmoll zeichnet Basedow; Lavater liest Klopstocks *Gelehrtenrepublik* fertig.
14 Do Höpfner in Gießen schreibt erneut an Nicolai: «Die Goethischen Manuscripte wachsen wie ein Schneeball. Ich habe wieder ein kleines Drama und einen Prolog, zusammen drei Bogen» (wohl *Prolog* und *Des Künstlers Erdewallen* aus dem späteren *Puppenspiel*). Die Werke sollen zugunsten Klingers gedruckt werden.
Major William Dalrymple erreicht auf seiner Spanienreise Madrid.
Lavater wandert mit Basedow und den ärztlichen Brüdern Johann und Wilhelm Ludwig Kämpf bis Mittag nach Nassau zu den Steins. Heimweg im Regen. Um 19:30 Uhr ist Lavater zurück in Ems; er diskutiert dann mit Basedow bis lange nach Mitternacht. (Diese Nacht ist Vollmond.)
Die ‹Adventure› unter Cooks Mitkapitän Tobias Furneaux erreicht den Hafen von Portsmouth. An Bord befindet sich der junge Polynesier Omai, der rasch Berühmtheit erlangt: Präsentation vor George III. am 17. Juli; Obhut bei Sir Joseph Banks; Pockenimpfung; Schlittschuhlaufen; erstes Porträt im *London Magazine* August 1774. (Lichtenberg wird Omai am 24. März 1775 im British Museum begegnen.)
15 Fr Goethe, den sein Vater mit 14 Gulden und 24 Kreuzern versorgt hat, trifft am späteren Vormittag in Ems ein (Kurliste: «Herr Doctor Goeddée aus Frankfurt»). Er logiert wieder im Nassauischen Haus. Lavater, der auch dort wohnt, trifft nach dem Bad Goethe und silhouettiert ihn (PhFr 1:223). Umgang zu dritt mit Basedow. Immer wieder fallen Regenschauer. Lavater liest im zweiten Teil des *Werther*, wohl aus von Goethe mitgebrachten Druckfahnen, «konnte nicht aufhören». Abends speisen Goethe und Lavater miteinander; Goethe silhouettiert. Basedow und Lavater debattieren weiter bis 1 Uhr nachts; danach liest Lavater «bis 2 Uhr den Werther aus».

In Darmstadt heiratet Erbprinz Carl Ludwig von Baden seine Cousine Amalie von Hessen-Darmstadt, Tochter der Landgräfin Caroline. Hofrat Friedrich Dominicus Ring hat ein Hochzeitscarmen verfaßt.

Friedrich der Große schreibt an seinen Bruder Heinrich: «Ganz wie Du, lieber Bruder, finde ich auch, daß unser Theater herunterkommt. Die komische Oper, für die das Publikum schwärmt, verdirbt alles. Sie verschlingt viel Geld zur Bezahlung schauderhafter Schauspieler. Kein Mensch geht ins Theater, wenn ein Trauerspiel auf dem Zettel steht ...».

Goethe in Ems (Anonym nach Schmoll, PhFr 3:222)

16 Sa In Ems wird Goethe von Schmoll im Profil gezeichnet – Lavater lobt das Blatt später eigens. Lavater liest Goethes *Ariane an Wetty;* er schreibt sich einzelne Sätze ab, liest auch im (wohl von Goethe, vielleicht als Vorausexemplar, mitgebrachten) *Clavigo* und verfaßt dann, oft unterbrochen, seine nächste Predigt. Beim Abendessen auf Lavaters Zimmer sprechen er und Goethe u. a. über *Clavigo.* Lavater trifft dann noch Basedow.

Der Duisburger Rektor, reformierte Protestant und Pietist Johann Gerhard Hasenkamp wendet sich an Lavater mit der dringenden Bitte, «dich zu sprechen».

17 So Goethe geht in Ems zum Barbier. Lavater arbeitet weiter an seiner Predigt. Nachmittags spazieren Goethe, Lavater und Schmoll in der Allee. Goethe zeichnet Schmoll und trägt, wohl aus dem Gedächtnis, sein Gedicht *Künstlers Erdewallen* in dessen Stammbuch ein.

Lavater predigt um 15 Uhr («Kraftlos war's»). Er zahlt an Deinet 24 Gulden für die Drucklegung der Predigten und rechnet mit dem Gasthof ab.

Goethe schreibt unter die mitgebrachte Silhouette Lottes, die sonst in Frankfurt über seinem Bett hing: «Lotte gute Nacht. am 17. Jul. 1774.»
James Cook erreicht die Neuen Hebriden (Vanuatu).

18 Mo In Ems diktiert Goethe schon gegen 6 Uhr morgens Lavater «aus seinem Bett herüber». Er schreibt Verse an die Zimmerwand. Lavater verabschiedet sich, u.a. bei Dr. Kämpf. Dann fahren er (und Diener Ulrich), Goethe, Schmoll, Basedow (mit Diener Alsdorf und Adlatus Benzler) und Eleonore Magdalene Kämpf (Frau des Neuwieder Badearztes) im Reisekahn lahnabwärts; Goethe schreibt «Reimendungen für die Gesellschaft». Kurzer Halt in Ahl (Friedrichssegen), kein Aussteigen. Schloß Lahneck inspiriert Goethe zum Gedicht *Hoch auf dem alten Thurne.* Stärkung in Niederlahnstein, dann weiter auf dem Schiff; «am Mast im Angesicht von Coblenz» schreibt Goethe ins «Kalenderlin» von Frau Kämpf die Verse *Sarah kocht unserm Herre Gott.* «Diner» in Ehrenbreitstein: Lavater, Basedow und andere tafeln bis 15 Uhr im ‹Weißen Roß› an der Hofstraße, wo sie den dort eingeheirateten kurtrierischen Hofmaler Januarius Zick treffen und Bilder von ihm betrachten. Goethe geht voraus bis Vallendar und besucht dort Catharina Elisabeth und Quirin Joseph d'Ester. Das 11jährige Töchterlein Gretel schenkt ihm einen Blumenbusch, den er sich an den Hut steckt; er sieht auch «die liebe Kleine» Lulu La Roche. Da Sturm aufkommt, gehen die Kahnpassagiere zu Fuß bis Bendorf und trinken dort bei dem Unternehmer Johann Wilhelm Rémy Tee. Wieder auf dem Kahn, trägt Goethe *Des Künstlers Vergötterung* in Schmolls Stammbuch ein. Gegen 19:30 Uhr ist Neuwied erreicht. Hofprediger Roques begrüßt die Gruppe; er bringt Lavater, Basedow und Benzler in ein Schloßquartier und beköstigt sie. An der Hoftafel bei Graf Alexander zu Wied sitzen auch die Wissenschaftler Björnstål und Rudbeck, die Goethe am 9. April besucht hatten.
Fr. Carl Joseph von Erthal wird zum Fürstbischof von Mainz gewählt (26. 7. auch Worms)

Friedrich Carl Joseph v. Erthal (PhFr 2:151)

Nach Aufenthalten in Florenz, Bologna, Ferrara und Padua erreichen Fragonard und Bergeret um 11 Uhr abends Venedig. Der ewige Krittler Bergeret bezeichnet den Markusdom als «une des plus noires et des plus vilaines églises», die er je gesehen habe.

19 Di Goethe besucht in Neuwied den alten Bekannten Ernst Carl Ludwig Ysenburg von Buri; er läßt bei ihm mehrere neue Gedichte in Handschriften (die er nie zurückbekommen wird). Nachmittags besucht er mit Lavater die Neuwieder Mennoniten. An Sophie La Roche, die verreist ist (wohl nach Nassau zu Steins), schreibt er: «Kommen Sie hierher! Lavater predigt auf den Sonntag hier.»

Lavater sucht u. a. den herrnhutischen Kunstschreiner David Röntgen auf. Er spricht länger mit Erbgräfin zu Wied, sitzt mittags bei Tisch neben einem Grafen zu Stolberg-Roßla (wohl dem ‹dicken Fritz›), besichtigt später die Siedlung der Mennoniten und das Bruderhaus der Herrnhuter.

Der junge Erbprinz Carl August von Sachsen-Weimar beklagt sich gegenüber dem kursächsischen General Christoph von Benckendorff, daß Weimars leitender Minister Fritsch «flögeleyen», ja «Schurckereyen» begehe.

20 Mi In Neuwied spricht Lavater frühmorgens zum Abschied mit Basedow, der dem Grafen seine Pläne einer Akademie erläutern will.

In Mülheim trifft um 6 Uhr morgens Hasenkamp bei seinem Vetter ein, dem Buchbinder Johann Friedrich Huthmacher. Er hat allerdings Quartier bei dem Schulmeister Johann Hermann Tops bestellt.

Lavater, Schmoll und Goethe fahren im ‹Bruderschifflein› der Herrnhuter bei Regen auf dem Rhein weiter über Andernach (wo Goethe die schon 1774 gedruckten Verse *Ueber die Wiesen den Bach herab* in Lavaters Tagebuch einschreibt) und Hönningen; Goethe liest – erstmals – aus *Erwin und Elmire* vor. Aus einem Nickerchen erwachend, sieht er am Spätvormittag Bonn vor sich, wo das Schiff um 12 Uhr anlegt. Gegen 14 Uhr geht es mit dem Wagen im Regen bis Köln. Dort trinkt man Tee und trennt sich: Goethe und Schmoll reisen bis Düsseldorf, wo sie um 23 Uhr auf der linken Rheinseite anlegen und bei Bauern übernachten müssen.

Lavater fährt nach Mülheim, wo er abends ankommt und bei Tops wie verabredet Hasenkamp trifft. Neben christlicher Erweckung geht es um

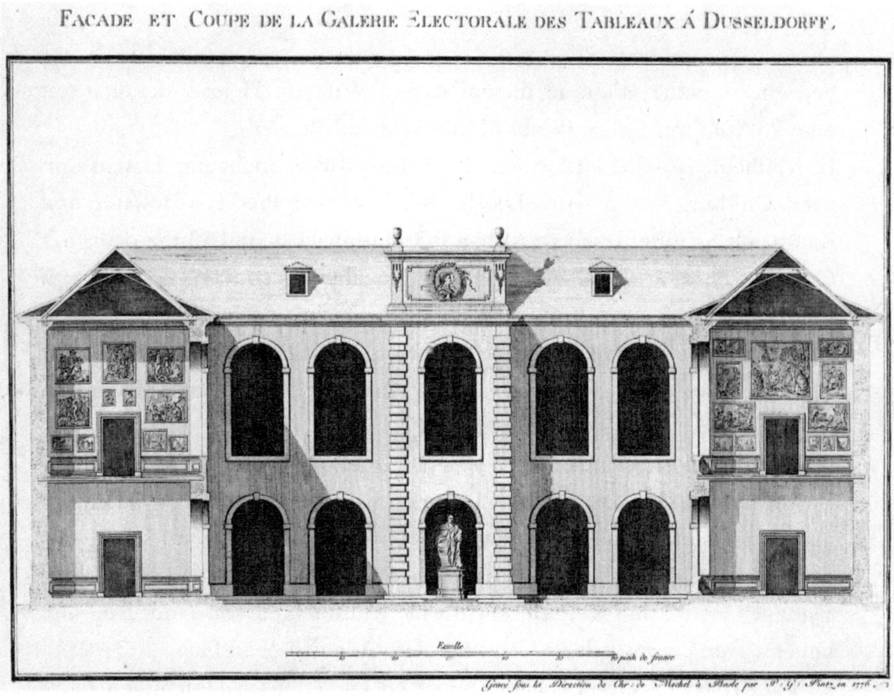

Die Düsseldorfer Galerie

Basedows Pädagogik, Spalding und Klopstock. Zum Nachtessen stoßen Samuel Collenbusch aus Duisburg, Sara Steinkühler (wohl aus Düsseldorf) und Jacobina Klein aus Düsseldorf dazu, die schon am Nachmittag eingetroffen waren. Man spricht u.a. über Bonnets Präformationslehre. Lavater und Collenbusch diskutieren weiter bis 1 Uhr nachts; dabei verteidigt Lavater den Theosophen Jacob Böhme.

In Johann Caspar Goethes Haushaltungsbuch wird Catharina Elisabeth Goethe erstmals «Frau Aia» genannt.

21 Do Goethe kommt mit Schmoll um 5 Uhr über den Rhein nach Düsseldorf. Er sucht Fritz und Georg Jacobi vergeblich im Stadthaus Neustraße und in Pempelfort, besichtigt dann mit Schmoll die Schloßgalerie und schreibt mittags aus dem gegenüber liegenden Gasthof ‹Zum Prinzen von Oranien› (Burgplatz 12) an Betty Jacobi. Nachmittags fährt er allein nach Elberfeld, verpaßt Fritz Jacobi aber und muß übernachten. Möglicherweise

begegnet Goethe schon an diesem Abend Wilhelm Heinse, der sich seit dem 23. Juni mit Georg Jacobi in Elberfeld aufhält.
In Mülheim entscheidet Lavater durch Los, daß er nicht mit Hasenkamp nach Duisburg reisen wird. Die beiden besuchen Prediger Besserer und Kaufmann Schütte, essen zu Mittag bei Huthmacher und fahren dann mit Collenbusch über Opladen, wo sie bis 15 Uhr Tee trinken, und Benrath nach Düsseldorf. Dort treffen sie um 19 Uhr ein und begegnen Schmoll wieder, der gleich Hasenkamp zeichnet, während Lavater sein Gedicht *Der Mensch in dieser und jener Welt* vorliest. Zu Abend ißt man bei weiteren christlich Erweckten: Rektor Reitz mit Lehrer Weber.
In Küçük Kaynarci, einem Örtchen südöstlich von Silistria, wird der seit 1768 währende Russisch-Türkische Krieg beendet. Der Frieden ist eilig in nur sieben Stunden ausgehandelt worden – zum Nachteil von Sultan Abdulhamid I. Das Reich von Zarin Katharina umfaßt nun auch die Grenzfestungen Asow und Kertsch, ebenso die Mündungen von Don, Bug und Dnjepr. Der Vertrag gilt als Ursprung der ‹Orientalischen Frage›.
22 Fr Lavater, Schmoll, Hasenkamp und Collenbusch besichtigen morgens um 5 Uhr (!) die Düsseldorfer Galerie, treffen noch drei Erweckte aus Krefeld und brechen dann zu Johann Heinrich Jung(-Stilling) nach Elberfeld auf. Nach einer Wegstunde begegnet ihnen am späteren Vormittag Fritz Jacobi, der irrtümlich Goethe in Düsseldorf suchen wollte (s. u.); er fährt mit ihnen zurück bis Elberfeld. In der Kutsche nennt Jacobi Herders *Älteste Urkunde* «Poesie» und sagt, Wieland sei mehr Phantast als Philosoph. Mittagessen in Elberfeld bei dem Ratsherrn Anton Philipp Caspari. Lavater und Schmoll verfehlen Georg Jacobi in dessen Elberfelder Logis.
Goethe lockt morgens in Elberfeld als ‹Kranker› den ihm aus Straßburg 1770/71 bekannten Arzt Jung in den ‹Kaiserlichen Hof› am Wall. Sie gehen zu Jungs Haus, Eckesgasse 7, und spazieren auf einen Hügel. Währenddessen verfehlt Fritz Jacobi sie und kehrt in Richtung Düsseldorf um. Nach dem Mittagessen will auch Goethe mit Heinse zu Pferd wieder nach Düsseldorf; sie werden aber von Jung eingeholt und zurückgebracht, wo sie bei Anton Philipp Caspari im Kipdorf den soeben zurückgekehrten Fritz Jacobi samt Lavater, Schmoll, Hasenkamp und Collenbusch treffen –

Elberfeld im 18. Jahrhundert (Helmuth Tiedemann 1906)

in Gesellschaft des Orgelbauers Jacob Engelbert Teschemacher, des Kaufmanns Georg Friedrich Grohe und weiterer «Damen und Herrn, auch Pietisten» (Heinse). Goethe, der «Frankfurtische Zuchtmeister» (Hasenkamp), kann laut Jung «nicht sitzen, er tanzte um den Tisch her, machte Gesichter». (Goethe nimmt das Manuskript von *Henrich Stillings Jugend* mit, dessen Entstehung er 1771 angeregt hatte und das er in überarbeiteter Fassung ohne Wissen Jungs 1776/77 zum Druck bringen wird.)
Nach nur einer halben Stunde wandern Lavater, Schmoll, Hasenkamp und Collenbusch, lange begleitet von Grohe und Jung, nach Wichlinghausen, Lavaters eigentlichem Ziel, wo sie bei Pfarrer Theodor Arnold Müller speisen, debattieren und übernachten.
Goethe, Fritz Jacobi und Heinse reiten nachmittags nach Pempelfort.
Herder ist von seiner Kur in Pyrmont wieder zurück in Bückeburg.
23 Sa Goethe rastet mit Heinse bei Fritz Jacobi und Familie in Pempelfort. Vielleicht besucht man noch einmal die Düsseldorfer Galerie.
Lavater, Schmoll und Hasenkamp fahren frühmorgens von Wichlinghausen wieder nach Elberfeld. Dort zeichnet Schmoll «in der Geschwindig-

Jung-Stilling (nach Schmoll, PhFr 1:207)

keit» Jung; Lavater läßt noch Georg Jacobi in sein Stammbuch schreiben. Sie gelangen «in einem erbärmlichen Gefährt» bis 11 Uhr nach Solingen, essen zu Mittag (Lavater erzählt von Rudbeck und Björnståhl) und fahren bis 18 Uhr weiter nach Mülheim, wo sie bei Kaufmann Schütte nächtigen.

Georg Jacobi reitet von Elberfeld nach Pempelfort, wo er am Nachmittag eintrifft; er söhnt sich mit Goethe aus.

Die Kosaken-Rebellen um Pugatschow stürmen Kasan, erleiden dann aber durch General Michelson bis zum 26. Juli erneut eine schwere Niederlage mit 200 Toten und dem Verlust ihrer gesamten Artillerie.

24 So Goethe fährt um 5 Uhr morgens mit den Jacobis und Heinse nach Bensberg, wo man von der Gasthauslaube beim Mittagessen die Aussicht genießt. Dort spricht Goethe mit Fritz Jacobi über Spinoza. Im Schloß besichtigt man die riesigen Jagdszenen von Jan Weenix u. a. Weiterfahrt nach Köln, wo man Rubens' ‹Kreuzigung Petri› in der Peterskirche sieht und dann das museal altertümliche Haus Jabach (Sternengasse 25) besucht – mit Garten, Gartensaal (Heinse wird Werthes darüber erzählen) und Familiengemälde von Lebrun. Abends im Gasthof ‹Zum Heiligen Geist› rezitiert Goethe «in der Dämmerung alt-schottische Romanzen», nämlich seinen *König in Thule, Es war ein Buhle frech genung* u. a. Nachts spricht Goethe noch einmal mit Fritz Jacobi.

In Mülheim nimmt Lavater morgens Abschied von Hasenkamp. Er und Schmoll fahren über Köln nach Bonn, wo sie mittags einkehren und das Schloß ansehen. Um 22 Uhr sind sie wieder zurück in Neuwied; Schmoll übernachtet bei Kanzleidirektor Fischer.

Anne Robert Turgot wird französischer Marineminister.

In Göttingen schreibt Johann Anton Leisewitz die erste Szene seines Trauerspiels *Julius von Tarent* nieder.

Jagdgemälde von Jan Weenix (1712) für Schloß Bensberg, das im Hintergrund zu sehen ist

25 Mo Goethe reist von Köln zurück nach Neuwied.

Dort machen währenddessen Lavater, Schmoll und das Grafenpaar zu Wied einen Ausflug zum Lustschloß Monrepos mit schönem Talblick.

In Zweibrücken heiraten Jacob Passavant und Susanne Friederike Philippine Schübeler. Goethe hatte wenige Tage vorher ein Hochzeitscarmen verfaßt, das aber für den Druck zu spät gekommen ist.

26 Di Lavater predigt vormittags in der reformierten Kirche zu Neuwied über Joh. 6,66 (Abschiedsthema).

Hasenkamp reist von Mülheim über Düsseldorf heim nach Duisburg, wo er am 28. Juli ankommt.

Goethe, Schmoll, Lavater (mit Diener Ulrich) und Basedow (mit Diener Alsdorf, vielleicht auch dem Gehilfen Benzler) setzen mittags in Neuwied über den Rhein. Um 15 Uhr fahren sie in einem Beiwagen der Post bis gegen 17 Uhr nach Koblenz, wo man im Gasthof ‹Zu den drei Reichskronen› auf dem Entenpfuhl gut speist (Goethe erst Salm, dann Hahn; vgl. *Zwischen Lavater und Basedow…*). Man debattiert über Johannes' Offenbarung und die Taufe. Gegen 18 Uhr besteigen alle eine Extrapost, die auf einer Fähre den Rhein quert, den Weg über Arenberg nimmt und gegen

20 Uhr in Ems («Emaus») eintrifft. Lavater findet dort in seiner Post einen Brief von Herder samt dessen Traktat *Auch eine Philosophie*.

Nicolai in Berlin weist Höpfners «Anerbieten, einige Possenspiele von Goethe zu drucken» (14. Juli), ab. Er wolle «nicht gern an solchen persönlichen Satiren auf irgend eine Art Theil nehmen»; Goethe werde vielleicht noch «bereuen, daß er einen zügellosen Ton angegeben hat».

Graf Christian Stolberg schreibt aus Schloß Bernstorff bei Kopenhagen an Bürger, man bewundere dessen Ballade *Lenore* derart, daß man für eine Rezitation das Kartenspiel unterbreche. «Das ist so unerhört als – als – als wenn Sie in der ersten Nacht nicht ihre Pflichten ausgeübt hätten.»

Gottfried van Swieten, Wiens Botschafter in Berlin, berichtet Österreichs Staatskanzler Kaunitz ein Wort Friedrichs des Großen über den seit kurzem in Berlin als Organist auftretenden Friedemann Bach: Er sei sehr gut – aber noch größer sei sein Vater gewesen. «Le Roi est de cette opinion, et pour me le prouver, il chanta à haute voix un sujet de fugue chromatique qu'il avait donné à ce vieux Bach, qui sur le champ en fit une fugue à 4, puis à 5, puis enfin à huit voix obligés.»

27 Mi Lavater dankt morgens Herder brieflich für *Auch eine Philosophie* und die *Provinzialblätter* (die ihm wohl Pfenninger geschickt hat); er übermittelt auch Goethes Dank für die *Älteste Urkunde des Menschengeschlechts*.

Dann fahren Lavater, Schmoll, Basedow und Goethe vormittags nach Nassau zu den Steins, wo sie Sophie La Roche treffen. Basedow erregt Anstoß durch Unsauberkeit, Naschhaftigkeit und Sticheleien gegen religiöse Dogmen. Schmoll zeichnet Sophie La Roche und die Gräfin.

In Wien beginnt Franz Anton Mesmer, ein guter Bekannter der Mozarts, von Heilerfolgen des Jesuiten und Astronomen Maximilian Hell angeregt, die seit 1772 bei ihm im Haus lebende 28jäh-

Franz Anton Mesmer (Anonym, 1766)

rige Franziska Österling (die Vater Mozart schon am 12. August 1773 «zum sterben» krank erlebt hatte) mit Magneten zu behandeln. Es ist der erste Schritt zu Mesmers Theorie vom «tierischen Magnetismus».
In Achmedkent (Dagestan) stirbt Samuel Gottlieb Gmelin, Tübinger Botaniker in russischen Diensten, mit 30 Jahren an der Ruhr. Er war seit dem 5. Februar vom Chaitaken-Khan Amir Hamsa gefangen gehalten worden, ohne daß man über ein Lösegeld einig wurde.

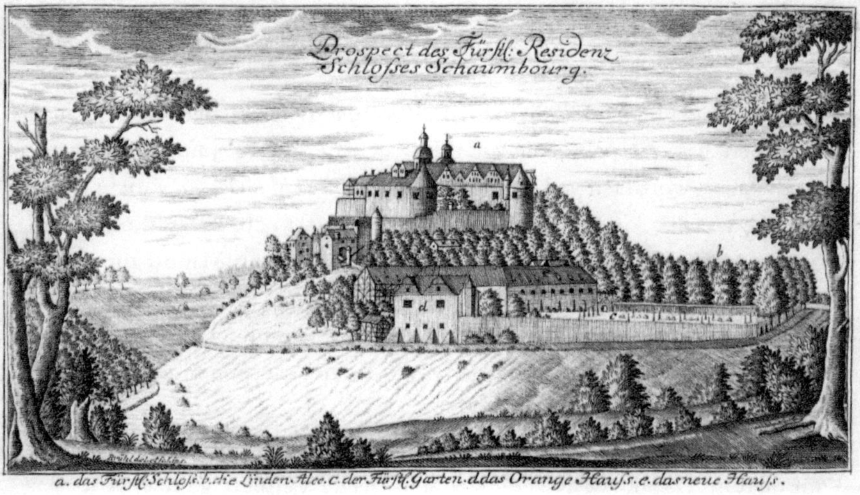

Die Schaumburg (Stich von Johann Benjamin Brühl, 1757)

28 Do Lavater und Schmoll fahren um 8 Uhr von Nassau ab und sind mittags auf der Schaumburg des Fürsten von Anhalt-Bernburg bei Balduinstein. Goethe und Basedow kehren direkt nach Ems zurück.
In Valentano bei Montefiascone (Provinz Viterbo) beginnt eine klerikale Untersuchung gegen die Dominikanerin Anna Maria Poli (‹Maria Teresa del Cuore di Gesù›) und die Bäuerin Bernardina Renzi. Die «profetesse» weissagen die Restitution des Jesuitenordens und den Tod von Papst Clemens XIV. – was viele frühere Jesuiten mit Sympathie verbreiten.
29 Fr Lavater und Schmoll brechen um 5 Uhr auf; um 19:30 Uhr sind sie in Frankfurt. Lavater wohnt wieder bei den Eltern Goethe.

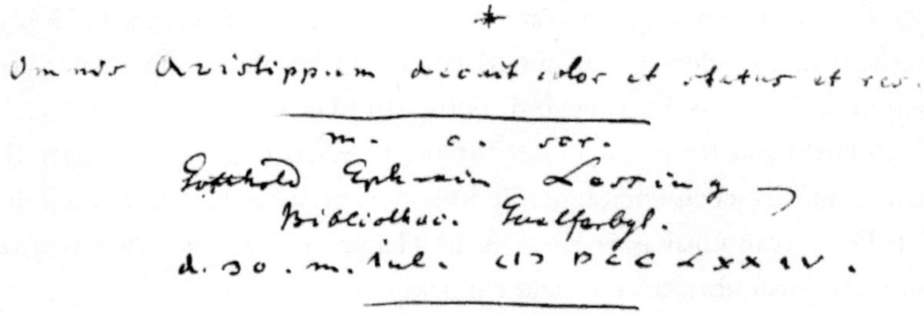

Lessings Eintragung in Langers Stammbuch

Herder kündigt Nicolai, für dessen *Allgemeine Deutsche Bibliothek* er lange rezensiert hat, die Mitarbeit auf. Nicolai hatte am 13. Juni Honorar gesandt, aber wortreich geklagt, Herders *Älteste Urkunde* sei «orientalisch» dunkel, was der Autor als «Ribbenstoß» (an Hartknoch, 23. Juli) nimmt.

30 Sa Major William Dalrymple bricht um 5 Uhr von Madrid zum Escorial auf, den er nachmittags erreicht.

In Braunschweig trägt sich Lessing in das Stammbuch seines späteren Nachfolgers Ernst Theodor Langer ein: «Omnis Aristippum decuit color et status et res.» (Horaz Ep. 1,17, 22)

Friedrich der Große erläßt eine lange «Neue und verbeßerte Instruction für die Ost-Preußische Regierung», seine letzte Verfügung dieser Art.

In Ems gehen vier Jungen von 10 bis 13 Jahren in der Abenddämmerung Krebse fangen und ertrinken. Goethe ist vielleicht bei den Wiederbelebungsversuchen anwesend.

31 So Fragonard und Bergeret brechen um 4 Uhr morgens von Venedig gen Norden auf.

Goethe kündigt Sophie La Roche seinen Besuch für «Dienstag» an.

Lavater predigt in der 1768 erbauten französisch-reformierten Kirche in Bockenheim.

Propst Spalding schreibt aus Pervenitz an den Abt Jerusalem in Braunschweig: «Mit der größten Begierde erwarte ich das Resultat von der Zusammenkunft Basedows und Lavaters im Emserbade. Enthusiasmus auf beiden Seiten und doch von sehr verschiedener Art!»

Erleuchtung für Weltklüglinge

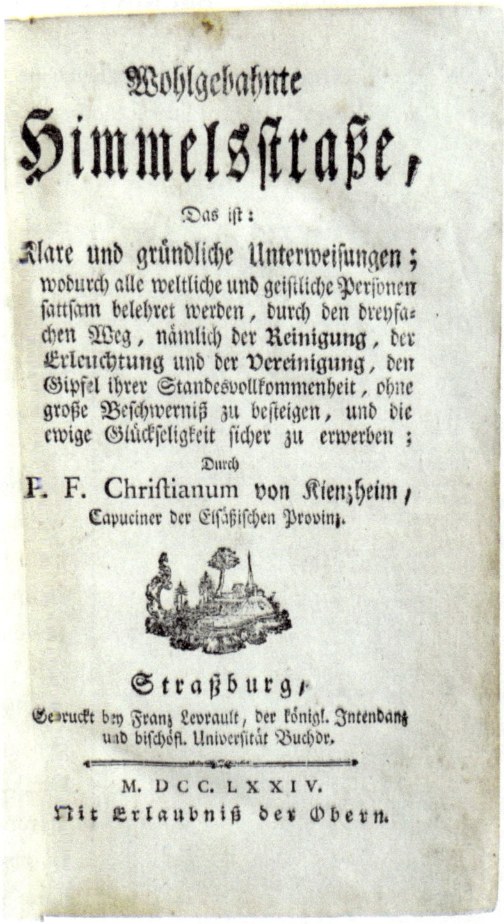
Wohlgebahnte
Himmelsstraße,
Das ist:
Klare und gründliche Unterweisungen;
wodurch alle weltliche und geistliche Personen
sattsam belehret werden, durch den dreyfa-
chen Weg, nämlich der Reinigung, der
Erleuchtung und der Vereinigung, den
Gipfel ihrer Standesvollkommenheit, ohne
große Beschwerniß zu besteigen, und die
ewige Glückseligkeit sicher zu erwerben;
Durch
P. F. Christianum von Kienzheim,
Capuciner der Elsäßischen Provinz.

Straßburg,
Gedruckt bey Franz Levrault, der königl. Intendanz
und bischöfl. Universität Buchdr.

M. DCC. LXXIV.
Mit Erlaubniß der Obern.

Kienzheim, Christian von [d. i. Joss, François Joseph]: Wohlgebahnte Himmelsstraße […] Straßburg 1774. 2 Bände mit (24), 488; 772, (12) S.

Lavater und seine Anhänger treffen um 1774 am Oberrhein auf vielerlei offiziöse wie volkstümliche Frömmigkeit, auch von katholischer Seite. So predigt zum Beispiel Pater Joss, der sich «Capucin Chrêtien» nennt und seit 1770 den Kapuzinerkonvent in Straßburg leitet, wortreich für «Reinigung, Erleuchtung und Vereinigung» mit Gott in heiligmäßigem Leben. Sein vierfach approbiertes Andachtswerk soll als Einweihungsweg und Kompendium tugendhaften Lebenswandels gleichermaßen dienen. «Weltklüglinge» werden in ihrer Hoffart getadelt: Zur «Erleuchtung im Guten» sollte man als erstes den «Aufruhr des Verstandes» besiegen. Joss, 1786 Provinzialoberer des Bettelordens, mußte während der Revolution nach Solothurn ausweichen, wo er 1798 starb.

Die beiden stattlichen Ganzlederbände aus verschiedenen Quellen ähneln einander verblüffend. Sie wirken nahezu ungelesen: Die angeblich so gangbare Himmelsstraße, Rivalin für Arndts beliebtes, oft aufgelegtes Wahres Christentum *(1605), war doch etwas lang geraten.*

Ein Kosmopolit unter Narren

Die Abderiten Eine sehr wahrscheinliche Geschichte. vom Herrn Hofrath Wieland. Weimar, bey Carl Ludolf Hoffmann. 1774. (2), 198 S.

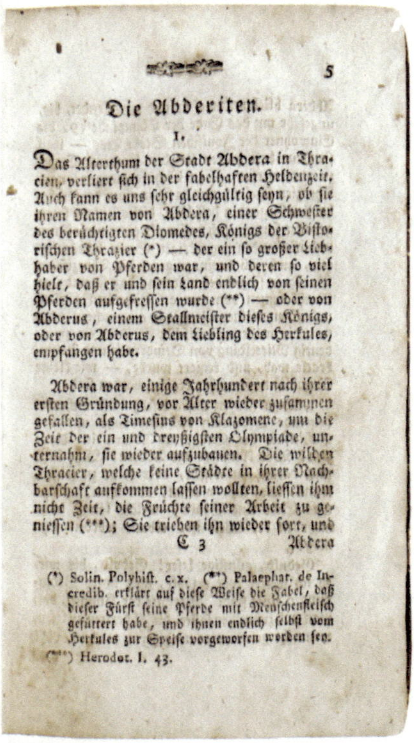
5

Die Abderiten.

I.

Das Alterthum der Stadt Abdera in Thracien, verliert sich in der fabelhaften Heldenzeit. Auch kann es uns sehr gleichgültig seyn, ob sie ihren Namen von Abdera, einer Schwester des berüchtigten Diomedes, Königs der Bistorischen Thrazier (*) — der ein so großer Liebhaber von Pferden war, und deren so viel hielt, daß er und sein Land endlich von seinen Pferden aufgefressen wurde (**) — oder von Abderus, einem Stallmeister dieses Königs, oder von Abderus, dem Liebling des Herkules, empfangen habe.

Abdera war, einige Jahrhundert nach ihrer ersten Gründung, vor Alter wieder zusammen gefallen, als Timesius von Klazomene, um die Zeit der ein und dreyßigsten Olympiade, unternahm, sie wieder aufzubauen. Die wilden Thracier, welche keine Städte in ihrer Nachbarschaft aufkommen lassen wollten, liessen ihm nicht Zeit, die Früchte seiner Arbeit zu geniessen (***); Sie trieben ihn wieder fort, und

C 3 Abdera

(*) Solin. Polyhist. c. x. (**) Palaephat. de Incredib. erklärt auf diese Weise die Fabel, daß dieser Fürst seine Pferde mit Menschenfleisch gefüttert habe, und ihnen endlich selbst vom Herkules zur Speise vorgeworfen worden sey.
(***) Herodot. I. 43.

Seite 5 mit der unkorrigierten Bogennorm «C 3»

Der Prinzenerzieher eines Kleinstaates erlebt zu viel, als daß er unablässig Huldigungen dichten könnte. Über die Schildbürger der Antike zu schreiben, war Wieland nach eigenen Worten in einem Moment der Enttäuschung und inneren Ödnis eingefallen, «an einem Herbstmorgen des Jahres 1773 im obern Hinterzimmer des Söllnerischen Freyhauses zu Weimar». Allerdings war er schon Ende Juni 1773 mit seiner Frau und nun vier kleinen Töchtern in das Haus des jungen Juweliers Koch am Markt Nr. 11 gezogen. Dort begann er nun eifrig, alte Quellen zu studieren. Die ersten Passagen über den weitgereisten Einsiedler-Denker Demokrit (eben erwähnt in Zimmermanns erneuertem Werk *Von der Einsamkeit*) und dessen verquere Landsleute gelangen Wieland – auch in Erinnerung an das heimatliche Biberach – so rasch, daß sie 1774 im Januar- und Februarheft seines *Teutschen Merkurs* erscheinen können; es wird der erste deutsche Fortsetzungsroman. Wieland will unterhaltsam schreiben, aber oft reißt das Interesse an aktuellen Streitfragen den früheren Dozenten der Philosophie mit; leichthin trägt er Thesen vor wie die, «daß die Natur schöner ist als die Kunst». Im Mai folgen weitere Episoden, worin Demokrit, des Irrsinns verdächtigt, einen Mitbruder vom «Orden der Kosmo-

Wieland und seine Familie (Georg Melchior Kraus, 1775)

politen» trifft: Hippokrates. Doch im Juli bricht die Erzählung nach einem kurzen Kapitel ab: Obwohl Wieland den «grössten Beifall» (Bernhard Seuffert) erlangt hat, ist ihm zunächst die Lust vergangen, weitere närrische Szenen auszuspinnen. Immerhin läßt er, um die Nachfrage zu stillen, den dringend bittenden Verleger Hoffmann auf dessen Rechnung eine Buchversion herstellen. Gedruckte Bogen, für deren Umbruch man parallel zum Satz des *Merkur* nur Seitenzahlen, Signaturen, Anfangsseite und Schluß geändert hatte, mögen schon bereitgelegen haben; hinzu kommt das Titelblatt. 1776 wird Hoffmann sogar eine deutlich großzügiger gesetzte Ausgabe auf den Markt bringen, von der dann prompt ein Nachdruck erscheint. Erst Erfahrungen im Mannheimer Nationaltheater regten Wieland 1778 zur Fortsetzung der *Abderiten* an; die wesentlich beschwingteren Bücher 3 und 4, teils nach dem virtuosen *Oberon* geschrieben, handelten von der Ästhetik des Dramas, dem Prozeß um des Esels Schatten und den heiligen Fröschen der Göttin Latona. Hier erfüllte sich stilistisch, was man in den Anfangskapiteln von 1774 oft nur als Vorsatz wahrnimmt: eine «humoristische Klassik» (Friedrich Sengle).

Wie eilig man es in der Weimarer Druckerei hatte, ist am schlechteren Papier der Bogen L–N zu erkennen, aber auch auf Seite 5, wo versehentlich die Signatur C3 stehengeblieben ist. Der vorliegende Band gehörte dem Dessauer Naturforscher Samuel Heinrich Schwabe; aus seinem Nachlaß kam er nach 1875 in die Herzogliche Bibliothek Dessau. Vom devisenbedürftigen DDR-Regime veräußert, gelangte er über das Hamburger Antiquariat an den Kölner Sammler Henning Rasner.

Was vom Moralapostel blieb

Christian Fürchtegott Gellert: Briefe, nebst einigen damit verwandten Briefen seiner Freunde; nach seinem Tode herausgegeben von Johann Adolph Schlegeln und Gottlieb Leberecht Heyern. [Angebunden: Chr. F. Gellerts Leben von Johann Andreas Cramer.] Leipzig: Weidmanns Erben und Reich 1774. viii, 488; (4), 230, 2 Falttafeln, (2) S.

Christian Fürchtegott Gellert (Kopie nach Anton Graff, 1770)

Kurz vor Gellerts Tod 1769 hatten Freunde mit der ersten rechtmäßigen Werkausgabe begonnen. Sie war so gefragt, daß der Verlag noch während der Auslieferung nachdrucken konnte. Die Briefe des Vielgerühmten bildeten den gewichtigen Abschluß – hatte er doch in Musterstücken samt einer einflußreichen *Practischen Abhandlung von dem guten Geschmack in Briefen* (1751; auch Vater Goethe besaß sie) zur «freywilligen», also natürlich-zwanglosen, gesprächsnahen Stilisierung der Gedankenfolge geraten. Allerdings war das ehedem nahezu monopolhafte Vorbild des gesellig-urbanen Literaten stark verblaßt. Zwar beobachtete Christian Felix Weiße auf der Leipziger Michaelismesse 1774, «Gellerts Briefe und Leben» würden «am begierigsten gekauft». Aber das Plädoyer für pietistisch gebändigtes und zugleich aufgelockert empfindsames Formgefühl, eine bürgerliche Lebenshoffnung der Jahrhundertmitte, wirkte auf viele Jüngere nun

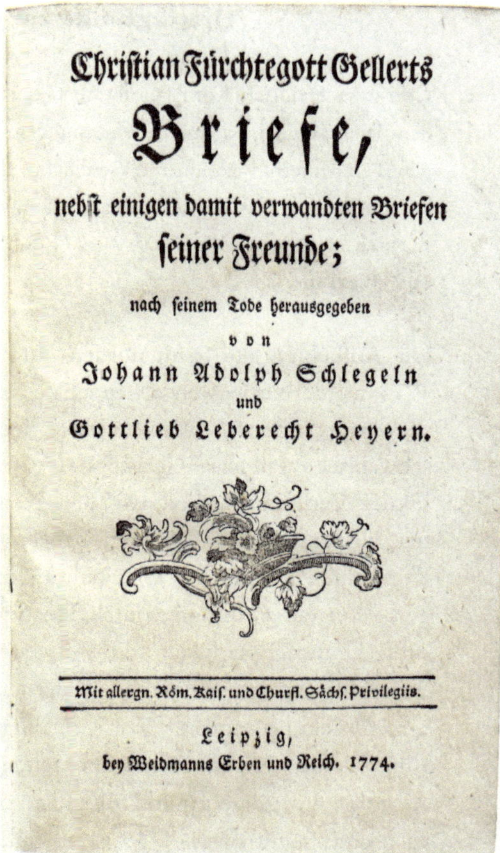
Christian Fürchtegott Gellerts
Briefe,
nebst einigen damit verwandten Briefen
seiner Freunde;
nach seinem Tode herausgegeben
von
Johann Adolph Schlegeln
und
Gottlieb Leberecht Heyern.

Mit allergn. Röm. Kaiſ. und Churfl. Sächſ. Privilegiis.

Leipzig,
bey Weidmanns Erben und Reich. 1774.

zimperlich, ja spießig, wie «lauwarmer Sprudel» (Josef Nadler). Mauvillon und Unzer nahmen 1771–72 in ihrem Briefwechsel *Ueber den Werth einiger Deutschen Dichter* Gellerts Popularität zum Anlaß, den Geschmack des deutschen Publikums überhaupt anzuzweifeln; bald verdammte klopstockisch-kernig auch der Hainbündler J. H. Voß Gellerts «ewiges unausstehliches Wassergeschwätz». Dabei hatten sich immerhin anderthalb Generationen von dem hypochondrischen Leipziger Professor zur «Gelassenheit» ermahnen lassen, auch Goethe. Der verteidigte nicht erst im Alter seinen ehemaligen Stillehrer als einen «verständigen Mann» gegen die Nachwelt; schon 1777 bedichtete er ohne mokanten Unterton *Gellerts Monument von Oeser* für Weimars Herzoginmutter Anna Amalia (→6. Februar). Und in den *Wahlverwandtschaften* ließ er 1809 sogar das Gedankenexperiment einer Ehe auf Zeit vorkommen, das der Junggeselle Gellert einst in seinen *Moralischen Vorlesungen* geflissentlich empört zurückgewiesen hatte.

Der hier vorgestellte Band enthält angebunden (recht wahrscheinlich vom Verlag schon so ausgeliefert) das Lebensbild Gellerts von Johann Andreas Cramer, das als abschließender zehnter Teil der Werkausgabe erschien. Das Buch wirkt ungelesen, wie verräterisch viele erhaltene Exemplare dieses Drucks.

Hintergründe zur Jesuitenfrage

Christoph Heinrich Korn [anonym]: Gespräch im Reiche der Todten, zwischen dem Pater Angelo, einem Jesuiten, und dem Ritter von Moncada, einem ehemaligen Tempelherrn; worinn die Geschichte dieser beeden berühmten Orden, und die Aufhebung derselben, nebst andern merkwürdigen Dingen kurz und unpartheyisch erzehlet wird. o. O. u. V. 1774. 64 S., S. 65–128, 64 S., S. 65–112, 88 S. und eine Tafel.

Die Aufhebung des Jesuitenordens durch Papst Clemens XIV. am 21. Juli 1773 wurde europaweit als epochaler Umbruch empfunden. Wie war es so weit gekommen? Woher rührte der Argwohn gegen die Patres? Der schwäbische Publizist Christoph Heinrich Korn, lange Hausautor beim Ulmer Verleger Bartholomäi, liefert rasche, detaillierte Antwort. In der seit Fontenelle und Faßmann beliebten Form der Totengespräche läßt Korn einen Jesuiten die Geschichte seines Ordens erzählen und verteidigen. Von der Gründung durch Ignatius von Loyola über straffe Gliederung, Unterrichtstätigkeit und weltweite Mission, speziell in Paraguay und Asien, bis hin zum weltlichen Widerstand und dem genauen Hergang der Unterdrückung entfaltet Korn erzählerisch eine kleine «Encyclopaedie» zum Thema, wie ein Rezensent treffend schrieb. Manchmal werden bedeutsame Vorgänge gar in Dokumenten und Quellenauszügen dargestellt; auch eine Statistik von 1759 ist zu finden. Pater Angelo sieht seine Mitbrüder als zu Unrecht verfolgte Wohltäter, die nun ein «Schlachtopfer» der europäischen Mächte geworden seien; er hofft auf baldige Revision des Verbots. Der Tempelherr aber stellt ihn wegen vielerlei dubioser Winkelzüge und verschwiegener Herrschaftspläne der Societas Jesu hartnäckig zur Rede. Dünkel, Reichtum und globaler Machtanspruch, auch die «ärgerliche Moral» einiger jesuitischer Autoren werden ohne Umschweife benannt. Dank der Dialogform kann Korn als geschickter Kompilator sein Urteil zurückhalten; erst ganz am Schluß nennt er des Paters Einsprüche eine «Vorspieglung» und schließt sich der «allgemeinen Bewunderung» über das Verbot der Jesuiten an.

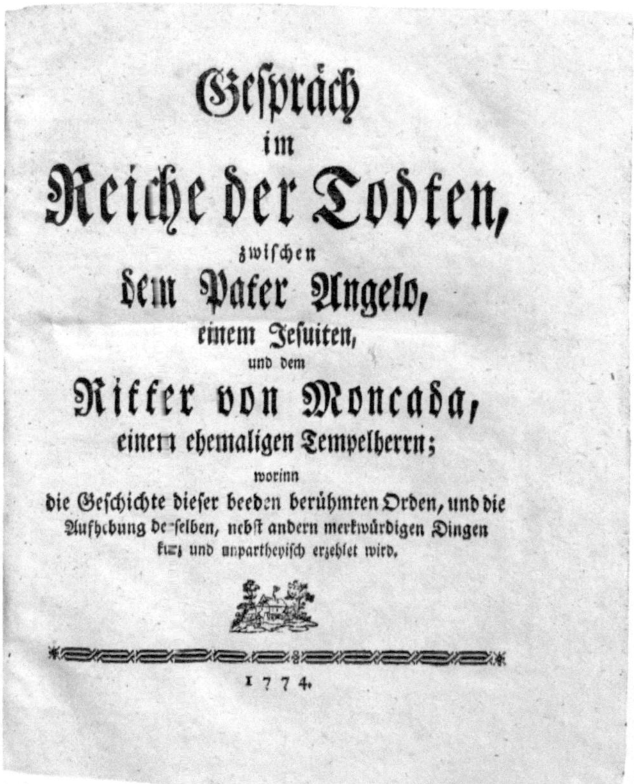
Gespräch
im
Reiche der Todten,
zwischen
dem Pater Angelo,
einem Jesuiten,
und dem
Ritter von Moncada,
einem ehemaligen Tempelherrn;
worinn
die Geschichte dieser beeden berühmten Orden, und die
Aufhebung derselben, nebst andern merkwürdigen Dingen
kurz und unpartheyisch erzehlet wird.

1774.

Die vorliegenden fünf Teile – der schlichte Pappband stammt aus der Bibliothek des Fürsten Georg Ludwig von Löwenstein-Wertheim-Freudenberg – verkauften sich so gut, daß nicht nur mehrere leicht unterschiedliche Drucke bekannt sind, sondern auch etliche Fortsetzungen: 1775 erschien ein Anhang; *es folgten bis 1776 noch fünf* Neue Nachrichten aus dem Reiche der Todten, *teils mit anderen Gesprächspartnern wie zum Beispiel Päpsten oder dem jüngst verstorbenen Jesuitengeneral Lorenzo Ricci. Wahrscheinlich ließ der Verlagsbuchhändler Gabriel Nicolaus Raspe in Nürnberg die bis über zehn Bogen starken Quarthefte drucken; eine manchmal als Mitverfasserin genannte Victoria Therese Hirschfeld ist nirgends zu ermitteln.*

Christoph Heinrich Korn, ein aus Tübingen stammender ehemaliger Militär, der vom Schreiben lebte, hatte 1772 mit seiner «Heldengeschichte» Canut der Große *beim jungen Goethe keine Gnade gefunden («steife Marionettennation … Wänste, durchaus mit Lumpen ausgestopft»). Von Ulm nach Stuttgart umgezogen, lieferte Korn dann von 1776 bis 1784 eine 30-teilige* Geschichte der Kriege in und ausser Europa, *die in ihrer Druckgestalt den* Todtengesprächen *ähnelte. Die Gründlichkeit der dort gebotenen ersten deutschen Darstellung zum amerikanischen Unabhängigkeitskrieg ist schon von zeitgenössischen Rezensenten anerkannt worden.*

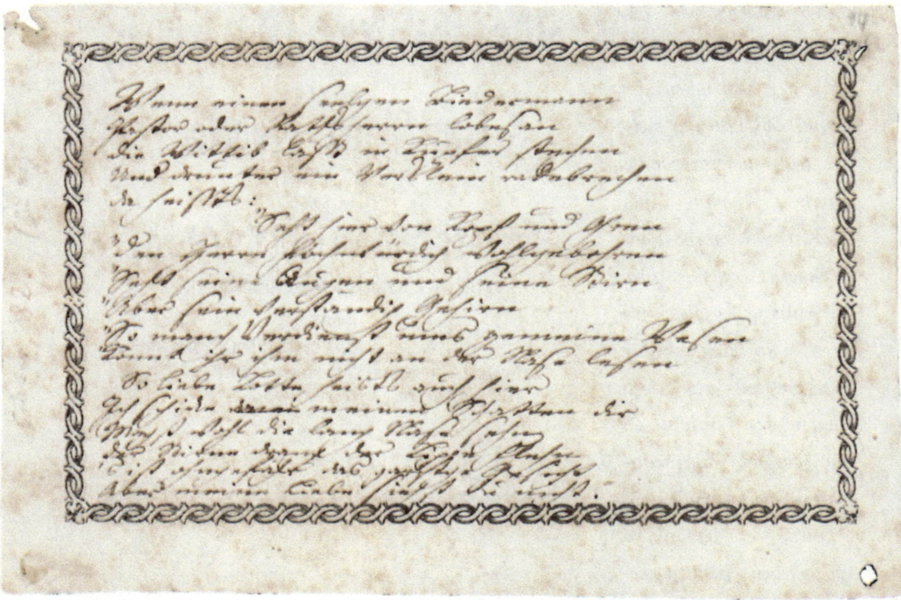

Goethes Billett an Lotte Kestner – Beilage zur Silhouette vom 31. August

August 1774

1 Mo In Ems werden die vier ertrunkenen Jungen begraben.
In Frankfurt schreibt Lavater auf Goethes Tisch einen Gruß. Mit Schmoll fährt er kurz entschlossen um 9 Uhr zum Landgrafen Friedrich nach Homburg, wo sie gegen 11 Uhr ankommen. Zurück in Frankfurt, packt er und nimmt Abschied von Susanna von Klettenberg. Um 18 Uhr erreichen Lavater und Schmoll Offenbach.
In Calne (Wiltshire) erhitzt Joseph Priestley mit linsengebündelten Sonnenstrahlen in einer schmalen Glasröhre Quecksilberoxid und entdeckt so (erneut, nach Scheele) «eine Art Luft, die fünfmal besser zum Atmen und zum Verbrennen ist als normale Luft»: den Sauerstoff. Da er der Phlogistontheorie anhängt, wertet er das Gas nicht als Element.
2 Di Goethe und Basedow besuchen Sophie La Roche in Ehrenbreitstein (Hofstraße). Goethe bleibt für mehrere Tage dort; er fährt vielleicht auch noch einmal nach Vallendar zu den d'Esters.
Lavater und Schmoll besuchen kurz Hanau, kehren dann um. Abends treffen sie in Darmstadt ein, wo Lavater bei Hofe vorgestellt wird. Er be-

Ehrenbreitstein (Kupfer von Charles Dupuis, 1789)

sucht Präsident von Moser und trifft auch Johann Heinrich Merck. Quartier gibt ihm Herders Schwager, der erbprinzliche Rat von Hesse.

In Paris wird Glucks Oper *Orfeo ed Euridice* (zuerst Wien 1762) neu in französischer Fassung aufgeführt (→ 182) – ohne Kastraten, mit Tanzeinlagen und einer Bravourarie «L'espoir renaît dans mon âme» für Legros. Der Text stammt von Pierre Louis Moline. Rousseau hilft wieder mit.

3 Mi Lavater und Merck fahren abends mit Schmoll nach Mannheim.

C. P. E. Bach schickt aus Hamburg dem angehenden Biographen seines Vaters, Johann Nikolaus Forkel, ein neues Porträt J. S. Bachs, nach Haußmann gestochen von Samuel Gottlob Kütner.

Voß schreibt traurig an seine Verlobte Ernestine Boie, daß zu Michaelis der Göttinger Hainbund wohl ein natürliches Ende finden werde: «Hahn, Hölty, Leisewiz und beide Miller gehen weg.»

Merck (nach Schmoll, PhFr 4:379)

4 Do Schmoll zeichnet morgens im ‹Pfälzer Hof› in Mannheim Merck, der sich auch in des Künstlers Stammbuch einträgt.

Lavater und Schmoll reisen weiter nach Speyer; dort treffen sie u. a. die Domherren Christoph von Hohenfeld und Joseph Anton von Beroldingen.

In Paris deklamiert d'Alembert seine erste *Éloge* auf Jean Baptiste Massillon, einen schon 1742 verstorbenen Theologen. In derselben Sitzung hält der Ende Mai aufgenommene Suard seine Antrittsrede.

5 Fr Lavater und Schmoll fahren weiter nach Karlsruhe.

6 Sa In Göttingen spricht Lichtenberg erstmals vor der Akademie. In Anlehnung an die von ihm betreuten Nachlaßwerke des Naturforschers Tobias Mayer erläutert er den «Mayerschen Farben-Triangel» (Versuche zur Mischung von Rot, Blau und Gelb).

Die religiöse Ekstatikerin ‹Mother› Ann Lee, Gründerin der Shaker-Sekte, kommt auf der Flucht vor staatlicher britischer Verfolgung in New York

an, zusammen mit ihrem Ehemann Abraham Stanley (der sie jedoch bald verläßt), dem Bruder William, Nichte Nancy und vier anderen Sektierern.
Major William Dalrymple erreicht auf seiner Spanienreise Salamanca.
In diesen Tagen erscheint bei Weygand in Leipzig der *Clavigo,* das erste Werk mit Goethes Namen (→118).
Ebenfalls um diese Zeit bringt der *Merkur*-Verleger Hoffmann in Weimar von Wielands *Abderiten* die ersten vier Folgen als Buch heraus (→166).
7 So Lavater predigt in der Karlsruher Hofkapelle über 1. Joh. 3,2.
Vater Goethe wendet 24 Kreuzer für «3 Pred[igten] d. H. D. Lavater» auf.
Fragonard und Bergeret erreichen um 15 Uhr Wien.
8 Mo In Berlin wird die Freimaurerloge ‹Frédéric aux trois Séraphim› gestiftet. Gründer ist Charles Antoine de Penavaire, der Hofmarschall des Prinzen Friedrich von Braunschweig-Oels (→140), National-Großmeister der von Friedrich dem Großen geförderten Mutterloge ‹Zu den drei Weltkugeln›. Man trifft sich bei Penavaire im damaligen gräflich Eichstädtschen Palais in der Wilhelmstraße 76 (später Voß'sches Palais); Beisitzer sind Johann Christoph Wöllner und Franz Wilhelm Marchand. Die Loge arbeitet erst französisch, dann vom 11. Juni 1785 an auf deutsch – bis heute.

(Stich von Daniel Berger, PhFr 3:274)

9 Di In Oberwiederstedt wird Erasmus von Hardenberg geboren, zwei Jahre nach seinem Bruder Friedrich (‹Novalis›).
10 Mi Lavater fährt von Karlsruhe aus mit seinem Verehrer, dem Pfarrer und Konstrukteur Philipp Matthäus Hahn, in dessen Wohnort Kornwestheim. Er bestaunt dort Hahns «astronomische Wunderuhr» und die neue trommelförmige Rechenmaschine mit Kurbeltrieb.
11 Do Lavater besucht die Militärakademie auf Schloß Solitude, wo auch Schiller lernt. In Stuttgart bei dem Kammerrat Johann Georg Hartmann

trifft er auch Philipp Matthäus Hahn wieder. Man spricht über christliche Versöhnungslehre.

In Wetzlar stirbt achtjährig Lotte Kestners Bruder Albrecht Emil.

Im Schloßtheater von Schwetzingen wird Johann Christian Bachs Kantate *Amor vincitore* gegeben, ein halbes Jahr nach der Londoner Uraufführung.

12 Fr Matthias Claudius wird Freimaurer-Meister in der Hamburger Loge «Zu den drei Rosen».

Lessing schickt aus Wolfenbüttel seine neue Studie *Vom Alter der Oelmalerey* an Braunschweigs Landesherrn, Herzog Carl.

Goethe fährt nachts «durch Basedows Grille» mit diesem und Benzler von Bad Ems nach Frankfurt zurück: Lahnaufwärts durch Nassau, über den Obernhofer Berg und Diez.

13 Sa Lavater und Hahn, die in Tübingen bei Oberhelfer Märklin übernachtet haben, besuchen den Kanzler der Universität, den Bengel-Schüler Reuß, und einige Professoren. Hahn führt seine Rechenmaschine vor.

Aus Berlin schreibt Sulzer an Bodmer in Zürich, sein Verleger Reich dränge ihn – es fehlten auch «nur noch vier oder fünf Bogen» am zweiten Band seiner *Theorie der schönen Künste*.

Im Teatro San Carlo von Neapel wird Josef Myslivečeks Oper *Artaserse* erstmals aufgeführt. Den Artabano singt Giuseppe Tibaldi (→ 146).

14 So Goethe meldet abends Fritz Jacobi, er habe «Tanten [Johanna Fahlmer] gesehen». Er bittet: «Schick doch Jung einen Clavigo». Das geschieht.

In Leipzig stirbt Johann Jakob Reiske, einer der größten Philologen des Jahrhunderts. Seine Witwe und Mitarbeiterin Ernestine Christine bringt noch

(Stich von J. D. Philipp geb. Sysang 1770)

1774 die textverbessernden Editionen des Dionys von Halikarnaß und des Maximos von Tyros heraus, dazu Reiskes Edition des Plutarch und bis 1775 den *Apparatus Criticus et Exegeticus ad Demosthenem* (5 Bände).
Auf dem Pic d'Ayré (2500 m) nahe dem Kurort Barèges in den Pyrenäen beginnt der Naturforscher Gaspard Monge mit Luftdruckmessungen.
Lavater ist in Kornwestheim wieder bei Hahn zu Gast. Er bewundert noch einmal die Rechenmaschine, übernachtet und fährt dann ab nach Zürich.
15 Mo Wieland schreibt Fritz Jacobi über seine Lektüre des *Clavigo:* Goethe fehle noch einiges zum «Wundermann», aber «schöne Stellen», auch «Wärme und Wahrheit des Dialogs» deckten «viele Sünden» zu.
Vater Goethe investiert erneut 13 Kreuzer für «3 Lavater Predigt».
In Halle wird der Berliner Arzt Marcus Herz zum Dr. med. promoviert.
16 Di Goethe erwägt im Brief an seinen Göttinger Anwaltskollegen Steche, ob Horn, der in erster Instanz verloren hat, von einem auswärtigen Gutachten Nutzen hätte.
Voltaire erhebt gegenüber François Louis Claude Marin, dem Herausgeber der *Gazette de France*, Glucks Pariser Opernerfolge zu epochalem Rang: «Il me semble que Louis XVI et M. Gluck vont créer un nouveau siècle.»
17 Mi In Offenbach gründet Johann André, Seidenfabrikant und Freizeitkomponist, in der Herrnstraße 54 einen Musikalienverlag mit Notendruckerei. Sein Singspiel *Der Töpfer* (1773) hat Goethe in dieser Gattung inspiriert. (Wohl André wird Goethe im Januar 1775 mit Lili Schönemann bekanntmachen.)
Auf Tanna, einer Insel der Neuen Hebriden (Vanuatu), schießen der Biologe Johann Reinhold Forster und sein Sohn Georg als Begleiter der Expedition Cooks eine braunbrüstige Erdtaube. Die Art ist seither nie mehr gesichtet worden, vermutlich aus-

Erdtaube von den Neuen Hebriden (Aquarell von Georg Forster)

gestorben; nur das sogleich angefertigte Aquarell von Georg Forster hat sich in London erhalten.

18 Do Im Altonaer *Reichs-Postreuter* wird Lenzens *Hofmeister* besprochen und Goethe zugeschrieben – ein verbreitetes Gerücht.

19 Fr Klopstock schreibt an Schönborn nach Algier über seine badische Pension und den Plan, nach Karlsruhe zu reisen (→ 13. September).

Goethe macht drei anwaltliche Eingaben: Im Fall der Heufuhren von Nieder-Erlenbach gegen Dörchelweiler bittet er um mehr Zeit; für die Gebrüder Stiebel zeigt er gegen Landau Willen, dessen Forderung teilweise zu entsprechen; bei von Günderode mahnt er Termine an.

20 Sa Friedrich August III. von Sachsen überträgt dem Grafen Camillo Marcolini-Ferretti die Hauptdirektion der Meißner Porzellan-Manufaktur. Als Zeichen seines Regiments läßt Marcolini das berühmte Schwertersignet mit einem Punkt ergänzen.

Fragonard und Bergeret erreichen um 14 Uhr Dresden, von wo sie am 31. August nach Frankreich heimreisen werden. Es ist kalt, oft regnerisch.

21 So Beaumarchais wird in Schloß Schönbrunn von Maria Theresia empfangen. Er liest ihr eine Schmähschrift gegen Marie Antoinette vor, die zu unterdrücken angeblich sein geheimer Auftrag ist. Noch am Abend läßt Staatskanzler Fürst Kaunitz ihn unter Bewachung stellen; tags darauf werden seine Besitztümer konfisziert und er selbst festgesetzt.

Goethe schreibt an Fritz Jacobi «nach frugalem Abendbrot, auf meinem Zimmer» u. a. über die Originalität seines *Clavigo* und Heinses Stil.

22 Mo Goethe erklärt für die Försterschen Kinder, Witwe Albrecht habe die Termine verpaßt; für Rachel Wetzlar bittet er gegen Creditores um Unterstützung.

Chamfort schreibt aus seinem Badeaufenthalt in Barèges an die Marquise de Créquy über die Gesellschaft um die Herzogin von Gramont, Schwester des Duc de Choiseul.

In Königsberg stirbt mit nur 56 Jahren der Kaufmann und Bankier Johann Conrad Jacobi, der mit seinem engen Freund Kant 1767 Hamann die Stelle am Packhof verschafft hatte. Jacobi war nicht verwandt, aber bekannt mit den Pempelforter Jacobis.

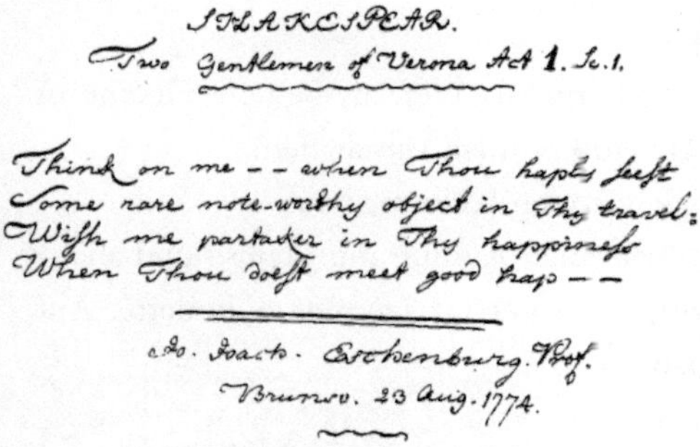
SHAKESPEAR.
Two Gentlemen of Verona Act 1. Sc. 1.

Think on me -- when Thou haply seest
Some rare note-worthy object in Thy travel:
Wish me partaker in Thy happiness
When Thou dost meet good hap --

Jo. Joach. Eschenburg. Prof.
Brunsv. 23 Aug. 1774.

23 Di In Braunschweig verewigt sich Johann Joachim Eschenburg in Ernst Theodor Langers Stammbuch mit einem Zitat von Shakespeare.

Goethes *Clavigo* wird sogleich nach dem Erscheinen uraufgeführt: in Hamburg, von der Ackermannschen Truppe unter Friedrich Ludwig Schröder. (Hatte er ein Vorabexemplar?)

24 Mi Louis XVI. entläßt auf öffentlichen Druck Finanzminister Abbé Terray und den ihn stützenden Kanzler (Justizminister) Maupeou. Der Physiokrat Turgot wird neuer ‹contrôleur général› der Finanzen. Seine Berufung macht das Kabinett Maurepas komplett.

Goethe erläutert seine anwaltliche Bitte um Hilfe für Rachel Wetzlar.

Justus Möser schickt aus Osnabrück die Druckvorlage zum ersten Teil seiner *Patriotischen Phantasien* an Nicolai in Berlin.

25 Do Herders 30. Geburtstag.

Friedrich Wilhelm Gotter, vom heimatlichen Gotha nach Lyon unterwegs, stattet in Frankfurt Goethe einen Besuch ab.

Chamfort triumphiert mit seiner *Éloge de La Fontaine* bei der Akademie von Marseille über La Harpe (→190).

Niccolò Jommelli (Anonym, PhFr 3:199)

Bei Tschorny Jar schlagen Truppen der Zarin unter General Michelson die Reste der Rebellenarmee Pugatschows erneut vernichtend.

In Neapel stirbt während der Nacht Niccolò Jom(m)elli, dort früh und dann international als Opernkomponist bekannt geworden, an seinem zweiten Schlaganfall.

26 Fr In Königsberg wird Hamann um 5 Uhr morgens geweckt: Der Verleger Hartknoch aus Riga ist gekommen, um die Kaufmannstochter Albertine Toussaint zu heiraten.

Catrin Lisbet, Goethes Strumpfwäscherin aus Wetzlar, besucht Goethe in Frankfurt; seine Mutter will ihr ein Auskommen verschaffen.

Turgot fordert Louis XVI. zu tiefgreifenden Reformen auf.

Fritz Jacobi schreibt an Goethe über einen Ausflug mit Heinse und anderen in die Umgebung Düsseldorfs; er dankt für Lavaters Silhouette. Auf den *Werther* freue er sich – habe auch selbst «in deinem Nahmen, den Plan zu einem Roman in Briefen entworfen, und würklich auszuarbeiten angefangen». (Brief 1–5 von *Eduard Allwills Papieren* werden 1775 im vierten Band der Damenzeitschrift *Iris* erscheinen.)

Friedrich Heinrich Jacobi (Anonymer Stich vor 1782)

27 Sa Goethe notiert: Regen nach vier Wochen Dürre. Aus Langen, zwischen Frankfurt und Darmstadt, wo er auf Merck wartet, schreibt er an Lotte nach Wetzlar.

In Paris und ganz Europa hoffen viele auf das neue Regiment in Frankreich. «Der Freudenrausch ist allgemein», schreibt Julie de Lespinasse ihrem Geliebten Guibert.

Fritz Jacobi schreibt an Wieland, Goethe sei ein ‹außerordentliches Geschöpf Gottes›, «ein Besessener, dem fast in keinem Falle gestattet ist, willkührlich zu handeln». Wieland reagiert erst im Oktober, kühl.

In Weimar kommt Christian Gottlob Voigts gleichnamiger Sohn zur Welt, bis zu seinem frühen Tod 1813 «der beste Freund seines Vaters».

Susanna Catharina von Klettenberg rät Lavater zu einer schonenden Diät («keinen lieben Schweizer Käß») und empfiehlt ihm sogar Chinin.

28 So Den 25. Geburtstag seines Sohnes läßt Vater Goethe sich 18 Gulden kosten. Das Wetter ist wieder sehr trocken.

Aus Darmstadt schreibt Merck an Nicolai über Goethe, den kommenden *Werther* und seinen «erbaulichen» Eindruck von Lavater. Er erläutert seinen Wunsch nach einer anderen Tätigkeit.
In Bückeburg kommt Herders erster Sohn Wilhelm zur Welt.
Bodmer in Zürich erzählt Sulzer in Berlin, Lavater finde in Fritz Jacobi physiognomisch «ganz die Mine von einem Niais u. Idioten; auch im Umgang u. der Rede sey er schwach.»
In Hamburg erschießt sich der frühere Zuchthauskatechet und Kirchenlieddichter Dietrich Peter Scriba, der eine Delinquentin geschwängert hatte (→204).
29 Mo Lichtenberg bricht vormittags um 11 Uhr von Göttingen nach England auf, begleitet nur von seinem Bedienten Heinrich Braunhold.
In Heidelberg tragen bisherige Jesuiten, angeführt von Ignaz Hartung, bei einem akademischen Festakt provokante Thesen zur Autorität der Kirche, des Papstes und des Episkopates vor.
30 Di In Weimar stellt der Bankier Jakob Elkan den Antrag, einen jüdischen Begräbnisplatz oberhalb der Schloßbrücke anzulegen.
Lichtenberg kommt um 17 Uhr in Hannover an, wo er zwei Wochen bleiben wird.
31 Mi Österreichische Truppen unter General Gabriel von Splényi marschieren nach dem Frieden von Küçük Kaynarci (→21. Juli) aus Galizien in die seit 1770 russisch besetzte Region ‹Nördliche Moldau› ein, die jetzt offiziell Bukowina genannt wird (am 2. Juli 1776 vertraglich bestätigt). Tags darauf wird in Czernowitz das Hauptkommando eingerichtet; am 19. November sind alle Grenzzeichen «ausgebracht».
Goethe schreibt an Fritz Jacobi, mit einer «Ode, zu der Melodie und Commentar nur der Wandrer in der noth erfindet»: *Wandrers Sturmlied* mit der Schlußstrophe. Dazu schickt er zwei Silhouetten Lavaters für Heinse und Jung.
Über Hans Buff schickt Goethe an Charlotte Kestner in Hannover drei Silhouetten von sich, auch für Mejers und Zimmermann, dazu auf einem umränderten Blättchen ein paar Verse (→172): «... 's ist ohngefähr das garstge Gesicht, Aber meine Liebe siehst du nicht.»

Eine Harfe für Orpheus

Christoph Willibald Gluck: Orphée et Euridice. Tragédie. Opera en trois Actes. Dédiée a la Reine. [...] Representée pour la premiere fois par l'Academie Royale de Musique, le Mardi, 2. Aoust, 1774. Les Parolles sont de Mr. Moline. Gravée par Madame Lobry. Prix 24 ts [livres tournois]. A Paris, Chez Mr. Lemarchand, Editeur, de tous les Ouvrages de cet Autheur. Md. de Musique, rue Fromanteau, Maison du Sellier. A[vec] P[ermission] D[u] R[oi]. Ecrit par Ribiere. (6), 218, (2) S.

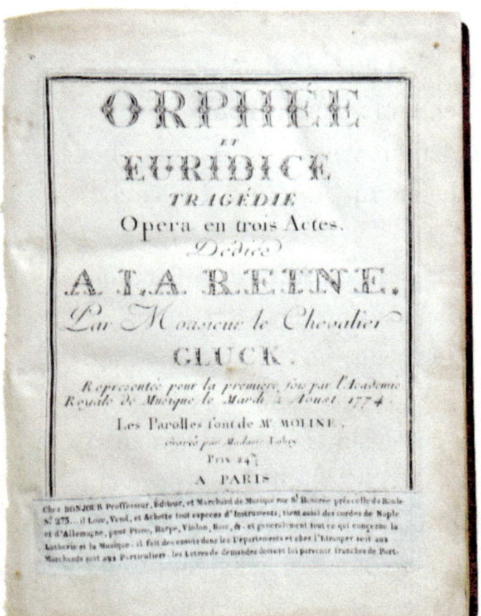

Nach dem Erfolg seiner *Iphigénie en Aulide* im April 1774 (→89) durfte Gluck sich keine Pause gönnen: Mit der Musikakademie waren fünf Werke vereinbart. Pierre Louis Moline, ein alter Pariser Bekannter, hatte Calzabigis *Orfeo* ins Französische übersetzt. Das hieß: Gluck mußte die durchweg orchestral begleiteten Rezitative seiner ersten Reformoper neu schreiben. Die Titelrolle des 1762 in Wien herausgekommenen Werks stimmte er vom Kastratenregister auf den strahlenden ‹Haute-Contre›-Tenor von Joseph Legros herab. Dabei formte er das gräzisierend schlicht angelegte Stück um und baute es deutlich aus: Eine Koloratur-Ariette des Orpheus im ersten Akt, Ballettszenen der Furien und Seligen Geister samt einer Arie der Eurydike im zweiten kamen hinzu; das ‹lieto fine› entwickelte sich zur Tanzsuite. Für all das machte Gluck etliche Anleihen bei sich selbst. Auch die Instrumentation änderte sich; erstmals mußte die Académie eine Harfe aufbieten. Der Premierenerfolg sicherte den historischen Durchbruch der Oper. Zwar sei die Handlung zu dünn für drei Akte, schrieb der *Mercure de France,* «mais la musique supplée à ces défauts».

Der Verleger François Lemarchand, gelernter Oboist, hatte sich mit der *Iphigénie* die Druckrechte an Glucks Werken gesichert. Bis zum 10. August bot er unter seiner neuen Adresse Rue Fromenteau (gleich westlich des Louvre) die Partitur für 17 livres zur Subskription an; noch vor September war sie erhältlich. Spezialisten stachen die Noten: Nicolas Antoine Huguet den ersten Akt, alles weitere «Madame Lobry», das ist Marie Antoinette Hyver, die schon 1769, vor ihrer Heirat mit dem Cellisten und Notengraveur Aimable Joseph Lobry, für Gluck tätig gewesen war und bis zu ihrem Tod im Mai 1778 noch vieles lieferte, darunter die Partitur der *Armide*. Schriftteile, zumindest die Titelseite, übernahm der junge Kollege Ribière, der später auch für Mozart und andere Größen tätig war.

Im Schlußtakt hat Lemarchand den Druck beglaubigend signiert. Ein Sonderblatt enthält seine Lagerliste: Anscheinend war Glucks Iphigénie *schon ausverkauft. Die Verlagsangabe des Titels hat der Musikalienhändler Bonjour in der Rue Saint-Honoré später mit seiner Werbeadresse überklebt, was nicht ungewöhnlich war.*

Kunstgeschichte für die Praxis

[G. E. Lessing:] Vom Alter der Oelmalerey aus dem Theophilus Presbyter. Braunschweig in der Buchhandlung des Fürstlichen Waysenhauses. 1774. 96 S.

Gotthold Ephraim Lessing 1768 (Anonymes Porträt)

»Theophilus humilis presbiter servus servorum dei» beginnt die Handschrift, die Lessing bald nach seinem Amtsantritt als Bibliothekar in Wolfenbüttel fand. Bei Studien zu den Glasfenstern des Klosters Hirsau war ihm hinter einem alten Vitruv, der Georg Agricola und Marquard Gude gehört hatte, ein Codex des 12. Jahrhunderts aufgefallen, der Anleitungen für die bildenden Künste enthielt; zur Freude des Kulturhistorikers gesellte sich bald der Plan, dem Landesherrn vorzuführen, daß die ererbten Bücherschätze auch einen praktischen Nutzen haben könnten. An Maltechnik war der kunstsinnige Regent gewiß interessiert. So greift Lessing für seine Abhandlung, die er Herzog Carl am 12. August 1774 als «Kleinigkeit» sendet, nur die Methode heraus, Leinöl zum Anrühren von Pigment zu nutzen, die man bislang meist dem Jan van Eyck zugeschrieben hatte. Geschickt werden antiquarische Erörterungen, samt Zitaten aus Vasari und anderen Autoritäten, in Exkurse von a bis y abgeschoben, so daß der vorangestellte Haupttext schlagend die Prioritätsfrage beantworten kann. Im Begleitbrief weist Lessing aber darauf hin, daß Theophilus «viel andere besondere Dinge» beschreibe, womöglich gar vergessene Techniken. Deshalb bitte er um die Erlaubnis, das Manuskript «ganz drucken zu

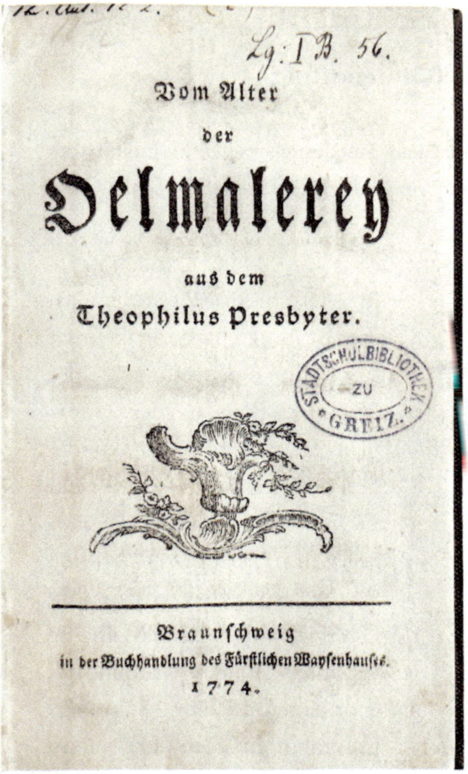

Vom Alter
der
Oelmalerey
aus dem
Theophilus Presbyter.

Braunschweig
in der Buchhandlung des Fürstlichen Waysenhauses.
1774.

lassen», zumal da einzelne «Handgriffe und Vortheile» vielleicht «noch itzt auf den Glashütten in Ewr. Durchlaucht Landen mit Nutzen» anwendbar seien. Bald nach Lessings Tod erschien im sechsten Wolfenbütteler *Beytrag* die Edition, die er trotz seiner fortschreitenden Erblindung erarbeitet hatte; nur eine Einleitung fehlte noch. Heute ist sein Fund als Hauptquelle der Kunstgeschichte anerkannt: Das Werk des mittelalterlichen Tausendsassas, der höchstwahrscheinlich Ruger von Helmarshausen hieß, wird gewöhnlich unter dem Titel «Diversarum artium schedula» geführt; es erläutert alle Arten der Malerei und Vergoldung, auch in Manuskripten, der Glaskunst vom Blasen und Einfärben bis zu der Verlötung farbiger Fenster, schließlich Metallarbeiten, darunter eine Fülle anspruchsvoller Verfahren wie die Trennung von Gold und Silber. Am ausführlichsten ist der Glockenguß beschrieben. Im letzten der drei Bücher geht es um Werkstätten und Arbeitsgerät, zum Beispiel eine Drehbank. Lessings «erheblicher Beitrag zur Geschichte der Kunsttechnik des Mittelalters» (Erich Schmidt) wurde fast nur von Fachleuten wahrgenommen; immerhin spürte Rudolf Erich Raspe (→ 16. Oktober) nach seiner Flucht in England weitere Manuskripte des Traktats auf.

Lessing schenkte ein Exemplar der eben verwitweten Ernestine Christine Reiske. Das Büchlein ist nicht häufig; der große Lessingforscher Carl Redlich besaß es nicht. – Die Seiten 19 und 31 sind, wie stets, durch verbessernde ‹Cartons› ersetzt.

Vorlage zum Bühnenerfolg

Die wahre Geschichte des Clavigo. Aus dem Französischen der Memoiren des Herrn von Beaumarchais übersetzt. Hamburg, in der Heroldischen Buchhandlung, 1774. 80 S.

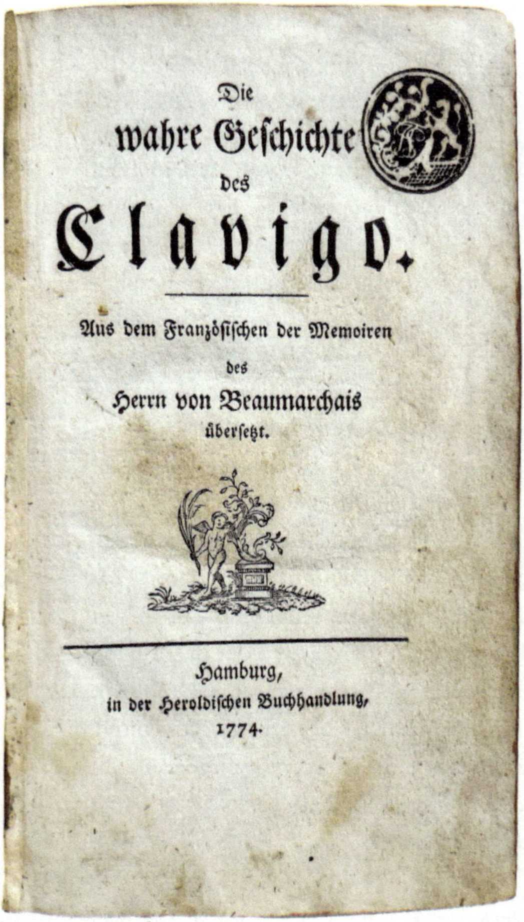
Die
wahre Geschichte
des
Clavigo.
Aus dem Französischen der Memoiren
des
Herrn von Beaumarchais
übersetzt.
Hamburg,
in der Heroldischen Buchhandlung,
1774.

Im vierten *Mémoire à consulter*, das Beaumarchais im Februar 1774 als Fortsetzung seiner Rechtfertigung in der Goezman-Affäre publiziert, findet sich auf den Seiten 64–99 ein *Fragment de mon voyage d'Espagne*, worin Beaumarchais seine Rache an Clavijo erzählt. Goethes in der ersten Maihälfte verfaßtes Drama wird im Juli gedruckt und von Schröders Ensemble in Hamburg schon am 23. August erstmals aufgeführt. Auch Wieland reagiert schnell: Im Augustheft des *Teutschen Merkur* (S. 153-213) bringt er nach zehn Seiten Einleitung eine nur minimal geraffte, allerdings um den Schluß gekürzte Übersetzung des *Mémoire*, die sein damals sehr emsiger Mitarbeiter Friedrich Heinrich Jacobi geliefert hat. Die Konkurrenzversion aus der traditionsreichen Hamburger Verlagsbuchhandlung Herold, 1774 betrieben von Anna Maria Herold und ihren zwei Söhnen, ist leider anonym geblieben, wird aber von einem Literaten aus Schröders Umfeld stammen, zumindest einem Norddeutschen: Er sagt lieber «Schnickschnack» als «Geschwätz» (32/*Merkur* 191) und bleibt um der Treue willen etwas steifer als Jacobi («Bitterkeit» statt «Gram», 41/200). Nach einem Hinweis auf den Bühnenerfolg gibt er an, daß er von Goethes Text, «wo er bloß übersetzt hat, seine Worte ganz beybehalten habe» (5). Dies trifft weitgehend zu. Wahrscheinlich kommt das Büchlein zur Herbstmesse heraus; dafür spricht auch, daß Christian Daniel Schubart die Neuheit am 14. November in seiner *Deutschen Chronik* kurz bespricht – übrigens auf Kosten von Goethes Drama, das im Vergleich mit dem *Götz* «nur ein mittelmäßiges Stück» sei. Mit erheblicher Verzögerung wird Nicolais tonangebende *Allgemeine Deutsche Bibliothek* dann gravitätisch urteilen, die Hamburger Übersetzung sei «mit Treue und Einsicht verfertigt» (1776/2, S. 374).

Das vorliegende Exemplar gehörte dem Ballettmeister und Komponisten Joseph Schmallögger, der seit 1773 von Bratislava bis Buda und Pest als Impresario tätig war. Er setzte 1777 auf Schloß Esterhazy sogar ein Werther-*Ballett in Szene, worin er und seine Frau die Hauptrollen tanzten.*

Weltweisheit bis zur Sauna

Versuche über die Geschichte des Menschen von Heinrich Home. Aus dem Englischen übersetzt. Erster [und: Zweyter und letzter] Theil. Mit Churfürstl. Sächs. gnädigstem Privilegio. Leipzig, bey Johann Friedrich Junius. 1774 [1775]. (8), 712; (10), 364 S.

Henry Home (David Martin, posthum 1794, Detail)

Seine *Elements of Criticism* (1762), als *Grundsätze der Kritik* rasch auch auf deutsch verfügbar, hatten Home, seit 1752 Lord Kames, bekannt gemacht. Für die *Sketches of the History of Man,* das «child of my grey hairs», hatte der hohe schottische Richter, ein Mentor Humes und Adam Smiths, Freund Franklins und Macphersons, nach eigenen Worten drei Dezennien gesammelt. Noch im Jahr der Originalausgabe brachte Anton Ernst Klausing, ein Sprach-Fachmann aus Leipzig, zur Herbstmesse den ersten Teil seiner Übersetzung heraus; ein Kraftakt angesichts der enormen Themenvielfalt: In 23 teils buchlangen Essays kommt alles zur Sprache, was in Deutschland damals Weltweisheit heißt, von Volkscharakteren und den klar umreißbaren Rollen der Geschlechter bis zur Religionsgeschichte, von Homer, ‹Ossian› und Shakespeare über die Kochkunst bis zum Unabhängigkeitsstreben der Kolonien. Stets werden Ursprünge und «progress» («Wachsthum») erörtert, ohne Theorieballast, dafür anhand zahlloser einzelner Nachrichten; einmal erwähnt der enzyklopädisch interessierte Jurist sogar lappländische Saunen. Beweisen lasse sich historisch wenig, sagt Home; simple Klimatheorien weist er zurück, Linnés Gattungsordnung ebenso. Statt dessen sucht er ausdrücklich analogisch nach der «Absicht der Natur» und plädiert bei aller Detail- und Thesenfreude dafür, daß letztlich die «Vorsehung» zu Moral und Geschmack anleite, auch wenn Despotie

Versuche
über die
Geschichte
des
Menschen
von
Heinrich Home.
Aus dem Englischen übersetzt.
Erster Theil.
Mit Churfürstl. Sächs. gnädigstem Privilegio.
Leipzig,
bey Johann Friedrich Junius. 1774.

und Luxus zuweilen Dekadenz erzeugten. Mag die aufklärerische «Nützlichkeitskrämerei» (Windelband) Homes Einsichten auch Grenzen setzen, beispielsweise wenn er die antiken Griechen philosophisch scharfsinnig, in ihren Göttervorstellungen hingegen «abergläubisch bis zur Narrheit» nennt – man respektiert den moderaten, tatsachennahen Optimismus des raisonnierenden Gentlemans. Leider nenne der Autor selten seine Quellen, klagte der *Teutsche Merkur* 1775, doch die «oft sinnreich gewählten Beyspiele» seien allemal instruktiv. Herder hatte schon Ende September 1772 die schottischen Essayisten für ihre «Philosophie der Gestalten und Veränderungen des Menschlichen Geschlechts nach Maasgabe der Geschichte und Erfahrungen» gerühmt. Nur einzelne Ansichten Homes, zum Beispiel die von der parallelen Entstehung des Menschen in verschiedenen Weltgegenden, mußte er ablehnen. Der universal entwicklungsgeschichtliche Blick des Werkes, dessen zweite, nun vierbändige Auflage (1778) nicht mehr übersetzt wurde, sollte zu einem wichtigen Vorbild für die souverän skizzierende Form wie auch den umfassenden Anspruch von Herders *Ideen* (1784–1791) werden.

Eifersüchteleien im Olymp

Chamfort, Nicolas Sébastien Roch: Éloge de La Fontaine, Ouvrage qui a remporté le Prix, au jugement de l'Académie de Marseille, le 25 d'Août 1774. – Æsopo ingentem Statuam posuêre Attici. Phed. L. II. Epilog. – A Paris, Chez Ruault, Libraire, rue de la Harpe. MDCCLXXIV, Avec Approbation, et Permission. 48 S.

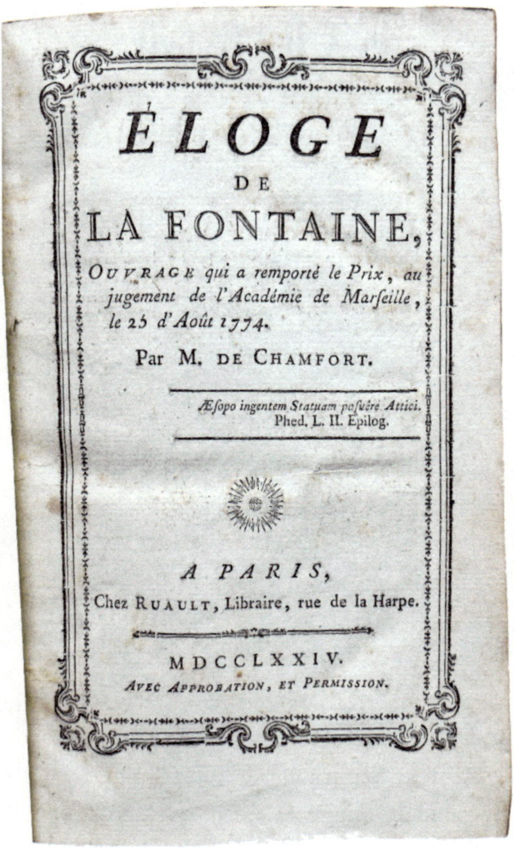

ÉLOGE
DE
LA FONTAINE,
OUVRAGE qui a remporté le Prix, au jugement de l'Académie de Marſeille, le 25 d'Août 1774.
Par M. DE CHAMFORT.
Æſopo ingentem Statuam poſuêre Attici.
Phed. L. II. Epilog.
A PARIS,
Chez RUAULT, Libraire, rue de la Harpe.
MDCCLXXIV.
AVEC APPROBATION, ET PERMISSION.

In der Académie Française hielt seit 1640 jedes neue Mitglied eine Lobrede auf den großen verewigten Vorgänger. ‹Grandes hommes› zu ehren galt nach 1735 vielen, selbst Voltaire, als nationale Aufgabe. 1758 begann die Pariser Académie auch in Rednerwettbewerben ‹Éloges› zu fordern. Chamfort hatte dort 1769 mit einer Würdigung Molières den Preis davongetragen und auch in Marseille schon 1767 gleich mehrfach gesiegt; jetzt hingegen kommt sein Erfolg gegen den favorisierten Jean François de La Harpe überraschend. Die Preisreden bringen viel Erwartbares zur kunstreichen Einfachheit des Fabeldichters; während La Harpe das «enfant de la nature» und seine «simplicité rare» bemerkt, lobt Chamfort in La Fontaine den «bon sens naturel», der eine aufklärerische «raison simple, ma lumineuse» entfalte. Allen Konkurrenten ist indessen bewußt, daß Voltaire, noch immer tonangebend in der literarischen Welt, nicht viel von La Fontaine hält. Auf die zugesandten Arbeiten reagiert der 80jährige Großliterat zunächst diplomatisch. Seinem Günstling La Harpe schreibt er, La Fontaine sei gewiß keines der «grands génies», allenfalls unter den «talents aimables»; Chamfort wiederum, der frech behauptet hatte, Molière und La Fontaine seien Frankreichs originellste Dichter und hätten weder Vorgänger noch Nachfolger gehabt, bekommt zu lesen: «La Fontaine n'aurait jamais pu parler d'Ésope et de Phèdre aussi que vous parlez de lui». Voltaire beharrt auch darauf, unter den Fabeln «les mauvaises sont bien mauvaises». Früh angeregt von der Marquise du Deffand, wird Voltaire dann 1776 sein Verdikt über La Fontaine und dessen ihm besonders verhaßte ‹Contes› bekräftigen, in der satirisierenden Versdichtung *Le Dimanche ou les filles de Minée,* samt einer *Lettre.* Das Kompositwerk wird zunächst camoufliert verbreitet unter dem Namen von Antoine Louis de Chalamont de La Visclède, dem verstorbenen Mitgründer und Sekretär der Marseiller Akademie, den der alte Maskenspieler Voltaire so quasi als Oberrichter gegen Chamfort aus dem Jenseits heraufbeschwören wollte.

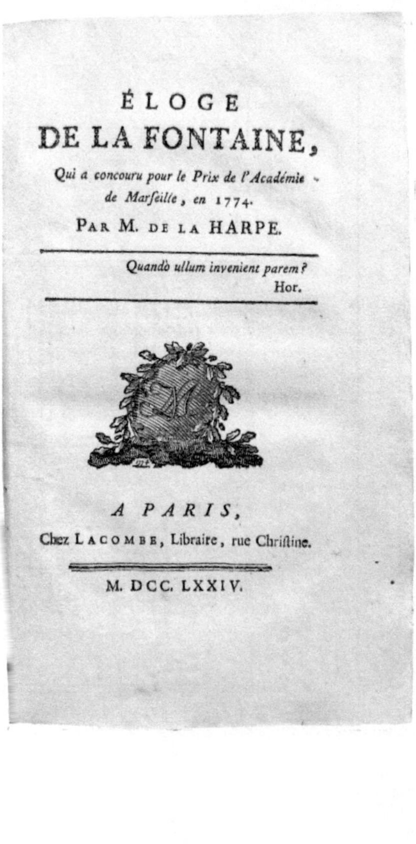
ÉLOGE
DE LA FONTAINE,
Qui a concouru pour le Prix de l'Académie de Marseille, en 1774.
PAR M. DE LA HARPE.

Quandò ullum invenient parem?
Hor.

A PARIS,
Chez LACOMBE, Libraire, rue Christine.
M. DCC. LXXIV.

Chamforts siegreiche Éloge, die kürzeste, eröffnet den vorliegenden Sammelband. Sie erscheint beim selben Pariser Verlagsbuchhändler wie bald darauf Beaumarchais' Barbier de Séville. *Kurioserweise hat er seinen Sitz in einer Straße, die heißt wie Chamforts Rivale: La Harpe, dessen Text (64 S.) sich hier anschließt. Es folgen zwei weitere unterlegene Éloges, anonym gedruckt: von Gabriel Henri Gaillard (64 S.) – in Marseille wenigstens belobigt – und von Jacques André Naigeon, der sein Opus (78 S.) ebenfalls an Voltaire schickt und dafür einen stichelnden Dankesbrief erhält.*

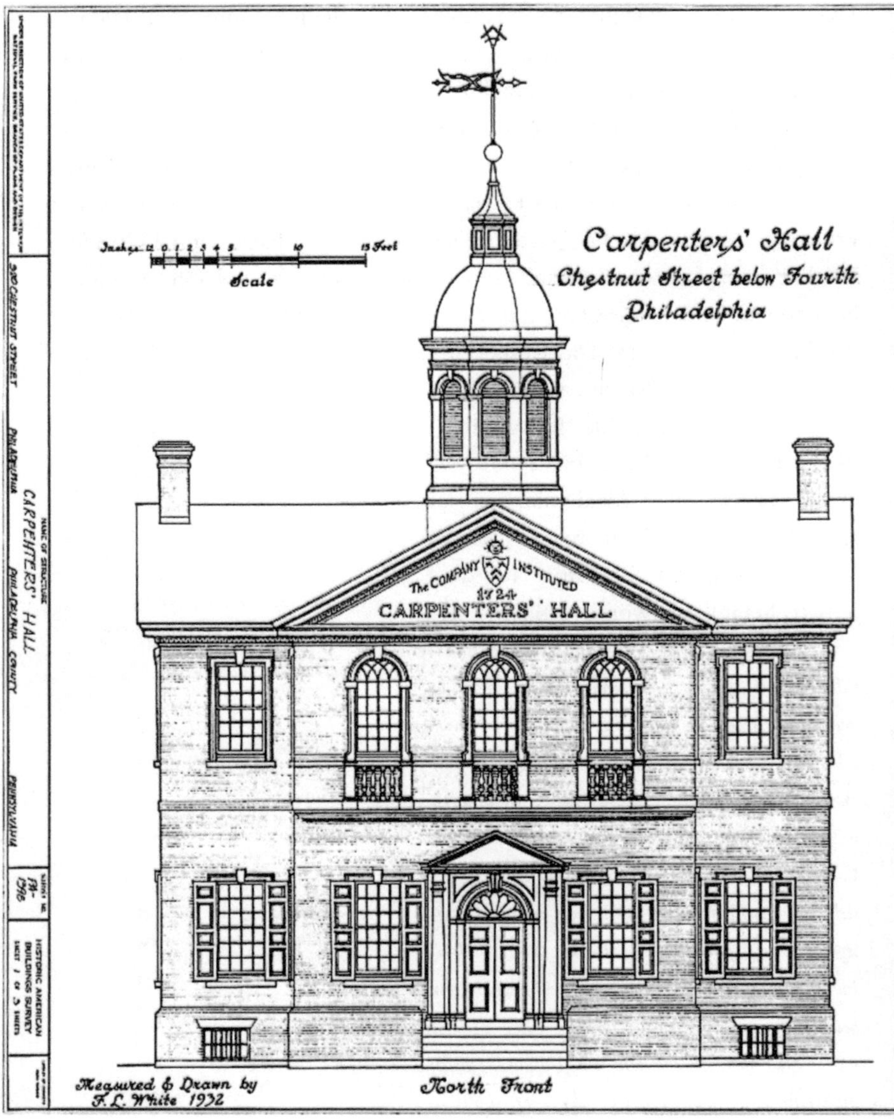
Carpenters' Hall
Chestnut Street below Fourth
Philadelphia
Scale
The COMPANY INSTITUTED
1724
CARPENTERS' HALL
North Front
Measured & Drawn by
F.L. White 1932
NAME OF STRUCTURE
CARPENTERS' HALL
320 CHESTNUT STREET
PHILADELPHIA
PHILADELPHIA COUNTY
PENNSYLVANIA
HISTORIC AMERICAN
BUILDINGS SURVEY

September 1774

1 Do In Charlestown bei Boston läßt Gouverneur Thomas Gage frühmorgens durch 260 britische Soldaten Schießpulver und Kriegsmaterial beschlagnahmen. Vom «Powder Alarm» aufgeschreckt, brechen gut 10 000 Milizionäre nach Boston auf. Massachusetts rechnet mit einem Bürgerkrieg.

Fürst Ludwig von Nassau-Saarbrücken schließt mit seiner Mätresse, der Bauerntochter Katharina Margaretha Kest, dem «Gänsegretel von Fechingen», eine Ehe zur linken Hand. (Ihr werden sechs Kinder entspringen, nach der Ehe zur rechten Hand (1. März 1787) ein weiterer Sohn.)

2 Fr Goethe repliziert für Horn auf Einwände Luthers.

Ernst Theodor Langer, jüngst aus Braunschweig nach Hannover gekommen, erhält dort zwei Eintragungen für sein Stammbuch: Johann Georg Zimmermann («Pain bis et Liberté») und Johann Adolf Schlegel.

Der gefragte Porträtmaler John Singleton Copley, als Loyalist im Juni aus Boston geflohen, kommt nach Paris.

3 Sa Casanova erhält in Triest das Begnadigungsschreiben der venezianischen Staatsinquisition. Er ist überglücklich.

Lenz schreibt sich an der Straßburger theologischen Fakultät ein. Er lebt vom Stundengeben.

4 So James Cook gelangt zu einer der größten Inseln im Pazifik. Er nennt sie Neukaledonien und ankert dort bis zum 13. September.

Der Entdecker Pierre Sonnerat bricht zu natur- und landeskundlichen Forschungen nach Indien, Ceylon, Malakka und China auf.

5 Mo In Philadelphia versammeln sich 56 Delegierte aus zwölf amerikanischen Kolonien – ohne Georgia – auf dem ersten Kontinentalkongreß (bis zum 26. Oktober). Man tagt in der Carpenters' Hall, dem Zunfthaus der Zimmerleute; Peyton Randolph aus Virginia präsidiert.

In Greifswald kommt Caspar David Friedrich zur Welt.

6 Di In Philadelphia erklärt der Kongreßabgeordnete Patrick Henry programmatisch: «I am not a Virginian, but an American.»

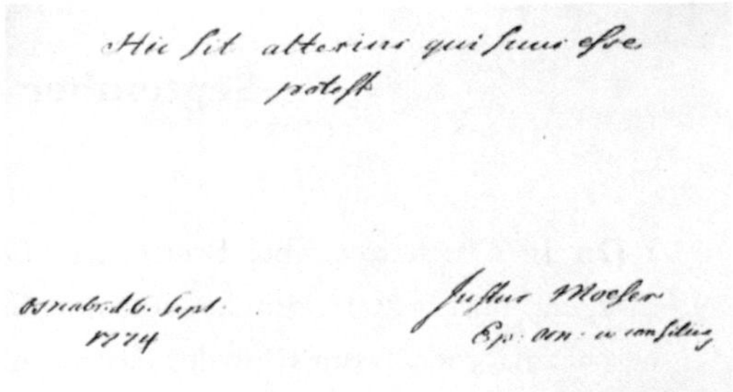

Justus Möser schreibt sich in Osnabrück in Ernst Theodor Langers Stammbuch ein.

7 Mi Lavater erzählt Goethe von den Wunderheilungen des katholischen Exorzisten Johann Joseph Gaßner, der bislang Pfarrer in Klösterle bei Bludenz war (→ 12. November). Er fragt: «Was würdest du thun?»

8 Do Kapitän Kerguelen (→ 6. Januar) kehrt von seiner zweiten Expedition ins Südmeer auf der ‹Roland› nach Brest zurück. (In der Folge muß er zugeben, daß er kein blühendes «Frankreich des Südens» entdeckt hat.)
In Coesfeld wird die spätere Visionärin Anna Catharina Emmerick geboren.

9 Fr Die Regierung von Suffolk County, Massachusetts, erklärt einen Boykott auf britische Waren. Die ‹Suffolk resolves›, schon von Burke als wichtiger Schritt zur Abspaltung eingeschätzt, werden am 17. September vom Kontinentalkongreß in Philadelphia einstimmig angenommen.
Goethe schildert anwaltlich erneut die Notlage von Rachel Wetzlar.
Gleims *Halladat* ist in Bodes Hamburger Offizin fertig gedruckt.
Sulzer meldet Bodmer: «Der zweite Theil der Theorie hat die Preße verlaßen» (→ 226) – er fühle sich sorglos und beschäftigungslos zugleich.

10 Sa Nachmittags zwischen 4 und 5 Uhr lassen zwei heftige Erdstöße um Altdorf im Kanton Uri drei Kirchtürme einstürzen. Selbst bei Ulrich Bräker im Toggenburg fallen Ziegel von den Dächern.
In Düsseldorf trägt sich Georg Jacobi in Langers Stammbuch ein.
In Paris stirbt der Stecher, Sammler, Verleger und Kunsthändler Pierre Jean Mariette, Sproß einer Familiendynastie.

11 So Basedow gründet in Dessau sein ‹Philanthropinum›.

12 Mo Neapels strenger Staatsminister Bernardo Tanucci verfaßt ein Gesetz, das höheren Richtern vorschreibt, Urteile öffentlich zu begründen; es tritt am 23. September und 8. Oktober in Kraft. Der Jurist Gaetano Filangieri rechtfertigt die Reform noch 1774 in seiner ersten Abhandlung. (Filangieri wird Goethe Anfang März 1787 auf Vico hinweisen.)

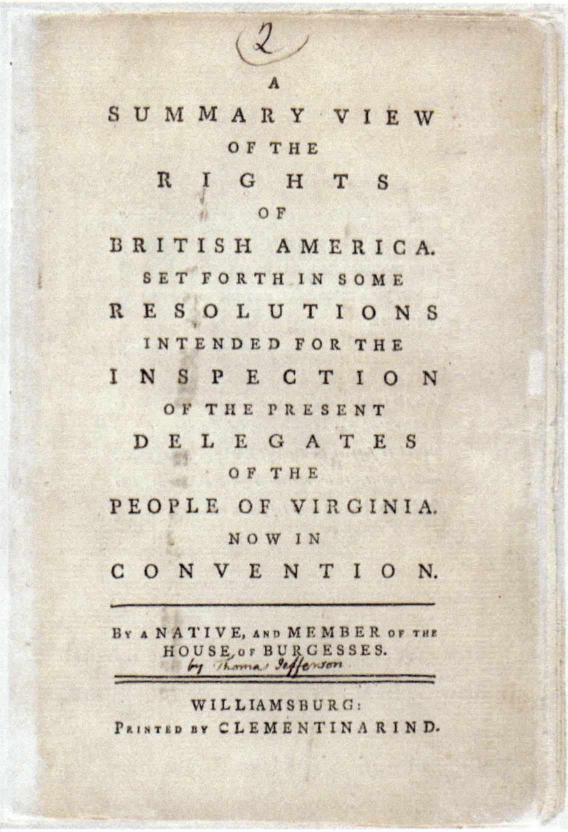

(2)

A
SUMMARY VIEW
OF THE
RIGHTS
OF
BRITISH AMERICA.
SET FORTH IN SOME
RESOLUTIONS
INTENDED FOR THE
INSPECTION
OF THE PRESENT
DELEGATES
OF THE
PEOPLE OF VIRGINIA.
NOW IN
CONVENTION.

BY A NATIVE, AND MEMBER OF THE
HOUSE OF BURGESSES.
by Thomas Jefferson

WILLIAMSBURG:
PRINTED BY CLEMENTINA RIND.

Thomas Jeffersons Denkschrift entstand 1774 für den Kontinentalkongreß in Philadelphia – ein bedeutender Schritt auf dem Weg zur Unabhängigkeitserklärung der USA. (Jeffersons Handexemplar)

13 Di Klopstock, dem Markgraf Carl Friedrich von Baden eine Pension von 600 Gulden und den Hofratstitel angetragen hat, bricht aus Hamburg mit der fahrenden Post nach Karlsruhe auf. Sein Weg führt über Celle (14.), Hannover (15.) und Einbeck (16.) zunächst nach Göttingen.

In Königsberg heiratet Johann Friedrich Hartknoch Albertine Toussaint (→ 26. August).

Claudius in Wandsbeck schreibt an Herder in Bückeburg. Er berichtet von der Abreise Klopstocks und erklärt, warum der Druck von Johann Georg Hamanns *Prolegomena* sich so lange verzögere: Bode habe «am *Tristram* und sonst heiß zu thun».

Heinse in Düsseldorf erzählt etwas verspätet den Freunden in Halberstadt: «Göthe war bey uns; ein schöner Junge von fünf und zwanzig Jahren, der vom Wirbel bis zur Zehe Genie und Kraft und Stärke ist; ein Herz voll gefühl, ein geist voll Feuer mit Adlerflügeln, qui ruit immensus ore profundo [nach Horaz c. 4, 2, 7 über Pindar] – und mit ihm Lavater und nicht weit davon Basedow; wovon sich viel erzählen ließ …».

Casanovas Venedig (Kupferstich von Visentini nach Canaletto, 1742)

14 Mi Casanova trifft in seiner Vaterstadt Venedig ein, nach fast acht Jahren Verbannung und 28 Jahren Abwesenheit. Er beginnt damit, Homers *Ilias* in ottave rime zu übersetzen.

Goethe geht abends in die Komödie und trifft dort Maxe Brentano.

15 Do In Leipzig wird ein Kiste geöffnet: Sie soll Schuldscheine enthalten, die der Okkultist Johann Georg Schrepfer aus adligen Freimaurerkreisen Sachsens erhalten hat. Der Inhalt erweist sich als wertlos (→ 8. Oktober).

Goethe klagt Sophie La Roche, Wieland habe Lenz «aufgereizt». Er schickt ihr die *Freymüthigen Briefe* über Wiens Gelehrsamkeit (1774, von Sattler, Mieg und Afsprung), die er «recht brav» nennt.

16 Fr Auf dem Kontinentalkongreß in Philadelphia schlägt Joseph Galloway, enger Vertrauter Benjamin Franklins, einen Kompromiß vor: weiter Bindung an Großbritannien, aber ein eigenes Parlament für die Kolonien. Der loyalistische Vorschlag scheitert an einer fehlenden Stimme.

In Paris beobachtet Lavoisier, daß beim Erhitzen von Quecksilberoxid metallisches Quecksilber entsteht – ein Indiz für Sauerstoff.

In diesen Tagen trifft Goethe auf Empfehlung von Sophie La Roche den in Frankfurt weilenden Freiherrn von Groschlag, noch Kanzler des Fürstbischofs von Mainz, mit Frau. Groschlag lädt ihn zu sich nach Dieburg ein.

17 Sa Lavater schreibt an Goethe er bittet u.a. Basedow um Herders *Auch eine Philosophie*. Er erwarte den gedruckten *Werther* «u. Faust – ein paar Stellen draus».

In Bologna wird als Sohn eines Zimmermanns Giuseppe Gasparo Mezzofanti geboren. (1833 wird er Kustos der Vaticana; er soll 57 Sprachen verstanden, 38 auch gesprochen haben.)

18 So Der Verleger Deinet in Frankfurt meldet Hofrat Ring, er habe 200 Stück eines *Clavigo*-Nachdrucks gekauft, «an gute Freunde zu 15 Kreuzer».

Klopstock kommt zu den Hainbündlern. Hahn und die Millers haben ihn am Freitag in Einbeck begrüßt und den Sonnabend dort mit ihm beim Gastgeber, dem Superintendenten Kayser, verbracht. Nun speist man in Bovenden und plaudert im sonnigen Garten; erst abends geht es nach Göttingen. Klopstock logiert im freien Zimmer Boies; er meidet Kontakte, auch um professoralem Spott über die *Gelehrtenrepublik* auszuweichen.

Garve in Breslau meldet Zollikofer, Engel übersetze Platons *Apologie*.

19 Mo Klopstock kann frühmorgens nicht von Göttingen fort, weil «wegen der Haber Erndte… schlechterdings keine Pferde, auch nicht einmal Extrapost» (Miller) zu bekommen sind. Also lauschen ihm die begeisterten Hainbündler weiter «den ganzen Tag» (Voß).

In Wien kommt Beaumarchais nach diplomatischem Verkehr mit Frankreich frei. Mit 1000 Dukaten Entschädigung sowie 50 für seinen Bedienten reist er sogleich nach Paris ab. Dort wird er für die Vernichtung der Enthüllungsschrift gegen Marie Antoinette und seine Spesen enorme 72 000 Francs erhalten.

Die britischen Marinesoldaten von den Falkland-Inseln erreichen auf der ‹Endeavour› unter Leutnant Clayton den Hafen von Portsmouth.

20 Di Klopstock bricht um 5 Uhr morgens in einer offenen Mietkutsche nach Kassel auf, begleitet von Hahn und den beiden Millers. In Münden an der Weser besuchen sie Konrektor von Einem und seine Tochter Lotte, die Hölty «das kleine Entzücken» genannt hat. Nach vier Stunden Fahrt

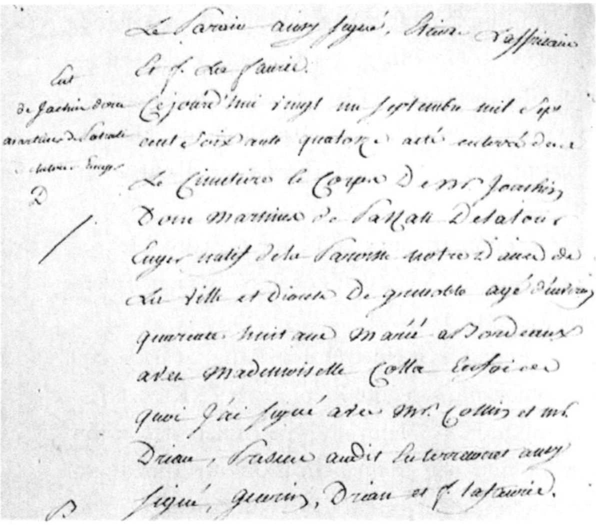

Sterbeurkunde des Theosophen Jacques Martinez de Pasqually

im Regen kommen sie um 22 Uhr «gantz durchnässt und erkältet» im Kasseler Gasthof ‹Stralsund› an. Dort treffen sie auf Johann Anton Leisewitz, der ihnen drei Stunden weit vergeblich entgegengeritten war.

Frankreichs Finanzminister Turgot gibt den Getreidehandel frei, was sogar im Rat des Königs auf Widerstand gestoßen ist.

In Port-au-Prince auf Santo Domingo stirbt Jacques Martinez de Pasqually, der den freimaurerisch-theosophischen Mysterienbund ‹Ordre des Chevaliers Maçons Élus Cohen de L'Univers› begründete.

21 Mi Klopstock besucht in Kassel den Literaten Christian Casparson. Sie begeben sich auf den Weißenstein (Wilhelmshöhe) zu Casparsons Freund, dem Maler Johann Heinrich Tischbein d. Ä.

In Edinburgh muß James Boswell mit ansehen, wie sein erster Mandant, der Schafdieb John Reid, gehängt wird.

Patrioten Neuenglands gründen in Worcester, Massachusetts, eine Milizbereitschaft mit Signalen, Meldereitern und abrufbereiten ‹Minutemen›.

22 Do In Rom stirbt Papst Clemens XIV., der im Vatikan das Museo Clementino begründet und am 21. Juli 1773 den Jesuitenorden aufgehoben hatte – nicht vergiftet, wie bald kolportiert wird. (Erst am 15. Februar 1775 wird sein Nachfolger Pius VI. gekrönt, der bis 1799 regiert.)

Goethe schickt das erste Widmungsexemplar des *Werther* an Lotte nach Wetzlar. Das Buch komme «erst die Leipziger Messe in's Publikum». Auch Sophie La Roche erhält ein Exemplar; sie soll es Fritz Jacobi weitergeben.

Klopstock kommt nicht aus Kassel fort, weil die reguläre Kutsche schon belegt ist. Er besucht mit den Hainbündlern abends wieder den Maler Tischbein; sie speisen bei Casparson.

Talleyrand wird Bakkalaureus der Theologie an der Sorbonne. Die Abschlußarbeit hat wohl weitgehend sein Mentor Charles Mannay verfaßt.

23 Fr Goethe schickt an Kestner noch einen Brief für Lotte nach.

Friedrich Gottlieb Klopstock (PhFr 1:244)

In Kassel besuchen Klopstock und die Hainbündler wieder Tischbein, dann die Menagerie und das Marmorbad; nachmittags begleiten sie Tischbein heim auf den Weißenstein.

Schillers Eltern übergeben ihren Sohn Friedrich «gänzlich den Diensten des Herzoglichen Württembergischen Hauses», was ihm eine Beamtenstelle sichert.

Georg Jacobi in Düsseldorf bittet Gleim nochmals um Abonnenten für die *Iris*: «Es ist hohe Zeit, daß mit dem Druck angefangen werde.»

24 Sa Galiani in Neapel plädiert gegenüber seiner Pariser Brieffreundin Madame d'Épinay zugunsten der höheren Kultur gegen die Pressefreiheit.

Mittags reist Klopstock von Kassel ab. Die Brüder Miller und Hahn fahren nach Göttingen zurück; sie kehren mit Leisewitz wieder bei Konrektor von Einem in Münden ein.

Goethe resümiert anwaltlich für Bonn die Rechtslage gegen Rindskopf; er reist dann bald nach Friedberg ab.

25 So Der gefangene Rebellenführer Jemeljan Pugatschow wird in Jaisk den russischen Regierungstruppen unter Graf Peter Panin übergeben.

Lichtenberg geht nach 15 Uhr in Harwich an Land.

26 Mo Klopstock kommt in Friedberg an und begegnet dem dort auf ihn wartenden Goethe.

27 Di Um 16:30 Uhr erreicht Lichtenberg London. Er wohnt Lower Grosvenor Street bei Lord Boston, der gerade auf seinem Gut Hedsor weilt. Klopstock und Goethe treffen abends in Frankfurt ein.
Vater Goethe kauft – auf Empfehlung seines Sohnes? – für 36 Kreuzer die *Freimütigen Briefe* über die Wiener Gelehrsamkeit (→ 15. September).
Großadmiral Graf Orlow schreibt an Zarin Katharina über die Kronprätendentin ‹Elisabeth›, die sich aus Ragusa an ihn gewandt hat: Er plane, «sie auf ein Schiff zu locken und direkt nach Kronstadt zu schicken».
28 Mi Lichtenberg besucht zum ersten Mal das Londoner Covent Garden Theatre. Gegeben wird die beliebte Pastiche-Operette *Love in a Village,* 1762 von Thomas Arne arrangiert auf das Libretto von Isaac Bickerstaff.
Goethe lernt den Naturforscher Johann Lorenz Böckmann, aus Lübeck gebürtig, vom Karlsruher Gymnasium kennen, der Klopstock in Frankfurt abholt. Sie besuchen in der Eschenheimer Gasse Familie Crespel; Goethe gibt Böckmann den *Satyros* zu lesen mit.
In Beaconsfield werden Hester Thrale und Dr. Samuel Johnson, die auf der Rückreise aus Wales sind, herzlich von Edmund Burke empfangen.

Hester Thrale und ihre gleichnamige Tochter (J. Reynolds, um 1777)

29 Do (Michaelis) Klopstock reist morgens mit Goethe und Böckmann nach Darmstadt ab, wo sie Herders Schwager Rat Hesse und Merck treffen. Goethe bleibt bei Merck und regt ihn zum Zeichnen an.
Johann Heinrich Voß meldet aus Göttingen seiner Mutter in Penzlin die Verlobung mit Ernestine Boie.

Wilkes-Karikatur (Riepenhausen nach Hogarth 1763)

In der Londoner Guildhall wird der Populist John Wilkes zum Lord Mayor gewählt.
Lichtenberg übersiedelt zu Sir Francis Clerke, Oxford Street. Am Abend besucht er erstmals das Drury Lane Theatre, wo u. a. Shadwells *The Fair Quaker of Deal* (1710) gegeben wird.
Von Kapstadt aus bricht der Botaniker Carl Peter Thunberg zu seiner dritten und letzten Erkundungsreise auf, in die südwestafrikanische Region von Namaqua.
Die Theatertruppe Abel Seylers spielt von nun an in Leipzig. Der vielseitige Literat Christian Felix Weiße hat für Madame Seyler eine Antrittsrede gedichtet.
30 Fr Klopstock und sein Freund Böckmann reisen bis Mannheim oder Heidelberg.
Lavater dankt Goethe für das Lancieren einer Ehrenerklärung in den *Frankfurter Gelehrten Anzeigen*. Er kündigt «20. Probdrüke ohn Einen Buchstaben» zu seinen *Physiognomischen Fragmenten* an.
Dr. Johnson kehrt mit Hester Thrale von der Fahrt durch Nordwales nach London zurück. Er nimmt die Druckkorrektur seines Buches über die Hebridenreise wieder auf.
Scheele schreibt aus Uppsala an Lavoisier, wie er «Feuerluft» (Sauerstoff) aus Silberkarbonat isoliert habe. (Lavoisier wird nie zugeben, er habe den Brief erhalten; er findet sich nur als Kopie unter Scheeles Papieren.)
Thomas Warton schreibt nach dem Erfolg des ersten Bandes seiner bahnbrechenden *History of English Poetry* an seinen Oxforder Freund, Bodleys Bibliothekar John Price: «I have the pleasure to tell you that great part of the second volume of my History is ready for press». (Er wird aber erst 1778 erscheinen.)

Leiden des frühen Ruhmes

Die Leiden des jungen Werthers. Leipzig, in der Weygandschen Buchhandlung. 1774. 224 S.

Die Leiden
des
jungen Werthers.
Erster Theil.
Leipzig,
in der Weygandschen Buchhandlung.
1774.

Dem epochalen Rang des Werkes angemessen, ist seine Entstehung längst akribisch ergründet. Goethes Freundschaft zu Charlotte Buff und Johann Christian Kestner seit dem 9. Juni 1772, die Heirat am 4. April 1773, zu der Goethe die Eheringe besorgte, dazwischen der Selbstmord von Goethes Kommilitonen Carl Wilhelm Jerusalem am 30. Oktober 1772 mit einer von Kestner geliehenen Pistole: All dies schießt im Januar 1774, als die schwarzen Augen von Maximiliane La Roche unerreichbar geworden sind, zur Handlung des Briefromans zusammen. Von Anfang Februar bis Ende April schreibt Goethe, teils wörtlich nach Kestners Berichten. Schon am 26. April bekommt Lavater einen deutlichen Hinweis auf die «Leiden des lieben Jungen», und während der empfindsame Zürcher Gottsucher bis in die Morgenstunden des 16. Juli in Bad Ems das Opus lesen darf («konnte nicht aufhören»), läßt Verleger Weygand den Roman – gleich nach dem *Clavigo* – bei Georg Andreas Meyer und Sohn in Eisenach drucken. Das anonyme Titelkupfer liefert möglicherweise Goethes Leipziger Kunstlehrer Adam Friedrich Oeser. Am 19. September hat der Autor die ersten drei Exemplare in Händen, von denen eines an Sophie La Roche geht und eines samt innigem Widmungszettel an Lotte Kestner; sie kursieren unter Freunden und Bekannten, auch Fritz Jacobi und Heinse, bis endlich nach der Buchmesse weitere zu haben sind; am 22. Oktober äußert sich Matthias Claudius als erster einfühlsam öffentlich. Der ungeheure, von Moralpredigern verdammte und auch deshalb allerorten diskutierte Publikumserfolg stellt den von Nicolais letztjährigem *Nothanker* bald weit in den Schatten; eine Flut von Nachdrucken, Nachahmungen, Parodien und Fortschreibungen, häufig mit anrührenden Illustrationen verknüpft, wird während der folgenden Jahre und Jahrzehnte die historische Bedeutung des Werkes bestätigen. Goethe erlitt den Ruhm bis ins hohe Alter. So etwas schreibe sich «nicht mit heiler Haut», sagte er 1808, und nach dem Ulrike-Erlebnis dichtete er am 24. März 1824 über den Dichter: «Verstrickt in solche Qualen, halbverschuldet, Geb' ihm ein Gott zu sagen, was er duldet.«

Nach der ersten Ausgabe, die sechs ‹Cartons› (Austauschseiten) und eine Liste von elf Druckfehlern nötig hatte, läßt Weygand bald einen Doppeldruck anfertigen; anstelle der Fehlerliste beschließt nun eine Sense mit geflügelter Sanduhr das Buch. Laut einem Brief des Frankfurter Verlegers Deinet (→ 240) könnte schon Mitte November 1774 ein erster Nachdruck zu haben gewesen sein; alle bekannten sind jedoch auf 1775 datiert. Das gilt auch für die in Meyers Offizin gedruckte seiten-, ja meist zeilenidentische, aber neu gesetzte Ausgabe, die sogar unter der Hand in Weygands Auftrag entstanden sein könnte; freilich wird dieser bald auch eine «Zweyte ächte Auflage» bei Meyer herstellen lassen. Das Titelkupfer des Erstdrucks, wo ein aufgeschlagenes Buch die Initialen WB (Weygandsche Buchhandlung) zeigt, wurde noch für einige andere Werke des Verlages genutzt.

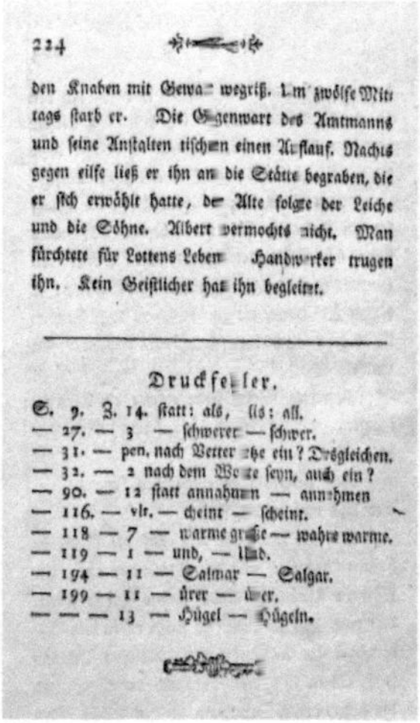
224

den Knaben mit Gewalt wegriß. Um zwölfe Mittags starb er. Die Gegenwart des Amtmanns und seine Anstalten tischten einen Auflauf. Nachts gegen eilfe ließ er ihn an die Stätte begraben, die er sich erwählt hatte, der Alte folgte der Leiche und die Söhne. Albert vermochts nicht. Man fürchtete für Lottens Leben. Handwerker trugen ihn. Kein Geistlicher hat ihn begleitet.

Druckfehler.

S. 9. Z. 14. statt: als, lis: all.
— 27. — 3 — schwerer — schwer.
— 31. — pen. nach Vetter setze ein ? Desgleichen.
— 32. — 2 nach dem Worte seyn, auch ein ?
— 90. — 12 statt annahmen — annehmen
— 116. — vlt. — cheint — scheint.
— 118 — 7 — warme große — wahre warme.
— 119 — 1 — und, — Und.
— 194 — 11 — Salmar — Salgar.
— 199 — 11 — ürer — über.
— — — 13 — Hügel — Hügeln.

224

den Knaben mit Gewalt wegriß. Um zwölfe Mittags starb er. Die Gegenwart des Amtmanns und seine Anstalten tischten einen Auflauf. Nachts gegen eilfe ließ er ihn an die Stätte begraben, die er sich erwählt hatte, der Alte folgte der Leiche, und die Söhne. Albert vermochts nicht. Man fürchtete für Lottens Leben. Handwerker trugen ihn. Kein Geistlicher hat ihn begleitet.

Letzte Seite des ersten und des zweiten rechtmäßigen Werther-Drucks

Zwei Schwerenöter im Jenseits

Gespräche im Reiche der Todten zwischen dem Hippotes und Grapheus. o. O. [Altona: Haberkorn] 1774. (2), 52 S.

Am 28. August 1774 erschießt sich in Hamburg der Prediger, Anwalt und Liederdichter Dietrich Peter Scriba, der sich als Gefängnispastor in die Delinquentin Charlotte Guyard verliebt und sie geschwängert hatte, daraufhin entlassen und beim Versuch einer Anwaltskarriere auswärts von seinem Fehltritt eingeholt worden war. Neun Tage zuvor ist einer seiner wenigen Fürsprecher, der Oberalten-Sekretär Justus Vincent Ritter, gestorben. Nun unterhalten sich Grapheus (Scriba) und Hippotes (Ritter) als Schatten im Jenseits über ihre Schicksale. Die beiden gestehen einander, sie seien «mit einem starken Hange zur Wollust gebohren» (41). Der neureiche Lebemann Hippotes gelangte mit dubiosen Mitteln an hohe städtische Ämter und sei – so klingt es hier durch – an einer Geschlechtskrankheit gestorben; zumindest hat Ritters Testament etliche Affären enthüllt.

Wer könnte die Lokalmoritat so rasch lukianisch aufgeputzt und kenntnisreich mit kurioser Häme überzogen haben? Am 11. Januar 1775 bringt der überregional beachtete Altonaer *Reichs-Postreuter* einen werbenden Hinweis auf die *Gespräche im Reiche der Todten,* die «aus einer alten, auf einer Insel im Archipelagus gefundenen Griechischen Handschrift, ins Deutsche übersetzt» seien; man bekomme das neue Werklein «in der vormaligen Spieringkschen, nunmehr Haberkornschen Buchdruckerey, allhier in Altona, auf der Neuenburg-Straße». Redigiert wird der *Reichs-Postreuter* damals von Albrecht Wittenberg, einem Theaterkenner und polemisch umtriebigen Journalisten, der als Absolvent des Hamburger Johanneums mit klassischem Bildungsgut aufwarten kann und auch strafrechtlich interessiert ist (er hatte 1766 als erster Cesare Beccaria ins Deutsche übersetzt). Da Wittenberg überdies zwei Epigramme auf «Hippotes» dichtete, die er 1779 in einer Sammlung seiner Verse nochmals drucken ließ, kann man so gut wie sicher sein, daß er auch die *Gespräche* verfaßt hat. Das bestätigen überdies einige aktuelle Obertöne: Die Schauergeschichte vom glücklos seiner Leidenschaft Verfallenen, den die Angebetete schließlich zurückweist, erinnert in einigen Szenen deutlich an die Ende 1774 gerade eifrig diskutierten *Leiden des jungen Werthers*. Auch Grapheus schreibt, bevor er sich an einem «einsamen Ort» die Kugel gibt, einen Abschiedsbrief. Und angesichts seines ausweglosen Elends klagt er theatralisch (33): «Ungetreue Charlotte, du willst meinen Tod!»

Der alte Drucker Johann Christoph Haberkorn war zwei Jahrzehnte lang mit beachtlichem Erfolg in London tätig gewesen, hatte dann aber Bankrott gemacht. Vor seinen Gläubigern nach Altona entwichen, hatte er dort 1771 die Witwe seines Kollegen Spieringk geehelicht; freilich starb auch Haberkorn schon 1776. Das einst für acht Schilling erhältliche Heftchen über ‹Hippotes› und ‹Grapheus› ist heute rar – in öffentlichen Bibliotheken werden nur vier weitere Exemplare verzeichnet. Dieses stammt aus der großen Sammlung des lokalhistorisch interessierten Hamburger Kaufmanns Heinrich Kühl.

Das gute Gefühl der Wohltätigkeit

Johann Jakob Engel: Der Edelknabe. Ein Lustspiel für Kinder in einem Aufzuge. Leipzig: Dycksche Buchhandlung, 1774. 60 S.

Der
Edelknabe.
Ein Lustspiel für Kinder
in einem Aufzuge
von
J. J. Engel.

Leipzig,
in der Dyckischen Buchhandlung,
1774.

Geschrieben habe er die kleine rührende Szenenfolge von der Halbwaise und einem über Erwarten milden, großzügigen Fürsten nur, weil er das Honorar von zwölf Reichstalern «notwendig brauchte», behauptete Engel im März 1773 gegenüber Christian Garve – meinte er spaßhaft die zwölf Dukaten, die Moritz, sein Titelheld, geschenkt bekommt? Denn Engel, vielseitig gebildeter Sohn eines begüterten Pastors aus Parchim, war finanziell unabhängig. Seit 1765 lebte er in Leipzig, wo er auf einer Liebhaberbühne 1767/68 als Tellheim dem Kommilitonen Goethe begegnet sein soll, sonst aber im Kreis der von Lessing und Gellert geprägten Spätaufklärer verkehrte. So widmet er den *Edelknaben,* sein zweites, offen lehrhaftes Stück, «Den beyden liebenswürdigen Kindern meines Freundes, des Herrn Weiße», in dessen Zeitschrift Anfang 1774 auch seine Studie *Über Handlung, Gespräch und Erzehlung* erscheint. Sorgsame Psychologie und Tugendethik sollen dem Allgemeinwohl dienen; gleich zu Beginn seufzt der Fürst im Rückblick auf den Siebenjährigen Krieg erleichtert: «O Gottlob, daß es Friede ist!», tadelt später «Schwelger» und

(Stich von D. Chodowiecki «ad vivum», 1779)

«Geizhälse» und gönnt sich das gute Gefühl der Wohltätigkeit. So absehbar Engels Stück sei, «das schöne Detail und der Dialog belebt es bis ans Ende», schreibt Weiße Anfang November 1774 mit gewohnt zarter Süffisanz dem befreundeten Literaten Karl Wilhelm Ramler. Aufführungen, Nachdrucke und Übersetzungen machen den *Edelknaben* und seinen Autor weithin bekannt; die nächsten Generationen freilich fanden nur noch spießbürgerlich, was volksbildend gemeint gewesen war. August Wilhelm Schlegel tat 1808 Engels Bühnenwerke als «ganz unbedeutend» ab. Auch Gervinus nannte den «vielgeliebten» *Edelknaben* 1842 eine «zierliche süße Kleinigkeit ohne Salz und Schmalz» – schon Prinzipal Friedrich Ludwig Schröder habe «dieß gekünstelte Wesen» verworfen. Engel freilich, der bedachtsame Menschenfreund, hatte nur anmutige Lebensharmonie empfehlen wollen. Wilhelm von Humboldt genoß 1785/86 bei ihm Logik-Unterricht bis zum «Enthusiasmus» und blieb Engel dankbar: «Er ist ein sehr feiner und lichtvoller Kopf, vielleicht nicht sehr tief, aber so schnell auffassend und darstellend, wie ich es nie wieder gefunden habe», schrieb er seiner Braut am 12. November 1790. Allerdings sei die Argumentation Engels «ganz Wolfisch», also noch strikt schulphilosophisch, gewesen – «man treibt das jetzt gar nicht mehr».

Der vorliegende Sammelband enthält neben Engels Stück – mit Titelkupfer von Geyser – noch sechs Erstdrucke, bietet somit einen Querschnitt damaliger Bühnenkunst: Von Lenzens weitaus heiklerem Hofmeister *(ebenfalls 1774, → 91) und Leisewitzens Schicksalsdrama* Julius von Tarent *(geschrieben 1774, erschienen 1776) bis zur «überheizten» (Erich Schmidt) Tragödie* Eulalia *(1777) des Juristen und Goethe-Verehrers Anton Mathias Sprickmann sowie Karl Martin Plümickes Lemierre-Adaptation* Lanassa *(1783).*

Zankerei um die wahre Gottseligkeit

Friedrich Germanus Lüdke: Ueber Toleranz und Gewissensfreiheit, insofern der rechtmäßige Religionseifer sie befördert, und der unrechtmäßige sie verhindert. [...] Berlin, bey August Mylius, Buchhändler in der Brüderstraße. 1774. xxii, (4), 390 S.

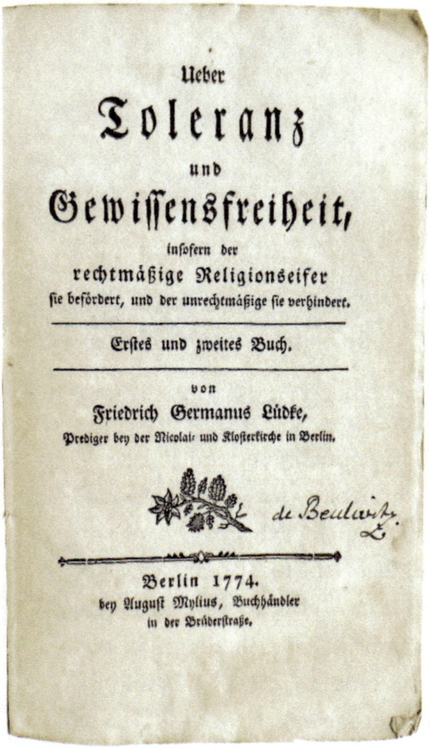

Ueber
Toleranz
und
Gewissensfreiheit,
insofern der
rechtmäßige Religionseifer
sie befördert, und der unrechtmäßige sie verhindert.

Erstes und zweites Buch.

von
Friedrich Germanus Lüdke,
Prediger bey der Nicolai- und Klosterkirche in Berlin.

Berlin 1774.
bey August Mylius, Buchhändler
in der Brüderstraße.

Der aktuelle Anlaß des weitschweifigen Plädoyers für das mäßigende «Licht der Vernunft» auch in Glaubensdebatten findet sich erst auf den Seiten 305–312. Dort wird erzählt, wie Pastor Johann August Hermes im mecklenburgischen Wahren, der seit 1771 *Wöchentliche Beiträge zur Beförderung wahrer Gottseligkeit* herausgebracht hatte, von herzoglich bestallten Pietisten – allen voran dem Bützower Professor Christian Albrecht Döderlein – als Freigeist denunziert, mit entwürdigender Inquisition überzogen und des Amtes enthoben worden war. Ostern 1774 hat Hermes entnervt das Land verlassen. Dabei war er selbst aus der Pietisten-Hochburg Halle gekommen. Doch schon die kleinsten Relativierungen biblischer Buchstäblichkeit und der ‹symbolischen Bücher› reichten nun zur Verketzerung. Auch Lüdke hatte Halle erlebt, war dann aber als erfolgreicher preußischer Feldprediger ins friderizianische Berlin gelangt; hier verteidigt er seinen Kollegen und Vorgesetzten Spalding, aber auch Basedow, ja sogar die Meinungsfreiheit von Karl Friedrich Bahrdt. Fast meint man ein Begleitwerk zu Nicolais Erfolgsroman *Sebaldus Nothanker* (1773) zu lesen, dessen Titelheld immer wieder von anfangs tolerant wirkenden Fanatikern als Aufrührer vertrieben

(Stich von Carl Christian Glassbach, 1779)

wird. Tatsächlich rezensierte Lüdke für Nicolais *Allgemeine deutsche Bibliothek* und war auch sonst Partei: In Sachen des «wahren Religionseifers» hält er historisch weit rückgreifend nicht nur rabiaten Pietisten, sondern auch dem Hamburger Hauptpastor Goeze das «Recht der Vernunft in Glaubenssachen» entgegen. Die Reaktion aus Mecklenburg blieb nicht aus: Die *Kritischen Sammlungen zur neuesten Geschichte der Gelehrsamkeit,* die Nicolais Aufklärerorgan bibeltreu Paroli bieten sollten, verrissen Lüdkes Werk ausgiebig und höhnisch; parallel las Döderlein 1776 seinem Berliner Amtsbruder Lüdke auf über 500 Seiten unter dem identischen Titel *Ueber Toleranz und Gewissensfreyheit* die Leviten inklusive «einer actenmäßigen Erzählung dessen, was mit dem gewesenen Präposito zu Wahren Herrn Hermes, wegen seiner ausgestreueten irrigen Lehren in Mecklenburg vorgegangen». Natürlich war das Gezänk dann bald vergessen. Hermes reüssierte 1779 mit einem *Handbuch der Religion;* er endete als Superintendent in Quedlinburg. Lüdke blieb seinem Berliner Amt treu. Döderlein starb 1789, bald nach dem Ende der Universität Bützow, die Mecklenburgs pietistischer Herzog Friedrich einst seinetwegen gegründet hatte.

Im Verlag von August Mylius sollte 1776 Goethes Stella *erscheinen. Lüdkes Buch, hier noch in Auslieferungsbroschur, war im Besitz eines von Beulwitz, der sich vorn die Bützower Rezension als «gründlich und genau» notiert hat. Ein Exemplar von Döderleins ausuferndem Gegentraktat mit dem Exlibris Spaldings ist in Rostock erhalten.*

Artistische Volkstümlichkeit

Romanzen der Deutschen. Mit einigen Anmerkungen über die Romanze. Leipzig, bey Christian Gottlieb Hertel. 1774. Frontispiz-Kupfer, xlvi, 192, xii, 228 S.

In seinen *Romanzen* (1756) hatte Gleim, der experimentierfreudige Halberstädter Poet, die *Chansons* des Pariser Literaten Moncrif nachgeahmt, die gesellig-neckisch alten Bänkelsang wiederbelebten. Für solch «abentheuerliches Wunderbare», mit «einer poßierlichen Traurigkeit erzehlt» – so Moses Mendelssohns vielzitierte Definition von 1758 – kannte man auch Muster aus Spanien: 1767 übersetzte Johann Georg Jacobi einige Romanzen des Góngora. Deutsche Verseschmiede ließen sich von solch artifizieller Naivität gern inspirieren. Der Kieler Schöngeist und frühere Prinzenerzieher Christian Hirschfeld hatte dann den Einfall, die Versuche nach dem Vorbild Ramlers gesammelt herauszubringen. Wohl angeregt von *Romanzen,* die im Frühjahr 1774 anonym in Mitau erscheinen (vielleicht von dem blutjungen Adam Friedrich Geißler), übernimmt Hirschfeld etliches davon, bringt Stücke aus Lichtwer, Gleim, Weiße, Löwen und Schiebeler, durchkämmt die Almanache und wird auch bei Denis, Claudius und Hölty fündig. Im einleitenden Essay, der sogar auf Thomas Percys *Reliques of Ancient English Poetry* (1765) hinweist, stellt er die Romanze als Erbin altgewohnter Formen dar. Heute aber, im «Licht der Vernunft», seien Minnesang und Moritat von kunstvoller «Leichtigkeit und Simplicität» abgelöst; so habe die moderne Romanze ein moralisches Fazit nicht unbedingt nötig. «Die Einfalt ist ihr erstes Gesetz und ihre höchste Tugend», sagt Hirschfeld. Seine Anthologie hat solchen Erfolg, daß 1778 eine «Zwote Abtheilung» erscheint, worin viele Jüngere auftauchen wie Gotter und Bürger – allerdings nicht dessen beliebte *Lenore* – und bisweilen hainbündlerisches Nationalpathos durchklingt. Fast zur gleichen Zeit aber kommen nun die jahrelang zurückgehaltenen *Volkslieder* Herders heraus. Hier finden sich Dokumente alter Poesie, auch weit über Deutschland hinaus – und nach diesem Ideal originären Gefühlsausdrucks begriffen Sturm und Drang, Klassik und Romantik fortan auch die strophischen Erzählformen der Romanze und Ballade. Herders Großvision menschlicher Kultur ließ deutsche Regelpoeten mit einem Mal provinziell und zopfig aussehen. So wurden die vor Bürger entstandenen Romanzen erst im 19. Jahrhundert wieder wahrgenommen – von ein paar Fachleuten.

Über den aus Crimmitschau stammenden Verlagsbuchhändler Christian Gottlieb Hertel, der sein Geschäft gleich neben zahlreichen Kollegen in der Ritterstraße 759 betrieb, ist kaum etwas bekannt. Zweifellos aber war er gewieft wie sein Altersgenosse Weygand, und auch er ließ bei Meyer in Eisenach drucken: In beiden Bändchen von Hirschfelds Anthologie findet sich derselbe Holzstock, der auf dem zweiten Teil von Goethes Werther *prangt. – Konjunkturbewußt brachte Hertel 1778 noch eine «Erste Sammlung» von* Oden der Deutschen *auf den Markt, die der wendige Gießener Kritiker Christian Heinrich Schmid besorgte. Ihr Erfolg blieb wohl bescheiden; zu einer Fortsetzung kam es nicht mehr.*

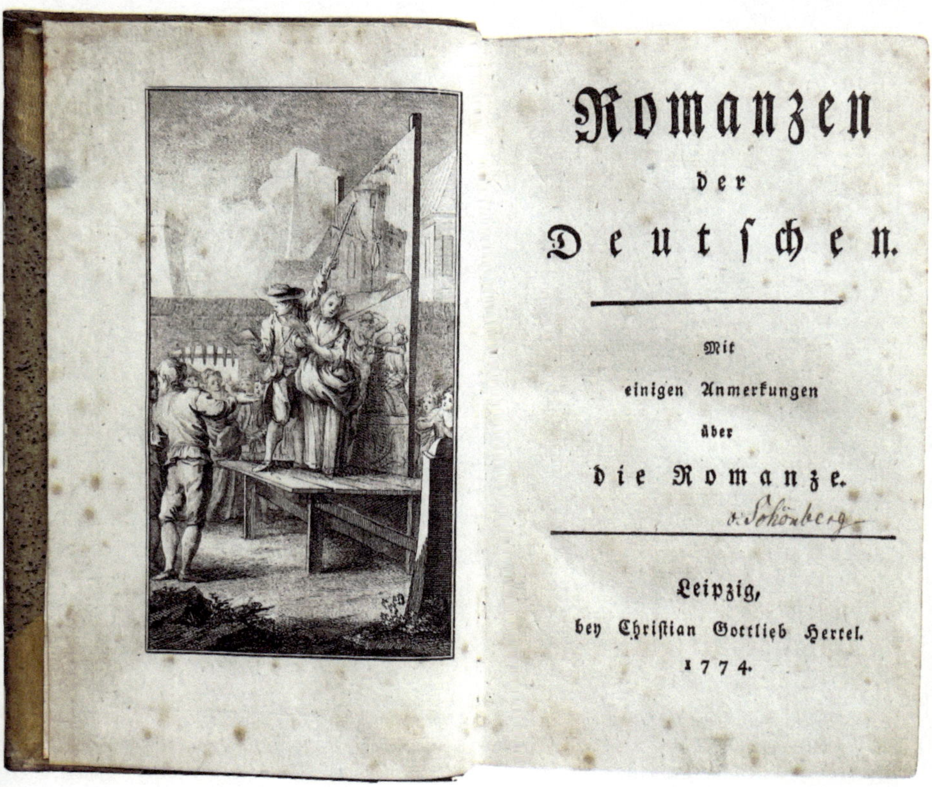

Reiterstandbild Josés I. auf der Praça do Comércio in Lissabon (→ 15. Oktober).
Frontispiz eines Buches zur Denkmalseinweihung von Antonio Pereira de Figueiredo (1775).
Die Leistung des Gießers Bartolomeo da Costa ist in der Beischrift mit den Worten «ex aere sudit» gewürdigt.
Am Sockel der Statue ließ sich Portugals allmächtiger Premier Marquês de Pombal verewigen;
nach seinem Sturz 1777 wurde das Medaillon von aufgebrachten Städtern entfernt.

Oktober 1774

1 Sa Klopstock und Johann Lorenz Böckmann treffen in Karlsruhe ein. Der Dichter wohnt bei Böckmann am Schloßplatz 9.
Lavater schreibt an Goethe: «Fausten – u. Werther – erwarten wir mit Tage zählen. … Grüße die Klettenbergin.»
2 So Die Leipziger **Michaelismesse** beginnt. Ein paar wichtige Titel: Goethe: *Die Leiden des jungen Werthers* (→202), Lenz: *Anmerkungen übers Theater* (→258) und *Der neue Menoza* (→234), alle von Weygand verlegt; Goethe: *Neueröffnetes moralisch-politisches Puppenspiel* (von Klinger in Druck gegeben, →228); Gleim: *Halladat* (Hamburg: Bode, →62); Johann Stephan Pütter: *Der Büchernachdruck nach ächten Grundsätzen des Rechts geprüft* (Göttingen: Vandenhoeck).
Lessings dritter Beitrag *Zur Geschichte und Litteratur* bringt das erste Stück aus der bibelkritischen *Apologie* von Hermann Samuel Reimarus: *Von der Duldung der Deisten. Fragment eines Ungenannten;* es bildet den Auftakt zum Fragmentenstreit (→230).
3 Mo Lichtenberg sieht im Londoner Haymarket Theatre John Gays beliebte *Beggar's Opera* (1728).
Die Universität Wien erläßt einen detaillierten Studienplan (‹Verfassung›) für alle vier Fakultäten.
In Lautern (Kaiserslautern) öffnet die am 5. April privat gegründete ‹Hohe Kameralschule›, Deutschlands erste wirtschaftswissenschaftliche Hochschule. Sie lehrt Landwirtschaft, Kunstwissenschaft (Technologie und Produktion), Handlungswissenschaft und Vieharzneikunde. (Von 1778 an wird hier auch Johann Heinrich Jung(-Stilling) lehren.)
In Hamburg trifft Nathaniel William Wraxall den Exildänen Ernst Schimmelmann, der mit anderen die Reinthronisierung von Caroline Mathilde, der jüngsten Schwester Georges III. von England, in Dänemark plant.
Im Westen der chinesischen Provinz Shandong fallen einige tausend bäuerliche Anhänger des chiliastischen Charismatikers Wang Lun («Sekte

des reinen Wassers») über die Stadt Shouzhang her, besetzen und plündern sie; ebenso Nachbarstädte. Erst Ende Oktober werden die Sektierer vor Linqing geschlagen; Wang Lun verbrennt sich selbst.

Angebliche ‹Perpetual Motion› von James Cox

4 Di Lichtenberg besucht in den Spring Gardens, wo Mozart im Juni 1764 sein Londoner Debüt gegeben hatte, für «1 ½ Taler» das ‹Museum› des Juweliers und Feinmechanikers James Cox. Dreimal täglich werden dort Automaten und Zierobjekte in Edelsteinschmuck vorgeführt, darunter die ‹Pfauenuhr› und ein Silberner Schwan, der sich bewegt. Cox hat bereits eine Lotterie für den Verkauf seiner Attraktionen beantragt. (Nach einem Umzug schließt die Schau im Mai 1775 endgültig; die Lotterie zerstreut die Artefakte.)

In diesen Tagen reist Chamfort vom Pyrenäen-Kurort Barèges nach Chanteloup, um den verbannten Herzog von Choiseul zu besuchen.

5 Mi Johann Gottlieb Fichte, 12 Jahre alt, wird nach dreistündiger Prüfung in die Landesschule Pforta aufgenommen. Er lernt dort bald die etwas älteren Zöglinge Carl August Böttiger und Gottlob Ernst Schulze kennen.

In Großbritannien beginnen Wahlen zum Unterhaus (bis 10. November).

In diesen Tagen reist Joseph Priestley nach Paris, wo er u. a. Lavoisier trifft und ihm von seiner Entdeckung der «dephlogistierten Luft» (Sauerstoff) erzählt. Lavoisier, der am Phlogiston zweifelt, wiederholt das Experiment quantitativ; er nennt den neu entdeckten Stoff «Oxygène».

6 Do Lichtenberg steigt in London mit Sir Francis Clerke morgens um 7 Uhr auf die Kuppel der St. Paul s Cathedral. Sie trinken Kirschbranntwein auf die Gesundheit der Göttinger Freunde. Dann begibt Lichtenberg sich zum Landsitz von Lord Boston nach Hedsor (40 km nordwestlich).

7 Fr Johann Martin Miller reist mit Hölty von Göttingen nach Leipzig ab; Christian Adolf Overbeck und Rudolph Boie begleiten sie bis Northeim.

In Hindostan wird als Resultat eines Tributkrieges gegen die afghanischen Rohilla durch den Vertrag von Lal Dang der Staat Rampur errichtet, in Gegenwart von Colonel Alexander Champion: Der Paschtunenführer Nawab Faisullah Khan regiert nun unter Protektion der Briten.

8 Sa Gegen 5:30 Uhr morgens stirbt im Leipziger Rosenthal der Kaffeehauswirt und Geisterbeschwörer Johann Georg Schrepfer (→15. September) – von geprellten Gläubige(r)n erschossen oder durch Selbstmord.

Auf der Rückreise von Spa besucht Boie (wohl mit seinem Schützling John Vaughan) die Jacobis in Pempelfort.

Der Bostoner Maler John Singleton Copley macht auf seiner ausgedehnten Europatour für ein paar Tage in Genua Station.

In Tyrnau nordöstlich von Preßburg beginnt ein Wettbewerb um die 15 Lehrstühle der Universität, die bisher mit Jesuiten besetzt waren.

9 So In Celle trifft Wraxall (→3. Oktober) Caroline Mathilde, die exilierte Königin Dänemarks. Tags darauf stimmt sie ihrer Reinthronisierung zu.

In Bayern tritt eine neue Schulordnung in Kraft, die Ickstatts Vorschlägen (→28. März) nur wenig folgt.

Nach dem russisch-türkischen Frieden kehrt Grigori III. Ghica wieder auf den Thron von Moldawien zurück.

George Washington schreibt seinem alten britischen Bekannten Robert McKenzie, er hoffe im Namen jedes «thinking man in all North America», daß in den Kolonien «horrors of civil discord» vermieden werden könnten. Er befürchte aber, «that more blood will be spilt on this occasion».

10 Mo Goethe, wohl von Darmstadt kommend, schreibt unterwegs «in der Postchaise» nach Frankfurt die Hymne *An Schwager Kronos*.

In Nürtingen heiratet Hölderlins Mutter Johanna Christiana in zweiter Ehe J. Chr. Gock. (Er wird 1776 Bürgermeister, stirbt aber schon 1779.)

Bei Point Pleasant (West-Virginia) besiegen Milizionäre unter Colonel Andrew Lewis die Shawnees und Mingos und dringen ins Tal des Ohio vor. Unter den Gefallenen ist auch Puckeshinwau, der Vater Tecumsehs.

11 Di In Kiel hält Christian Cai Lorenz Hirschfeld am Geburtstag des Erbprinzen Friedrich von Dänemark eine Rede «Von der moralischen Einwürkung der bildenden Künste».

Johann Martin Miller und Hölty treffen abends um 20 Uhr in Leipzig ein. Sie logieren im «Blauen Hecht». Miller sucht sogleich den Verleger Johann Friedrich Weygand auf, der ihn nötigt, vorerst bei ihm zu wohnen; Weygand ist ein Schwager von Millers Onkel, dem Theologen Johann Peter Miller in Göttingen. (Hölty kehrt einige Tage später wieder nach Göttingen zurück.)

Edward Gibbon wird ins Londoner Unterhaus gewählt. Er vertritt das Städtchen Liskeard im östlichen Cornwall.

12 Mi Auf dem Gasteig bei München eröffnet Peter von Osterwald ein Observatorium, zu dem Max III. Joseph 10 000 Gulden Kirchengelder beigesteuert hat, Osterwald selbst stattliche 6250 Gulden. Trotz seiner *Akademischen Rede zum Lobe der Astronomie* will die Akademie der Wissen-

Das Gebäude von Osterwalds Observatorium auf dem Gasteig (Skizze der 1860er Jahre)

schaften die Sternwarte nicht erwerben. (Sie bleibt dann so gut wie ungenutzt; der Bau wird 1795 an das kurfürstliche Armeninstitut verkauft).

William Dalrymple erreicht Lissabon.

13 Do Lenz trifft in Straßburg Clemens Werthes, der als Hofmeister mit dem 14jährigen Karl von Hompesch in Richtung Schweiz durchreist.

Heinse in Düsseldorf schildert Klamer Schmidt in Halberstadt das Treffen vom 22. Juli in Elberfeld. Er schreibt außerdem über die literarischen Neuheiten wie Lenzens *Hofmeister*, Blanckenburgs *Versuch über den Roman* und Goethes *Werther*. «Der erste Band der Iris ist schon über die Hälfte gedruckt.» Auch gegenüber Gleim schwärmt Heinse: Goethe «reißt Alles mit sich fort».

Clemens Werthes (PhFr 3:217)

Die Pariser Comédie führt erstmals mit Erfolg *Les amans généreux* auf: Es ist Lessings *Minna von Barnhelm*, frei bearbeitet von Rochon de Chabannes.

In Chambéry (Savoyen) wird der junge Joseph de Maistre ‹grand orateur› der Freimaurerloge ‹des Trois Mortiers›.

14 Fr In Philadelphia verurteilt der Kontinentalkongreß Großbritanniens Aktionen seit 1763 und beschließt eine «Declaration of Rights».

In einem langen Brief aus Paris hadert der Darmstädter Hofrat Franz Michael Leuchsenring mit dem Verleger Marc Michel Rey in Amsterdam; von seinem *Journal de Lecture* sei noch immer nichts erschienen – was aber zum größten Teil seine eigene Schuld ist.

Bode kann die neun Bände seiner Übertragung von Laurence Sternes *Tristram Schandi* (→ 236) an die Subskribenten ausliefern.

In Weimar wird Jakob Elkans Antrag auf einen jüdischen Begräbnisplatz (→ 30. August) genehmigt.

Goethe notiert kecke Dialog-Einfälle: So kommentiert ein «Onckel» Lavaters *Geheimes Tagebuch. Von einem Beobachter Seiner selbst (1771–73)* mit den

Worten «Dafür bewahr mich Gott dass ich mich selbst beobachte», oder auch: «– dazu hab ichs nie bringen können.»
Julie de Lespinasse schreibt nachts an Graf Guibert: «Lieber Freund! Ich komme aus dem *Orpheus* [von Gluck]. Er hat mir die Seele weich und ruhig gemacht... Ich weinte um den Verlorenen [ihren toten Geliebten Gonzaga], aber meine Liebe galt Ihnen.»
15 Sa In Lissabon gießt der Ingenieur Bartolomeo da Costa nach dem Entwurf von Joaquim Machado de Castro in einem Stück das 34,5 Tonnen schwere Reiterstandbild von Portugals Königs José I. (→212) für den Hauptplatz der Stadt, die im Bau befindliche Praça do Comércio. (Der König wird im Laufe des Jahres 1774 für regierungsunfähig erklärt; es amtiert seine Gattin Maria Anna Viktoria, de facto der seit 1756 bestimmende Marquês de Pombal. Im Mai 1775 wird die Statue auf dem immer noch unfertigen Platz installiert; der König sieht inkognito zu.)
Diderot bricht von Den Haag nach Paris auf. Wohl nach seiner Abreise zieht sich Amalie Fürstin Gallitzin in ein Landhaus nahe Den Haag zurück, wo sie ihre kleinen Kinder Marianne und Dmitri nach Rousseaus Grundsätzen unterrichtet und oft mit Franz Hemsterhuis zusammen ist – alles unter Billigung des Gatten.
Heinrich Christian Boie, der als Tutor John Vaughans die Heimreise nach Göttingen etwas ausdehnt, besucht in Frankfurt Goethe, der ihm aus dem begonnenen *Faust* und anderen Entwürfen vorliest.
16 So Boie kommt am Vormittag in Darmstadt mit Merck zusammen. Um 14 Uhr ist er mit seinem Schützling John Vaughan zurück in Frankfurt, wo sie «in unserem Wirtshause» mit Goethe «bis Mitternacht beieinander» verbringen.
In Kassel stellt eine Ratskommission fest, daß im Landgräflichen Medaillenkabinett die Inventare fehlen. Bald ist klar, daß der Verantwortliche, der renommierte Altertumsforscher Rudolf Erich Raspe, wertvolle Stücke versetzt hat. Raspe, unregelmäßig besoldet und überschuldet, hält sich gerade mit Familie in Berlin auf. (Dringlich zur Rückkehr aufgefordert, wird er im Februar 1775 wieder nach Kassel kommen, dann am 15. März vor der Verhaftung fliehen; über Holland gelangt er nach England – wo er

u. a. den literarischen Klassiker vom Baron *Münchhausen* (1786) kreieren, aber auch die Härtung von Stahl durch Wolfram erfinden wird.)

Der einst vielversprechende schottische Dichter Robert Fergusson, nach einem Sturz geistig behindert, stirbt mit 24 Jahren im Darien House, der Irrenanstalt von Edinburgh.

Rudolf Erich Raspe (Glaspaste von James Tassie, 1783)

17 Mo Boie trifft in Frankfurt nochmals Goethe. «Sein Dr. Faust ist fast fertig, und scheint mir das Größte und Eigentümlichste von allem.»

Sophie La Roche schreibt an Goethe über die wenig glückliche Ehe der Tochter Maxe mit Peter Anton Brentano. Sie bittet, er möge «dem La Roche – u. dem Regierungs Presidenten von Gemmingen in Stutgardt einen Werther» schicken.

Im Basler Großen Rat wird beantragt, «ob nicht die hiesigen Uhren mit den Uhren der Benachbarten in Gleichförmigkeit gesetzt werden könnten» – seit dem Mittelalter gehen sie eine Stunde vor. (Erst 1798 werden sie angeglichen.)

18 Di Clemens Werthes, nun mit seinem Zögling Karl von Hompesch in Bern, schildert Fritz Jacobi seine Eindrücke von Lenz und Goethe.

Goethe mahnt die Schuldner der erloschenen Firma Vorstadt und Budde in den *Frag- und Anzeigungsnachrichten* erneut zur Zahlung (→ 10. Juni).

Kaiserin Maria Theresia ernennt Christoph Willibald Gluck zum ‹wirklichen k. k. Hofcompositeur› mit 2000 Gulden Jahresgehalt.

19 Mi In der Hafenstadt Annapolis wird die Brigg ‹Peggy Stewart›, auf der sich eine quasi geschmuggelte Ladung Tee befindet, nach Drohungen einer wütenden Menge von den Eignern selbst angezündet und brennt ab (‹Annapolis Tea Party›).
Goethe ersucht anwaltlich für Maigret um Exekution gegen Stöcken, was dann auch geschieht und den Fall erfolgreich abschließt.
Carl Friedrich Cramer besucht Gleim in Halberstadt.
20 Do Lavater in Zürich bittet Zimmermann in Hannover um Beiträge und Ratschläge für seine geplanten *Physiognomischen Fragmente*. Er hoffe, Füßli werde aus Rom Zeichnungen senden.
Merck berichtet Sophie La Roche vom Zusammensein mit Goethe.
Boie kehrt abends mit seinem Zögling John Vaughan nach Göttingen zurück; er überläßt seinem Hain-Bundesbruder Voß endgültig die Redaktion des Musenalmanachs.
Gleim spielt gegenüber Heinse auf den eben gelesenen *Werther* an: «... tausend Empfehlungen allen Deinen Geliebten, auch Deiner Lotte, wenn Du eine hast; und hüte Dich, mein lieber Sohn, so lange Du eine hast, vor allen geladenen Pistolen, denn ich stürbe, wenn Du stürbest ...»
Friedrich der Große sendet melancholische Schmeichelverse an Voltaire: «... Mais notre siècle dégénère; / Les lettres sont sans protecteur. / Quand on aura perdu Voltaire, / Adieu beaux-arts, sacré vallon! / Et vous, Virgile et Cicéron, / Vous irez avec lui sous terre.»
21 Fr In Kopenhagen heiratet Erbprinz und Regent Friedrich von Dänemark die Prinzessin Sophie Friederike von Mecklenburg-Schwerin.
Goethe schreibt Sophie La Roche, er habe gegrübelt, «ob ich einen Fels fände drauf eine Burg zu bauen», als Zuflucht «im lezten Nothfall».
Fritz Jacobi schreibt Goethe über dessen *Werther,* den er «dreimal gelesen» habe, und schickt eine Abschrift von Heinses spontaner Rezension (für die kommende Zeitschrift *Iris*). Heinses *Laidion* habe ihn ergötzt, «aber nicht gerührt, nicht erweckt».
Wieland schreibt an Staatsrat Tobias Philipp von Gebler in Wien, er habe Johann Jakob Engels Schauspiel *Der Edelknabe* «mit der wärmsten Rührung gelesen, und nichts daran zu tadeln gefunden als das, *ein Lustspiel für Kinder*

auf dem Titel; denn das allerliebste kleine Drama ist weder ein Lustspiel, noch für Kinder.»

Diderot trifft in Paris ein, wo er wieder in der Rue Taranne wohnt. Er beginnt dort bald, *Jacques le fataliste* zu schreiben.

Julie de Lespinasse in Paris hört nochmals Glucks *Orphée*. Am folgenden Morgen schreibt sie: «Diese Musik macht mich toll. Sie zieht mich immer wieder zu sich, ich kann sie keinen Tag entbehren. Meine Seele lechzt nach diesem schmerzlichen Genuß.»

22 Sa Claudius bespricht im *Wandsbecker Bothen* als erster den *Werther*.

Voß in Göttingen rühmt seiner Verlobten Ernestine Boie den *Werther*: «Hahn las gestern abend den ersten Theil vor».

Die Försterschen Kinder, Goethes Mandanten, verlieren ihren Prozeß.

Alessandro Volta wird Direktor der staatlichen Schulen seiner (damals habsburgischen) Vaterstadt Como.

Der sogenannte Kummersee im oberen Passeiertal, entstanden 1401 durch einen Bergsturz, durchbricht abends nach einem Kanalbaufehler seine Eindämmung. Eine riesige Flutwelle ergießt sich verwüstend bis Meran; der See läuft leer und verschwindet aus der Landschaft.

Der Kummersee oberhalb von Moos (Aquarellkarte des früheren 18. Jahrhunderts)

23 So Karl III. von Spanien erklärt Sultan Mohammed von Marokko den Krieg. (Marokko belagert dann vom 8. Dezember an Melilla, muß sich aber im März 1775 zurückziehen.)

Der junge Johann Heinrich Wilhelm Tischbein reist von Kassel nach Hannover.

24 Mo Friedrich Ludwig Schröder führt Goethes *Götz von Berlichingen* erstmals in Hamburg auf, gekürzt auf 25 Szenen; Bode hat dazu ein Heft gedruckt: *Auszug und Inhalt der Auftritte.*

Goethe ersucht für Adam gegen Creditores das Gericht, durch den Verkauf des Hauses möge Adams Kindern kein Schaden erwachsen.

Claudius signalisiert Voß, es sei «mit dem Boten nicht mehr weit vom Amen», das Erscheinen des ersten Bandes seiner Werke bis zur Ostermesse also sicher.

Friedrich Justin Bertuch schreibt an Gleim, Wieland und er hätten «fest beschloßen, hier in Weimar ... eine große Buchhandlung zu errichten, die besten Schriftsteller Teutschlands durch höhere Bezahlung ihrer Werke mit uns zu verbinden, der großen Buchhändler Rotte dadurch das Gleichgewicht zu halten.»

Lichtenberg sieht in London zum ersten Mal den berühmten Schauspieler David Garrick: als Abel Drugger in Ben Jonsons *Alchemist* (1610).

Georg Jacobi reist von Düsseldorf (Pempelfort) ab. Sein Weg führt über Osnabrück und Münster nach Hannover – wo er Johann Georg Zimmermann und beim Schwager, Justizrat Winkelmann, auch den jungen Maler Johann Heinrich Wilhelm Tischbein trifft. Er reist weiter über Celle nach Halberstadt zu Gleim.

David Garrick (Stich von Lips 1775, PhFr 4:310)

In Palermo trifft nach einem Jahr Revolte und Chaos der künftige bourbonisch-neapolitanische Vizekönig ein, der Diplomat Marcantonio Colonna Stigliano, Prinz von Sonnino.

25 Di Lichtenberg übersiedelt in die Nähe von König George III. nach Kew, wo er bis zum 5. Februar 1775 wohnen wird und fast täglich Umgang mit der königlichen Familie hat.

Carl Friedrich Cramer, der in Hamburg, Braunschweig, Halberstadt (Gleim, 19. Oktober), Quedlinburg, Magdeburg (Erzieher Funk, Johann Gottlieb Schummel) und Halle Freunde besucht hat, immatrikuliert sich in Leipzig. Johann Martin Miller zieht in diesen Tagen ins selbe Haus in der Burgstraße.

26 Mi Lichtenberg kann George III. druckfrisch den ersten Band der von ihm betreuten, dem König gewidmeten *Opera inedita* des Göttinger Astronomen Tobias Mayer überreichen.

Lessing schickt Eschenburg den *Werther* zurück: «Wenn … ein so warmes Produkt nicht mehr Unheil als Gutes stiften soll: meinen Sie nicht, daß es noch eine kleine kalte Schlußrede haben müßte?» Schmids Buch zum *Götz* (→ 55) nennt er «Wisiwaschi».

Der Maler John Singleton Copley kommt in Rom an. Er schreibt an seine Frau Susanna: «I am very fortunate in my time of being here, as I shall see the magnificance of the rejoicing on the election of the Pope; it is also the year of jubilee, or Holy Year.» (Beides bezieht sich auf 1775.)

In Bristol hat der achtjährige angehende Komponist Samuel Wesley sein Oratorium *Ruth,* begonnen am 8. September, «whole finished»; das Ereignis wird bald auch auf einem Porträt festgehalten.

27 Do Am Karlsruher Hof wird Klopstocks *Golgatha*, die 1767 entstandene deutsche Fassung von Pergolesis *Stabat Mater*, in Anwesenheit des Dichters aufgeführt; Konzertmeister ist Joseph Aloys Schmittbaur.

Samuel Wesley (John Russell, 1777)

28 Fr In Emmendingen kommt Louise (Lulu) Schlosser, die Tochter von Johann Georg Schlosser und Cornelia geb. Goethe, zur Welt.
Als Anwalt stimmt Goethe für die Witwe gegen den Sohn Aumann der Inventarisierung des mütterlichen Vermögens zu; im Fall Günderode gegen Gebrüder Stiebel drängt er auf Beschleunigung.

David Hume (Ramsay 1766, Detail)

In Edinburgh besucht James Boswell den alten David Hume, um die halbjährlich fällige Hausmiete zu zahlen.
29 Sa Goethe stellt den Fall Landau gegen Gebrüder Stiebel aus Sicht der Stiebels dar.
Voß und Hölty machen in Münden bei Konrektor von Einem und seiner Tochter Charlotte ausgiebig Station (Abreise am 4. November).
In diesen Tagen siedelt Charles Edward Stuart, genannt ‹Count Albany›, ehemals ‹Bonnie Prince Charlie› und ‹the Young Pretender›, von Rom, wo er im Palazzo Muti wohnte, nach Florenz über. Er hat wieder schwer zu trinken begonnen – vor allem Zypernwein – und ist fast jeden Abend im Theater.
30 So In Mailand wird am Dom auf der Spitze des erst 1765 vollendeten Vierungsturmes die ‹Madonnina› installiert. Die 4,16 Meter hohe und 1,39 Tonnen schwere Marienstatue, entworfen von Giuseppe Perego und in vergoldetem Kupfer ausgeführt durch Giuseppe Bini, wird sich rasch zu einem Wahrzeichen der Stadt entwickeln.
31 Mo In London wird der Hochstapler Jean Joseph Joniot, genannt de Vignoles, von seinen Logenbrüdern gestürzt. Der wegen Schwängerung entlaufene Prämonstratenser-Regularkanoniker und Bankrotteur war weitreichend befugter ‹Provinzial-Großmeister für das Ausland› gewesen; 1766 hatte er die exklusive Loge ‹L'Immortalité de l'Ordre› gegründet, der 1768 auch der Chevalier d'Éon beitrat (→ 27. April). Mit Unterschlagungen und Intrigen hatte Joniot-Vignoles schweren Unfrieden gestiftet. (Bis 1776 dient er den Freimaurern noch als Fremdsprachen-Korrespondent; seine Sonderloge wird schon 1775 gelöscht.)

Vierungsturm des Mailänder Doms mit der ‹Madonnina› (Stich des 19. Jahrhunderts)

Begriffsarsenal der Empfindsamkeit

Johann George Sulzer: Allgemeine Theorie der Schönen Künste in einzeln, nach alphabetischer Ordnung der Kunstwörter auf einander folgenden, Artikeln abgehandelt. Erster [und: Zweiter] Theil [...] Leipzig, 1771. [1774.] Bey M. G. Weidemanns Erben und Reich. (2), xii, 568 S.; (4), S. 569–1288.

Sulzer (Lips nach D. Chodowiecki nach Graff, PhFr 3:342)

Zwei Jahrzehnte lang hatte der Naturforscher und Philosoph aus Winterthur, der seit 1747 im friderizianischen Berlin lehrte, sein Hauptwerk vorbereitet. Teils deutlich im Gefolge von Jacques Lacombes *Dictionnaire portatif des beaux-arts* (1752), unterstützt von ungenannten Mitarbeitern wie seinem Züricher Lehrer und Freund Bodmer, mehreren Musikern und auch Wieland, wollte er auf dem Feld der Künste für klare deutsche Begrifflichkeit sorgen. Begeistert vom Kosmos der Natur, handwerklich geschickt, ein engagierter Pädagoge und Systematiker, schien Sulzer der rechte Mann, die alte Nachahmungsästhetik zu verfeinern. Künste, schrieb er, dienten nicht «zum Zeitvertreib und zur Belustigung»; die «Mittheilung einer rührenden Vorstellung» und die daraus erwachsende Empfindung des Schönen und Guten weckten vielmehr das «Gefühl für sittliche Ordnung», und nur Bildung des Geschmacks führe zur vollen «Glükseeligkeit» eines Volkes. Mimesis wurde zum schöpferischen Nacheifern, das im Genie als «begeisterndes Feuer» wirkt, und insgesamt «die Seele zum Mittelpunkt der Kunst» (Robert Sommer). Als 1771 der erste Band erschienen war, teilte sich das Echo. Die Hochachtung überwog, doch Jüngere fanden es zu beflissen und eng, daß Sulzer die Künste weiter als «Verschönerung» guter gesellschaftlicher «Ordnung und Annehmlichkeit» sah. Die «Trümmer der Bodmerischen Arche» hätte man «der Andacht weniger Pilgrime überlassen können», spottete Merck; sogar der Mitarbeiter Wieland sah «Tücken» in der *Theorie:* Sulzers Pferd sei nur ein Esel. Noch derber wies Goethe die dünne «Milch» für «Kennerchens» ab und ironisierte dann im *Werther* einen jungen Mann, der behauptet, «er habe Sulzers Theorie den ersten Theil ganz durchgelesen». Dem Ansehen des Werkes schadete es wenig: Gottscheds *Handlexicon* von 1760 war sogleich verdrängt, und auf der Leipziger Herbstmesse 1774 wird Sulzers zweiter Band eines der gefragtesten Bücher. Erweiterte Neuauflagen, dazu *Nachträge* in acht Bänden (1792–1808) festigten den Ruf des spätaufklärerischen Begriffsreservoirs. Schiller sollte darauf zurückgreifen; Genres wie die Landschaftsmalerei wurden neu beachtet. Vor allem die Würdigung der Musik als reiner Ausdruck der Leidenschaften und der Hinweis auf die Oper als Gesamtkunstwerk wurden zukunftsweisend.

Eine ganzseitige Allegorie der zivilisierenden Schönheit, an der Daniel Chodowiecki 50 Taler verdiente, hatte als Frontispiz den ersten Band eröffnet; dafür verzieh man den bösen Setzfehler im Horaz-Zitat am Ende der Vorrede (Ham *statt* Hanc). *Für den zweiten Teil radierte Chodowiecki nach dem Entwurf von Johann Heinrich Lambert eine erklärende Falttafel zum Artikel «Perspektiv».*

Verschenkte Schwänke

[Johann Wolfgang Goethe:] Neueröfnetes moralisch-politisches Puppenspiel. Et prodesse volunt et delectare Poetae. Leipzig und Frankfurt 1774. 96 S.

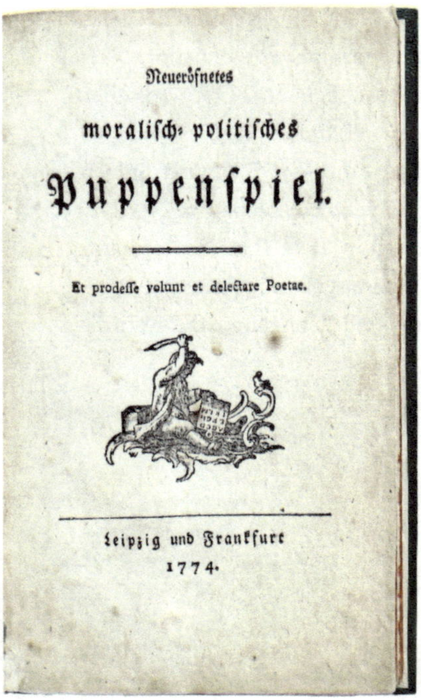
Neueröfnetes
moralisch-politisches
Puppenspiel.
Et prodesse volunt et delectare Poetae.
Leipzig und Frankfurt
1774.

Mitte Juni 1774 bekommt der Berliner Verleger Nicolai einen Brief des Gießener Juristen Höpfner. Darin bietet der eifrige Mitarbeiter an der ADB und stets den Austausch fördernde Bekannte Boies, Mercks und Goethes «zwei Possenspiele von Göthe» zum Druck an. Einen Monat später hat Höpfner weitere drei Bogen Manuskript da, «wieder ein kleines Drama und einen Prolog», und bittet «mit *nächster* Post» um Antwort. «Aber bieten Sie gleich das äußerste! Der Eigenthümer des Manuscripts, ein guter Kopf, ohne alles Vermögen, muß damit Wucher treiben» – gemeint ist Höpfners Schützling, der Jurastudent Friedrich Maximilian Klinger. Goethe hatte Klinger jüngst als Einnahmequelle drei Werklein überlassen: Die Knittelversschwänke *Das Jahrmarktsfest zu Plundersweilern* und *Ein Fastnachtsspiel vom Pater Brey* nach Art des Hans Sachs, beide im Frühjahr 1773 entstanden, außerdem *Des Künstlers Erdewallen* vom Herbst 1773. Mit den 60 Versen *Prolog* zum Ganzen, wahrscheinlich Ende Juni 1774 verfaßt, schlägt er wohl auch den Obertitel vor, der auf ‹curieuse› barocke Druckwerke anspielt. Nicolai lehnt es ab, Goethes «zügellosen Ton» zu verbreiten, und so kann Weygand das skurrile Gebinde satirischer Szenen neben dem *Werther* zur Herbstmesse herausbringen. Besonders der *Pater Brey,* vielleicht für Herders Hochzeit als Polterabendscherz entstanden, ist «gottlob», so Merck, kaum verständlich:

Die Titelfigur karikiert den intriganten «Frauenumspürer» (Max Morris) und «falschen Propheten» Leuchsenring in Darmstadt mitsamt seinen Opfern. Das *Magazin der deutschen Critik* des konservativen Gottlob Benedikt Schirach würdigt «viele gute und satirische Züge», ärgert sich aber an Ton und Gestalt der «Harlekinaden»; auch andere reagieren ratlos bis mürrisch. Immerhin konnte Goethe den quirligen Figurenreigen des *Jahrmarktsfestes,* von verjährten Anspielungen befreit und deutlich erweitert, 1778/79 mit Musik der Herzoginmutter Anna Amalia auf die Ettersburger Liebhaberbühne bringen; er selbst spielte gleich drei Rollen. Daß in seinen übermütigen Reimereien, die er später mildernd «belebte Sinngedichte» nannte, schon die gleichzeitig entstehende Faustdichtung anklingt, blieb den Philologen aufzudecken vorbehalten.

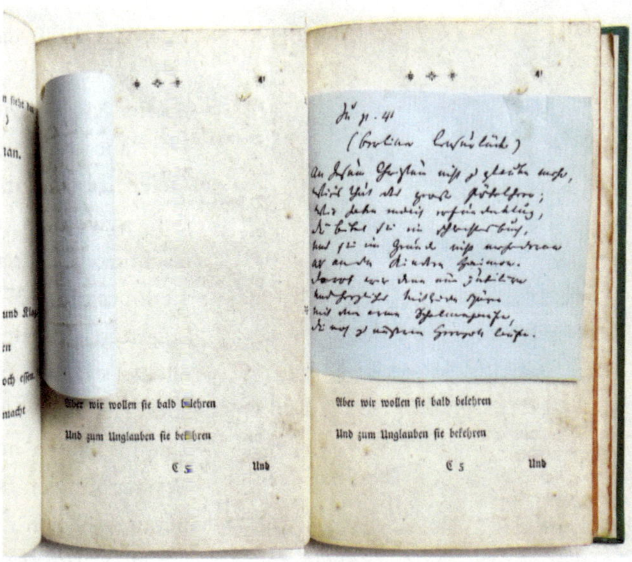

Kein Rezensent klagte, daß der Erstdruck des Jahrmarktsfestes *zwei Lücken aufwies: Fast die ganze Seite 41 und ein Halbvers auf Seite 43 fehlten. Im Original waren dort Tiraden gegen das Christentum zu lesen – bis hin zum «Dreck». Der Aktuar Johann Daniel Salzmann, Goethes und dann auch Lenzens Straßburger Vertrauter, schrieb sich in sein Exemplar das Fehlende «aus dem Mspt.» ab – wann, ist unklar. Später ergänzte Friedrich Wilhelm Riemer sich von anderswo den Text; 1842 ließ er diese Fassung in Band 57 der Ausgabe letzter Hand erscheinen. Danach sind die anstößigen Verse im vorliegenden Exemplar des heute seltenen Werkchens als «Berliner Censurlücke» handschriftlich auf einem eingeklebten bläulichen Blättchen sowie auf Seite 43 mit Bleistift nachgetragen.*

Auftakt zum Fragmentenstreit

[Reimarus, Hermann Samuel:] Von Duldung der Deisten: Fragment eines Ungenannten. [in:] Zur Geschichte und Litteratur. Aus den Schätzen der Herzoglichen Bibliothek zu Wolfenbüttel. Dritter Beytrag. von Gotthold Ephraim Lessing. Braunschweig, im Verlage der Buchhandlung des Fürstl. Waysenhauses. 1774. S. 195–226.

(J. C. G. Fritzsch 1780 nach Gerloff Hiddinga 1749)

Die Kinder des 1768 gestorbenen Hamburger Gelehrten Hermann Samuel Reimarus hatten Lessing ein dickes Manuskript ihres Vaters überlassen: *Apologie oder Schutzschrift für die vernünftigen Verehrer Gottes.* Herder soll im März 1770 darin gelesen und den Druck verlangt haben. Im Oktober durfte Moses Mendelssohn es lesen. Der fand die Argumentation, die von vielen Bibeldogmen kaum etwas übrig ließ, «zuweilen unbillig», aber «sehr wichtig». Christian Friedrich Voß in Berlin hatte 1771 schon den Verlag zugesagt, aber der Zensor signalisierte allenfalls Duldung; neben Mendelssohn riet auch Nicolai vom Druck ab. Lessing jedoch nutzte die zensurfreien Wolfenbütteler *Beyträge* zur Veröffentlichung. Gleich nach dem Plädoyer für einen Antitrinitarier, der zum Islam übergetreten war, rückt er im Oktober 1774 als angeblichen Bibliotheksfund anonym einige Seiten von Reimarus ein: Die «vernünftige practische Religion» Jesu, heißt es da, sei schon von den Aposteln in gewaltsam behaupteten «Aberglauben» verkehrt worden; die «Heucheley» um Dogmen, vor allem «Intoleranz und Verfolgung»

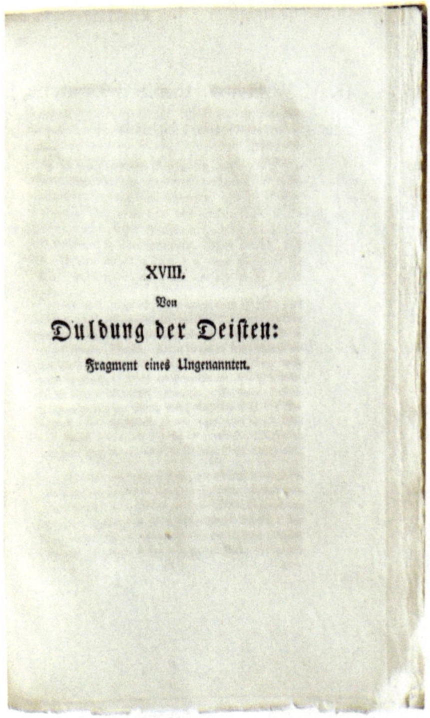
XVIII.
Von
Duldung der Deisten:
Fragment eines Ungenannten.

gegenüber rationalen Zweiflern sollten aufhören. In Nachsätzen spitzt Lessing das zu: Man wisse bei dem, was sich heute vernünftiges Christentum nenne, «weder wo ihm die Vernunft, noch wo ihm das Christentum sitzt». Vorläufig verhallt die Provokation. Erst als Anfang 1777 fünf weitere Passagen der *Apologie* erschienen, worin sogar Jesu Auferstehung als fromme Fiktion mit Entwendung der Leiche dargestellt wurde, regte sich Unmut. In seiner Antwort auf die erste Polemik erklärte Lessing, es gehe um einen kategorialen Unterschied: «Wenn keine historische Wahrheit demonstriret werden kann: so kann auch nichts *durch* historische Wahrheiten demonstriret werden. Das ist: *zufällige Geschichtswahrheiten können der Beweis von nothwendigen Vernunftswahrheiten nie werden.»* Fortan mußte sich Lessing mit Glaubenswächtern herumschlagen, zumal mit dem Hamburger Hauptpastor Goeze. Besorgt strich ihm Herzog Carl am 13. Juli 1778 die Zensurfreiheit, verbot «bey Vermeidung schwerer Ungnade und schärferen Einsehens» weitere Veröffentlichungen und forderte das Manuskript der ‹Fragmente› ein. Es tauchte nie wieder auf, und so erschien die *Apologie* in voller Länge erst 1972, nach der in Hamburg erhaltenen Endfassung des Autors.

Vorsichtig ließ Lessing, wie damals nicht unüblich, jede Zeile seines ungenannten Fragmentisten in Anführungszeichen setzen. – Das vorhandene Exemplar des Bandes, gedruckt auf besserem Papier, unbeschnitten, ja teilweise unaufgeschnitten, gehörte einst dem studierten Oberstleutnant Joseph Maria Clemens (‹Sepp›) von Radowitz, der 1896 Eugenie Mumm, eine Tochter des Frankfurter Champagnerkönigs, geheiratet hatte.

Galanterien in Reih und Glied

[Karl Wilhelm Ramler:] Lyrische Bluhmenlese [Erster Teil]. Leipzig, bey Weidmanns Erben und Reich. 1774. xvi, 444, (12), (2) S.

Für penibel horazische Oden, eine neue Übersetzung der Ästhetik von Charles Batteux (1756/58) und seine Partnerschaft mit Lessing wurde er geachtet, als ignorierter Lobhudler Friedrichs des Großen aber auch belächelt. Ehrgeizig und beflissen hatte Ramler sich zur literarischen Instanz Berlins emporgearbeitet. Um der preußisch-deutschen Eigenständigkeit in der Poesie und nebenbei den eigenen Finanzen aufzuhelfen, war er darauf verfallen, Sammlungen musterhafter Dichtung herauszubringen. Einlaß fand dort aber nur, wer auf seinen Namen verzichten und ein strenges Lektorat erdulden mochte. Wie im Kadettenkorps, wo Ramler jahrzehntelang für kargen Lohn Logik und ‹Schöne Wissenschaften› lehrte, sollten die zumeist zart-galanten Lyriker blitzsauber in Reih und Glied paradieren. Erstaunlich viele Autoren willigten ein: Die *Lieder der Deutschen* (1766) brachten Stücke von Weiße, Gleim, Uz, Lessing, außerdem Verstorbene seit dem Barock, darunter Hagedorn und Opitz. Als nächstes erschien eine Ausgabe mit Melodien. Bald plante Ramler mehr; er siebte die Bestände neu und schwang weiter perfektionistisch die «Feile». Mit Gleim war er zerstritten, dafür rückten nun Jüngere nach wie Bürger – der sogar öffentlich für die Redaktion dankte –, Boie, Gotter oder der jüdische Arzt Isaschar Falkensohn Behr. Auf die vielen bislang ungedruckten Lieder des scheuen

Geistlichen Johann Nikolaus Götz legte Ramler besonderen Wert. Nach gründlicher Vorbereitung kann er zu den Herbstmessen 1774 und 1778 in der *Bluhmenlese* fast doppelt so viel bieten wie früher, sorgsam thematisch in neun Bücher gruppiert. Die sauberen Antiqua-Drucke sind mit filigranen Kupfern von Johann Wilhelm Meil geschmückt. Dennoch kommt wenig Dank: Handwerklicher Feinschliff wirkt auf junge Inspirationspoeten nun gleichgültig, ja unsinnig formalistisch; Genies suchen ihre Vorbilder, wenn überhaupt, anderswo. In der Einleitung zum zweiten Band seiner *Volkslieder* schrieb Herder 1779, es komme auf das «Ohr *der Seele*» an «das nicht einzelne Sylben allein zählt und mißt und wäget». Gegen diese Vision poetischer Ursprünglichkeit sah Ramlers Arbeit am vorbildlich akkuraten Versgebilde auf einmal traurig gestrig aus.

Kupfer von Johann Wilhelm Meil

Im Freundeskreis war Ramler als Korrektor geschätzt und konnte daran verdienen. Vom ersten Band des Sebaldus Nothanker *(1773, → 122) will er «jede Seite dreymal» in Fahnen gelesen haben, zur Freude Nicolais. Auch Christian Felix Weiße überließ seine Dramen gern der Feile Ramlers. – Von der* Bluhmenlese *gab es neben der gewöhnlichen Version für 1 Taler 8 Groschen auch Exemplare auf ‹holländischem Papier› für 2 Taler. Der vorliegende Sammelband vereinigt drei Titel von 1774: Den ersten Teil der* Bluhmenlese*, eine Vorzugsausgabe des Eröffnungsbandes von Claudius'* Asmus *und die ersten drei Lagen von Wielands* Verklagtem Amor.

Püppelspiel statt schöner Natur

[J. M. R. Lenz:] Der neue Menoza. Oder Geschichte des cumbanischen Prinzen Tandi. Eine Komödie. Leipzig, in der Weygandschen Buchhandlung. 1774. 132 S.

Erschienen zur Herbstmesse 1774, kam das Stück erst 189 Jahre später auf die Bühne. Kein Wunder: Die grelle Mischung aus Verwechslungstragödie, Schauerdrama und Gesellschaftssatire verstört noch heute. Von Selbstmord und Mord durch Gift und Dolch über Inzest-Ängste bis zur Rührseligkeit werden extreme Stimmungen ausgekostet. Unterbrechungen mitten im Satz, Schauplätze «hier und da» und Gefühlsumschwünge «aus der Hölle in den Himmel» nehmen der Handlung um Wilhelmine und ihren beiden Ehebewerber jede Behaglichkeit. Altjüdisches Eherecht nach Johann David Michaelis, «der selige Professor Gellert» oder dubiose Jesuiten: Der Autor geizt nicht mit Aktualität; selbst der Name der von Ohnmachten geplagten Heldin ist bekannt aus Thümmel und Nicolais erfolgreichem *Nothanker* (→ 122). Bakkalaureus Zierau predigt dem Prinzen eifrig von «Verbesserung und Verfeinerung unsrer Nation», die «vorzüglich der unsterbliche Wieland» heraufführe; er ist entsetzt, als sein Vater, der Bürgermeister von Naumburg, schließlich die drei Einheiten samt der «schönen Natur» im Drama von sich weist und lieber ein «Püppelspiel» sehen will.

Nur wenige, darunter Schröder in Hamburg, können mit Lenzens artifiziellen Wechselbädern etwas anfangen; selbst der wohlwollende Schubart bekennt, er habe «schier's Erbrechen bekommen», und schilt «Um Originale zu werden, werden sie albern.» Zwar treten Herder, Claudius und sogar Merck für das Stück ein. Aber Wieland setzt ein Zeichen, als er im Dezember 1774 knapp das «Romantische», also überspannt Bizarre rügt. Da hilft es nicht, daß Mauvillon befindet, die Charaktere seien «ganz nach dem Leben gemahlt und der Dialog ganz vortreflich», der Autor habe wohl das Zeug, «unser Aristophanes zu werden». Auch Lenzens Verteidigung in den *Frankfurter gelehrten Anzeigen,* worin er die Gattung der Komödie zur «Vorstellung ... für jederman» erklärt, und Johann Georg Schlossers Brief-Plädoyer *Prinz Tandi an den Verfasser des neuen Menoza* retten nichts mehr; 1776 erklärte Eschenburg behäbig zur Genie-Dramatik: «Man muß dieses kleine Fieber aber nur austoben lassen.» Das geschah – und so geriet mit Lenzens bis zur Selbstkarikatur nervöser Dramaturgie auch in Vergessenheit, daß er seinen Figuren immer wieder zeitlose Einsichten in den Mund zu legen weiß. Nur ein Beispiel: «Er hat den Fehler aller Deutschen, er baut sich ein System, und was dahinein nicht paßt, gehört in die Hölle.«

Jakob Michael Reinhold Lenz (PhFr 4:16)

Der Verleger Weygand gab das von Goethe vermittelte Manuskript wieder an die Meyersche Druckerei in Eisenach. Auch Abzüge auf besserem Papier wurden hergestellt. Leider kennt man den Schöpfer des achtbaren Titelkupfers nicht, auf dem der Prinz mit Wilhelmine und Herrn von Zopf zu sehen ist.

Steckenpferd in vollem Galopp

[Laurence Sterne:] Tristram Schandis Leben und Meynungen. Ταράσσει τοὺς Ἀνθρώπους οὐ τὰ Πράγματα, ἀλλὰ τὰ περὶ τῶν Πραγμάτων, Δογμάτα. Erster [bis Neunter] Theil. Hamburg, 1774. Bey Bode. (8)+2, viii, (32), 186, 192; (4), 210, 226 [recte 216], 168; 164, 148, 144, 128 S.

Im Juni 1773 meldete Wielands *Deutscher Merkur,* nach Sternes *Empfindsamen Reisen* und Smolletts *Humphry Clinker* wolle Bode nun den «unübersetzlich» erscheinenden *Tristram Shandy* angehen. Die Subskription hatte Erfolg: Allein aus Weimar bestellte man 14 Exemplare, auch der Erbprinz war dabei. In Königsberg zeichneten Hamann und Hippel, in Frankfurt ein «J.[uris] U.[triusque] Dr. Goethe». Schon am 14. Oktober 1774 sind alle neun Bändchen da. Ein Jahr hatte gereicht, Sternes Kapriolen nachzubilden. Der begeisterte Bode habe «eine ganz neue Sprache schaffen» müssen und wollen, schrieb Böttiger 1795 in seinem Nachruf; erst von nun an bürgerte sich zum Beispiel das ‹Steckenpferd› als Metapher ein. Auch kühne Ersetzungen gibt es; so wird *Pilgrim's Progress* keck in *Tausendundeine Nacht* verwandelt. Die «marmorierte Seite» 175/176 des dritten Bandes hat Bode in Modeldruck herstellen lassen – verso kopfstehend; in Band 4, wo das Original neun Seiten ‹fehlen› läßt, springt die Pagination setzerfreundlicher um 10 Seiten vor. Als Wieland das «unschätzbare Buch» im Dezember preist, beklagt er nur die ‹allzuhäuffigen Druckfehler›; Bode solle auch eine «mit seinen versprochenen Commentarien bereicherte» Ausgabe bringen. Dies «Real- und Verballexicon» erschien freilich nicht, aber die zweite Auflage von 1776 brachte Korrekturen. Spätestens mit Bodes Umzug nach Weimar 1778 war das Kapitel Sterne für ihn abgeschlossen. An seiner im Galopp vollbrachten Leistung fand

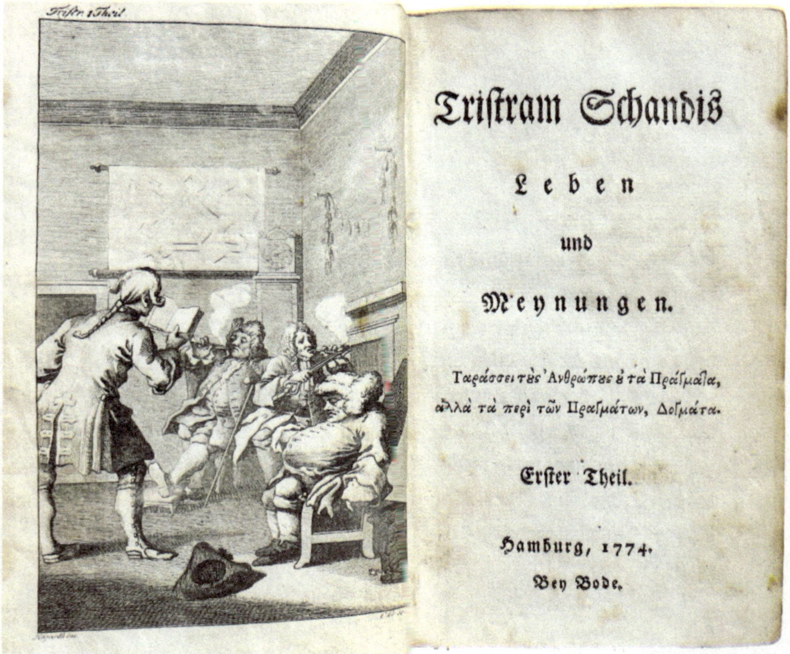

Johann Lorenz Benzler 1801 etliches «nonsensikalisch», übernahm indessen doch das meiste. Auch danach ist der aus Bodes Enthusiasmus und seiner autodidaktischen Energie entstandene «schönste Abgußsaal eines Sterne» (Jean Paul 1804) für die Anerkennung seiner und überhaupt charakterstarker «Eigenheiten» (Goethe 1827) maßstäblich geblieben.

Mit Bodes Auftreten war die erste, stümperhafte deutsche Übersetzung von Johann Friedrich Zückert (1763–1767) überholt. Allerdings warf dessen Verleger Lange 1774 die Restbestände als angeblich «zweyte Auflage» auf den Markt, versuchte die Käufer sogar mit Wielands Lob zu täuschen. Bode war aber sicher, denn 646 Subskribenten hatten 895 Exemplare bestellt. Die Eigenregie sparte Kosten, Mühe freilich nicht: So lieferte Carl Leberecht Crusius in Leipzig Titelkupfer nach Hogarth zum ersten und dritten Band, und im Februar schrieb Bode an Gleim, er habe «zu meinem Tristram eine neue Schrift giessen lassen (große Cicero auf Mittel Kegel, wie der Kunstausdruck lautet …)» Trotz allem befand sich die mit Lessing gegründete Druckerei laut Mark-Georg Dehrmann bald darauf «in einer ernsten Krise», vermutlich weil es am Vertrieb haperte. Bodes Übersetzung von Yoricks Briefen an Elisa *erschien im Juni 1775 mit dem Verlagsnamen seines Schwagers Carl Ernst Bohn, seine neue Übertragung von Goldsmiths* Dorfprediger von Wakefield *1776 bei Reich in Leipzig.*

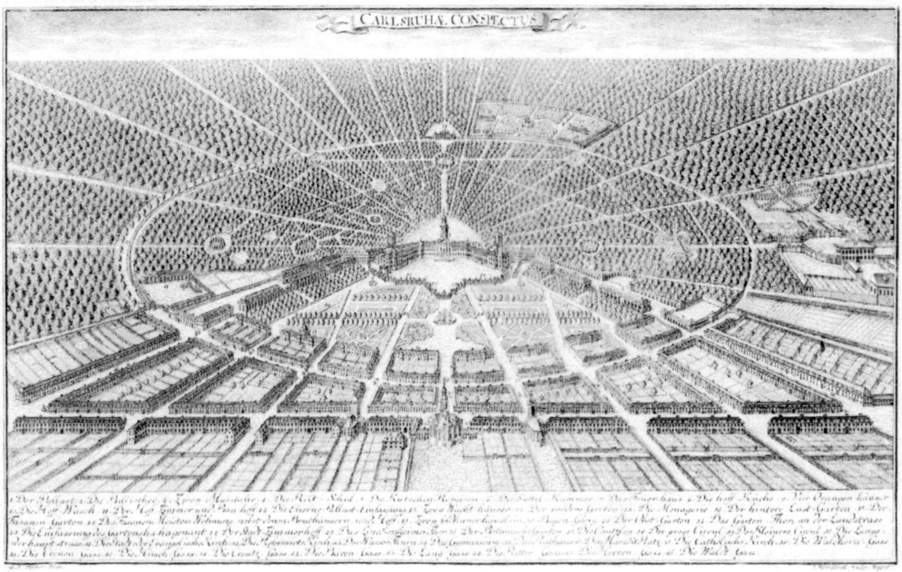

Karlsruhe um 1760 (Stich nach Georg Nikolaus Fischer von Johann Striedbeck)

November 1774

1 Di In den *Frankfurter gelehrten Anzeigen* wird der *Werther* gelobt, wohl von Heinrich Leopold Wagner. Am 15. November merkt «Der Verleger dieser Zeitung», Deinet, nach Lektüre des Werks distanzierend an: «Selbstmord ist immer ein Beweis von Abwesenheit der Vernunft.»

(Radierung von J. A. B. Nothnagel, 1774)

In Frankfurt stellt Andreas Nothnagel, Tapetenfabrikant und Künstler, Goethe ein ‹Cabinett› für Zeichenstudien zur Verfügung. Nothnagel folgt in eigenen Radierungen den Niederländern; Goethe schreibt an Johanna Fahlmer, er «lebe ganz mit Rembrandt».

In Oxford wird der ‹Covered Market› eröffnet. Entworfen hat den Holzbau John Gwynn, ein Freund von Dr. Johnson, der später auch Magdalen Bridge gestalten wird.

Der junge Abbé Lorenzo da Ponte beginnt als ‹professore di umanità›, Lehrer für klassische Sprachen, am Priesterseminar von Treviso zu arbeiten, sein Bruder Girolamo ebenfalls.

In Dresden beginnt die Auktion der stattlichen Bibliothek (12 787 Nummern) des Hofrates und Geheimreferendars Ernst Gotthelf Becker.

2 Mi Edmund Burke zieht nach turbulentem Wahlkampf für Bristol ins Unterhaus, zusammen mit dem dort geborenen, erst Anfang Juli heimgekehrten US-Kaufmann Henry Cruger.

Miller, in Leipzig fast jeden Abend im Theater, sieht Engels *Edelknaben*.

3 Do In Frankfurt beantragt ein Verein von Bürgerssöhnen und -töchtern zur Förderung von Literatur und Schaubühne, zwischen Neujahr und Fastnacht 1775 vier privat einstudierte moralische Schauspiele zum Selbstkostenpreis aufführen zu dürfen. Der Rat der Stadt lehnt die Initiative ab.

In Berlin bringt die Kochsche Truppe Goethes *Clavigo* auf die Bühne. Die *Berlinische Privilegirte Zeitung* informiert ihre Leser: «Dieses Stück spielt in Madrid, und endigt mit Mariens Leichenbegängniß.»

Lichtenberg erlebt David Garrick als Archer in George Farquhars *The Beaux's Stratagem* (1707).

4 Fr J. G. Schlosser schickt aus Emmendingen den *Werther* an Lavater.

Sulzer in Berlin schreibt an Bodmer in Zürich, Goethes *Werther* sei eine «recht unbesonnene Schrifft».

Konrad Ekhof (PhFr 3:211)

In Leipzig gelingt es Carl Friedrich Cramer am letzten Abend der Seylerschen Truppe, von ihrem Star Konrad Ekhof eine Eintragung in sein Stammbuch zu erhalten.

In Neapel bringt das Teatro di San Carlo eine weitere Version von Glucks *Orfeo ed Euridice* heraus. Dirigent Josef Mysliveček hat das Stück mit fünf Zusatzrollen – darunter Giuseppe Tibaldi (→146) als Eagro – und fremder Musik, u. a. von J. Chr. Bach, auf drei Akte gestreckt.

5 Sa Im Londoner Drury Lane Theatre wird die musikalische Komödie *The Maid of the Oaks* von John Burgoyne und David Garrick (→9. Juni) in erweiterter Fassung erstmals öffentlich gegeben, mit transparenten Szenenbildern von Philip James de Loutherbourg d. J. Das Spektakel hat großen Erfolg.

Herder sendet aus Bückeburg sein schon von Johann Christoph Friedrich Bach vertontes Libretto *Brutus* an Gluck.

6 So Fritz Jacobi schickt Goethe das Dramenfragment *Prometheus* mit Dank zurück. Das *Puppenspiel* habe er noch nicht bekommen.

Der Frankfurter Verleger Johann Konrad Deinet kündigt dem Berliner Kollegen Decker eine Wagenladung Bücher an und nennt deren Preise. Darunter sind je 25 Exemplare von *Götz* und *Clavigo*. Ferner bietet Deinet den *Werther* und das *Puppenspiel* an. «Ich habe nur 3 Nachdrucke von Clavigo gesehen. 2 vom Puppenspiel, 2 von Lavaters Tagebuch … Menoza u. der Hofmeister sind auch dem Vernehmen nach schon nachgedruckt.»

7 Mo Johann Christian Kestner in Hannover erläutert seinem Freund Hennings «Im Vertrauen» die Hintergründe des *Werther*.
Wielands Sohn Carl Friedrich wird begraben; er wurde nur sieben Wochen alt.
Der Hafen York in Maine inszeniert eine ‹Tea party› wie die von Boston.
Major William Dalrymple kommt in Sevilla an.
8 Di Aus Hamburg schickt Claudius Korrekturabzüge von Hamanns *Prolegomena* an den Autor nach Königsberg und nach Bückeburg an Herder.
9 Mi In die Nr. 179 des *Wandsbecker Bothen* rückt Claudius als ‹Asmus› eine Subskriptionsanzeige für die Ausgabe seiner Werke ein: «Zwischen 15 und 20 Bogen» sollen es werden, bestehend «aus Gedichten, einigen Briefen, und andern prosaischen Stücken». Auch Lessing und Goethe subskribieren.
Bodmer schreibt an Sulzer in Berlin: «Selbst die geschwornen bewunderer» Klopstocks in Zürich würfen dessen *Gelehrtenrepublik* «zu Herders Kindereyen», nur Lavater sehe darin «prius non dicta, und das ist freilich in anderm verstand wahr genug». Ferner erzählt er, «daß ich die Ilias in Hexameter übersezt habe».
10 Do Hölty meldet Johann Martin Miller, in Göttingen sei der *Werther* schon vergriffen.
In London endet die seit dem 5. Oktober laufende Parlamentswahl; sie bestätigt Lord North. Mayor John Wilkes wird MP für Middlesex.
James Cook segelt von Neuseeland ostwärts in Richtung Feuerland.
11 Fr (Martini) Abends erstes Eis in Frankfurt. Auch in Altona friert und schneit es seit acht Tagen; Ostwind läßt die Elbe auf Rekordtiefe fallen.
Miller lernt in Leipzig den Jurastudenten und (als Schüler von Johann Adam Hiller) angehenden Komponisten Christian Gottlob Neefe kennen, auch den «jungen Bach aus Hamburg» – Johann Sebastian, den jüngeren Sohn Carl Philipp Emanuels.
William Dalrymple reist von Sevilla nach Jeres de la Frontera, wo ihm ein gastlicher Prior acht Schüsseln verschiedener Fische auftischt.
12 Sa Das *Münchner Intelligenzblatt* bringt Anschuldigungen gegen den katholischen Exorzisten Johann Joseph Gaßner, der seit Monatsanfang in

Ellwangen weit über 10 000 Kranke behandelt hat. Gaßner, der sich auf Einladung des Fürstbischofs von Regensburg, des nahezu blinden Grafen Anton Ignaz von Fugger, in Ellwangen aufhält, läßt sogleich in Augsburg eine *Antwort* von 48 Seiten drucken.

Lessing schreibt an Ramler: «Mit mir ist es aus; und jeder dichterische Funken, deren ich ohnedies nicht viel hatte, ist in mir erloschen.»

Im Pariser Justizpalast tagt das von Louis XVI. wieder einberufene Parlament (Erfolg der Adelspartei). Das wird abends mit Feuerwerk gefeiert.

Gaßner (J. G. Friedrich nach J. F. Franck, um 1777)

13 So Goethe und sein Freund Riese sind zu Gast bei Crespels. Auf Bitten von Frau Maria Catharina schreibt Goethe Knittelverse in das Stammbuch Johann Peter de Reyniers von 1680 (*Ein theures Büchlein siehst du hier*), bekommt es geschenkt und nutzt es weiter für Skizzen.

Ulrich Bräker sieht im Toggenburg den ersten Schnee liegen.

14 Mo Starker Nachtfrost ermöglicht es Goethe, nachmittags von 13 bis 18 Uhr auf einem Teich vor der Stadt Schlittschuh zu laufen – die extreme, seit 1740 so nicht erlebte Kälte wird bis Mitte Dezember andauern. Abends ist Goethe wieder bei Crespels.

Auguste von Stolberg in Uetersen fragt Boie, was er vom *Werther* halte.

Herder dankt Hamann für die *Prolegomena,* worin Herders *Älteste Urkunde* gegen Kant verteidigt wird. Den *Werther* habe er noch nicht gelesen.

Justus Möser schickt aus Osnabrück das Manuskript zum zweiten Teil der *Patriotischen Phantasien* an Nicolai nach Berlin. Der Druck des ersten sei «ziemlich korrekt, obwohl in manchen mir anhängenden Sprachschnitzern nicht, wie ich wünschte, verbessert». Demnach ist Band 1 (vordatiert) ausgedruckt oder eben erschienen.

Friedrich Franz, der Thronanwärter in Mecklenburg-Schwerin, bricht mit Entourage als ‹Graf von Schwerin› nach Karlsruhe auf, wo er um Louise von Hessen-Darmstadt werben will. Man reist über Halberstadt, Göttingen, Kassel, Marburg, Gießen und Friedberg nach Frankfurt (25. November); dort logiert die Gesellschaft auf der Zeil im Hotel ‹Zum Römischen Kaiser›.

In Maiolati bei Jesi kommt Gasparo Spontini zur Welt.

15 Di Der Bauernrebell Pugatschow kommt nach Moskau – in hölzernem Käfig auf einem zweirädrigen Wagen. (Am 21. Januar 1775 wird er dort enthauptet werden.)

Goethe erbittet sich von Johann Lorenz Böckmann in Karlsruhe das Manuskript des *Satyros* zurück.

16 Mi Goethe verlangt im Prozeß Horn gegen Luther einen neuen Termin und wiederholt im Fall Wetzlar seine Gesuch um finanzielle Hilfe.

Lavater bittet Herder um Beiträge zu den *Physiognomischen Fragmenten* (Herder wird den Brief erst am 20. Februar 1775 erhalten).

Lichtenberg sieht in London David Garrick als Sir John Brute in John Vanbrughs *The Provoked Wife* (1697).

Voltaire schreibt an Chamfort, dessen *Éloge de La Fontaine* (→ 190) sei besser als die von Chamforts früherem Wegbereiter und Voltaires Schützling La Harpe: «Phidias hat über Praxiteles gesiegt.»

17 Do Mozart datiert seine Symphonie C-Dur K 200 (189k).

Erfurts Statthalter, Reichsfreiherr von Dalberg, ist zwei Tage am Weimarer Hof zu Gast. Es geht vor allem um Ehepläne für Carl August.

Herder bricht mit Spalding und fordert von ihm seine Briefe zurück.

18 Fr In Göttingen wird der Hainbündler Hahn Meister der im Juni von ihm mitgegründeten Freimaurerloge ‹Zum goldenen Zirkel› (→ 11. Mai).

In Potsdam kommt Wilhelmine von Preußen zur Welt, Tochter des Prinzen Friedrich Wilhelm. (Nach ihrer Heirat 1791 wird sie von 1815 an Königin der Niederlande sein.)

19 Sa Beim Stiftungsfest der Gesellschaft der Wissenschaften in Göttingen stellt Heyne eine Probe Druckpapier vor, die der Jurist Justus Claproth aus Altpapier gewonnen hat, indem er die Druckerschwärze mit Terpentinöl hat auswaschen lassen. Gegen Jahresende veröffentlicht Claproth eine Beschreibung seiner Methode, die er auf solches Papier drucken läßt.

Dorette Leonhart (Leopold Matthieu, 1774)

Aus Wetzlar schreibt Hans Buff an Kestner über den *Werther:* «Zwei Exemplare sind hier in der ganzen Stadt und jedermann will es lesen!» Selbst in der Familie balge man sich fast um ungebundene Blätter «von Gießen».

In Breslau lobt der kranke Garve im Brief an Weiße den *Werther.*

Von Chesterfields *Letters to His Son* kann der Verleger Dodsley schon die fünfte Auflage herausbringen.

In Stuttgart wird Hegels Bruder Georg Ludwig geboren. Er lebt nur bis zum 10. Juni 1775.

Jean Jacques Rousseau arbeitet in Paris an einer Neuvertonung seines erfolgreichen Einakters *Le devin du village.*

20 So Lavater bestellt bei Chodowiecki in Berlin «auf einer Kupfertafel von der größe dieses Blates» das Widmungsporträt zum ersten Band der *Physiognomischen Fragmente* (→ 248).

Goethe wird nachmittags von J. A. B. Nothnagel in die Anfangsgründe der Ölmalerei eingewiesen. Er schreibt an Sophie La Roche, positiv über Klopstock und mit einem «Rezipe» zur Homerlektüre für den Speyerer Domdechanten Christoph Willibald von Hohenfeld.

21 Mo Goethe schreibt rechtfertigend emphatisch an Kestner. «Heut gehts aufs Eis ihr lieben Ade.»

22 Di In London bringt der 49jährige Robert Lord Clive, Gründer Britisch-Indiens, sich vermutlich im Opiumrausch mit einem Papiermesser eine Wunde bei, an der er stirbt.

Major William Dalrymple kehrt zurück nach Gibraltar.

Gottfried August Bürger (Leopold Matthieu, 1774)

Auguste Leonhart (Leopold Matthieu, 1774)

Gottfried August Bürger heiratet in Niedeck Dorothea Marianne (Dorette) Leonhart, die schon im dritten Monat schwanger ist. Er bändelt allerdings bald mit deren Schwester Auguste (‹Molly›) an, die er nach Dorettens Tod 1785 heiraten wird.

Lavater dankt Nicolai für «eine sehr interessante Gipsbüste» ohne Erläuterung: «Nicht wahr – der Kopf ist von einem großen Mann?»

23 Mi Goethe bittet im Fall Landau gegen Gebrüder Stiebel um Fristverlängerung und im Fall Günderode gegen Stiebel um Beschleunigung.

Erfurts Statthalter Dalberg ist wieder für drei Tage in Weimar.

24 Do Lichtenberg sieht im Londoner Covent Garden Theatre *King Lear.*

Hippel trifft in Königsberg auf einer Gesellschaft Johann Friedrich Reichardt, «der Beobachtungen oder empfindsame Reisen eines reisenden Musikus herausgiebt und noch mehr… Er spielt indessen allerliebst, und er hat mich mit einem Trio, das ihn selbst zum Vater hat, überfallen. Seine Reise geht nach Petersburg …» (an Scheffner, 25. November).

Voß berichtet Brückner, einem Freund aus dem Hainbund, Klopstock wolle die «Bundesfähigkeit» Goethes erst noch überprüfen.

25 Fr Prinz Friedrich Franz von Mecklenburg besichtigt Frankfurt.

In London stirbt Henry Baker, Literat, Übersetzer und Universalgelehrter, der Schwiegersohn Daniel Defoes. Er hinterläßt der Royal Society 100 Pfund für eine alljährliche ‹Bakerian Lecture›.

Lessing bittet Johann Arnold Ebert um «die Streitschriften des Bentley und Boyle über den Phalaris» sowie «den Reiskischen Theokrit».

26 Sa Lessing bittet Eschenburg um Christian Friedrich von Blanckenburgs neuen *Versuch über den Roman.*

Samuel Johnson korrigiert die letzten Seiten seiner *Journey to the Western Islands*, die um die Jahreswende in 4000 Exemplaren zum Preis von 5 Shilling erscheint (Boswell dankt am 19. Januar 1775 für sein Exemplar).

27 So (1. Advent) Europas ältestes offizielles Spielcasino, der 1638 in Venedig gegründete, nur während des Karnevals geöffnete Ridotto im Palazzo Dandolo bei San Moisè, erst 1768 renoviert, wird auf Initiative des

Der neue Ridotto im Palazzo Dandolo bei San Moisè, Venedig (Gabriele Bella, nach 1768)

reformerischen Prokurators Giorgio Pisani geschlossen. Daraufhin entstehen sogleich private, illegale Spielsalons.

In diesen Tagen gelangt Gluck auf seiner zweiten Parisreise mit Frau und Nichte/Adoptivtochter, der Sängerin Nanette (Maria Anna), nach Karlsruhe. Dort bleibt er einige Tage bei Friedrich Dominicus Ring und gibt mindestens zwei Konzerte, allerdings fast nur vor Hofpublikum. Er lernt auch Klopstock kennen, dem er schon 1773 geschrieben hatte.

28 Mo Goethe bestreitet im Prozeß Haas gegen Hamburger die Gültigkeit der gegnerischen Unterschrift.

Markgraf Carl Friedrich von Baden gibt Anweisung, Klopstock die Kosten seiner Reise nach Karlsruhe zu erstatten.

Für den Militär-Eleven Friedrich Schiller beginnt die Jahresprüfung auf der Stuttgarter Karlsschule mit den «Römischen Alterthümern».

Vater Goethe schenkt der Wetzlarer Wäscherin Catrin Lisbet einen Gulden.

29 Di Susanna Katharina von Klettenberg schreibt inbrünstig an Lavater, der nach seinem Geburtstag (15. November) trübe Bilanz gezogen hatte.

In diesen Tagen dankt Goethe seinem juristischen Mentor Hieronymus Peter Schlosser mit den Versen *Du dem die Musen von den Akten Stöcken …*

Schlosser (Zeichnung Goethes vor 1775)

30 Mi Friedrich Franz von Mecklenburg erreicht mit Entourage um 15 Uhr Karlsruhe, wo er bei Außenminister Wilhelm von Edelsheim absteigt. Abends begegnet er erstmals Louise von Hessen-Darmstadt; auch an den beiden folgenden Tagen ist er mehrere Nachmittagsstunden mit ihr zusammen. Die 17jährige hält ihn galant hin.

Der Agitator Thomas Paine trifft in Philadelphia ein – so fiebrig, daß Benjamin Franklins Arzt John Kearsley ihn vom Schiff tragen muß. Paines Genesung dauert sechs Wochen.

Beim Gründungsfest der Royal Society hält ihr Präsident Sir John Pringle, der Leibarzt des Königs, einen Vortrag über die Forschung zum Zitterrochen (Torpedo) und dessen Fähigkeit, elektrische Schläge auszuteilen.

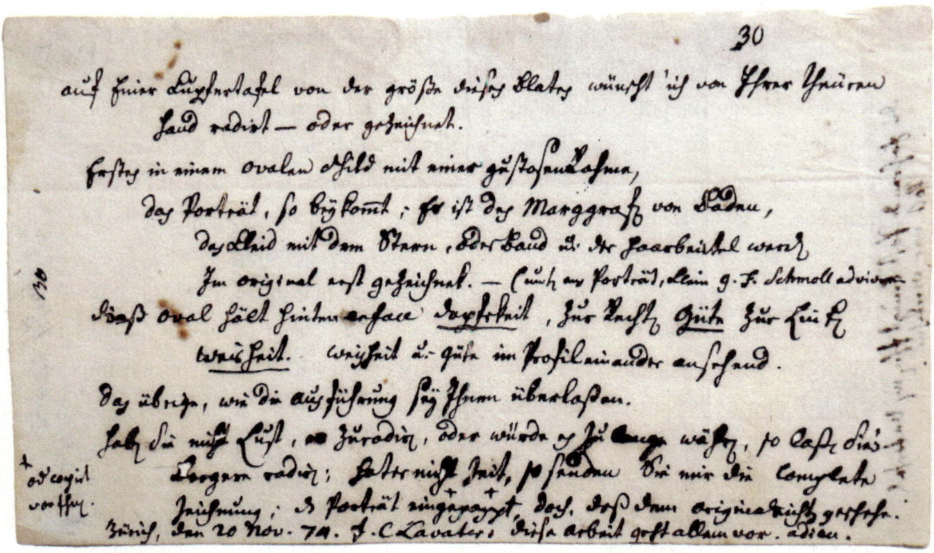

«Von der größe dieses Blates»

Johann Caspar Lavater: Eigenhändiger Brief mit Signatur, Zürich 20. November 1774, an Daniel Chodowiecki, mit dessen Empfangsvermerk. 1 ½ S.

auf Einer Kupfertafel von der größe dieses Blates wünscht' ich von Ihrer theuren
Hand radirt – oder gezeichnet.
Erstes in einem Ovalen Schild mit einer gustosen Rahme,
das Porträt, so beykommt; Es ist des Marggraf[en] von Baden,
das Kleid mit dem Stern, oder Band u[nd] der Haarbeutel werd[en]
Im original erst gezeichnet. – (unt[en] am Porträt, klein G. F. Schmoll ad vivum.
Dieß Oval hält hinten en face Dapferkeit, zur Recht[en] Güte zur Link[en]
Weisheit. Weisheit u. Güte im Profil einander ansehend.
Das übrige, wie die Ausführung sey Ihnen überlaßen.
Hab[en] Sie nicht Lust, [...] zuradir[en], oder würde es zu lange währ[en], so laß[en] Sie's
Bergern radir[en]; hat er nicht Zeit, so senden Sie mir die Complete
Zeichnung; d[as] Porträt eingepappt*, doch, daß dem Original nichts geschehe.
*od[er] copirt von Ihn[en].
Zürich, den 20 Nov. 74. J. C. Lavater. Diese Arbeit geht allem vor. Adieu.
[*rückseitig quer am Rand:*]
die Fahrende Post bringt Ihn[en] m[einen] Vater sel[ig].
Post mir verrechnet.

Spätestens seit 1773 sammelte Lavater Material für die große Unternehmung seiner *Physiognomischen Fragmente.* Vor allem der erst 16jährige Johann Heinrich Lips und dessen Lehrer Schellenberg radierten unablässig in seinem Auftrag. Für das Widmungskupfer aber wünschte sich Lavater den renommiertesten Könner. Der Brief, eines von wenigen erhaltenen Dokumenten aus Lavaters damals sehr umfänglicher Korrespondenz mit Künstlern, zeigt den scheinbar weitschweifigen Prediger als lakonisch-präzisen Auftraggeber mit klaren Zeitvorstellungen. Nach dem mitgeschickten Porträt des Markgrafen von Schmoll, das im August 1774 entsteht, zeichnete Chodowiecki die Vorlage und ließ Daniel Berger radieren; beide hielten sich genau an Lavaters Wünsche, so daß die Breite der Kupferplatte gut zum wohl schon festgelegten Satzspiegel paßte. Als Klopstock im Oktober 1775 in Hamburg den ersten Band der *Fragmente* zu Gesicht bekam, schrieb er seinem Karlsruher Freund Böckmann allerdings, es sei «was recht Dummes» von Lavater, «daß der Markgraf so unrichtig gezeichnet vor sein Werk gekommen ist». – Das Bild seines Anfang Mai 1774 verstorbenen Vaters auf dem Totenbett brachte Lavater erst 1778 im vierten Band der *Fragmente,* als unsigniertes Kupfer.

Frömmigkeit griffbereit

Conduite du bon Chrétien dans ses principaux devoirs de piété. A Einsiedlen Dans la Princiere Abbaye. Par François Xav. Kälin. 1774. (14), 306 S.

Druckwerke kamen um 1774 gewöhnlich unbeschnitten und in einfacher Broschur oder Kartonage auf den Markt – das sparte Frachtkosten, und man ließ ohnehin privat binden. Dieses Büchlein aus 17 ½ Lagen zu 24 Seiten wurde hingegen fertig geliefert: Der einfache Ganzlederband mit Kleberücken, tauglich für jede Rocktasche, war vom Kauf an einsatzbereit; er empfahl sich durch dezente Blindprägung mit Linien und floraler

Bordüre auf den Deckeln, sogar Punzierungen am Schnitt. Auf dem Frontispiz sieht man einen betenden Benediktiner, darüber die Raben der Fürstabtei Einsiedeln. Das kleine Vademecum bietet ein Kalendarium mit den Festdaten für 1775 bis 1796, Gebete für den Tag, für Meßfeier und Abendmahl, die sieben Bußpsalmen, Marien- und Heiligenlitanei, dann den Text eines Ablasses von 1756, sonntägliche Vesperbitten und am Schluß die weit verbreiteten *Pensées Chrétiennes* für jeden Tag des Monats von dem Jesuitenpater Dominique Bouhours, der heute nur noch als Sprachkundler bekannt ist. Daß sein bedeutender Orden 1773 vom Papst aufgehoben worden war, spielte

offenbar vorerst keine Rolle. Solche Erbauungsbüchlein, bestens geignet als Souvenir für Pilger, ließ Franz Xaver Kälin, der Faktor (Geschäftsführer) der Einsiedler Stiftsdruckerei, viele Jahre lang in Mengen produzieren.

Die gefällige Ausstattung schützte nicht vor Verschleiß. Bei dem vorliegenden, schon recht ramponierten Exemplar hat jemand auch noch unfromm die letzten zwei Blatt (und damit das Inhaltsverzeichnis) samt dem hinteren fliegenden Vorsatz herausgerissen, wohl weil etwas darauf notiert war. Andachtswerke dieser Art haben bei Sammlern, Händlern und Gelehrten nie etwas gegolten; so läßt sich von der gewiß stattlichen Auflage des Büchleins heute in keiner Bibliothek der Welt ein weiteres Exemplar dieses Jahrganges nachweisen.

Berliner Wälderkunde

Johann Gottlieb Gleditsch: Systematische Einleitung in die neuere aus ihren eigenthümlichen physikalisch-ökonomischen Gründen hergeleitete Forstwissenschaft. Berlin, bey Arnold Wever, 1774–75. Zwei Teile mit xxx+xxxvi, 1566, (80) S.

(Stich von einem der drei Söhne von J. D. Schleuen)

Preußens emsiger Minister Ludwig Philipp von Hagen empfahl seinem König 1770, ein eigenes Forstdepartement zu gründen. Zur Ausbildung der künftigen Förster, die stets aus dem seit 1740 bestehenden Sonderkurier-Corps der Reitenden Feldjäger kamen, gründete er in Berlin gleich eine ‹Forstakademie› – die erste in Deutschland. Den idealen Dozenten für das nur einjährige Studium hatte man schon: Johann Gottlieb Gleditsch, der seit 1746 den Botanischen Garten in Schöneberg leitete. Der Sohn eines Leipziger Stadtmusikers war zeitlebens als Mediziner tätig – noch 1778–87 erschien eine dreibändige Arzneimittelkunde; seit langem lehrte Gleditsch am militärärztlichen Institut. Aber schon im Studium hatte er seine Leidenschaft für die Wälder und ihre Vegetation entdeckt. In Berlin stellte er Versuche zur Geschlechtlichkeit der Pflanzen an, begann die Bestäubung durch Insekten zu erforschen und nutzte als einer der ersten das bahnbrechende System des Schweden Carl von Linné, mit dem er auch korrespondierte. Für die Berliner Hofratsstelle hatte Gleditsch einen lukrativeren Posten in St. Pe-

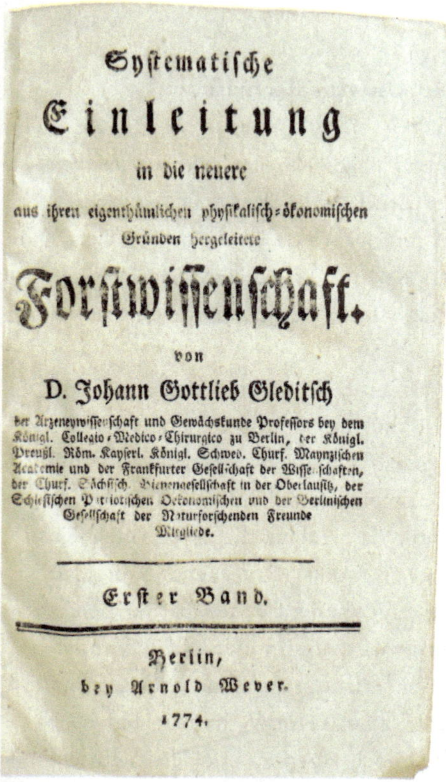
Systematische
Einleitung
in die neuere
aus ihren eigenthümlichen physikalisch-ökonomischen
Gründen hergeleitete
Forstwissenschaft.
von
D. Johann Gottlieb Gleditsch
der Arzeneywissenschaft und Gewächskunde Professors bey dem Königl. Collegio-Medico-Chirurgico zu Berlin, der Königl. Preußl. Röm. Kayserl. Königl. Schwed. Churf. Maynzischen Academie und der Frankfurter Gesellschaft der Wissenschaften, der Churf. Sächsisch. Bienengesellschaft in der Oberlausitz, der Schlesischen Patriotischen Oekonomischen und der Berlinischen Gesellschaft der Naturforschenden Freunde Mitgliede.

Erster Band.

Berlin,
bey Arnold Weber.
1774.

tersburg ausgeschlagen. Die Eleven konnte der umgängliche Aufklärer mit beachtlichen Holzsammlungen und forstlichen Exkursionen begeistern; gegen die ‹stolze Unwissenheit› zeitgenössischer Katheder-Biologen (S. 851) begann er, Fachkunde am Objekt zu fördern, und bezog pflichtschuldig auch die ganze Vielfalt der Holzwirtschaft ein, für die er Nachhaltigkeit forderte (1411). Nicht einmal Köhlerei, Flößerei und Schneidemühlen ließ der emsige Naturkundler aus. Abgesehen von einem gravitätischen Porträt des Verfassers enthält das Lehrwerk in 62 Büchern, 231 Kapiteln und 924 Paragraphen, denen 80 Seiten Register folgen, keinerlei Abbildungen. Trotzdem: So zäh es geschrieben ist, gilt es wegen seiner zahllosen höchst detaillierten Pflanzenbeschreibungen als sein Hauptwerk; Spezialisten rühmen es als frühe Großtat wissenschaftlicher Wälderkunde. Biologen ehren so etwas auf ihre Art: Ein Exemplar der von Nordamerika bis Ostasien verbreiteten Johannisbrotbaum-Gattung ‹Gleditschia› steht am Grab des Berliner Baumfreundes.

Zur Michaelismesse 1774 war nur der erste Teil verfügbar; der zweite wurde vom Verlag laut Meßkatalog «erst auf Weihnachten frey nachgeliefert». Den Druck besorgte, so legt es der Vignettenschmuck nahe, der gut ausgelastete Georg Andreas Meyer in Eisenach. Das hier gezeigte Exemplar in schlichtem Pappband stammt aus der Fürstlich Fürstenbergischen Bibliothek in Donaueschingen; es mutet unbenutzt an und wurde wohl nur erworben, um das neue Standardwerk jederzeit griffbereit zu haben.

Newton und Euler in Universalschrift

Georg Kalmar: Grammaticalische Regeln zur philosophischen oder allgemeinen Sprache. das ist, der Sprache aller Voelker Zeiten und Lebensarten. παυϱα μεν, αλλα μαλα λιγεως. Homerus. Quidquid praecipies, esto brevis, ut cito dicta / Percipiant *animi dociles,* teneant que *fideles.* Horatius. Wien, gedruckt bey Ioseph Kurzböck, k. k. illyr. Hofbuchdruckern und Buchhändlern. 1774. (6), xxiv, 6, S. 113–114 [sic], 112 S., VI Tafeln.

»Beine wie ein Landstreicher und eine Stirn, wie der Thurm zu Babel» habe der Besucher gehabt, meldete Hamann im Juli 1761. Die «gelehrte Seltenheit», Autor einer Grammatik des Hebräischen, sei «auch ein Cabalist»; er wolle «eine neue Schreibart einführen, für die er Gründe hat aus seiner weitläuftigen Erkenntnis der lebenden Sprachen». Ganz richtig: In Oxford doktoriert, war der Ungar György Kalmár bis nach Konstantinopel, Ägypten und Jerusalem gelangt, hatte in St. Petersburg den Lehrstuhl für Hebräisch abgelehnt und 1770 ein Pionierwerk über ungarische Grammatik und Literatur herausgebracht. Seine Idee einer Universalschrift stammte von 1753. Aber erst 1772 erschienen in Berlin *Praecepta grammatica,* 1773 auch italienisch; die deutsche Endfassung fügt positive Reaktionen an. Kalmár meint es ernst: Er kennt die seit über einem Jahrhundert gemachten Vorschläge wie Dalgarnos *Ars Signorum* (1661), Wilkins' *Real Character* (1668), die Projekte von Leibniz und die Semiotik Lamberts; stolz, aber christlich bescheiden möchte er ein System «für die *feder»* liefern. Nur 400 Wurzelsymbole, aus zahlreichen Schriftformen inspiriert, sollen das Lernen erleichtern; ein Arsenal von Schnörkeln und Strichlein verfeinert den Ausdruck. Getreu den beiden Motti benötigt der

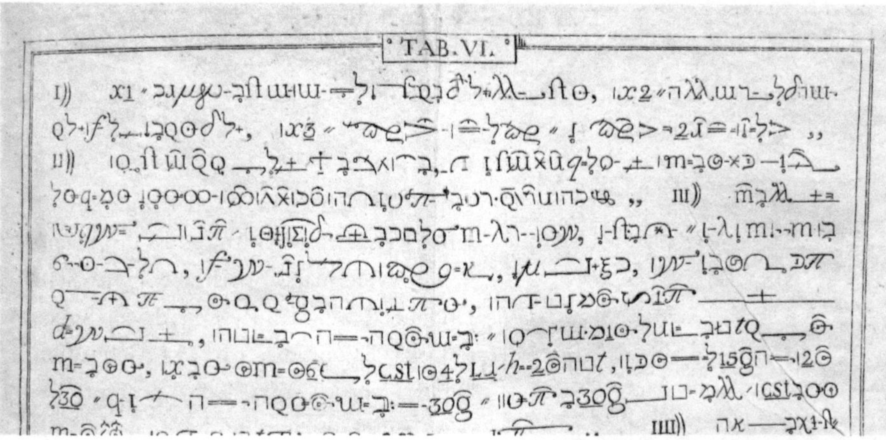

Lehrsätze von Newton, Kopernikus und Morin in Kalmárs «allgemeiner Sprache»

ambitionierte Entwurf nur 97 Oktavseiten. Die 828 Beispiele kann man sich auf fünf gestochenen Falttafeln erarbeiten; eine sechste bringt Lehrsätze von Newton, Kopernikus, Grotius, Euler, d'Alembert und anderen in der kurzschriftartig knappen neuen Gestalt. All das wirkt verschroben, aber gründlich und konzis. Mehr als Achtungserfolge waren dem unsteten Ungarn freilich nicht vergönnt. Noch im selben Jahr 1774 weist Francesco Soave, ein Mailänder Pater, der schon anläßlich der Berliner Preisfrage zur Sprachentstehung mit Herder konkurriert hatte, in einer 48-seitigen Abhandlung auf Inkonsequenzen und Willkür der Kalmárschen Zeichentüftelei hin. Seither gilt das Werk als Kuriosität – wie sein Autor: Weder Ebert noch Brunet nennen ihn; erst im 20. Jahrhundert haben Sprachforscher den polyglotten Eigenbrötler wiederentdeckt.

An dem Opus konnte der Wiener Drucker Kurzböck seine Kompetenz beweisen: Zahllose Drucktypen sind manipuliert, hinzu kommen Griechisch, Hebräisch und Mengen von Sonderzeichen. Der stolze Verfasser, im Frontispiz porträtiert, kann unter seinen Förderern Johann Georg Sulzer, Marcus Herz und Moses Mendelssohn aufzählen; bestellt hatten das Werk außer vielen Ungarn auch der Wiener Dichter, Bibliothekar und Polyhistor Michael Denis sowie die Eltern der Maxe Brentano, Georg Michael und Sophie von La Roche.

Der Kliniker und das Böse

Antonii de Haen [...] De Magia Liber. Lipsiae Sumptibus I. P. Kravs Bibliopolae Viennensis. 1774. xxviii, (4), 316, (2) S.

(Stich von Jacob Adam nach Georg Prochaska)

Um 1774 gab es in Wien keinen angeseheneren Arzt als Antonius de Haen. Schüler Herman Boerhaaves wie sein Leidener Landsmann Gerhard van Swieten, war er von diesem 1754 nach Wien geholt worden und hatte prompt aus dem Bürgerspital eine moderne Klinik gemacht. Er führte die Fiebermessung mit Thermometer ein, lehrte möglichst am Krankenbett, glänzte in Vorlesungen und sammelte emsig Fallgeschichten. Aber de Haen, den es auch seines katholischen Glaubens wegen nach Wien gezogen hatte, war von «herrischer» Art und ein «abgesagter Feind aller Neuerungen» (Wurzbach). Die Reiztheorie seines Mitstudenten Albrecht von Haller bekämpfte er; gegen die neue Blatternimpfung hatte er gleich mehrere Bücher geschrieben. Nach van Swietens Tod 1772 wagt sich de Haen nun auf heikles Gebiet. Was ist von Kuren durch Exorzismus zu halten? Kann jemand einen anderen satanisch verhexen? Geradezu scholastisch arbeitet er sich in seinem Traktat durch Gründe, Gegengründe, Einwände und Distinktionen. Schon die Zeugnisse der Bibel – deren Urtext auf Hebräisch und Griechisch er prüft – machen für ihn klar, daß sich Magie nicht wegleugnen läßt; das bestätigen ihm auch die Kirchenväter bis hin zu Bossuet. Andererseits könne man die Warnungen eines Friedrich von Spee vor Hexenwahn (*Cautio criminalis,* 1631) nur bewundern. De Haen selbst hatte mit

ANTONII DE HAEN
S. C. R. A. MAIESTATI A CONSILIIS AVLICIS, ET ARCHIATRI, MEDICINAE IN ALMA ET ANTIQVISSIMA VNIVERSITATE VIENNENSI PROFESSORIS PRIMARII, PLVRIVM ERVDITORVM SOCIETATVM SOCII

DE MAGIA LIBER.

LIPSIAE
SVMPTIBVS I. P. KRAVS BIBLIOPOLAE VIENNENSIS.
1774.

van Swieten im Auftrag Maria Theresias für mehrere angebliche Hexen Freisprüche erwirkt. Am Ende seiner Untersuchung mag er die Möglichkeit perfider Zauberei zwar nicht abstreiten, plädiert aber für genaue Prüfung jedes Falles. In seinem letzten Buch *De miraculis* (1776) trieb er dann doch noch Ferndiagnose: Bei den vielberedeten Teufelsaustreibungen des Predigers Gaßner sei nicht Gottes Gnade, sondern letztlich das Böse am Werk gewesen. Mochten Rationalisten ihn für solche Urteile schelten – der fromme Arzt fühlte sich quasi aus höheren Evidenzgründen verpflichtet, das alte «Dilemma» (Erna Lesky) zwischen Orthodoxie und Empirie auszuhalten. Kein Wunder somit, daß ein weiterer, bald berühmter Beschwörer mysteriöser Kräfte 1766 bei de Haen mit einer Dissertation über den Einfluß der Planeten auf den menschlichen Körper hatte promoviert werden können: Franz Anton Mesmer, der 1774 seine ersten Magnetisier-Kuren beginnt (→ 27. Juli).

So großzügig der alte Wiener Verleger Krauß das Buch setzen, so bereitwillig der päpstliche Nuntius Antonio Eugenio Visconti es sich widmen, so edel der erste Besitzer das vorliegende Exemplar in Leder mit feiner Goldprägung und Ganzgoldschnitt binden ließ, so rasch auch 1775 und 1777 weitere Drucke erschienen: Im Fach blieb de Haens Abhandlung folgenlos. Eberts Bibliographisches Lexikon *nennt 1821 nur noch knapp die diagnostischen Werke des großen Klinikers.*

Angriff auf die Charaktermasken

[Jakob Michael Reinhold Lenz:] Anmerkungen übers Theater nebst angehängten übersetzten Stück Shakespears. Leipzig, in der Weygandschen Buchhandlung. 1774. 160 S.

J. M. R. Lenz (Anonyme Skizze um 1777)

Vor der literarisch-philosophischen ‹Société› des Aktuars Salzmann hatte Lenz in Straßburg etwa Anfang 1772 über die Ästhetik des Dramas gesprochen – scheinbar zerstreut plaudernd, aber inhaltlich scharf: Im Widerspruch zur «poetischen Reitkunst» des Aristoteles, dieses «Kunstrichters mit einem Bart», plädierte er für die Natürlichkeit Shakespeares. In der Konzeption des Genies angeregt von Gerstenberg, Herder und Goethe, ab und an keck auf die seit Jahrzehnten geführte Theorie-Debatte hinweisend – freilich ohne Diderot oder die *Hamburgische Dramaturgie* auch nur zu erwähnen – lehnt der Livländer die «Bulle von den drei Einheiten» ab und fordert: Wenn schon Natur nachgeahmt werde, dann sollten Helden bitte nicht mehr à la française «sauber frisirt in Haarbeutel und seidenen Strümpfen» ihr Bühnenschicksal fristen; derlei «Charaktermasken» wirkten ja «unbeschreiblich eckelhaft» in ihrer aufgeputzten Einförmigkeit. Entgegen dem «Volksgeschmack der Vorzeit» müsse die Komödie heute «Begebenheiten», das Trauerspiel hingegen «Personen» und ihre Leidenschaften zeigen; das wird dann noch an den Cäsar-Dramen Voltaires und Shakespeares ausgeführt. Kühn die Grenzen der Gattungen sprengend, erwähnt Lenz einmal – wohl auch auf Gerstenbergs *Ugolino* (1768) deu-

Anmerkungen
übers Theater
nebst
angehängten übersetzten Stück
Shakespears.

MERTON
HOUSE

Leipzig,
in der Weygandschen Buchhandlung.
1774.

tend – Dante, in dessen Jenseitsvision er «überall Theater» sieht. Erst mit Goethes Hilfe kommen die *Anmerkungen* im Oktober 1774 heraus, als programmatischer Vortext zur ersten deutschen Übersetzung von *Love's Labours Lost,* die ebenfalls schon von 1772 stammte. Zwar preisen die *Frankfurter Gelehrten Anzeigen* «tiefdurchdachte Einsichten» – und suggerieren so, Goethe sei der Verfasser –, doch in Fachkreisen reagiert man fast nur kopfschüttelnd. Jakob Mauvillon urteilt, da sei jemand «in seinem Taumel bei der Wahrheit vorbei» gestolpert; aufwendig prinzipienstreng weist er das «Geschwäz» der Abhandlung zurück. Eschenburg nennt die Übersetzung trotz einiger Fehler «meistens glücklich», den elliptischen Stil der vorangestellten Bemerkungen jedoch «beynahe närrisch», vom Inhalt zu schweigen: Der Autor habe den Aristoteles offenbar kaum richtig studiert. Im *Teutschen Merkur* befindet Wieland, der «Ton eines Sehers, der Gesichte sieht», widerspreche dem dürftigen Gehalt, der nicht «der Müh verlohnte, das Maul so weit aufzureißen» – worauf Lenz aristophanisch in «Wolken» erwidern wollte, dann aber das schon gedruckte Opus vernichten ließ und öffentlich widerrief.

Die Initiale zu Beginn schmückte der Setzer der Eisenacher Druckerei Meyer mit derselben Rocaille, die kurz vorher auch am Anfang von Goethes Werther *verwendet worden war.*

Carl August von Sachsen-Weimar (Stich von Johann Heinrich Lips 1780 nach Jens Juel, Genf 1779)

Dezember 1774

1 Do Goethe erhält das erste Stück der *Iris* und sendet daraufhin an Georg Jacobi acht aus dem Gedächtnis neu niedergeschriebene Lieder. (Sie werden im Januar und März 1775 gedruckt.)

Die 13 nordamerikanischen Kolonien beginnen damit, britische Waren zu boykottieren.

2 Fr Lichtenberg sieht im Londoner Drury Lane Theatre erstmals Shakespeares *Hamlet*, in der Hauptrolle David Garrick. Als Nachspiel gibt man Garricks eigenen *Lying Valet.*

Im Prozeß des Schuhmachers Adam gegen die Gäubiger weist Goethe deren Behauptungen ab und zieht sich dann aus dem Fall zurück.

In Berlin stirbt Hofkapellmeister Johann Friedrich Agricola, der 1751 in den Dienst Friedrichs des Großen getreten war.

In Königsberg wird Hamanns zweite Tochter Magdalena Katharina in der Wohnung Am alten Graben Nr. 758 geboren.

3 Sa Der Buchhändler Ettinger in Gotha teilt öffentlich mit, er habe die Gothaer Filiale Dieterichs, die er schon lange betrieb, gekauft und werde sie unter eigenem Namen fortführen.

Karl Wahr bringt in Preßburg Goethes *Clavigo* auf die Bühne.

Am Londoner Drury Lane Theatre kommt die erste Oper von Domenico Corri heraus: *Alessandro nell' Indie*. Kritiker Charles Burney ist begeistert.

4 So (2. Advent) Goethe sendet Merck das Gedicht *Wer nicht richtet…*

In Aschersleben stirbt Gleims Bruder, der Akziseeinnehmer Christian Friederich David Gleim.

Die Straßburger Juwelierstochter Cleophe Fibich schreibt sich als ‹ungenannte, doch wohl bekannte Freundin› in das Stammbuch von Lenz ein. Damit endet seine unerfüllte Liebe zu ihr im September und Oktober.

Johann Conrad Hotze, Arzt in Richterswil am Zürichsee, schreibt seinem Freund Lavater: «Werthers Leiden haben mich erschüttert. Aber bei aller dieser Zauberkraft … bin ich nicht ganz mit dem Ding zufrieden. Was soll's in aller Welt? Tausende verstehens nicht und fragen bei jedem Blatt: Ist's auch möglich, dass es einem so sein kann?»

5 Mo Goethe fragt den Aktuar Salzmann in Straßburg, ob dessen Abhandlungen gedruckt werden sollen, und will wissen, «wie sich Lenz aufführt».

Goethe sendet Merck das Gedicht *Mein altes Evangelium* samt dem *Lied des Physiognomischen Zeichners*, das etwa gleichzeitig auch an Lavater geht.

Schubart zeigt in seiner *Deutschen Chronik* enthusiastisch den *Werther* an.

6 Di Maria Theresia erläßt eine Schulordnung, die Johann Ignaz Felbiger (→13) konzipiert hat: sechsjährige Unterrichtspflicht in der Volksschule, einheitliche Lehrbücher, geregelte Aus- und Fortbildung der Lehrer.

In Chambéry tritt Joseph de Maistre sechs Monate nach dem Tod seiner Mutter als Hilfs-Steuerbeamter in den savoyischen Staatsdienst.

Mozart reist mit seinem Vater Leopold von Salzburg bis Wasserburg.

7 Mi Goethe weist im Fall Aumann Vorwürfe der Verzögerung ab.

Die Mozarts kommen «½ 4 nachmittags» in München an. Sie wohnen im «Bellvallischen Hause» bei Johann Nepomuk Sebastian Pernat, kurfürstlichem Rat und Kanonikus an der Frauenkirche.

München 1761 (Bernardo Bellotto, genannt Canaletto)

Johann Georg Zimmermann ist bei J. W. L. Gleim in Halberstadt zu Besuch.

8 Do Frühmorgens brechen die Weimarischen Prinzen zur Werbung Carl Augusts um Louise von Hessen-Darmstadt nach Karlsruhe (und zur anschließenden Kavalierstour nach Paris) auf. Sie nennen sich ‹Grafen von Allstedt›. Mit ihnen reisen neben der Dienerschaft auch Gubernator Graf Görtz, Oberstallmeister von Stein, Leibarzt Engelhardt und Prinz Constantins Erzieher, Hauptmann Karl Ludwig von Knebel.

Carl Augusts Rivale Friedrich Franz von Mecklenburg fährt von Frankfurt ab. Er reist über Aschaffenburg, Würzburg und Schweinfurt zum Schloß Glücksburg bei Römhild, dem Witwensitz seiner Großmutter.

9 Fr Die Mozarts treffen den Intendanten des Münchner Hoftheaters, Joseph Anton Graf Seeau.

Wieland schreibt an Fritz Jacobi: «Im dritten Stück der Iris gefällt mir vieles» – ein Lob für Heinse. Er sehe aber «den Herderischen Ton in unserer Prosa ungern, auch in der Iris herrschen», und verlangt mehr Grazie: «Was hilft unser ewiges Pochen auf Natur, wenn wir die Natur nicht kennen?» Jacobi nimmt das als Plädoyer gegen Goethe und ist verstimmt.

Vom Stützpunkt Balambangan auf einer Insel im Norden Borneos bricht der schottische Entdecker Thomas Forrest, ein Angestellter der East India Company, auf dem Garay-Schiff ‹Tartar› mit zwei britischen Offizieren und einer Mannschaft aus 18 Malaien nach Osten auf, um den Sulu-Archipel zu erkunden.

10 Sa Lichtenberg sieht im Covent Garden Theatre Shakespeares Komödie *Much Ado about Nothing*.

Joshua Reynolds, Präsident der Royal Academy of Arts, plädiert im sechsten seiner *Discourses* für ästhetischen Eklektizismus: Die Werke der Alten seien «a magazine of common property, always open to the public, whence every man has a right to take what materials he pleases».

11 So (3. Advent) Weimars Kronprinz Carl August und sein Bruder Constantin fahren mit Gefolge von Hanau nach Frankfurt; sie steigen im 1769 neu errichteten ‹Roten Haus› auf der Zeil ab. Karl Ludwig von Knebel sucht vormittags Goethe in dessen als Künstlerstudio abgedunkeltem Zimmer auf. Er nimmt ihn mit zu den Prinzen und Görtz; in der an-

Nordseite der Frankfurter Zeil, rechts das ‹Rote Haus› (Zeichnung von J. L. E. Morgenstern, 1793)

schließenden gründlichen Unterredung mit Carl August vermag Goethe Justus Mösers *Patriotische Phantasien* zu erläutern, die unaufgeschnitten auf dem Tisch liegen. Auch «bei Tafel» diskutiert man weiter Politisches.

12 Mo Mutter Goethe versucht ihren Sohn auf den Tod der Susanna von Klettenberg vorzubereiten. Er erwidert nur: «Sie stirbt nicht!»

Weimars Prinzen fahren mit Entourage weiter nach Mainz; Knebel bleibt in Frankfurt, «um den besten aller Menschen zu genießen».

Maria Theresia gratuliert Friedrich dem Großen, den sie mit «besonders lieber Freund und Vetter» anredet, als «freundwillige Schwester und Muhm» zur Geburt der Prinzessin Wilhelmine (→ 18. November).

Lichtenberg erlebt im Londoner Drury Lane Theater nochmals David Garrick als Hamlet.

Voß schickt seine Übertragung von Aufsätzen d'Alemberts (*Versuch über den Umgang der Gelehrten und Großen* etc.) an Weygand nach Leipzig.

Johann Martin Miller schreibt in Leipzig schwärmerische 40 Verse auf *Das Mündner Thal,* wo er Lotte von Einem kennengelernt hat.

Boie schreibt an Bürger, er könne nichts an Neuerscheinungen schicken: «Clavigo, Werther, Menoza, der Hofmeister, alle wandern herum in der Weiber Händen, worin ich meine Bücher nicht gern kommen laße, und ich werde sie vielleicht nie wiedersehn.»

13 Di Morgens fährt Goethe mit Knebel zu den Weimarer Prinzen nach Mainz; Logis in den ‹Drei Kronen›. Knebel und Goethe schreiben an Henriette Knebel. Abends geht man gemeinsam in die Komödie.

Susanna von Klettenberg stirbt mittags um 12 Uhr im Kreise ihrer Freundinnen, darunter Mutter Goethe.

In London sucht Lichtenberg den Strafgerichtshof Old Bailey auf, der eben einen Neubau erhalten hat. Lord Mayor Wilkes fällt 13 Todesurteile.

In Paris stirbt Guillaume Du Tillot, der 1759–1771 als tatkräftiger Premier das Herzogtum Parma-Piacenza regiert hatte.

14 Mi Goethe ist in Mainz weiter mit den Prinzen, Görtz und Knebel zusammen. Er liest ihnen u. a. aus dem Manuskript des *Faust* vor.

Fritz Jacobi rühmt gegenüber Sophie La Roche Wielands Verhalten zu Goethe und erwähnt seinen Plan einer Rheinzollreform.

Johann Georg Zimmermann (PhFr 4:16)

Zimmermann weist Lavater darauf hin, Goethe habe «Madame Kestner» nicht nur im *Werther*, sondern «auch anderweitig nach Natur und Leben (und abermals göttlich wahrhaft)» porträtiert: in den *Frankfurter Gelehrten Anzeigen* von 1772. Abends ist Zimmermann in großer Gesellschaft bei seiner Bekannten Louise von Döring, wo man Lavaters Physiognomische Tabellen anschaut; dabei ist auch das Ehepaar Kestner.

15 Do Schubart wirbt in seiner *Deutschen Chronik* dafür, auf Bertuchs begonnene Übersetzung des *Don Quixote* zu subskribieren.

Weimars Prinzen brechen mit Entourage von Mainz nach Karlsruhe auf.

Aus St. Petersburg schreibt der heimgekehrte Athanasios Balla seinem neuen Bekannten, dem Schädelforscher Peter Camper in Den Haag: Campers Wunsch, man möge ihm aus Rußland den frisch abgetrennten Kopf eines ‹Kalmücken› senden, werde sich nicht erfüllen lassen.

16 Fr Goethe fährt nach Frankfurt zurück. Währenddessen wird Susanna von Klettenberg begraben.

In München bekommt Mozart Zahnschmerzen; seine Backen schwellen an. Er kann das Quartier nicht verlassen.

In Berlin ordnet König Friedrich an, daß «alles Betteln auf Strassen und in den Häusern gäntzlich aufhören soll», sonst drohe das Arbeitshaus. Wer beim Almosengeben erwischt wird, müsse 10 Taler Buße zahlen.

In Versailles stirbt der Gelehrte François Quesnay, Freund d'Alemberts und Begründer des Physiokratismus.

17 Sa Weimars Prinzen erreichen Karlsruhe. Sie logieren bei dem badischen Außenminister Wilhelm von Edelsheim. Carl August trifft noch an diesem Tag Louise von Hessen-Darmstadt wieder.

Stanhope (Watson nach Prudhomme, 1775)

In Paris stürzen nachmittags an der Rue d'Enfer auf 300 Metern Häuser ein, als ihr Grund, durch Kalksteinabbau unterhöhlt, bis zu 25 Meter absackt. (Der Einsturz führt mit dazu, daß 1776 alle Bergwerkstätigkeit in Paris verboten wird; einige Kavernen nutzt man nach Dezember 1785 als ‹Catacombes›, Ossuarien.)

18 So (4. Advent) Carl August von Sachsen-Weimar verlobt sich in Karlsruhe (inoffiziell) mit Louise von Hessen-Darmstadt.

19 Mo Der künftige Politiker und Erfinder Charles Stanhope, der bis Februar in Genf bei Le Sage studiert hatte, heiratet in Hayes (Kent) die Schwester des jüngeren Pitt, Hester Pitt.

Georg Melchior Kraus schreibt aus Erfurt erstmals an Bertuch: Er dankt für den Aufenthalt in Weimar. «Tristram Schandis folget hierbey.»

Goethes Mandant Isaak Herz Bonn gewinnt den Prozeß gegen Rindskopf.
In Gotha hat die Oper *Das große Loos* Premiere. Bertuch hat nach Favarts *Coq du village* das Libretto geschrieben, Ernst Wilhelm Wolf die Musik.

Ernst Wilhelm Wolf (Anonym, PhFr 4:373)

20 Di Hamann schreibt an Herder; er erwähnt seinen neuen «Versuch über die Ehe, im Namen einer Sibylle», rügt dann in der *Ältesten Urkunde* die «dityrambische Syntax» und «monströse Wortkupplereyen».

21 Mi In London bringt Frances Villiers, Countess of Jersey, die 1793 Geliebte des Prince of Wales werden wird, ihr viertes Kind zur Welt: Caroline Elizabeth, 1795 Lady Paget und 1810 Duchess of Argyll.
Die angebliche Prinzessin Elisabeth von Rußland (→ 16. Juni), nun finanziell klamm in Rom, bittet Sir William Hamilton in Neapel um Hilfe. (Er sendet ihren Brief Anfang Januar 1775 an Admiral Graf Orlow in Pisa, der die Hochstaplerin am 25. Februar vor Livorno auf sein Flaggschiff lockt und nach Rußland bringt, wo sie im Kerker umkommt.)
Goethe weist als Anwalt der Gebrüder Stiebel die Argumente Landaus zurück und erbittet im Fall Günderode gegen Stiebel ein endgültiges Urteil.
Goethe besucht die alte Franziska Allesina geb. Brentano.

22 Do Mozart, dessen Zahnschmerz sich gelegt hat, beginnt in München mit den Proben zu seiner Oper *La finta giardiniera.*
Oberjägermeister Volprecht von Riedesel überbringt Prinzessin Louise in Karlsruhe die Zustimmung ihres Vaters, des Landgrafen Ludwig IX. von Hessen-Darmstadt, zur Ehe mit Carl August von Sachsen-Weimar.
In Zweibrücken stirbt der eben 13jährige Ernst Ludwig von Hessenzweig, Landgraf Ludwigs Sohn aus der Verbindung zu seiner Mätresse Ernestine Rosine Flachsland, Herders Schwägerin, später verheirateter Goll.

23 Fr Goethe beschreibt morgens Sophie La Roche seine Lage: Carl August sei ein «treflicher Mensch», Susanna von Klettenberg sei tot. «Mir

hat meine Autorschafft die Suppen noch nicht fett gemacht, und wirds und solls auch nicht thun.» An Boie meldet er: «Es ist wieder Eisbahn».
Kurfürst Friedrich August III. von Sachsen approbiert die deutsch-polnische Leipziger ‹Societas Jablonoviana›. Sie besteht bis heute.
Knebel erzählt Bertuch angetan von Goethe.
24 Sa (Heiligabend) Sulzer sagt Bodmer, jemand sollte «einen zweyten Werther schreiben…, der sich von dem Schuß wieder erholt und nun seine Empfindende Philosophie in eine denkende und urtheilende verwandelte. Aber man müßte so zu schreiben wißen, wie Göthe geschrieben hat.»
Wieland gibt Knebel zu verstehen, er wolle mit den «Genies und Schöngeistern» keine Verbindung.
Herder schickt seine Akademie-Abhandlung *Über das Erkennen und Empfinden der menschlichen Seele* an den Förderer Friedrich von Hahn.
Goethe sendet Merck eine von ihm selbst gefertigte Zeichenmappe mit Versen auf den Vorsatzblättern: *Hier schick ich Dir ein theures Pfand…* und *Denck und Trostsprüchlein.*
25 So (Weihnachten) Bei London beobachtet Lichtenberg: Es «froren meine Fensterscheiben in Kew auswendig und inwendig, welches ich in meinem Leben noch nicht gesehen hatte.»
Hamann in Königsberg schickt das Manuskript seines *Versuchs einer Sibylle über die Ehe* nach Riga an Hartknoch, zu dessen Hochzeit es entstand (→26. August und 13. September; Hartknoch läßt die verrätselte Postille bis zum 30. Januar 1775 drucken).

In Kloten wird der 16jährige Johann Heinrich Lips von Johann Huldreich Brennwald, dem Vater seines Freundes Leonhard Brennwald, konfirmiert. Lips hat dieses Jahr 277 Platten radiert, fast alle für Lavater.
James Cook und die Besatzung der ‹Resolution› verbringen Weihnachten auf Feuerland. Für je drei Mann gibt es eine Wildgans.
26 Mo Goethe bedankt sich in witzelnden Reimen bei Schlosser für dessen *Poematia,* lateinische Gelegenheitsgedichte, die eben erschienen sind.

«Wirkungen der Religion» aus Basedows Elementarwerk *(Vorlage und Stich von Daniel Chodowiecki, 1774)*

Das *Leipziger Wochenblatt für Kinder,* gegründet Ende 1772, stellt mit dem letzten Stück sein Erscheinen ein; Johann Christoph Adelung will es nicht weiterführen. (Christian Felix Weiße wird von Januar 1775 an den erfolgreicheren *Kinderfreund* herausbringen.)

Charles James Fox kommt durch den Tod seines älteren Bruders Stephen in den Genuß einer irischen Sinekure. Er verkauft sie aber sogleich für jährlich 1700 Pfund.

27 Di In Dessau kann Johann Bernhard Basedow im Rautenstockschen Haus am Neumarkt seine lange geplante Reformschule eröffnen, das ‹Philanthropinum›.

28 Mi Goethe fragt Knebel in Karlsruhe nach dem Ergehen, auch seines Schwagers J. G. Schlosser. – Goethe dankt Jenny von Voigts, der Tochter Justus Mösers, für die *Patriotischen Phantasien:* «Ich trage sie mit mir herum; wenn wo ich sie aufschlage, wird mirs ganz wohl...»

Von Boydell angebotenes Earlom-Mezzotinto nach Claude Lorrain aus dem Oktober 1744

Lichtenberg besucht John Boydells Kunsthandlung (London, 90 Cheapside). Friedrich der Große schreibt an Voltaire, er bete für dessen Gesundheit: «Vous êtes le dernier rejeton du siècle de Louis XIV, et si nous vous perdons, il ne reste en vérité rien de saillant dans la littérature de toute l'Europe. Je souhaite que vous m'enterriez, car, après votre mort, nihil est. C'est avec ces sentiments que le Philosophe de Sans-Souci salue le Patriarche de Ferney. Vale.»

29 Do Die Erhebung der Grafschaft Oldenburg-Delmenhorst zum Herzogtum Holstein-Oldenburg (→ 6. Mai) wird von Joseph II. bestätigt.

Carl August von Sachsen-Weimar, noch in Karlsruhe, stellt seinem Lehrer Wieland «ma Louise» vor: «... elle n'est pas belle, mais en l'aimant et en lui faisant sentir qu'on l'aime, elle est infiniment agréable ... Sie besitzt diejenige große Eigenschaft, welche Lessing in Delheim so sehr veredelt,

nämlich nie von einer Tugend zu reden, die sie besitzt, es sei denn die höchste Not.» Er schreibt auch über Goethe und Klopstock.
In Paris gibt Crébillon [fils], dank Marie Antoinettes Gunst als Theaterzensor tätig, Beaumarchais' *Barbier de Séville* zur Aufführung frei (Druckerlaubnis am 31. Januar 1775, Uraufführung am 23. Februar 1775).
Wieland schreibt an Heinse: «Einer meiner herzlichsten Wünsche ist, Sie je bälder je lieber auf dem Gipfel der Vollkommenheit, die Sie als Schriftsteller zu erreichen bestimmt sind, zu sehen.»
Die im Münchner Opernhaus am Salvatorplatz für diesen Abend geplante Premiere von Mozarts *La finta giardiniera* wird auf den 13. Januar 1775 verschoben. Mozart geht statt dessen in Franz von Heufelds Lustspiel *Die Haushaltung nach der Mode. Oder Was soll man für eine Frau nehmen?*
Carl Peter Thunberg (→26. Januar) kehrt von seiner dritten Forschungsreise «glücklich, wohlbehalten und vergnügt» nach Kapstadt zurück.
30 Fr Nannerl Mozart reist von Salzburg nach München hinterher; sie wohnt vom 5. Januar an am Marienplatz bei einer jungen Witwe zu Durst.
Im Fall Aumann beschwert sich Anwalt Goethe beim Landamt, es wolle einen Grundstücksverkauf behindern; im Fall Rachel Wetzlar bittet er um Geld für den haftentlassenen Hauslehrer Samuel Mayer.
31 Sa Fritz Jacobi fährt von Düsseldorf zu Sophie La Roche nach Ehrenbreitstein. (Er ist dann ca. 8. Januar bis 5. Februar 1775 in Frankfurt.)
Aus Kopenhagen schreiben beide Brüder Stolberg an Voß. Friedrich Leopold bekennt: «Ich kann, ich werde nie können des Homers satt werden.» Fehler habe Homer nur «relatif auf den Leser». Christian nennt den *Werther* «ein rechtes National-Buch».
Claudius schickt Hamanns bei Bode gedruckte *Prolegomena* an Herder (mit zwei weiteren Exemplaren, eines für Merck), ebenso Hamanns Selbstanzeige seiner Bolingbroke-Übersetzung *Mancherley, und Etwas*.
Boswell zahlt am späten Vormittag Schulden und wird vom erfreuten Gläubiger mit Kirschbrandy verwöhnt. Ein anderer Bekannter läßt ihm «ausgezeichneten Gin» servieren. Im Tagebuch gesteht er: «Ich liebe Alkoholisches wie ein Wilder … Ich sagte: Von allen menschlichen Künsten schätze ich am höchsten das Destillieren.»

Konservative Evolution

Patriotische Phantasien von Justus Möser. Herausgegeben von seiner Tochter J. W. J. v. Voigt, geb. Möser. Erster Theil. [...] Berlin, bey Friedrich Nicolai, 1775. (8), iv, 372 S.

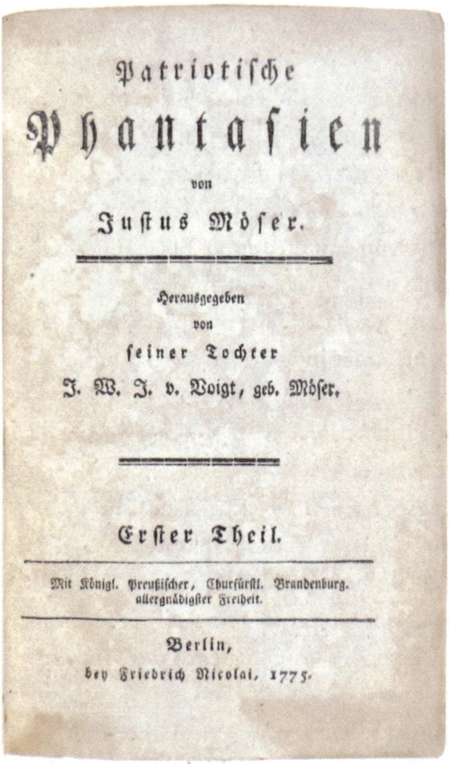

Patriotische
Phantasien
von
Justus Möser.

Herausgegeben
von
seiner Tochter
J. W. J. v. Voigt, geb. Möser.

Erster Theil.

Mit Königl. Preußischer, Churfürstl. Brandenburg.
allergnädigster Freiheit.

Berlin,
bey Friedrich Nicolai, 1775.

Schon Anfang November 1774 ist der eng gedruckte Oktavband erhältlich. Als Weimars Erbprinz Carl August und sein Erzieher Graf Görtz am 11. Dezember in Frankfurt im Gasthauszimmer mit Goethe sprechen, liegt ein Exemplar auf dem Tisch, «frisch geheftet und unaufgeschnitten». Dennoch kann der umschwärmte junge Autor Inhalt und Wert erklären: In Straßburg hatte ihm Herder empfohlen, Möser zu lesen; ohne dessen Aufwertung altdeutscher Sitten wäre der *Götz* wohl kaum entstanden. Zudem hatte Herder 1773 in seinem volkspoetischen Manifest *Von deutscher Art und Kunst* neben den eigenen *Ossian*-Briefen und *Shakespear* sowie Goethes *Baukunst* einen Abschnitt aus der Vorrede von Mösers *Osnabrückischer Geschichte* gebracht. Goethe freut sich über die *Patriotischen Phantasien;* dem Ethos dieser Feuilletons aus der Beilage der *Wöchentlichen Osnabrückischen Intelligenzblätter,* kernig-klaren Fortsetzungen der moralischen Wochenschriften, konnte ein verständiger Deutscher auch kaum abgeneigt sein. Traditionskundig verteidigt der Justizrat sogar die Kleinstaaterei, appelliert an treuen Bürgersinn zum Wohl der gesellschaftlichen «Pyramide» und

Justus Möser (Ernst Gottlob, 1777)

bleibt dabei stets konkret in Geschichten, Szenen, Briefen oder auch humorvoller Satire. Zwar hatte Herder anfangs bemängelt, Möser mache «die Religion zum Klotz am Fuße des Pöbels», so daß er dessen Brief an Rousseaus savoyardischen Vikar (1764) «im Ton des Landpriesters von Wakefield» erwidern wollte – was dann in seine ‹Provinzialblätter› *An Prediger* (1774) einfließt. Bald aber lobt auch er die erfahrungsgesättigte Besinnung auf Ehre, auf das ursprünglich freie Eigentum und bedächtigen Volksgeist. Niemals eifernd, findet Möser unentwegt neue Themen: Weltkunde jenseits von Standesgehabe («Reicher Leute Kinder solten ein Handwerk lernen»), Mode und «Putz» (bitte mäßig), «Das Glück der Bettler» im bedenklichen Vergleich zur armen Handwerkerfamilie, familiäre Eintracht mit dem Gesinde in der «Spinnstube» (samt Homerstelle), aber auch Heikleres wie Leibeigenschaft oder Vaterlandsliebe. Er würdigt gute «Intelligenzblätter» deutscher Siedler im amerikanischen Germantown und New York, regt geologische Karten und eine «westphälische Biographie» an oder zeigt mit einer Weinrechnung von 1630, wie man historische Quellen nutzt. Noch heute überrascht die Fülle. Für *Dichtung und Wahrheit* las Goethe nach dem Unheil von Revolution und Kriegen 1813 wieder voller Sympathie in den *Patriotischen Phantasien*, und als ihm 1822 neue Fragmente Mösers zukamen, versuchte er in *Kunst und Alterthum* mit knappen Zitaten dankbar, den «Hauch dieses himmlischen Geistes» zu vermitteln, der als «der tüchtige Menschenverstand selbst» aus dem maßvollen Ideal konservativer Evolution ein Volksbuch gemacht hatte.

«Ach denkt, das Veilchen wär ich nur»

Iris. Erster Band. Düsseldorf 1774 [bis: Achter Band. Berlin, bey Haude und Spener, 1776.] Je Vierteljahrsband drei Hefte zu 80 bis 120 Seiten.

Johann Georg Jacobi (J. H. W. Tischbein, 1774)

Gern hätte Gleim in Halberstadt eine elegante Damenzeitschrift gehabt. Nur schöne Lettern brauchte der Drucker Delius noch, so schien es. Aber Gleims Dichterfreund und Stadtnachbar Johann Georg Jacobi will die von ihm ersonnene *Iris,* mit der er nach dem anspornenden Exempel von Wielands *Merkur* etwas zu verdienen hoffte, im heimatlichen Düsseldorf herausbringen. Am 29. März 1774 verpflichtet er den stellenlosen Heinse, am 11. April reisen die beiden ab, Mitte Mai beginnt die Arbeit im Eigenverlag. Für 300 Taler Jahresgehalt und ein Bogenhonorar von zwei Louisdor plant Heinse monatlich hundert Kleinoktav-Seiten. Gedruckt wird auf gutem Papier in Leipzig; auch der bald versöhnte Gleim wirbt Abonnenten an. Kurz nach der Michaelismesse ist das erste Heft für Oktober da: Jacobi hat Essays «Von der poetischen Wahrheit» und zur «Götterlehre» sowie ein Schlußgedicht geliefert, Heinse beginnt das Leben Tassos zu erzählen. So geht es weiter: Dichtung, Kulturgeschichte und artige Moralien sollen sich abwechseln. Im Dezemberheft bringt Heinse auch eine lobende Notiz über den *Werther.* Das schmeichelt dessen Autor, der bis Mitte 1774 nur Spott für die «Jackerls» und ihre «kindische Entreprise» gehabt hatte: Noch Anfang Dezember

Iris
Des
Ersten Bandes
erstes Stück.
October 1774.

sendet Goethe, wie im August versprochen, Gedichte. Drei erscheinen im Januar 1775, darunter *Mayfest.* Das Singspiel *Erwin und Elmire* im Märzheft 1775 markierte allerdings schon den Höhepunkt: Heinse mißfiel der Umfang, und unter Jacobis zarten Versen an «Chloe», seine Cousine Caroline, und den «Freundschaftlichen Frauenzimmer-Briefen» der Sophie La Roche wurde Goethe doch nicht heimisch. Mit Musikbeilagen angereichert, hielt sich die *Iris* zunächst, treu beliefert von Gleim («Minnelieder»), Fritz Jacobi, Johann Georg Schlosser und Lenz. Heinse brachte Übersetzungen aus Tasso, Ariost und ‹Ossian›; anfangs schrieb er sogar politische Notizen. Ende 1775 aber, enttäuscht von der karg entlohnten Plackerei, Jacobis Kontrolle und Nachlässigkeit, mochte er seinen Vertrag nicht verlängern. Mühsam wechselte Jacobi mit einer Liste von 800 Abonnenten zu Haude und Spener in Berlin, wo 1776 der fünfte Band erschien. Nur noch drei weitere kamen heraus. Im Mai 1778 erklärte der Verlag das Ende; ein durchweg heikles «glückliches Ohngefähr» (Heinse an Gleim, 19. März 1776) war Literaturgeschichte.

Wieviele Gedichte von Goethe stammen, steht nicht genau fest; um 1814 hielt er Jacobis «Im Sommer» (Wie Feld und Au...) versehentlich für sein eigenes Werk. – Am Schluß des Märzheftes 1775 mußte der Text von Erwin und Elmire *berichtigt werden, weil vorn zu lesen stand: «Ach denkt, das Veilchen wär ich nur, die schönste Blume der Natur». Schon im Aprilheft folgte ein Veilchengedicht von Gleim. – Heinses Porträt des Tasso betont dessen Liebe zur Prinzessin und wird Goethes Drama (1780/1790) mit angeregt haben.*

Singende Chorschüler

Susanna Catharina von Klettenberg: Eigenhändige testamentarische Verfügungen über ihr Begräbnis, datiert und unterzeichnet am 11. August 1772 und 27. Februar 1773. 1 S. Text auf gefaltetem Bogen, ein Blatt Beilage.

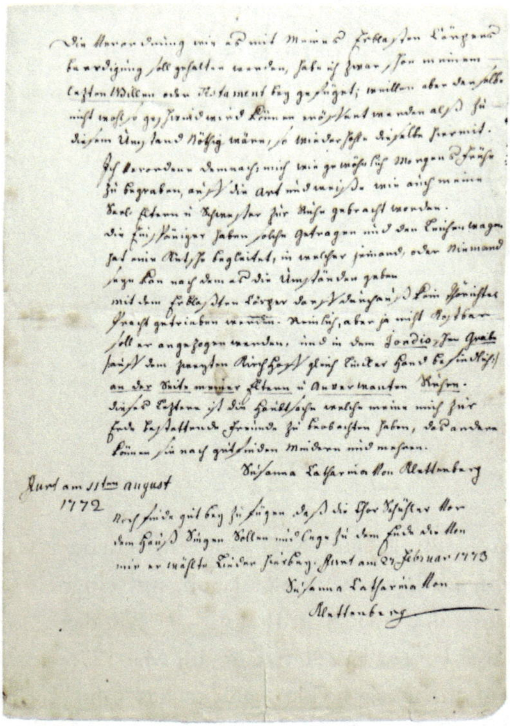

Schon Ende Mai 1770 hatte die stets kränkliche Gottsucherin ihr Testament gemacht, dem sie noch am 12. November 1774 einen siebten und letzten Nachtrag anfügt. Die Trauerfeier war ihr aber so wichtig, daß sie ihre Anordnungen nochmals gesondert hinterließ. Im «Jordis-schen Grabe» ruhte die Familie ihrer Mutter; die Seitenzahlen der Lieder beziehen sich auf den Anhang zum *Frankfurtischen Kirchen-Gesang-Buch* von 1773. Einmal ist versehentlich die Nummer des Liedes genannt und wieder ausgestrichen.

Das Schriftstück aus der großen Sammlung des Weimarer Oberhofmeisters Hugo von Donop war 1895 im Frankfurter Hochstift ausgestellt. Es wurde mit Donops anderen Autographen von Alexander Meyer Cohn erworben und aus dessen Nachlaß am 27. Oktober 1905 versteigert. Wohl bald darauf gelangte es in die Sammlung von Marie Henriette Steinhausen, die 1910 den Schriftsteller Alfons Paquet heiratete, als Erbschaft dann an die Tochter Henriette Klingmüller-Paquet. Im Januar 2015 bot der Heidelberger Antiquar Thomas Hatry die über 400 Autographen in einem Katalog an.

Die Verordnung wie es mit meines Erblasten Cörpers
beerdigung soll gehalten werden, habe ich zwar schon meinem
lezten Willen oder Testament bey gefüget; weillen aber derselbe
nicht wohl so geschwind wird können eröffnet werden alß zu
diesem Umstand Nöthig wäre, so wiederhohle dieselbe hiermit.

Ich verordene demnach: mich wie gewöhnlich Morgens Frühe
zu begraben, auff die Art und weiße wie auch meine
Seel: Eltern u Schwester zur Ruhe gebracht worden.
Die Einspäniger haben solche getragen und den Leichenwagen
hat eine Kutsche begleitet, in welcher jemand, oder Niemand
seyn kan nach dem es die Umständen geben
mit dem Erblaßten Cörper darff durchauß kein thörichter
Pracht getrieben werden. Reinlich, aber ja nicht kostbar
soll er angezogen werden, und in dem Jordis-schen Grabe
/: auff dem zweyten Kirchhoff gleich lincker Hand befindlich :/
an der Seite meiner Eltern u Anverwanten Ruhen.
dieses Letztere ist die Haubtsache welche meine mich zur
Erde bestattende Freunde zu beobachten haben, das andere
können sie nach gutfinden Mindern und mehren.

Susanna Catharina von
Klettenberg

Ffurt am 11ten August
1772

Noch finde gut bey zu fügen daß die Chor Schüler vor
dem Hauß Singen Sollen und lege zu dem Ende die von
mir erwählte Lieder hierbey. Ffurt am 27 Februar 1773

Susanna Catharina von
Klettenberg.

[*Beilageblatt:*]

Anhang an dem Ffurt. Kirch-
gesang Buch pag. ~~117~~

wie wohl ist mir, O Freund der Seelen _ _ _ _ 117
Sie jauchzet doch mit Freuden, _ _ _ _ _ _ _ 108
Mein Jesus lebt was soll ich Sterben _ _ _ _ _ 84
ein Stück Musicirt
89
Nach einer Prüffung kurzer tage _ _ _ _ _ _ _ ~~618~~
Seele sieh auff jesum hin _ _ _ _ _ _ _ 105
Freu dich Seele, rühm und Preise _ _ _ _ _ 27
ein Stück Musicirt
Einst reift die Saat mein Staub ersteht _ _ _ _ _ 21
Es ist noch eine ruh vor handen _ _ _ _ _ _ 27
Preis dem Todes Überwinder, die 6 erste [Strophen] _ _ 98
ein Stück Musicirt

Bürgerschalk im Hoftheater

Le Barbier de Séville, ou La Précaution inutile, Comédie en quatre actes, par M. de Beaumarchais; Représentée & tombée sur le Théatre de la Comédie Françoise aux Tuileries, le 23 de Fevrier 1775. – ....Et j'étois Pere, & je ne pus mourir! (Zaire, Acte 2°.) – A Paris, Chez Ruault, Libraire, rue de la Harpe. – MDCCLXXV. Avec Approbation et Permission. (36), 98 S.

Beaumarchais (Saint-Aubin nach Cochin le jeune, 1773)

Schon am 3. Januar 1773 hatte Frankreichs einziges staatliches Theater das Stück vom durchtriebenen Mündel und dem listigen Barbier angenommen; auch die Zensur war einverstanden. Aber Beaumarchais änderte noch am Text; gleichzeitig hatte er in der von April 1773 an eskalierten Goezman-Affäre massive öffentliche Anklagen zu parieren. Zwar gibt ein weiterer Zensor die neue Version am 5. Februar zur Aufführung für den 12. Februar 1774 frei, doch zwei Tage vorher wird sie vom Justizkabinett Maupeou verboten; Beaumarchais' Gegner, darunter der Herzog von Aiguillon und Madame du Barry, haben zunächst gesiegt. Erst lange später, Monate nach dem Wechsel des Regenten und der Regierung, läßt der neue Dramenzensor Crébil-

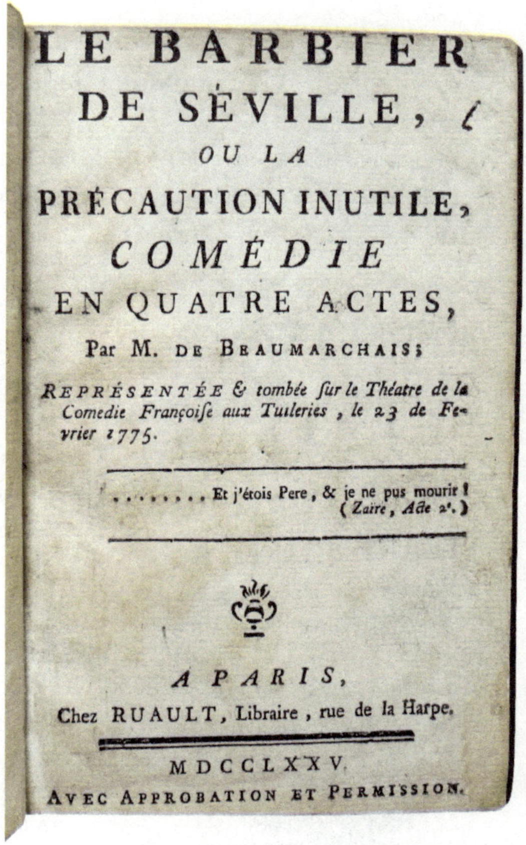

lon fils am 29. Dezember 1774 die ursprüngliche Version passieren. Beaumarchais erweiterte sie noch auf fünf Akte und fügte Anspielungen ein; dennoch genehmigte der Polizeipräfekt Lenoir am 31. Januar 1775 den Druck. Am 23. Februar endlich ging das Stück in der ‹Salle des machines› der Tuilerien über die Bühne. Allerdings beklagten Kritiker einige Längen. So ließ Beaumarchais bei der nächsten Aufführung, zwei Tage später, die vieraktige Erstfassung spielen, erweitert nur um Baziles Verleumdungs-Tirade (33f.). In dieser bald gedruckten Fassung wurde das Stück, vom unbeirrbar selbstbewußten Autor selbst noch süffisant für «tombée» erklärt und mit einem bitter ironischen Voltaire-Zitat belegt, zum Erfolg. So sehr es der italienischen Typenkomödie verpflichtet blieb, bahnte es mit dem Sieg des bürgerlichen Witzes doch schon den Weg zu Beaumarchais' 1778 geschriebenem, jedoch erst 1784 aufgeführtem *Figaro*, der – erst recht in der Opernversion von Da Ponte und Mozart – europaweit den nahenden Fall des Ancien régime ahnen ließ.

Erste Ausgabe, zweiter von fünf Drucken, nun samt «Approbation» und «Permission» am Schluß; mit einer aufschlußreichen Lettre modérée sur la chute et la critique du Barbier de Séville *zu Beginn. Das Exemplar stammt aus dem Vorbesitz des irischen Kaufmanns und Politikers Richard Griffith und des Dubliner Arztes Thomas Sibthorpe.*

Frauenbildung gegen den Zeitgeist

Méditations pour l'octave de la fête du bienheureux Pierre Fourier, Instituteur des Religieuses de la Congrégation de Notre-Dame. Tout à la plus grande gloire de Dieu. MDCCLXXIV. (2), 74, (4) S.

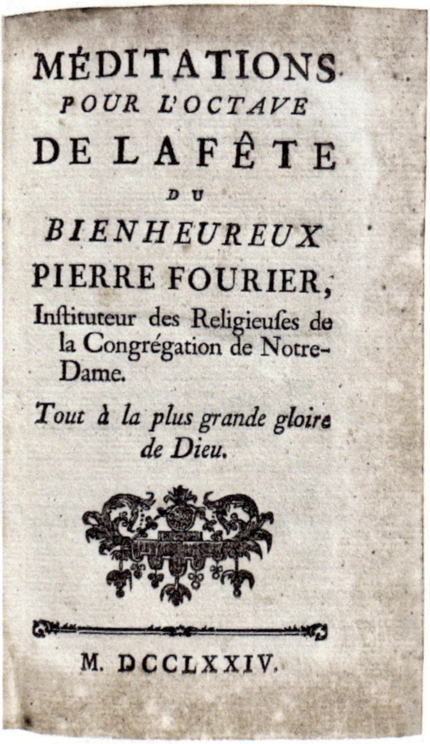
MÉDITATIONS
POUR L'OCTAVE
DE LA FÊTE
DU
BIENHEUREUX
PIERRE FOURIER,
Inſtituteur des Religieuſes de la Congrégation de Notre-Dame.
Tout à la plus grande gloire de Dieu.
M. DCCLXXIV.

Die regulierten Augustiner-Chorfrauen der Kongregation von der Heiligen Jungfrau (CBMV), gegründet 1597 durch den lothringischen Gegenreformator Pierre Fourier, nahmen sich insbesondere der Erziehung junger Mädchen an. König Louis XV. dotierte den Damen, deren Patron 1730 seliggesprochen worden war, eine Klosterschule mit Kapelle in Versailles. Fourier eine volle Woche lang zu feiern (‹Oktave›), paßte zum Aufstieg des Ordens, der beim Tod seines Gründers 1640 bereits an Saar und Mittelrhein etabliert war. Verfaßt hat die geistlichen Übungen zu Tugendzielen wie Milde, Entsagung und Genügsamkeit ein Vorkämpfer katholischer Intellektualität in Frankreich: Guillaume François Berthier, der bis 1762 das Wissenschaftsblatt *Mémoires de Trévoux* geleitet und dort gegen Voltaire und die Enzyklopädisten gestritten, dann kurz als Erzieher und Bibliothekar am Hof in Paris gewirkt hatte. Der Jesuit Berthier war 1764 vor der Verfolgung seines Ordens nach Baden-Baden ausgewichen. Die dort regierende Markgräfin-Witwe Maria Victoria, eine streng katholische Dame, unterhielt enge Kontakte zu den ‹Welschnonnen› des Fourier-Ordens, überträgt ihnen 1774 die bisherige

G. F. Berthier (Mad. Th. Rousselet nach Malbel, 1788)

Jesuitenresidenz in Ottersweier bei Bühl zum Aufbau einer Mädchenschule und zieht selbst dorthin. Berthier, dessen Rat etwas gilt, mag an der Umwidmung des Hauses beteiligt gewesen sein. Er lebt damals im nahen Offenburg, das 1771 nach dem Tod von Baden-Badens letztem Markgrafen lehensrechtlich an Österreich zurückgefallen war.

Noch 1774 darf der alte Jesuit dann heimkehren und nur 35 Kilometer von seiner Vaterstadt Issoudun entfernt die letzten Lebensjahre verbringen: in Bourges, wo sein Bruder und sein Neffe Kanoniker waren. Auch dort unterhielten die Augustiner-Chorfrauen seit 1656 eine Mädchenschule. Berthier wird Fouriers Schriften noch in Baden studiert haben; die *Méditations* – frei am «ignatianischen Modell» (Klára Erdei) orientiert – könnten schon im Auftrag der Chorfrauen von Bourges entstanden sein. Jedenfalls decken sie sich mit dem asketischen Katholizismus jesuitischer Couleur, wie Berthier ihn säkularen Tendenzen stets entgegengesetzt hat.

Von dem Büchlein ohne Orts- und Verlagsangabe ist weltweit nur ein weiteres Exemplar nachgewiesen: An der University of Notre Dame (Indiana), die es 2009 aus dem Nachlaß eines Antiquars im westfälischen Halle erwarb. Berthier hat – neben einem achtbändigen Psalmenkommentar – geistliche Exerzitien von sehr ähnlicher Anlage hinterlassen. Als Autor dieses Werkes nennt ihn aber keine Bibliographie; sein Name findet sich nur auf einer Abschrift der Méditations, *die sich in Beständen des großen Straßburger Priesterseminars erhalten hat. Sie wurde 1804 angefertigt von Dominique Kaczorowski, einem durch die Revolution 1796 ins Exil gezwungenen früheren Kaplan am Straßburger Münster, der aus Fouriers Geburtsort Mirecourt in den Vogesen stammte; schon 1792 hatte er sich den Druck ausgeliehen, dürfte Berthiers Autorschaft also nicht leichtfertig notiert haben.*

Klassische Komödie zu Weihnachten

Der Menschenfeind, Ein Lustspiel in fünf Aufzügen. aus dem Französischen des Moliere. Aufgeführt in den kais. königl. privilegirten Theatern. WIEN, Zu finden bey dem Logenmeister. 1774. 84 S.

Der
Menschenfeind,
Ein
Lustspiel
in fünf Aufzügen.
aus dem Französischen
des
Moliere.
Aufgeführt
in den kais. königl. privilegirten Theatern.
WIEN,
Zu finden bey dem Logenmeister.
1774.

Das Wiener Burgtheater steckt als kaiserlich privilegiertes Institut um 1774 gleich mehrfach in der Krise: Volksstücke und Improvisation sind allerhöchst untersagt; pompöse Opern und Barockdramen locken aber zu wenig Publikum an. Selbst eine Initiative Klopstocks hatte kein Umdenken gebracht. Nach raschem Wechsel von Truppen war ein Graf Koháry als Pächter eingesprungen, bald jedoch finanziell gescheitert. Seither bot das leitende Komitee, in dem der eher traditionell gesinnte Staatsrechtler Joseph von Sonnenfels mitwirkte, gemischte Programme von großer Oper über italienisches Ballett bis zu neuen Schauspielen, immer wieder auch deutschen Stücken wie Engels rührendem *Edelknaben* (→206). Französische Klassiker, deren Regelpoetik zunehmend als steif empfunden wird, brauchen für den bürgerlichen Geschmack eine Auffrischung. So greift man für Molières Komödie nicht auf die abgestanden klingenden Versionen von Louisa Adelgunde Gottsched (1741) oder Friedrich Immanuel Bierling (1752) zurück, sondern beauftragt den vielseitig sprachkundigen Franken Johann Friedrich Kepner, der nach Sekretärdiensten eben mit *Moralischen Erzählungen* hervorgetreten war, schon Moore und Corneille übersetzt hatte und bald auch unter dem eigenen Namen große literarische Betriebsamkeit entfalten sollte. Er macht aus den Alexandrinern

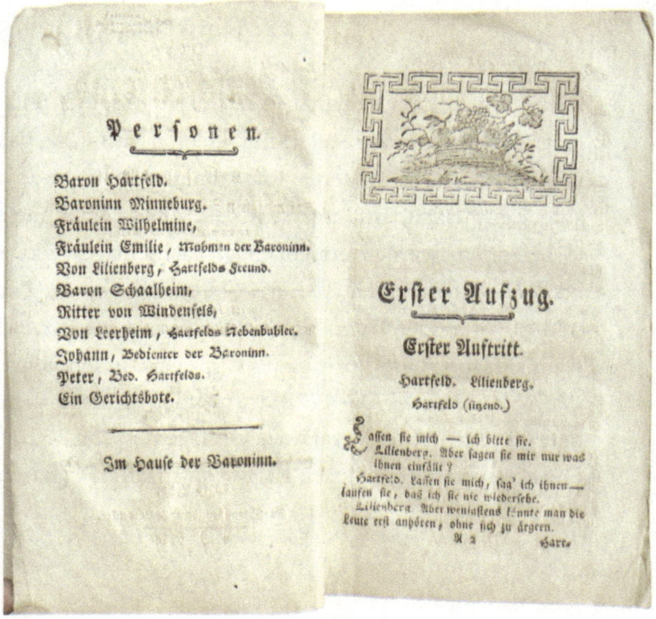

Personen.

Baron Hartfeld.
Baroninn Minneburg.
Fräulein Wilhelmine,
Fräulein Emilie, Muhmen der Baroninn.
Von Lilienberg, Hartfelds Freund.
Baron Schaalheim,
Ritter von Windenfels,
Von Leerheim, Hartfelds Nebenbuhler.
Johann, Bedienter der Baroninn.
Peter, Bed. Hartfelds.
Ein Gerichtsbote.

Im Hause der Baroninn.

Erster Aufzug.

Erster Auftritt.

Hartfeld. Lilienberg.

Hartfeld (sitzend.)

Lassen sie mich — ich bitte sie.

Lilienberg. Aber sagen sie mir nur was ihnen einfällt?

Hartfeld. Lassen sie mich, sag' ich ihnen — laufen sie, daß ich sie nie wiedersehe.

Lilienberg. Aber wenigstens könnte man die Leute erst anhören, ohne sich zu ärgern.

A 2 Hart-

des Jahres 1666 zeitgemäße Bühnenprosa, mitsamt deftigen Ausdrükken wie «Zum Henker!», aber auch allerlei empfindsamer Psychologie. Selbst die sprechenden Namen erfindet er neu: Titelheld Alceste, bei Frau Gottsched «Herr von Eigenfels», ist nun ein «Baron Hartfeld», und der Möchtegern-Poet Oronte heißt nicht mehr «Hochwitz», sondern «Schaalheim». Aber weder die beachtliche Energie Kepners – der bald auch Molières *Geizigen* auf deutsch lieferte – noch der triumphale, letztlich aber folgenlose Besuch Lessings in Wien konnten den Ruin des Burgtheaters aufhalten: Bald war es finanziell am Ende. Anfang April 1776 begann dann, von Joseph II. proklamiert, ein «deutsches Nationaltheater» zu spielen, das freilich noch mehr als ein Jahrzehnt lang keine überzeugende Linie finden sollte – trotz oder gerade wegen der Aufsicht des ehrgeizigen Regenten.

Kepners mäßig freie, teils auch gekürzte Fassung hatte im Kärntnertortheater am zweiten Weihnachtstag 1774 Premiere; sie wurde 1775 noch dreimal gegeben: Am 16. Januar, 7. Juni und 30. Oktober. Daß das heute seltene Textheft – nur in Wien und im Frankfurter Goethehaus sind Exemplare nachgewiesen – «bey dem Logenmeister» zu haben sei, bedeutet, daß es vom Hoftheater selbst vertrieben wurde. Dort zahlte man für eine Loge drei, im Parterre einen Gulden; in den obersten, vierten Rang kam man schon für sieben Kreuzer.

Hinweise

Zitate folgen dem Original so nahe wie möglich und tunlich. Die bibliographischen Angaben sollen nur knappe Hinweise geben; Blattzählung ist vermieden; ein gesondertes unpaginiertes Blatt wird daher als ‹(2)› [Seiten] aufgeführt. Bände sind mit Semikola voneinander getrennt.
Gelegentlich werden einschlägige Nachschlagewerke wie Eberts *Allgemeines Bibliographisches Lexikon*, das *Deutsche Anonymen-Lexikon* von Holzmann und Bohatta oder Hugo Hayns *Bibliotheca Germanorum Erotica & Curiosa* erwähnt. Häufig sind Porträts aus den vier Bänden von Lavaters *Physiognomischen Fragmenten* (1775–1778) verwendet; sie ließen sich identifizieren dank den Übersichten in der Basler Dissertation von Karin Althaus (2010); der Fundort im Originaldruck ist jeweils mit ‹PhFr [Band:Seite]› bezeichnet.

Die Abbildungen beruhen überwiegend auf Objekten aus der Sammlung des Autors. Alle weiteren Illustrationen sind nach bestem Wissen öffentlich frei zugänglichen Quellen (Public Domain) entnommen.

Namenregister

Erfaßt sind Personen mit Lebensdaten, Tätigkeit und Wohnsitz von 1774 sowie Orte. Regenten findet man unter dem Landesnamen, abgesehen von Kaisern, Königen und Päpsten; das «von» ist zuweilen fortgelassen. Umlaute werden in der alphabetischen Folge ignoriert (also: Bockenheim, Böckmann, Bode, Bodmer, Boeckh). Ein c neben Daten bedeutet «circa».

Der Band erscheint im zu Klampen Verlag, Springe
Vom Autor gesetzt aus der Bembo
Druckerei: CPI – Clausen & Bosse, Leck
Umschlag: Caroline Saltzwedel
ISBN 978-3-86674-996-2

Vorsätze: Decke mit eingewebter Darstellung von Josua und Caleb (Numeri 13,23) und der Jahreszahl 1774, wohl norddeutsch

Bibliographische Information der Deutschen Nationalbibliothek

Die Deutsche Nationalbibliothek verzeichnet diese Publikation in der Deutschen Nationalbibliographie; detaillierte bibliographische Daten sind im Internet abrufbar: http://dnb.d-nb.de

CALEB